전 세계 언론을 감동시킨
《구스타프 소나타》의 매력적인 이야기!

"트레마인은 … 천재성을 가지고 있으며 그 … 어냈다."

—〈타임스〉

"인생의 불완전성을 보여주는 완벽한 소설…… 트레마인은 아무도 흉내 낼 수 없는 절정의 재능을 선보이며 이 책을 썼다."

—〈옵서버〉

"우정과 갈망을 절제된 감성으로 그려낸 놀라울 정도로 세련된 소설이 또 한 편 선을 보였다…… 트레마인은 단순하면서도 동시에 어렵지 않게 이해가 가능한 그런 결론을 이끌어낸다. 따뜻함과 경쾌함이 넘치는 내용이 많은 만큼, 모든 것이 완벽한 조화를 이루고 있다."

—〈데일리 텔레그래프〉

"전쟁의 그림자 안에서 이루어지는 미묘한 시선과 갈등, 그 가슴을 울리는 감동 이야기"

—〈선데이 타임스〉

"완벽하게 세공된 보석과도 같은 소설"

—〈메일 온 선데이〉

"트레마인은 다시 한 번 탁월한 재능을 지닌 작가임을 스스로 증명해냈다…… 세련되면서도 탁월한 책이다."

— 〈인디펜던트〉

"트레마인의 소설들은 통찰력과 우아함, 그리고 관능이 결합된 결과물이다. 그리고 이 《구스타프 소나타》 역시 예외는 아니다…… 마음을 사로잡는 정교하면서도 아름답도록 슬픈 이야기."

— 〈데일리 메일〉

"어린 시절의 고통을 이토록 아름답게 묘사한 책이 또 있을까…… 주인공들이 겪는 고통에 대한 깊은 동정심을 통해 이 소설은 그야말로 아름답고 감동적인 한 편의 예술 작품으로 탄생하게 된다."

— 〈스펙테이터〉

"절제된 감성으로 아름답게 다듬어진 마음을 두드리는 걸작 소설"

— 존 보인, 〈아이리시 타임스〉

구스타프 소나타

로즈 트레마인 지음 | 우진하 옮김

문학사상

■ **일러두기**

1. 한국어판 역주는 본문 안에 고딕 서체의 작은 글자로 처리하였고, 별도의 표기는 생략했습니다.
2. 외래어 표기는 국립국어원 규정을 바탕으로 하였고, 규정에 없는 경우는 현지음에 가깝게 표기하였습니다.

리처드 사이먼(Richard Simon, 1932~2013)을 추모하며

내가 왜 그를 사랑했는지 꼭 알고 싶다면,
나는 이런 대답으로밖에는 표현할 수 없을 것 같다.
"왜냐하면 그 사랑의 당사자가 바로 그 사람과 나였기 때문에."

—미셸 드 몽테뉴, 〈우정에 대하여〉

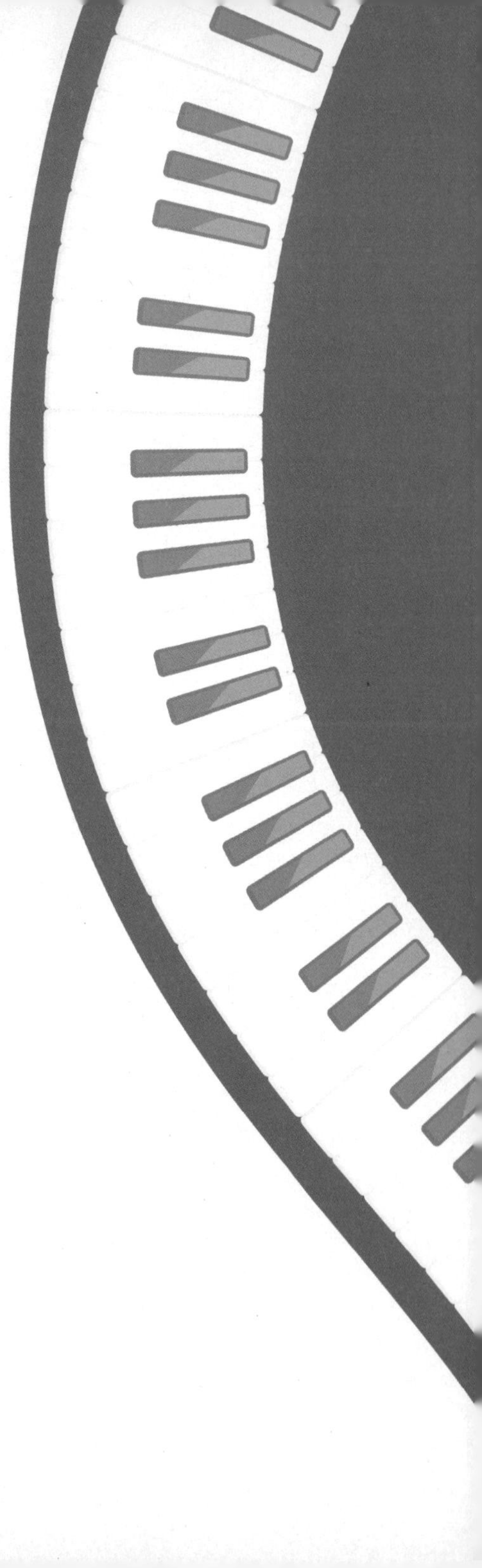

제1부 만남

제2부 운명

제1부

만남

펠러 부인
1947년 스위스 마츨링헨

구스타프 펠러는 다섯 살이 되자, 엄마를 사랑하고 있었다는 한 가지 사실만은 분명하게 알게 되었다.

엄마의 이름은 에밀리에였지만 사람들은 모두 구스타프의 엄마를 그냥 '펠러 부인'이라고 불렀다. (제2차 세계대전이 막 끝났을 무렵 스위스에서는 사람들이 여전히 격식을 따졌고 바로 옆집에 살고 있는 이웃이라고 해도 평생 이름은 모르고 성만 알고 지나가는 경우가 많았다.) 구스타프는 에밀리에 펠러를 '엄마'라고 불렀다. 에밀리에는 평생 그의 '엄마'였으며 구스타프는 나이가 들어도 아랑곳하지 않고 계속 그렇게 불렀다. 에밀리에는 구스타프만의 '엄마'였다. 여윈 몸에 가늘지만 날카로운 목소리, 그리고 헝클어진 머릿결의 엄마는 조심스럽게 작은 셋집의 이곳저곳을 돌아다녔다. 마치 누군가의 눈에 뜨이는 것을 두려워하는 것처럼 이 공간에서 저 공간으로 움직였는데, 심지어 사람뿐만이 아니라 다른 어떤 것도 마주칠 준비가 되어 있지 않은 것 같았다.

셋집들이 모여 있는 이 2층짜리 건물에는 어울리지 않게 다소 웅장해 보이는 듯한 돌계단이 있었고, 위층으로 올라가면 마츨링헨Matzlingen과 에메 강River Emme이 한눈에 내려다 보였다. 마츨링헨은 북쪽의 유라와 알프스 산맥 사이에 있는 미텔란트Mittelland 지방의 작은 마을이었다. 구스타프의 작은 방 벽에는 미텔란트의 지도가 붙어 있었는데 지도에는 구릉지대며 평야, 가축과 물레방아, 그리고 널빤지로 지붕을 이은 작은 교회들이 그려져 있었다. 때때로 에밀리에는 구스타프의 손을 잡고 마츨링헨이 있는 에메 강의 북쪽 기슭까지 손으로 짚어보곤 했다. 마츨링헨의 상징은 한쪽을 도려낸 수레바퀴처럼 생긴 크고 둥근 치즈였다. 구스타프는 에밀리에에게 누가 치즈 귀퉁이를 먹어치웠느냐고 물어보았던 일을 기억했지만, 에밀리에는 그런 바보 같은 질문에 대답을 하느라 시간을 허비하지 않았다.

거실 한편에 있는 떡갈나무 장식장 위에는 구스타프의 아버지인 에리히 펠러의 사진이 있었다. 에리히 펠러는 구스타프가 미처 얼굴을 기억할 나이도 되기 전에 세상을 떠났다.

매년 8월 1일, 스위스의 독립 기념일이 되면 에밀리에는 사진 주위를 용담꽃으로 장식을 한 뒤 구스타프를 데리고 와 그 앞에 무릎 꿇게 하고 아버지의 영혼이 편히 쉴 수 있도록 기도를 시켰다. 구스타프는 영혼이 뭔지 잘 알지 못했고 그저 에리히 펠러가 자신감 넘치는 미소에 반짝이는 단추가 달린 경찰 제복을 입은 미남자라고만 생각했다. 그래서 구스타프는 그 단추들이 계속 그렇게 반짝이게 해달라고 기도하기로 했다. 그러면 아무리 세월이 흘러도 아버지의 자랑스러운 미소 역시 사라지지 않을 것 같았다.

"아빠는 영웅이셨단다." 에밀리에는 매년 아들에게 이렇게 상기시켜주었다. "나도 처음에는 몰랐지만 아빠는 진짜 영웅이셨어. 이 어지러운 세상에서도 아주 정직하게 사셨던 분이셨지. 만일 뭐라고 다른 말을 하는 사람이 있다면 그건 그 사람이 잘못 알고 있는 거란다."

때때로 에밀리에는 두 눈을 감고 양손으로 눈을 문질렀다. 그리고 남편에 대해 기억하고 있는 것들을 중얼거렸다. 그러던 어느 날 그녀가 이렇게 말했다. "이건 정말 불공평해. 제대로 되는 일이 하나도 없단 말이야. 앞으로도 그럴 거고."

단정히 빗은 짧은 머리에 아이들이 주로 입는 덧옷을 걸친 구스타프는 매일 아침 엄마와 함께 근처에 있는 유치원에 갔다. 그리고 유치원 정문에서 그야말로 못이라도 박힌 듯 서서 에밀리에가 길을 따라 사라지는 모습을 바라보았다. 구스타프는 한 번도 울지 않았다. 종종 가슴 저편에서부터 울고 싶은 마음이 끓어오르기도 했지만 언제나 그런 마음을 억눌렀다. 왜냐하면 이 세상을 살아가려면 그렇게 해야만 한다고 에밀리에가 말해주었기 때문이었다. 구스타프는 '스스로를 절제해야만' 했다. 엄마는 이 세상이 어지러운 일들로 가득 차 있다고 말했지만, 구스타프는 그런 세상 속에서도 남자답게 명예를 지켰던 아빠처럼 그렇게 행동해야만 했다. 아빠는 '스스로를 절제했던' 것이다. 이렇게 해서 구스타프는 예상치 못한 일이 닥치는 것에 대비할 수 있었다. 전쟁의 상흔을 겪지 않은 스위스에서조차 장차 무슨 일이 벌어질지 아무도 장담할 수 없었다.

"그러니까 '스위스처럼' 그렇게 행동해야 해. 내 말이 무슨 말인지 알겠지? 늘 참고 절제하고 용기 있게 굴어야 한다. 사람들에게 휩

쓸리지 말고 굳세게 사는 거야. 그러면 올바르게 살 수 있어."

엄마는 항상 진지하게 말했지만 구스타프는 '올바르게 사는 삶'이 무엇인지 도무지 알 수 없었다. 어린 구스타프가 아는 삶이라곤 방에는 미텔란트의 지도가 붙어 있고 철제 욕조 위에 매어둔 줄 위에는 엄마의 스타킹이 걸려 있는 2층짜리 셋집에서 에밀리에랑 같이 사는 것뿐이었다. 구스타프는 그런 삶이 언제나 계속되기를 바랐다. 물론 스타킹도 항상 그 자리에 있었으면 했다. 구스타프는 저녁밥으로 먹는 독일식 경단인 크뇌들knödel의 맛이며 촉감도 결코 바뀌지 않기를 바랐다. 에밀리에는 마츨링헨 치즈 공장에서 치즈를 숙성시키는 일을 했다. 그래서 머리카락에서는 늘 치즈 냄새가 났다. 구스타프는 그 냄새가 싫었지만 심지어 그 냄새조차도 항상 그대로여야만 한다고 생각했다.

마츨링헨 치즈 공장의 주력 제품은 에멘탈 치즈로 에메 계곡에서 키운 암소의 젖으로 만들었다. 에밀리에는 마치 무슨 관광 안내원처럼 구스타프에게 이렇게 설명해주었다. "스위스에는 뛰어난 발명품들이 많은데 에멘탈 치즈도 그중 하나란다." 그렇지만 그 뛰어난 맛과 품질에도 불구하고 에멘탈 치즈의 판매량은 스위스 국내는 물론 주변 나라들에서 전쟁 전의 수준으로 돌아가는 데 많은 어려움을 겪고 있었다. 따라서 수익도 신통치가 않았다. 그리고 치즈가 잘 팔리지 않으면 크리스마스며 국경일에 직원들에게 나오는 특별 수당도 줄어들 수밖에 없었다.

자신이 받을 특별 수당이 어떻게 될지 기다리는 일은 에밀리에 펠러를 피곤하고 곤혹스럽게 만들었다. 그녀는 부엌의 선반 앞에 앉아 지역 신문인 〈마츨링거차이퉁Matzlingerzeitung〉의 빛바랜 한 귀퉁이에 이리저리 계산을 해보곤 했다. 부엌에는 식탁이랄 것도 없어서 엄마와 아들은 그저 벽에 경첩으로 매달린 이 선반을 식탁처럼 사용했다. 신문에 인쇄된 글자들 때문에 셈은 자꾸 틀렸고, 그녀의 손가락은 숫자를 따라가는 게 아니라 스위스 전통 씨름 대회며 근처 숲 속에서 나타났다는 늑대 소식을 따라가기 일쑤였다. 때로는 거기에 에밀리에의 눈물방울까지 더해져 더욱 계산이 어려워지기도 했다. 에밀리에는 구스타프에게 절대로 울어서는 안 된다고 말해왔지만 이 규칙은 그녀 자신에게는 해당이 되지 않는 모양이었다. 한밤중에 구스타프가 방에서 몰래 나와 보면 에밀리에가 〈마츨링거차이퉁〉으로 얼굴을 가리고 울고 있는 모습을 종종 볼 수 있었다.

그럴 때면 에밀리에는 입에서 아니스 열매 냄새가 났고 노란색 액체 자국이 남아 있는 유리잔을 움켜쥐곤 했다. 구스타프는 걱정이 이만저만이 아니었다. 엄마 입에서 나는 아니스 열매 냄새며 지저분한 유리잔, 그리고 엄마의 눈물까지 모두 다 걱정이었다. 구스타프는 엄마 옆에 있는 의자 위로 기어 올라가 회색 눈동자를 가늘게 뜨고는 엄마를 곁눈질로 훔쳐보았다. 그러면 에밀리에는 코를 한 번 풀고는 팔을 뻗어 구스타프를 안고 미안하다고 말했다. 구스타프가 벌겋게 달아오른 물기 젖은 엄마의 뺨에 입을 맞추면 엄마는 구스타프를 안아들고 아들의 무게에 잠시 비틀거리며 원래 있던 방으로 데려다주었다.

하지만 구스타프가 다섯 살이 된 해에는 크리스마스 수당이 한 푼도 나오지 않았고 에밀리에는 어쩔 수 없이 또 다른 일거리를 찾을 수밖에 없었다. 개신교 교단에 속해 있는 성聖 요한 교회에서 토요일 아침마다 청소를 하는 일이었다.

에밀리에는 구스타프에게 이렇게 말했다. "어쩌면 너도 나를 도울 수 있을지 모르겠구나."

그래서 두 사람은 아침 일찍, 마을의 다른 사람들이 잠에서 깨기도 전에, 그리고 동이 트기도 전에 길을 나섰다. 두 개의 희미한 손전등 불빛에 의지해 눈길을 걸어가다 보면 모직으로 만든 목도리 안쪽으로 차가운 입김이 엉겨 붙기 일쑤였다. 교회에 도착해서도 여전히 날은 춥고 어두웠다. 에밀리에는 교회 본당 양쪽에 있는 길쭉한 녹색 전등을 켜고 일을 시작했다. 여기저기 흩어져 있는 찬송가책들을 정리하고 의자의 먼지를 털었으며 돌로 된 바닥을 닦았다. 놋쇠로 된 촛대의 윤을 내다 보면 서서히 동이 트고 부엉이들이 우는 소리를 들을 수 있었다.

날이 점점 밝아오면 구스타프는 항상 자기가 제일 좋아하는 일을 시작했다. 교인들이 무릎을 꿇고 기도할 때 쓰던 낡은 방석 위에 올라타서는 원하는 방향으로 몸으로 밀면서 복도를 따라 깔려 있는 쇠로 된 바닥 장식을 닦아 나가는 일이었다. 구스타프는 에밀리에가 보는 앞에서 이 일을 아주 조심스럽게 하고 있는 척해야만 했다. 이 쇠장식에는 화려한 무늬가 새겨져 있어 그 무늬를 따라 빠트리지 않고 이리저리 움직여야만 했기 때문이었다. 그러면 에밀리에는 "그래, 구스타프. 잘하고 있어. 자기가 맡은 일을 제대로 하는 건 참 중요한 일이야"라고 말했다.

그렇지만 에밀리에는 구스타프가 쇠장식 안쪽 구석에 떨어져 있는 물건들을 찾고 있다는 사실은 알지 못했다. 구스타프는 이 일을 자신만의 '보물찾기 놀이'라고 생각했다. 어린아이의 작은 손만이 장식 사이를 들고 날 수 있었는데 돈을 줍는 일도 몇 번 있었다. 하지만 대개는 얼마 나가지 않는 잔돈푼이어서 그 돈으로는 아무것도 살 수가 없었다. 그보다 더 자주 발견되는 건 머리핀이나 시들어버린 꽃잎, 담배 꽁초, 또는 종이 클립이나 쇠못 등이었다. 구스타프는 이런 물건들 역시 아무런 가치가 없다는 사실을 잘 알고 있었지만 개의치 않았다. 어느 날인가는 황금색 용기에 담긴 한 번도 쓰지 않은 립스틱을 찾아내서는 자신의 '최고 보물'로 삼기도 했다.

구스타프는 이런 것들을 몽땅 다 외투 주머니에 넣어 집으로 가져와서는 나무 상자 안에 보관했다. 아빠가 피우던 잎담배를 보관하던 상자였다. 구스타프는 상자 안에 들어 있던 달착지근한 냄새가 나는 화려한 색의 포장지를 부드럽게 펴서는 남아 있는 담배 가루를 모아 작은 양철 깡통에 따로 담아두었다.

방에 혼자 있을 때면 구스타프는 종종 자신이 모은 보물들을 바라보곤 했다. 에밀리에 몰래 모아둔 이런 보물들을 어루만지거나 냄새를 맡으며 마치 언젠가 엄마를 놀라게 할 선물인 척했지만 사실은 모두 다 자신만을 위한 것들이었다. 립스틱은 짙은 자주색으로 거의 검은색처럼 보였는데 마치 삶은 자두랑 비슷해서 구스타프는 그 색이 아주 아름답다고 생각했다.

에밀리에와 구스타프는 거의 두 시간 가량을 교회에 머무르며 주말에 있을 예배를 위해 모든 것들을 청소하고 정리했다. 그러는 사이 추위를 이기기 위해 옷을 잔뜩 껴입은 사람들이 몇 명인가 안으로 들어와 의자에 앉아 기도를 올리거나 단상 앞으로 나아가 서쪽 창문틀에 끼워진 호박색 스테인드글라스의 성모 마리아와 예수 그리스도 그림을 바라보곤 했다.

그럴 때면 에밀리에는 마치 사람들 눈에 뜨이지 않으려는 듯 몸을 숙여 움직이곤 했다. 사람들 역시 그녀를 알아보거나 혹은 "아, 안녕하세요"라고 인사하는 경우는 거의 없었다. 구스타프는 예의 그 방석 위에 앉아 사람들을 바라보았다. 그러다 그 사람들 대부분이 나이가 들었다는 사실을 알게 되었다. 자신만의 '비밀스런 보물' 같은 건 전혀 가지고 있지 않은 불쌍한 사람들처럼 보였다. 구스타프는 아마도 그들이 '올바르게 살지 못해서' 그렇게 보이는 거라고 생각했다. 그 '올바른 삶'이란 자신만이 볼 수 있는 그런 물건들 안에 깃들어 있는 것이 아닐까? 대부분의 사람들이 무심코 밟고 지나가는 바닥의 쇠장식 아래나 다른 곳에 그렇게 물건들을 떨어트리는 바람에 올바른 삶을 살지 못하는 것은 아닌지 구스타프는 궁금했다.

교회 청소가 마무리되면 구스타프와 에밀리에는 다시 나란히 걸어서 집으로 돌아왔다. 그 시간쯤이면 전차도 운행을 시작했고 어디선가는 종소리가 들리거나 비둘기들이 지붕과 지붕 사이로 푸드득거리며 날아가는 모습도 보였다. 꽃을 파는 노점상이 거리 한쪽 구석에 꽃을 담은 화병이며 양동이들을 세워놓고 있었는데, 이 노점상의 이름은 텔러 부인으로 날씨가 궂은 날에도 언제나 두 사람을 보고 웃으며 인사를 건네곤 했다.

이 거리의 이름은 운터 데 에크Unter der Egg라고 했고 구스타프네 셋집도 이 거리에 있었다. 셋집 건물들이 들어서기 전의 이 운터 데 에크, 즉 '버려진 빈 땅'이라는 이름의 거리는 그저 메마른 변두리 땅으로 주로 마흘링헨에 살고 있는 사람들이 와서 겨우 푸성귀나 심던 그런 곳이었다. 하지만 그건 아주 오래전 이야기로 이제는 널찍한 포장도로에 금속으로 만든 식수대까지 있어 텔러 부인의 꽃 노점상만이 유일하게 예전의 푸성귀들을 떠올리게 만들어줄 뿐이었다. 때때로 에밀리에는 자기도 푸성귀를 키워보고 싶다는 말을 하곤 했다. 붉은색 양배추며 깍지 완두콩, 그리고 호박 같은 것들이었다. "그래도 전쟁 때문에 피해를 입지 않았으니 그게 어디니." 에밀리에는 한숨을 내쉬며 이렇게 말했다.

에밀리에는 구스타프에게 전쟁으로 폐허가 된 모습을 담은 잡지의 사진들을 보여주었다. 그러면서 모두 다 스위스 밖에서 일어난 일들이라고 말했다. 독일의 드레스덴Dresden이며 베를린Berlin 그리고 프랑스의 캉Caen 등등. 사진들 속에서는 사람들의 모습을 전혀 찾아볼 수 없었고, 대신 하얀색 개 한 마리가 무너진 돌 더미 위에 홀로 앉아 있는 사진이 하나 있었다. 구스타프는 개에게 무슨 일이 일어난 거냐고 물었고 에밀리에는 이렇게 대답했다. "구스타프, 그런 건 별로 쓸모가 없는 질문이란다. 어쩌면 저 개는 좋은 주인을 찾았을 수도 있고 또 어쩌면 굶주려 죽었을지도 모르지. 내가 그걸 어찌 알겠니? 전쟁이 일어나면 무슨 일이든 벌어질 수 있는 거야. 그저 운명을 따를 뿐이지."

구스타프는 그런 엄마를 빤히 쳐다보다가 이렇게 물었다 "우리한테는 어떤 일이 있었는데요?"

에밀리에는 잡지를 덮고는 마치 나중에 다시 꺼내 입을 옷을 치우듯 그렇게 잡지를 치워버렸다. 그리고 두 손으로 아들의 얼굴을 감싸 쥐었다. "우리는 여기에 있었어." 에밀리에는 이렇게 말했다. "여기 마츨링헨에서 안전하게 있었어. 얼마 동안, 그러니까 네 아빠가 경찰서 부서장 일을 할 때는 프리부르Fribourg 거리에 있는 예쁜 집에 살기도 했단다. 우리 집은 2층에 있었고 또 집 밖으로 트여 있는 공간도 있어서 엄마가 제라늄꽃을 키우기도 했지. 그래서 지금도 제라늄꽃만 보면 그때 생각이 난단다."

"그러다가 여기 운터 데 에크로 온 거예요?" 구스타프가 물었다.

"그래, 그러다가 여기 운터 데 에크 거리로 이사를 왔지."

"엄마랑 나랑 둘이서만요?"

"아니야, 처음에는 아빠도 함께 있었어. 그렇지만 그리 오래 함께 있지는 못했지."

교회 청소를 마치고 집으로 돌아온 구스타프와 에밀리에는 예의 그 접는 선반을 식탁 대신 쓰는 작은 부엌에 앉아 뜨거운 코코아를 마시며 호밀로 만든 흑빵에 버터를 발라서 먹곤 했다. 길고 지루한, 그리고 춥고 궁핍한 겨울날이 두 사람을 기다리고 있었다. 때로 에밀리에는 다시 침대에 누워 잡지들을 읽곤 했다. 구스타프를 혼자 남겨두는 일에 대해서는 아무런 변명도 하지 않았는데 아이들도 혼자서 노는 법을 배워야 할 필요가 있다는 것이 그녀의 주장이었다. 에밀리에는 아이들이 혼자 노는 법을 배우지 못하면 절대로 상상력을 개발할 수 없을 거라고 말했다.

구스타프는 자기 방 창문으로 맑은 하늘을 바라보곤 했다. 가지고 있는 유일한 장난감이라곤 양철로 만든 작은 기차 하나뿐이었기 때문에 창틀 위에 기차를 올려놓고 이리저리 앞뒤로 움직이며 놀았다. 창가는 매우 추워서 가끔씩 구스타프가 훅 하고 내뿜는 입김이 마치 진짜 증기 기관차의 수증기처럼 보일 때도 있었다. 기차에 붙어 있는 작은 창문 위에는 사람들의 얼굴이 그려져 있었는데 모두 다 하나같이 깜짝 놀란 얼굴들을 하고 있었다. 이렇게 놀란 얼굴을 한 사람들을 보고 구스타프는 이따금 이렇게 속삭였다. "절제하는 법을 배우셔야겠어요."

구스타프네가 살고 있는 이 셋집 건물에는 특이한 장소가 하나 있었다. 바로 지하에 있는 방공호였다. 이 방공호는 핵전쟁을 대비하기 위해 만들어졌다고 하는데 보통은 '지하 대피소'라는 이름이 더 많이 쓰였다. 얼마 지나지 않아 스위스에 있는 모든 건물에는 이런 방공호나 대피소가 의무적으로 설치되게 되었다.

1년에 한 번 건물의 관리인은 세 들어 살고 있는 사람들을 남녀노소 가리지 않고 모두 다 이 지하 대피소로 불러 모았다. 사람들이 계단을 따라 모두 내려가고 나면 그 뒤로는 강철로 만든 묵직한 문들이 닫혔다.

구스타프는 에밀리에 손에 매달렸다. 대피소의 전등이 켜졌지만 눈에 보이는 거라곤 또다시 지하로 이어지는 계단뿐이었다. 관리인은 언제나 사람들에게 '평상시처럼 숨을 쉬어야 한다고' 주의를 주었다. 공기 정화 장치는 그 기능을 완벽하게 다하고 있는지 확인하기 위해 자주 시험 가동을 하는데 만일 그게 제대로 작동을 하지 않는다면 이 '지하 대피소'는 무용지물이라는 것이 관리인의 설명이었다. 지하실에서는 마치 여우나 시궁쥐들이 살고 있는 것처럼 이상한 짐승들 냄새가 올라왔다. 그 짐승들은 낡은 벽에서 떨어져 나오는 먼지며 페인트 찌꺼기를 먹고 살고 있는 것일까.

도무지 끝이 어딘지 알 수 없는 계단들 아래로는 널찍한 창고 비슷한 곳이 있었다. 바닥부터 천장까지 마분지 상자들로 가득 차 있는 창고였다. "상자 안에 뭐가 들어 있는지 잘 기억해두세요." 관리인이 말했다. "여기에는 우리 모두가 대략 2개월 이상 버틸 수 있을 정도의 식량이 충분히 저장되어 있어요. 그리고 저쪽에는 물통들도 준비되어 있고요. 마실 수 있는 깨끗한 물이에요. 물론 배급제로 나눠주게 되어 있어요. 중요한 물건들은 공급이 끊어질 거고, 설사 공급이 된다 해도 방사능 오염의 위험이 있으니 여기 있는 것들만 써야겠지요. 하지만 어쨌거나 뭐든 다 충분히 배급이 될 겁니다."

사람들에게 그럴듯한 설명을 해주고 있는 관리인은 아주 거구의 사나이였다. 그는 마치 귀가 잘 들리지 않는 사람들을 앞에 모아 두고 있는 듯 우렁찬 목소리로 힘을 주어 이야기를 했다. 관리인이 내지르는 목소리가 콘크리트로 된 사방의 벽을 타고 울려 퍼졌다. 구스타프는 사람들이 여기 지하 대피소에만 모이면 모두들 항상 말이 없어진다는 사실을 깨달았다. 그런 사람들의 모습을 보면 장난감 기차에 그려져 있는 사람들이 생각이 났다. 부부들은 서로 몸을 기대고 있었고 나이든 사람들은 서로 꼭 끌어안고 몸을 가누고 있었다. 그럴 때마다 구스타프는 엄마가 절대로 자기 손을 놓지 않기를 항상 간절히 바랐다.

대피소의 '숙소' 구역에 들어서자 구스타프는 그 '숙소'가 다섯 칸짜리 간이침대로 이루어져 있다는 사실을 알게 되었다. 제일 꼭대기 칸에 올라가려면 사다리를 이용해야만 했고 구스타프는 이내 그 사실이 마음에 들지 않았다. 바닥에서 너무 높이 떨어져 있었던 것이다. 한밤중에 어둠 속에서 잠이 깬다면 어디서 엄마를 찾지? 엄마가 제일 밑바닥 칸에 있거나 아니면 또 다른 칸에 있으면 어떻게 한담? 또 어쩌면 밤에 자다가 잠자리에서 굴러 떨어져 머리가 박살날지도 모를 일이었다. 구스타프는 이런 곳에서는 살고 싶지 않다고 혼자 몰래 중얼거렸다. 쇠로 얼기설기 만든 잠자리에 마분지 상자에 담긴 음식들이라니. 그러자 엄마가 이렇게 말했다. "아마 그런 일은 절대 일어나지 않을 거야."

"뭐가 절대 안 일어나요?" 구스타프가 물었다.

그렇지만 에밀리에는 별로 말을 하고 싶지 않은 모양이었다. "그런 일은 아예 생각할 필요가 없어." 그녀는 아들에게 이렇게 말했다. "이 대피소는 그냥 혹시 몰라서 만든 곳이란다. 러시아나 아니면 어디 다른 나라 사람들이 스위스를 괴롭히려고 할지 몰라서 말이야."

그날 밤 구스타프는 침대에 누워 누군가 스위스를 괴롭히려고 들면 무슨 일이 일어날지 생각해보았다. 마츨링헨이 폐허가 되고 자기 말고는 아무도 없다면 과연 어떻게 될까? 사진 속에서 봤던 그 하얀색 개처럼.

울보 안톤

1948년 마츨링헨

아직 추위가 다 지나가지 않았던 그해 봄, 안톤이 유치원에 나타났다. 안톤은 교실로 들어와 문간에 서서는 울기 시작했다. 거기 모인 아이들은 모두 그전에 안톤을 본 적이 없었다. 유치원 교사들 중 한 사람인 프리크 선생님이 안톤에게 다가가 그 앞에 무릎을 꿇고 손을 잡고는 뭔가를 말하기 시작했다. 하지만 안톤은 선생님 말에 귀를 기울이는 것 같지 않았고 그냥 계속해서 눈물을 흘리기만 했다.

프리크 선생님이 구스타프에게 손짓을 했다. 구스타프는 우는 아이를 달래는 일에 딱히 끼어들고 싶지 않았지만 선생님은 계속해서 앞으로 나오라고 재촉했다. 할 수 없이 구스타프가 앞으로 나오자 선생님은 안톤에게 이렇게 말했다. "여기 구스타프가 앞으로 네 친구가 되어줄 거야. 구스타프랑 저기 모래 상자가 있는 곳에 가서 모래성을 쌓고 놀고 있거라. 그럼 좀 있다가 수업을 시작할 테니까."

안톤이 자기보다 약간 몸집이 작은 구스타프를 내려다보았다.

구스타프가 안톤에게 말했다. "우리 엄마가 울지 말라고 했어. 사람은 참고 절제할 줄 알아야 한대."

안톤은 이 말을 듣고 깜짝 놀란 듯 갑자기 울음을 멈췄다.

프리크 선생님도 거들었다. "그래, 그것 참 좋은 말이구나. 자, 이제 구스타프랑 함께 가거라." 선생님은 손수건을 꺼내 안톤의 두 뺨을 닦아주었다. 안톤의 얼굴은 열에 들뜬 듯 붉은색으로 물들었고 두 눈은 마치 검은색의 깊은 심연처럼 보였다. 그리고 몸을 떨고 있었다.

구스타프는 안톤을 모래 상자가 있는 곳으로 데리고 갔다. 안톤의 작은 손은 타오르는 것처럼 뜨거웠다. 구스타프가 말했다. "우리 어떤 성을 만들까?" 하지만 안톤은 제대로 대답하지 않았다. 그래서 구스타프는 놀이용 삽을 주고 이렇게 말했다. "나는 주위에 웅덩이가 있는 성을 좋아해. 그러면 먼저 웅덩이부터 만들까?"

구스타프는 모래 위에 둥글게 원을 그리고 파기 시작했다. 아이들 몇 명이 다가와 두 사람을 둘러싸고 새로 온 아이를 바라보았다.

안톤이 나타나기 전에 구스타프에게는 특별히 가까운 친구라고는 한 사람도 없었다. 구스타프가 재미있게 여기는 이자벨이라는 이름의 여자아이가 하나 있기는 했는데, 이자벨은 책상 위에 올라가 뛰어내리며 마치 체조선수처럼 두 발을 모으고 양팔을 쫙 펴는 것을 좋아했다. 이자벨은 언제나 나무로 만든 우리에 애완용 쥐를 담아 유치원에 가지고 왔고, 구스타프는 이자벨이 쥐를 만지도록 허락해준 몇 안 되는 아이들 중 하나였다. 그렇지만 이자벨은 한 가지 놀이에는 빨리 싫증을 냈다. 모든 놀이마다 다 끼어들어 주인공 노릇을 하고 싶어 했던 것이다.

구스타프는 평생 동안 안톤과 보냈던 그날 아침의 일을 생생하게 기억했다. 둘은 별로 이야기를 많이 하지는 않았다. 안톤의 경우는 너무 많이 우는 바람에 말할 기운조차 없는 것 같았고 그저 구스타프가 하는 걸 보며 흉내만 내려고 했다. 구스타프가 어디서 왔냐고 묻자 안톤은 이렇게 대답했다. "베른Bern에서 왔어. 베른에는 진짜 우리 집이 있었는데 지금은 마츨링헨에 있는 작은 셋집밖에 없어."

그러자 구스타프는 이렇게 대꾸했다. "내가 살고 있는 집은 굉장히 작아. 어느 정도냐 하면 집에 식탁도 없어. 너희 집에는 식탁이 있니?"

"응." 안톤이 대답했다. "식탁이 하나 있기는 해. 그런데 오늘 아침밥을 먹는데 내내 몸이 아팠어. 유치원에 가고 싶지 않았거든."

나중에 안톤이 구스타프에게 이렇게 물었다. "그런데 너희 집에는 피아노가 있니?"

"아니." 구스타프가 대답했다.

"우리 집에는 피아노가 하나 있는데 나는 〈엘리제를 위하여Für Elise〉 정도는 칠 수 있어. 잘 치는 건 아니고 그냥 앞부분 정도만."

"응? 엘리제가 뭐?" 구스타프가 물었다.

"베토벤 말이야." 안톤이 말했다.

어쩌면 안톤이 그 작은 두 손으로 피아노를 치는 모습을 상상했기 때문이었을까, 아니면 안톤이 자신의 성을 츠비벨이라고 밝혔기 때문이었을까. 츠비벨이라는 말이 '양파'라는 뜻이기도 해서 그랬는지 왠지 우습기도 하고 미안한 생각도 들었다. 어쨌든 무슨 영문인지는 몰라도 구스타프는 문득 자신이 안톤을 지켜주어야만 할 것 같은 생각이 들었다.

다음 날에도 유치원에 도착한 안톤은 또 울기 시작했다. 구스타프는 프리크 선생님이 안톤에게로 다가가는 모습을 보았지만 먼저 안톤에게 다가가 다 괜찮을 거라고 말해주었다. 그리고 안톤을 자연 실험을 하는 실험용 책상 쪽으로 데려가 구멍이 뚫린 뚜껑을 덮은 상자 안에 기르는 누에를 보여주었다. 구스타프가 이렇게 말했다. "그전에 있던 상자는 뚜껑에 뚫어놓은 구멍이 너무 커서 누에가 그 틈으로 도망가버렸어."

"누에들이 어디로 갔는데?" 안톤이 눈물이 그렁그렁한 채로 물었다.

"사방으로 흩어졌지." 구스타프가 대답했다. "모두들 누에를 잡아 제자리로 돌려놓으려 했어. 그러다 그만 발로 밟는 애도 있었지. 누에를 발로 밟다니 정말 끔찍하잖아?"

구스타프는 안톤이 웃는 걸 보았다. 하지만 다시 눈물이 솟아올랐고 안톤은 두 손으로 얼굴을 가렸다.

구스타프가 물었다. "그런데 도대체 무엇 때문에 그렇게 우는 거니?"

안톤이 더듬거리며 베른에 있는 유치원에 다닐 때 만났던 친구들과 헤어지게 되어서 우는 거라고 설명했다.

"그 애들이 죽은 건 아니잖아?" 구스타프가 말했다.

"그야 물론 그렇지. 그렇지만 난 그 애들을 다시는 못 볼 거야. 나는 지금 여기 있잖아."

구스타프가 대꾸했다. "그렇다고 우는 건 정말 바보 같은 일인 것 같은데. 그렇게 계속 울고 있으면 엄마가 뭐라고 안 하시니?"

안톤이 손을 얼굴에서 떼고는 구스타프를 바라보았다. "응. 엄마는 내가 슬퍼하는 걸 다 아시니까."

"그렇구나." 구스타프가 말했다. "그래도 그렇게 우는 건 바보짓 같아. 너는 이제 여기서 살 거니까 여기에 익숙해져야만 할 거야."

때마침 종소리가 울리며 아침 수업 시간의 시작을 알렸다. 안톤은 구스타프를 따라 단체 수업용 책상이 있는 곳으로 갔다. 거기에는 색도화지와 색연필이 준비되어 있었고, 선생님은 아이들에게 뭐든 자기가 좋아하는 걸 그려보라고 했다.

안톤의 눈물이 종이 위로 떨어졌다. 마치 빗물이 고이듯 얼룩이 번졌지만 오 분인가 육 분쯤 시간이 지나자 마침내 안톤은 울음을 멈췄다.

"넌 뭘 그릴거니?" 안톤이 구스타프에게 물었다.

"난 우리 엄마를 그릴거야." 구스타프가 대답했다.

"너희 엄마는 예쁘시니?" 안톤이 물었다.

"잘 모르겠어. 그냥 우리 엄마니까. 엄마는 치즈 공장에서 일해. 에멘탈 치즈를 만들어."

프리크 선생님이 자로 교탁을 두드렸다. "자, 규칙은 잘 알고들 있지요?" 그녀가 말했다. "그림을 그릴 때는 다들 조용히 해야만 해요. 친구들이랑 이야기하는 게 아니라 조용히 자기가 그리는 그림과 이야기해보도록 하세요."

구스타프는 엄마가 부엌 선반 앞에 앉아 있는 모습을 그리고 싶었다. 그래서 우선 텅 빈 공간 안에 사각형의 선반을 그리고는 갈색으로 색을 칠했다. 그런 다음 엄마의 얼굴을 그리기 시작했는데, 둥근 모습이 아니라 약간 길쭉한 얼굴을 어떻게 그려야 할지 잘 알 수가 없었다. 구스타프는 자신이 그린 얼굴이 너무 홀쭉하고 길다는 사실을 금방 알 수 있었다. 구스타프가 손을 들자 프리크 선생님이 다가왔다. 구스타프는 이렇게 말했다. "얼굴을 그리려고 했는데요, 아이스크림을 담는 고깔과자처럼 되어버렸어요."

"상관없어." 프리크 선생님이 말했다. "그러면 아예 아이스크림을 그리는 게 어떠니? 거기 위에 맛있는 딸기 아이스크림을 그리는 거야."

그것 참 재미있는 생각 같았다. 에밀리에 펠러가 갑자기 아이스크림으로 변신을 한다? 구스타프는 안톤에게 이렇게 속삭였다. "우리 엄마를 그리려고 했는데 잘 안되네. 이제 엄마가 아니라 아이스크림이야."

그리고 구스타프는 처음으로 안톤이 웃는 소리를 들었다. 정말로 참을 수 없어서 웃는 웃음으로, 누구라도 함께 웃지 않고는 배기지 못할 정도였다. 갑자기 두 아이는 키득거리기 시작했다. 혹시나 프리크 선생님이 보고 혼을 내지는 않을까 걱정했지만 선생님의 표정에는 아무런 변화가 없었다. 마침내 간신히 웃음을 멈추고 나서 바라본 얼굴에도 혼내려는 기색 같은 건 전혀 보이지 않았다. 혼내기는커녕 상냥하고 따뜻한 표정이었다.

구스타프는 분홍색 색연필을 집어 들고 고깔과자 위에 담긴 아이스크림을 그렸다. 그런 다음 안톤은 뭘 그리고 있는지 슬쩍 바라보았다. 안톤은 종이 위에 작은 자를 가져다 대고는 검은색 색연필로 계속 선만 그려대고 있었다. 자를 대고 그린 똑바른 선은 모두 다 그 길이가 각각 달랐는데 구스타프는 이내 안톤이 뭘 그리려고 하는지 알 것 같았다. 바로 피아노와 피아노 건반이었다.

구스타프는 에밀리에에게 안톤이 웃었던 일을 이야기했다. "웃음소리가 듣기 좋았어요."

그날 밤 구스타프는 안톤에게 해줄 재미있는 이야깃거리를 생각해내려고 애썼다. 그러면 하루 종일 자기가 좋아하는 안톤의 웃음소리를 들을 수 있을 것 같았다. 그러다 구스타프는 안톤을 깜짝 놀라게 할 멋진 생각 하나를 떠올렸다. 아빠의 잎담배 상자 안에 보관해 둔 자신의 보물을 보여주기로 한 것이다. 구스타프가 그런 결심을 하게 된 건 안톤이 자신이 모은 물건들을 보물로 생각해줄 것이라 믿었기 때문이었다. 그렇다고 해서 유치원까지 잎담배 상자를 가져가는 모험은 하고 싶지 않았다. 그래서 구스타프는 엄마에게 이렇게 물었다. "안톤 츠비벨에게 차 마시러 오라고 해도 될까요?"

"츠비벨?" 에밀리에가 되물었다. "그것 참 특이한 성이구나."

"안톤도 자기 성을 별로 안 좋아해요." 구스타프가 말했다.

"그럴 수도 있겠지. 어쨌거나 성은 중요하단다. 네 아빠를 처음 만났을 때 자기 성을 펠러라고 소개하더구나. 그때 나는 펠러라는 성이 참 멋지다고 생각했어. 그래서 나중에 펠러 부인이라고 불리게 되면 얼마나 좋을까 그랬지."

구스타프는 고개를 들어 엄마를 쳐다보았다. 엄마는 직장에서 일을 하느라 머리에 두르고 있던 붉은색 수건을 풀고 머리를 풀어헤쳤다. 머리카락이 얼굴 위로 드리우자 그녀는 헝클어진 머리를 곱게 매만졌다. 마치 에리히 펠러라는 이름의 남자를 처음 만나던 그때 그 장소를 떠올리면서 다시 그 사람을 만날 준비라도 하는 것 같았다.

"수요일에 안톤을 집에 불러도 될까요?" 구스타프가 다시 물었다. “엄마가 반나절만 일하고 집에 오는 날인데.”

“안톤 츠비벨이라. 좋아. 그런 이름은 전에는 한 번도 들어본 일이 없지만 괜찮겠지. 그 아이를 집으로 불러라 그 애 부모님이 허락만 한다면 괜찮아. 누스토르테Nusstorte를 만들어줄게. 아마도 지금쯤이면 호두 정도는 구할 수 있지 않을까…….”

“안톤은 호두를 안 좋아할 수도 있어요.”

“그거 아쉽구나. 호두를 안 좋아한다면 꼭 누스토르테를 준비할 필요는 없겠네.”

안톤을 부르기로 한 날은 봄도 다 저물어가던 때였다. 유치원을 마치고 구스타프가 안톤과 함께 운터 데 에크 거리에 있는 셋집에서 놀고 나면 6시쯤 안톤의 아빠가 안톤을 데리러 오기로 했다. 안톤의 아빠는 은행에서 일한다고 했다. 베른에 있는 어느 대형 국립 은행에서 일하다가 지금은 마츨링헨의 작은 지점으로 발령이 났다고 했다. 안톤은 아빠가 본사에서 지점으로 내려온 이유에 대해서는 별말이 없었다. 그저 가족 모두가 베른에서 살던 때를 그리워한다고만 말했다. 츠비벨 부인은 베른의 화려한 상점들을, 그리고 안톤은 옛날 친구들을 그리워한다는 것이었다.

매년 5월이 되면 셋집의 뒷마당에 있는 벚나무에는 하얀색 벚꽃이 피었다. 구스타프가 안톤을 만났던 1948년 봄에는 겨울이 끝날 무렵에 비가 계속해서 내렸던 덕분인지 벚꽃이 아주 흐드러지게 피었다. 벚나무 가지가 돌이 깔린 뒷마당 바닥까지 늘어질 정도였다.

구스타프가 양철 기차를 가지고 노는 방의 창가에서는 벚나무가 잘 보였다. 셋집에 살고 있는 사람들이 뒷마당을 통해 오다가다 발걸음을 멈추고 나무를 올려다보는 모습도 볼 수 있었다. 그 아름다움에 반해 때로는 마치 이제는 볼 수 없는 그리운 사람에게 하듯이 그렇게 나무를 향해 손을 뻗는 것이었다. 에밀리에의 말로는 셋집 건물 앞부터 운터 데 에크 거리를 따라 온통 벚나무가 심어져 있었다고 했다. 하지만 이제는 다 잘려나가고 이렇게 뒷마당에 한 그루만 남아 있을 뿐이었다. "사람들은 저 나무는 특별하게 생각해. 왜냐하면 그렇게 우여곡절을 겪으면서도 살아남았거든. 때로는 저 벚나무처럼 그렇게 특별해 보이는 것들이 있단다."

"어떤 것들이요?" 구스타프가 물었다.

"음, 우리가 사진으로 봤던 베를린의 돌 더미 속 하얀 개 같은 거. 그 개도 살아남았으니까."

"엄마가 그 개는 좋은 주인을 새로 만났거나 아니면 굶어 죽었을지도 모른다고 했잖아요."

"그래, 그랬지. 그런데 중요한 건 말이다, 모든 게 다 무너져버렸는데 그 개는 그래도 얼마 동안이라도 거기 있었거든. 살아남았다는 거지."

어쨌든 수요일 오후가 되었다. 구스타프는 환한 햇살 속에서 안톤과 함께 집으로 돌아오는 것이 즐거웠다. 뭐라고 설명할 수는 없었지만 어쩐지 자랑스러운 기분까지 느껴질 정도였다.

안톤을 엄마에게 소개할 때, 구스타프는 엄마가 보통 처음 만나는 사람을 볼 때보다 더 오랫동안 안톤을 응시하고 있다는 사실을 깨달았다. 그래서 구스타프는 엄마가 무슨 생각으로 그러는지 궁금해졌다. "구스타프 방에 가서 잠시 놀고 있어라. 조금 있다가 누스토르테랑 같이 차를 마시자. 네가 누스토르테를 좋아하면 좋겠다."

"누스토르테가 뭐예요?" 안톤이 물었다.

"아마 구스타프가 설명해줄 거야."

두 아이는 구스타프의 방으로 갔다. 마침 햇살이 창문을 가로질러 비스듬하게 방을 밝혀주고 있었다. 구스타프가 말했다. "누스토르테는 안에 졸인 설탕이랑 호두를 넣은 부드러운 빵과자야."

하지만 안톤은 구스타프가 하는 말을 듣고 있지 않았다. 두 소년은 양철 기차가 놓인 창가에 서서 하얀색 꽃이 피어 있는 벚나무를 내려다보았다. "우리 저 아래로 내려가 볼 수 있어?" 안톤이 물었다.

"저기 뒷마당에 내려가서 놀자고?"

"저 나무를 보고 싶어서 그래."

"저건 그냥 벚나무인데." 구스타프가 말했다.

"저기 내려가 보면 안 돼?"

"그러면 엄마한테 물어보자."

에밀리에는 이렇게 대답했다. "좋아. 그렇지만 나도 같이 내려갈 거야. 너희들이 계단을 내려가며 떠들게 내버려두고 싶지 않거든. 구스타프, 너도 니더 아저씨가 굉장히 편찮으시다는 걸 잘 알고 있겠지?"

"니더 아저씨는 옆집에 살아." 구스타프가 안톤에게 말했다.

"곧 돌아가실지도 모른데."

"아, 그래." 안톤이 말했다. "그 아저씨 집에 피아노가 있을까?"

"나도 몰라. 엄마, 니더 아저씨 집에 피아노가 있어요?"

"피아노라니?" 에밀리에가 되물었다. "그런 건 왜 묻는 거지?"

"집에 피아노가 있으면 제가 〈엘리제를 위하여〉를 연주해 드릴 수 있거든요.” 안톤이 대답했다.

“그 아저씨는 아마 〈엘리제를 위하여〉 같은 건 듣고 싶어 하지 않을 거야.” 구스타프가 말했다.

“그렇지 않아. 모두들 내가 〈엘리제를 위하여〉를 피아노로 치면 좋아했어.”

“그건 나중에 생각해보기로 하자.” 에밀리에가 말했다. “우선은 조용히 뒷마당으로 내려가자. 알겠지?”

그렇게 세 사람은 뒷마당으로 내려갔다. 안톤은 검은색 눈동자를 한껏 치켜뜨고는 벚나무를 바라보았다. 안톤은 나무 쪽으로 달려가 즐거운 듯 작게 소리를 지르며 이리저리 깡충깡충 뛰어다녔다.

구스타프는 그냥 그 자리에 서서 안톤이 뛰는 모습을 지켜보았다. 구스타프는 지금 안톤이 저렇게 벚나무를 보고 즐거워하는 모습과 유치원에서 아침마다 우는 모습 사이에는 틀림없이 뭔가 관계가 있을 거라고 생각했다. 하지만 그게 뭔지 정확하게 설명할 수는 없었다. 구스타프는 안톤에게 다가가 손을 잡았고, 두 아이는 함께 나무 주위를 뛰어다니기 시작했다. 그렇게 숨이 찰 때까지 웃고 뛰놀던 구스타프는 왜 자기가 이렇게 뛰어다니고 있는지 그 이유를 잘 알 수 없었다. 하지만 어쩐지 안톤은 그 이유를 알고 있을 거라고 확신했고 그걸로 충분했다.

셋집 사람들이 한두 사람씩 뒷마당에 모습을 드러내더니 가던 길을 멈추고 아이들이 오래된 벚나무 주위에서 놀고 있는 모습을 웃으며 바라보았다. 나중에 안톤이 집으로 돌아가고 나자 에밀리에가 이렇게 말했다. “어쩌면 베른에는 저런 벚나무가 하나도 없었는지도 몰라. 설마 그렇기야 하겠냐만, 그래도 정말 그럴 수도 있지. 아마도 안톤은 오늘 벚나무를 처음 본 게 아닐까?"

"잘 모르겠어요, 엄마." 구스타프가 대답했다.

"내가 보니 아주 좋은 아이 같더구나." 에밀리에가 말했다. "비록 틀림없이 유대인이겠지만 말이야."

"유대인이 뭔데요?" 구스타프가 물었다.

"아, 네 아빠가 그 유대인들을 구하려다 돌아가셨어." 에밀리에가 대답했다.

타버린 누스토르테
1948년 마츨링헨

그해가 저물 무렵, 구스타프와 안톤은 유치원을 졸업했다. 두 사람은 이제 여섯 살이 된 것이다.

구스타프와 안톤은 마츨링헨에 있는 같은 초등학교에 입학했다. 에밀리에와 구스타프가 토요일마다 청소를 하러 가는 교회와 아주 가까운 곳에 있는 학교였다. 성 요한 개신교 초등학교라고 불리는 이 학교는 낡은 돌벽 위에 회칠을 한 아주 오래된 건물로 적갈색으로 칠한 묵직한 문이 달려 있었다. 그리고 그 위에는 검은색 철제 장식도 붙어 있었다. 학교 건물 위로는 뾰족 지붕이 솟아 있어 때로는 비둘기들이 그 위에 둥지를 틀기도 했다.

구스타프는 유치원 시절이 그리웠다. 자연 실험을 하던 책상이며 모래 상자, 그리고 벽에 걸려 있던 친구들이 그린 그림도 다시 보고 싶었다. 유치원은 밝은 기억으로만 가득 차 있었다. 창문 밖으로는 평범한 길거리가 아닌 숲과 목초지, 그리고 넓은 강이 보였고 교실 안에는 자유로운 분위기가 가득했다. 반면에 이 성 요한 초등학교의 교실 분위기는 어둡고 황량했다. 구스타프는 그 안에서 스산함을 느꼈다. 학교 근처에는 다른 건물들이 복잡하게 몰려 있었고 이상하게 거슬리는 소음들이 들려왔다.

에밀리에는 이렇게 말했다. "시간이 지나면 곧 익숙해질 거야. 어쨌든 네가 갈 만한 초등학교는 거기뿐이니까 말이야."

구스타프는 토요일이 돌아오기만을 간절히 기다렸다. 토요일이 되면 교회 청소를 하러 가고 하루 종일 에밀리에와 함께 있을 수 있었다. 에밀리에가 잡지를 읽는 대신 구스타프의 숙제를 도와주었지만 그렇게 잘 되지는 않았다. 에밀리에는 구스타프가 해야 하는 숙제가 아주 한탄스러운 수준이라고 말했다. "이렇게밖에는 할 말이 없구나, 구스타프. 정말이지 한탄스러운 수준이야."

구스타프의 산수 실력은 그다지 나쁘지 않았다. 구스타프는 숫자들을 보면 왠지 마음이 가라앉았다. 그렇지만 읽기 실력은 형편없었고 쓰기 역시 그렇게 만족스럽지 않았다. 때로 에밀리에는 자를 가지고 아들의 손등을 내리쳤다. "네 아빠가 지금 여기 있었으면 이거보다 훨씬 더 심하게 야단을 쳤을 거다."

구스타프는 할 수 있는 한 최선을 다했다. 에밀리에를 위해서, 그리고 스위스의 어린이들에게 사람들이 기대하는 '높은 수준'을 만족시키기 위해서. 하지만 사람들이 자신에게 요구하는 수준에 비해 자신의 노력이 형편없이 뒤진다는 사실을 구스타프도 알 수 있었다. 구스타프는 불과 얼마 지나지 않은 이전의 어린 시절이 그리워 견딜 수 없었다. 그때는 해야만 하는 일이 별거 없었다. 그저 누에에게 뽕나무 잎을 먹이고 양철 기차에 그려진 사람들에게 말이나 걸어주면 족했을 뿐이었다.

구스타프는 몇 번이고 에밀리에에게 안톤을 다시 집에 데리고 와도 되냐고 물었고, 에밀리에는 그때마다 괜찮다고 대답했다. 하지만 막상 구스타프가 날짜를 정하자고 하면 그 즉시 그날은 곤란하다고 딱 잘라 말하는 것이었다. 마침내 에밀리에는 이렇게 말했다. "사실, 이 집은 아이가 둘이나 놀기에는 너무 좁아."

"안 좁아요." 구스타프가 말했다. "지난번에도 아무 문제가 없었어요."

"그래, 그럴지도 모르지. 그런데 넌 왜 다른 친구는 집에 부르지 않니? 그 츠비벨인가 하는 아이 말고도 친구들이 있을 거 아니니, 안 그래?"

구스타프는 엄마를 바라보았다. 에밀리에는 설거지를 마치고 앞치마를 접고 있었다. 그녀는 면으로 만든 앞치마가 손바닥만 해질 때까지 접고 또 접었다.

"내가 진짜로 좋아하는 친구는 안톤 한 사람이에요." 구스타프가 말했다.

에밀리에는 접었던 앞치마를 다시 펼쳐서는 문 뒤에 있는 고리 위에 걸었다. 그리고 한숨을 내쉬며 이렇게 말했다. "그래, 좋아. 그런데 안톤은 누스토르테가 맛있다고 하던?"

"아마 그랬을 거예요."

"알겠다. 그럼 다음 주 수요일에 안톤을 집에 데리고 와라. 다시 누스토르테를 만들어줄 테니까."

안톤은 초대를 기꺼이 받아들였다. 그런데 안톤을 부른 그날의 누스토르테는 그야말로 엉망이 되고 말았다.

이 누스토르테는 그야말로 에밀리에가 '눈감고도' 만들 수 있는 별미였지만, 그날 오후에 만든 것은 거죽은 시커멓게 탔고 설탕은 너무 딱딱하게 굳어 마치 사탕처럼 되어버렸다.

에밀리에는 아무런 말도 하지 않았다. 그저 누스토르테 접시를 부엌의 좁은 선반 위 찻주전자 옆에 요란한 소리를 내며 내려놓고는 신경질적으로 몇 조각 잘라주었을 뿐이었다. 그러고 나서 그녀는 담배에 불을 붙이고 구스타프와 안톤으로부터 고개를 돌린 채 담배를 피웠다.

담배를 다 피고 난 에밀리에는 안톤을 똑바로 바라보며 이렇게 말했다. "넌 지난번에 우리 집에 왔을 때 너에 대해서 아무 말도 하지 않았었지. 그래, 아빠는 뭐 하시는 분이지?"

안톤은 자기 몫의 누스토르테를 먹어보려고 애를 썼지만 쉽지가 않았다. 씹히지도 않는 빵과자 조각을 잠시 입으로 가져갔다가 접시 위에 도로 내려놓은 안톤은 이렇게 대답했다. "은행에 다니세요."

"넌 참 버릇이 없구나." 에밀리에 펠러는 안톤이 먹다가 남긴 누스토르테 조각을 보고 얼굴을 찡그리며 말했다. "스위스에 산 지는 얼마나 되었지?"

"무슨 말씀이세요?" 안톤이 물었다.

"지금 내가 묻고 있잖아. 너희 가족이 스위스에서 산 지 얼마나 되었느냐니까?"

"잘 모르겠어요."

"츠비벨이라는 성은 스위스 말고 독일 쪽에 더 가까운 이름이지. 아마도 전쟁 중에 독일에서 이곳으로 넘어왔겠지?"

"잘 모르겠어요. 하지만 그렇지는 않을 거예요."

"독일이 아니면 오스트리아에서 온 건가? 아마도 누군가 도움을 주는 사람들이 있었겠지. 너라면 그런 사람들을 많이 알고 있을 거 같은데. 구스타프의 아빠처럼 스위스에서 새 출발을 하려는 독일 사람들을 도와줄 수 있는 그런 사람들 말이야. 그러니까 너희 가족도 그런 식으로 도움을 받아 이곳에 온 거겠지?"

안톤은 에밀리에를 바라보았다. 그녀는 새 담배를 꺼내 불을 붙이고는 열려 있는 창문 쪽으로 연기를 내뿜었다. 안톤은 고개를 돌려 구스타프 쪽을 쳐다보았다. "이제 그만 우리끼리 가서 놀아도 돼요?" 구스타프가 물었다.

"독일 생활이 기억이 나니?" 에밀리에는 계속해서 끈덕지게 물었다.

안톤은 고개를 저었다. 구스타프는 안톤의 얼굴이 붉게 달아오르는 걸 보았다. 안톤은 울기 전에 항상 그런 표정이었다. 구스타프는 이유는 모르겠지만 독일에 대한 이 이상한 대화가 에밀리에가 망쳐버린 누스토르테와 어떤 식으로든 관계가 있다는 사실을 알아차릴 수 있었다.

구스타프의 방에 들어온 안톤은 좁은 침대 위에 앉아 나무로 만든 서랍장이며 그저 그런 초라한 의자, 그리고 닳아빠진 바닥 깔개와 양철 쓰레기통, 벽에 붙어 있는 미텔란트 지도 등을 바라보았다. 이 작은 방에 있는 물건들은 그게 다였다. 안톤은 아무런 말도 하지 않았다.

구스타프는 창가에 서서 양철 기차를 이리저리 움직였다. 얼마 동안 방 안에는 침묵만이 맴돌았고 구스타프는 그 침묵이 고통스럽게 느껴졌다. 구스타프는 창문을 열고 지붕 위에 있는 비둘기들이 구구거리는 소리를 들어보려고 했다. 들짐승이나 날짐승들이 내는 소리는 때때로 위안이 되어주었다. 하지만 이날만은 아무런 소리도 들려오지 않았다. 구스타프는 서랍장 쪽으로 가서 자신의 '보물'들이 들어 있는 잎담배 상자를 꺼냈다. 그리고 상자를 침대 위로 가져와 안톤 옆에 올려놓았다.

"이걸 좀 봐." 구스타프가 말했다. "이거 처음이자 마지막으로 보여주는 건데, 내 보물 상자야."

안톤은 상자 안 물건에 관심을 보였다. 여전히 얼굴은 붉게 물들어 있었고 뺨에는 눈물이 흘러내리고 있었다. 구스타프는 뭐라고 말을 해야 한다고 생각했지만 도무지 무슨 말을 어떻게 해야 할지 알 수가 없었다.

안톤은 손을 뻗어 종이 클립이며 꽃잎, 그리고 못 등을 만지작거렸다. 그러다 황금색 통에 담겨 있는 립스틱을 집어 들고는 뚜껑을 열고 속을 들여다보았다. 안톤은 손으로 눈물을 닦아내고는 잠시 립스틱을 바라보다가 천천히 그 짙은 자주색 립스틱을 자기 입술에 바르기 시작했다. 그 모습이 너무나 이상해서 구스타프는 웃음을 터트리지 않을 수 없었다. 크고 걱정이 담긴 발작적인 웃음 소리였다.

안톤도 엷게 웃음을 지었다. "거울이 있니?"

"아니."

"립스틱을 바른 내 모습이 어떤가 보고 싶어."

"아주 이상해 보여."

"나도 보고 싶어."

"그러면 욕실로 가보자."

두 소년은 계단 쪽으로 달려갔다. 이제는 둘 다 웃고 있었고 그렇게 웃는 동안 구스타프의 걱정도 사라져버렸다. 웃음 덕분에 더욱 힘이 솟은 아이들이 욕실로 달려갔고 순간 사방이 수증기로 가득 차 있는 걸 보게 되었다. 수증기 사이로 보이는 건 욕조에 몸을 담그고 있는 에밀리에의 모습이었다. 에밀리에는 두 눈을 감은 채 젖은 머리를 욕조 가장자리에 기대고 있었다. 에밀리에는 피곤하거나 화가 날 때면 이렇게 목욕을 하곤 했다. 욕조에 뜨거운 물을 받아서 그 김이 방 안에 가득 차면 따뜻한 수증기 속에 알몸으로 누워 있는 것이었다. 에밀리에는 구스타프와 안톤이 욕실로 달려 들어온 것을 보고 소리를 질렀다. 에밀리에는 비누를 집어 들어 아이들을 향해 던졌고 비누는 구스타프의 팔에 와서 맞았다. 실제로는 별로 아플 것도 없었지만 그 순간 도무지 견딜 수 없는 고통이 느껴졌다. 안톤은 에밀리에를 바라보았다. 욕조 가장자리를 따라 늘어져 있는 그녀의 가는 팔이며 그녀의 빈약한 젖가슴을. 이윽고 구스타프는 지금 이 상황이 얼마나 당황스럽고 끔찍한 것인지 깨닫고는 친구를 욕실에서 밀어내고 자신도 재빨리 그 뒤를 따라 나와 욕실 문을 힘껏 닫았다. 그리고 안전한 자기 방으로 다시 서둘러 돌아왔다.

"미안해." 구스타프는 안톤에게 이렇게 말했다. "엄마가 욕실에 있는지 몰랐어."

안톤은 손등으로 입술에 칠했던 립스틱을 문질렀다. 그리고 창가로 가서 뒷마당에 있는 벚나무를 내려다보았다. 구스타프는 아까 엄마가 던진 비누에 맞은 자리를 문질렀다. 비누는 욕실 바닥 어딘가에 떨어져 있을 거고 엄마는 그대로 욕조 안에 있을 것이다. 그러면 엄마에게는 몸을 씻을 비누가 없다는 말인데……. 구스타프는 이런 생각을 하고 있었다.

"저 벚나무는 어떻게 된 거야?" 안톤이 잠시 후 이렇게 물었다.

"응? 뭐가 어떻게 돼?"

"벚꽃 색깔이 이제는 하얀색이 아닌데?"

"아, 그렇지." 구스타프가 대답했다. "하얀색은 그리 오래 가지 않는 거니까."

6시가 되어 안톤의 아빠가 아들을 데리러 왔지만 에밀리에는 안톤에게도, 그리고 그의 아빠에게도 인사조차 하지 않았다. 에밀리에는 자기 방으로 들어가 문을 걸어 잠그고 나오지 않았다.

"구스타프, 어머니에게 무슨 일이라도 있는 거니?" 은행원이라는 안톤의 아빠가 조심스럽게 구스타프에게 물었다.

"괜찮습니다. 감사합니다." 구스타프는 이렇게 대답했다.

"혹시 어디 편찮으시기라도 한 건가?"

"아니요. 아마 그냥 주무시고 계실 거예요."

"아, 그렇구나. 그러면 조용히 나가야 되겠다. 그런데 안톤, 얼굴에 그게 뭐지?"

"아무것도 아니에요, 아빠."

"아무것도 아닌 것치고는 뭔가 굉장히 요란한데!"

"제가 잘못한 거예요." 구스타프가 말했다. "수건으로 닦아줄까요?"

"그래, 그러는 게 좋겠다. 저렇게 하고는 집까지 갈 수가 없을 것 같구나."

구스타프는 욕실로 가서 뜨거운 물을 틀었다. 욕조의 수증기는 다

날아가고 없었지만 좁은 욕실 안에는 아까의 그 축축하고 불쾌한 냄새가 그대로 남아 있어 어색한 느낌이 들었다. 구스타프는 수건에 물을 적신 후 재빨리 안톤과 안톤 아빠가 있는 곳으로 돌아왔다. 안톤의 아빠는 수건을 받아들고는 아들의 얼굴을 거칠게 닦아냈다. 구스타프는 츠비벨 씨의 통통한 네 번째 손가락에 끼워져 있는 황금 인장 반지가 얼마나 큰지 처음으로 알아볼 수 있었다.

"안톤 엄마랑 이야기한 건데……" 츠비벨 씨가 잠시 뜸을 들이다가 입을 열었다. "너도 우리 집에 한번 놀러 오는 게 어떻겠니?"

순간 구스타프는 짜릿한 기쁨을 느꼈지만 그러면서 두려움 비슷한 감정도 느꼈다. 그러나 그런 두려움을 인정하고 싶지는 않았다.

"감사합니다."

"엄마한테 한번 여쭤보겠니? 학교가 끝나면 안톤이랑 같이 걸어서 오고 집에 갈 때는 안톤 엄마가 차로 데려다줄 수 있을 거다."

"감사합니다." 구스타프가 또다시 인사를 했다.

"내가 피아노 치는 걸 들을 수 있겠네." 안톤이 말했다. "이제는 〈엘리제를 위하여〉를 대부분 다 제대로 칠 수 있어. 그리고 슈베르트도 배우고 있지. 슈베르트는 치기가 어려워. 그렇지요, 아빠?"

"그래, 하지만 어려운 일은 그것 말고도 많이 있지. 그렇지 않니, 구스타프?"

"네, 맞아요. 그렇지만 우리 엄마는 참고 잘 해낼 수 있을 때까지 열심히 해야 한다고 말씀하세요."

"그렇고 말고." 츠비벨 씨가 말했다. "정말 옳은 말씀을 하셨구나."

그날 밤 늦게, 머리를 새로 감아서 그런지 더 심각하게 보이는 얼굴을 한 에밀리에는 욕실에서 있었던 일 말고도 그날 오후 내내 아주 힘이 들었다고 구스타프에게 말했다.

"엄마, 미안해요. 우리는 엄마가 목욕을 하고 있는지 몰랐어요." 구스타프가 말했다.

"그것만 가지고 뭐라 그러는 게 아니야!" 에밀리에가 날카롭게 소리를 질렀다. "이 작고 낡아빠진 집에 그 아이가 있는 거 자체가 나한테는 아주 힘든 일이야!"

"도대체 왜요?" 구스타프가 물었다.

"네가 좀 더 나이가 들면, 그때는 전부 다 설명해줄 수 있을 거다. 그렇지만 지금 당장은 말이야, 다시는 그 아이를 우리 집에 부르지 마. 잠깐 왔다 가는 것도 안 돼."

구스타프는 엄마를 바라보았다. 엄마의 손에는 예의 그 아니스 냄새가 나는 마실 것이 들려 있었고, 엄마는 아주 급하게 그 마실 것을 홀짝이고 있었다.

그날의 일을 떠올릴 때마다 구스타프는 갑작스럽고 감당하기 힘든 피로를 느끼곤 했다. 자신으로서는 도무지 이해할 수 없는 일들로 비롯된 그런 피로였다. 두 눈을 감으면 금방 감은 머리에 술잔을 든 에밀리에의 모습이 떠올랐다가 사라지기를 반복했다. 마치 막 잠이 들려고 할 때 보이는 그런 모습 같았다.

안톤의 피아노 연주
1948년 마흘링헨

안톤이 어디 사는지 에밀리에가 물어보자 구스타프는 프리부르 거리라고 대답했다. 그러자 에밀리에는 "아, 이런" 하고 내뱉었다.

구스타프는 프리부르 거리에 살았던 때를 기억하지 못했다. 그때는 너무 어렸던 것이다. 그렇지만 그때 살았던 집이며 에밀리에가 그토록 좋아했다던 제라늄꽃에 대한 이야기는 많이 들어서 알고 있었다.

"프리부르 거리 몇 번지야?" 에밀리에가 다시 물었다.

"77번지요."

"휴, 그래. 최소한 같은 집은 아니구나. 우리가 살았던 집처럼 멋지게 트인 공간 같은 건 없겠지, 아마."

에밀리에는 구스타프가 제일 좋아하는 스위스식 감자부침인 뢰스티rösti를 만들고 있었지만, 요리를 하다 말고 부엌 창가로 가 깊게 숨을 몰아쉬었기 때문에 구스타프가 대신 감자 익는 걸 지켜봐야 했다. 어쨌든 구스타프는 음식이 익어가는 모습을 보는 걸 좋아했다. 자신의 미래에 대해 생각할 때 엄마가 말하던 '올바르게 사는 삶'이 이 길이라면 요리사가 되어도 좋겠다는 생각이었다.

구스타프가 에밀리에가 쓰는 쇠주걱으로 익어가는 뢰스티를 쿡쿡 찌르고 있으려니 에밀리에가 어느새 달려와 주걱을 빼앗아갔다. "그냥 그대로 내버려두라니까!"

에밀리에가 이렇게 예민하게 구는 건 종종 있는 일이어서 구스타프는 그렇게 화가 나거나 당황하는 일이 거의 없었다. 이런 것도 다 에밀리에의 일부였다. 그녀의 가느다란 머리카락이, 그녀가 피우는 담배 연기가, 그리고 그녀가 즐겨 읽는 잡지가 그녀의 일부이듯이. 구스타프는 부엌에서 나와 자기 방으로 가서 침대 위에 앉았다. 안톤이 자주색 립스틱을 발랐던 그 자리였다. 지금 구스타프의 신경이 온통 쏠려 있는 일은 츠비벨 집에 초대받아 가는 일을 어떻게 허락받느냐 하는 것이었다. 하지만 구스타프는 이제 에밀리에가 츠비벨 가족이 프리부르 거리에 살고 있다는 말을 들었으니, 자기를 보내주지 않을 이유를 찾은 것이나 다름없다고 거의 확신하고 있었다.

구스타프는 자리에서 일어나 잎담배 상자를 찾아 들고는 립스틱을 꺼내 들었다. 그리고 먼지투성이의 교회 바닥에서 그 립스틱 통이 얼마나 환하게 빛이 났었는지를 기억해냈다. 구스타프는 입고 있던 반바지에 립스틱 통을 잠시 문질러 닦은 후 뢰스티가 먹음직스럽게 익는 냄새가 진동하는 부엌으로 가 엄마에게 립스틱을 내밀었다. "엄마, 이거 엄마한테 드리는 선물이에요."

에밀리에는 구스타프가 내민 손에 들려 있는 립스틱을 내려다보았다. "너 그거 어디서 난거니?" 에밀리에가 물었다. "그거 설마 훔친 건 아니지, 그렇지? 구스타프, 한 번 물건을 훔치기 시작하면 네 인생은 끝장이 나는 거야."

"교회에서 주운 거예요." 구스타프가 말했다. "바닥 장식 아래쪽에 떨어져 있었어요."

에밀리에는 잠시 머뭇거렸다. 부엌의 뜨거운 열기 때문에 얼굴 위로 흐르는 땀을 앞치마 끄트머리로 닦아낸 에밀리에는 이렇게 말했다. "그러면 왜 목사님에게 갖다드려야 한다는 생각은 안 한 거니?"

"그게 그냥 먼지 구덩이 속에 버려져 있던 거라서. 엄마에게 드리려고 가져왔어요."

"그런 걸 주웠으면 목사님에게 먼저 갖다드렸어야지. 교회에 오는 사람들 중에 누군가 분명 물어봤을 거다."

구스타프는 그런 엄마의 말을 무시하고 계속해서 이렇게 말했다. "엄마, 이걸 좀 보세요……." 구스타프는 뚜껑을 열고는 립스틱의 자주색이 얼마나 아름다운지 에밀리에에게 보여주었다.

"하나님 맙소사!" 에밀리에가 소리쳤다. "도대체 누가 그런 색을 입술에 바른다니?"

"마음에 안 드세요?"

"안 들다마다. 자, 음식이 거의 다 되었으니 가서 손이나 씻고 와라. 그리고 이번 주 토요일에 교회에 가거든 그걸 원래 있던 자리에 갖다 놔. 네 아빠가 경찰이었다는 거 알고 있지? 아빠였다면 아무리 작은 것이라도 남의 물건에 손대는 일은 절대 용서해주지 않으셨을 거다."

그렇지만 그날 늦게 술을 마시고 마음을 가라앉힌 에밀리에는 구스타프에게 이렇게 말했다. "안톤네 집에 놀러갔다가 그 집 아빠가 집에 없으면 누가 널 여기까지 데려다줄 수 있지?"

"안톤의 엄마요. 집에 차가 있대요."

"그러면 넌 집에 6시까지 올 수 있고?"

"그건 잘 모르겠어요."

"그 집에서 너무 늦게까지 있지는 않았으면 좋겠다."

"왜요?"

"우리하고는 다르게 사는 집이기 때문이지. 나는 네가 우리도 그 집처럼 살았으면 하고 생각하게 되는 걸 바라지 않아."

"그게 무슨 말이에요?"

"자동차에, 피아노에, 비싼 음식들까지. 뭐 그런 것들 말이야."

"난 우리 집 음식이 좋아요. 경단이랑 감자 요리랑……"

"그래. 우리가 해먹을 수 있는 건 바로 그 정도뿐이야. 그러니 집에는 6시까지 꼭 돌아오길 바란다."

프리부르 거리 77번지에 있는 츠비벨 씨네 집 거실에 들어섰을 때 구스타프의 눈에 제일 먼저 들어온 건 검은색의 커다란 그랜드 피아노와 거리가 내려다보이는 공간의 창가 쪽 화분에서 자라고 있는 붉은 제라늄꽃들이었다. 하지만 구스타프의 마음속 한 부분이, 그러니까 에밀리에를 무척이나 사랑하는 그 마음이 제라늄꽃들을 못 본 척하도록 만들었다.

안톤의 엄마는 손에 작은 물뿌리개를 들고 창가 쪽에 서 있었다. 그러다 구스타프를 보고 매니큐어를 칠한 부드러운 손을 내밀었다.

"아, 네가 구스타프구나." 그녀가 말했다. "잘 왔다. 우리 안톤에게 잘해준다면서?"

"안녕하세요, 츠비벨 아주머니!" 구스타프가 배운 대로 예의 바르게 인사를 하며 이렇게 말했다.

"참 예의 바르기도 하지!" 츠비벨 부인이 웃으며 이렇게 말했다. "그렇게 인사하는 건 도대체 어디서 배운 거지?"

"어디서 배운 게 아니에요. 구스타프는 원래 착해요." 안톤이 말했다.

"그렇다면야 더 좋구나." 츠비벨 부인이 말했다. "다른 사람들도 다 그렇다면 얼마나 좋을까! 자, 얘들아, 차를 마시기 전에 뭘 먼저 하면 좋을까?"

"구스타프가 듣게 피아노를 치려고요." 안톤이 말했다. "슈베르트의 〈보리수〉를 쳐보려고요."

"아, 이제는 좀 잘 칠 수 있니?"

"네, 그럼요."

"그래, 그러면 그렇게 해. 구스타프, 안톤이 너를 위해 피아노로 〈보리수〉를 연주하겠다는구나."

"그게 뭔데요?"

"가곡歌曲이라고, 부르는 노래의 일종이야. 슈베르트가 지은 노래지."

"그럼 누가 노래를 부르나요?"

"오늘은 아무도 부르지 않을 거야. 이따금 안톤 아빠가 부르기도 하지만 보통은 안톤이 그냥 노래 없이 피아노로만 연주를 한단다."

"두 눈을 감고 잘 들어봐." 안톤이 말했다. "그러면 음악 속에서 나뭇잎들이 바스락거리는 소리가 들릴 거야."

"음악 속에서 나뭇잎들이 바스락거린다는 게 무슨 말이야?"

"일단 들어봐. 그러면 알게 돼."

“자, 이쪽으로 와.” 츠비벨 부인이 구스타프의 손을 잡고 이렇게 말했다. “이렇게 나와 같이 여기 소파에 앉자. 안톤, 이제 피아노를 쳐도 돼.”

피아노가 놓여 있는 거실은 넓었다. 천장에는 화려한 장식등이, 그리고 벽에는 묵직한 액자 안에 든 사진이며 그림들이 걸려 있었는데 너무 숫자가 많아 다 살펴보지 못할 정도였다. 벽난로 옆에는 도자기로 만든 곰이 서 있었다. 구스타프는 츠비벨 부인 옆에 앉았다. 부인에게서는 여름철의 꽃향기가 강하게 풍겨왔다.

구스타프는 안톤이 피아노용 의자와 씨름을 하는 모습을 보았다. 안톤은 의자의 높이를 자기의 키에 맞추었고, 그 일이 끝나자 의자 위에 앉아 이번에는 악보를 뒤적이기 시작했다. 그리고 마침내 원하던 악보를 찾았는지 한쪽 구석을 접어 넘어가지 않도록 고정을 시키고는 이렇게 말했다. “E단조로 시작되는 노래야. 슈베르트의 가곡들은 대부분 그냥 단조로 시작이 되는데 이 노래만 달라. 왜 그런지는 알았는데 잊어버렸어.”

구스타프는 안톤을 바라보았다. 피아노 앞에 앉아 있는 저 아이가 유치원 모래 상자 옆에서 울던 그 아이라고는 상상하기 힘들었다. 더 어른스러워 보였고 눈에는 눈물 한 방울 없이 초롱초롱 빛이 났다. 마치 안톤이 전혀 다른 사람이 되어 자기에게 딱 맞는 곳에 자리를 잡은 것처럼 보일 정도였다. 구스타프로서는 너무 어리거나 혹은 너무 두려워 감히 따라가지 못할 그런 자리였다. 구스타프는 문득 자리에서 일어나 이렇게 말하고 싶어졌다. 그 〈보리수〉인지 뭔지를 연주하지 마. 듣고 싶지 않아졌어.

하지만 피아노 연주는 이미 시작이 되었다. 츠비벨 부인은 흥에 겨운 듯 박수를 치며 박자를 맞추다가 구스타프에게 이렇게 속삭였다. “보리수나무가 한 슬픈 남자에게 말을 걸지. 자기 옆으로 와서 나무 그늘 아래 누워 쉬라고 속삭이는 거야. 나뭇잎들이 남자에게 말을 거는 소리가 들리지 않니?”

구스타프는 그런 소리가 들리지 않는다고 생각했다. 아니, 어쩌면 들리긴 했지만 집중을 할 수 없었는지도 모른다. 안톤이 자기와는 완전히 다른 곳으로 앞서 가며 절대로 자기가 있는 쪽을 돌아보지 않을 거라는 그런 기분 때문이었다. 하지만 츠비벨 부인에게 예의 바르게 굴어야만 한다는 사실을 알고 있었기에, 구스타프는 자기도 나무가 이야기하는 소리를 들었다고 대답했다. 그러다 만일 음악이 바람을 따라 움직이는 나무의 나뭇잎이 될 수 있다면 나무 옆의 남자가 될 수도 있을지 모른다는 생각이 들기 시작했다. 그리고 화음인지 가락인지가 들려오지 않을까 기다리기 시작했다. 화음이 뭐였더라? 사람의 목소리와 비슷한 그런 소리라고 했었는데. 그렇지만 그러는 사이 연주는 그만 끝나버렸다.

안톤이 웃으며 의자에서 일어나 엄마에게 고개 숙여 인사를 하고, 다시 구스타프에게도 똑같이 고개를 숙이며 인사를 했다. 그리고 구스타프는 안톤이 박수갈채를 기대하고 있다는 사실을 깨달았다. 그래서 박수를 쳤고 츠비벨 부인도 박수를 치며 이렇게 말했다.
“멋지구나, 안톤. 아주 잘했어.”

“구스타프, 마음에 들었니?” 안톤이 물었다.

“응.” 구스타프가 대답했다. “그런데 왜 그 남자는 나무에게 같이 말을 걸어주지 않은 거야?”

안톤이 웃음을 터트렸다. “나무에게 같이 말을 건다고? 그럴 수야 없지! 그 남자는 실제로는 그 자리에 있는 게 아니거든. 그냥 이제는 나이가 들고 슬퍼진 남자가 옛날 일을 생각해내고 있는 것뿐이야. 그렇지요, 엄마?"

"그래, 아마 그 말이 맞을 거야. 옛날에 있었던 일을 다시 떠올리는 것뿐이지. 아마도 그 남자는 예전에 자기가 아주 어렸을 때 그랬던 것처럼 나뭇잎들이 바스락 거리는 소리를 들었을 거야. 아마도 너희들처럼 어렸을 때겠지. '나뭇잎들이 살랑거리며 / 마치 나를 부르는 것 같았네……' 그리고 어쩌면 그 나무 아래 드러누워 꿈을 꾸곤 했었는지도 모르지. 그렇지만 그 시절로 다시는 되돌아갈 수는 없는 거란다."

"왜 못 돌아가요?" 구스타프가 물었다.

"왜냐하면 그게 바로 인생이기 때문이란다. 한 번 지나간 시간은 절대로 다시 되돌릴 수가 없는 게 바로 인생이야."

"유치원 시절로 다시는 돌아갈 수 없는 것처럼요?"

"바로 그렇단다. 우리는 그저 앞으로만 나아가야 할 뿐 돌아갈 수는 없어. 자, 안톤, 이제는 또 무슨 곡을 연주할 거니?"

"이제는 피아노 그만 칠래요. 구스타프에게 새로 산 장난감 기차를 보여줄 거예요. 나는 그냥 구스타프가 이 〈보리수〉만 들어주었으면 했던 거니까요."

안톤이 제발 연주하지 말았으면 하고 바랐던 이 〈보리수〉를 듣고 나니 구스타프는 이해할 수 없는 부분이 너무나 많았다. 나뭇잎들이 바스락 거리는 소리를 만들어내는 악보 문제도 아니었고 실제로 나뭇잎 소리와 별로 비슷하지 않았던 것도 문제가 아니었다. 그 구슬픈 남자가 그 자리에 있었는지 아니면 없었는지도 중요하지 않았다. 문제는 안톤이 이 복잡한 곡을 피아노로 연주할 수 있었다는 사실이었다. 도대체 어떻게 피아노 치는 법을 배울 수 있었을까? 그것도 언제?

그러다가 구스타프는 또 다른 사실에 생각이 미쳤고 혼란스러워지기 시작했다. 자기가 토요일 아침마다 엄마와 함께 성 요한 교회를 청소하고 있던 바로 그 시간에 안톤은 자기의 피아노 선생님과 함께 있었던 것이다. 엄마랑 자기가 무릎을 꿇고 손에 먼지를 묻혀가며 일하고 있을 때 안톤은 슈베르트를 연주하고 있었던 것이다.

결국 구스타프는 엄마에게 아무런 이야기도 하지 않기로 마음먹었다. 엄마는 제라늄꽃에 대해서도, 그리고 안톤이 〈보리수〉를 피아노로 연주한 일에 대해서도 알 필요가 없었다.

구스타프가 이런저런 생각들로 곤란해하고 있는데 안톤이 새로 산 장난감 기차를 와서 보라고 했다. 안톤의 널찍한 방바닥에는 양탄자가 깔려 있었고 그 위에는 둥글게 설치해놓은 강철로 만든 작은 철로가 있었다. 두 아이는 철로 옆에 무릎을 꿇고 앉았다. 철로 위에 올라가 있는 기차는 아주 멋지게 색이 칠해져 있었을 뿐더러 진짜처럼 보이는 석탄차에 여러 가지 놋쇠 부품들도 붙어 있었다. 또한 태엽 장치까지 있어서 태엽을 감아주면 기차가 천천히 철로를 따라 움직이는 것이었다. 철로 저편에는 신호기가 있어서 안톤은 그 신호기를 보며 기차를 손으로 붙잡아 멈추게 했다. "진짜 기차가 이렇게 움직이거든." 안톤이 이렇게 말했다. "신호를 보고 멈춤 신호가 보이면 기차가 멈추는 거야. 그런데 우리 엄마는 그걸 진짜 무서워해. 왜 그런지 나는 잘 모르겠어. 기차가 멈출 때마다 항상 엄마가 물어봐. '왜 기차가 멈추는 거예요?' 그러면 아빠가 이렇게 대답해. '괜찮아, 여보. 신호를 보고 멈추는 것뿐이니까. 아무것도 걱정할 필요 없어.'"

아마도 안톤은 구스타프가 이런 이야기를 들으면 재미있어 할 거라고 생각했던 것 같다. 하지만 이렇게 자기의 엄마와 아빠가 하는 말을 흉내 내도 구스타프가 웃지를 않자 안톤은 이렇게 물었다. "구스타프, 너 괜찮아? 왜 그렇게 말이 없어?"

"아, 나는 괜찮아." 구스타프가 말했다. "그나저나 네 기차는 내 것보다 더 좋다, 그렇지?"

"난 네 기차가 좋아." 안톤이 말했다. "그 창문에 그려진 사람들이 마음에 들어. 내 기차에는 아무도 없어. 그냥 석탄차만 달려 있을 뿐이야."

스케이트장에서의 맹세

1949년 마츨링헨

새롭고도 놀라운 일이었다. 스케이트라는 것은.

츠비벨 부인, 그러니까 아드리아나 츠비벨은 결혼 전까지만 해도 스케이트 세계에서 '전도유망한 기대주'였었다. 열다섯 살이 되던 해 베른에서 열렸던 어느 스케이트 대회에서 우승하기도 했던 그녀는 구스타프에게 그때가 자신의 인생에서 가장 행복했던 순간들 중 하나였다고 말해주었다. 이후에도 대회에 더 나가 우승할 수 있을 거라고 기대했지만 열여섯 살이 되자 '다른 분야'로 진출했고 그러는 사이 자신과 경쟁했던 소녀들은 "그 실력이 활짝 만개해서 그야말로 날개라도 돋친 듯 자기 분야에서 앞서 나가게 되었다"고 말했다.

자신이 하는 일에서는 더 이상 그와 같은 영광을 얻지는 못했지만 어쨌든 츠비벨 부인은 여전히 스케이트 타는 걸 그 자체만으로도 아주 좋아했다. 그래서 마츨링헨에 스케이트장이 새로 문을 연다는 소식을 듣게 되자 안톤에게 이렇게 말했다. "일요일 오후에 같이 가보자. 구스타프도 데려갈 수 있으면 같이 가고. 돈은 엄마가 다 내줄게." 새 스케이트장에는 부드러운 인공 얼음이 덮이고 커다란 전축을 설치해 스위스 민속 음악과 미국 재즈 음악을 틀어줄 예정이라고 했다. 또 카페도 있어서 음료수며 과자를 판매한다고 했다.

츠비벨 부인의 스케이트 타는 솜씨는 아름답기 그지없었다. 그녀는 십 대 시절의 솜씨를 여전히 간직하고 있었으며 완벽한 제자리 뛰기와 착지를 아주 우아한 모습으로 선보였다. 아드리아나 츠비벨은 모직으로 된 바지와 그 위에 덧입는 짧은 격자무늬 치마, 그리고 초록색 가죽 윗옷을 직접 챙겨와 차려입었다. 그런 그녀는 스케이트장에 모인 남자들의 눈길을 한 몸에 받았다. 아드리아나는 우아한 모습으로 회전을 하며 두 팔을 마치 무용수의 그것처럼 뻗었고, 뒤로 한데 모아 묶은 칠흑 같은 머리카락은 그녀가 움직일 때마다 이리저리 출렁거렸다.

이제 둘 다 일곱 살이 된 안톤과 구스타프도 그런 아드리아나의 모습을 지켜보았다. 그녀의 모습이 아름다워서라기보다는 곧 그 움직임을 따라 배우게 될 터였기 때문이었다. 안톤은 스케이트에 타고난 재능이 있었고 구스타프는 그렇지 못했다. 하지만 구스타프는 안톤이 할 수 있는 일이면 뭐든 자기도 다 따라하려고 열심히 노력했다. 그리고 때로는 아드리아나가 하는 동작도 다 따라해 보려고 했지만 그건 너무 터무니없는 목표였다. 구스타프는 자주 넘어졌고 스케이트장의 얼음 바닥은 지금껏 한 번도 겪어본 적이 없을 정도로 단단했다. 하지만 구스타프는 한 번도 울지 않았다. 구스타프는 대신 웃기라도 해야겠다고 속으로 생각했다. 웃음은 사실 우는 것과 비슷해서 잘못하면 의도하는 바와는 다르게 이상하게 들릴 수도 있었다. 요령은 울고 싶은 마음을 웃음으로 슬쩍 바꾸는 것이었다. 그렇게 해서 구스타프는 넘어질 때마다 자리에서 벌떡 일어서서 웃으며 스케이트를 계속 탈 수 있었다.

오후가 다 지나갈 무렵 구스타프와 안톤은 둘이서 '미치광이 달리기'라고 부르는 놀이를 했다. 서로 손을 마주잡고 똑같은 속도로 가능한 한 빨리 스케이트장 바깥쪽으로 한 바퀴를 도는 놀이였다. 두 아이는 스케이트장을 정기적으로 출입하는 사람들에게 '웃는 아이들'이라는 별명으로 알려지게 되었다. 이 무렵의 구스타프는 안톤보다 3센티미터가량 키가 작았다.

스케이트장에 가면 안톤과 구스타프는 코코아를 사서 마실 수 있었는데, 바로 거기에서 구스타프는 '아무도 입에 올리지 않는' 어떤 사실을 알게 되었다.

안톤은 자기에게는 로몰라라는 이름의 누이동생이 있었다고 구스타프에게 말해주었다. "사실은 잘 기억이 안 나. 로몰라는 태어난 지 얼마 뒤에 세상을 떠났거든."

"왜?" 구스타프가 물었다.

"그 이유를 아무도 말해주지 않더라고."

"강도가 들어와서 죽인 건가?"

"강도 같은 건 들어온 기억이 없어."

"강도들이 도끼나 뭐 그런 걸 들고 집에 들어온 게 아닐까?"

"아마 그런 일은 없었을 거야. 그때 나는 이미 세 살이었는데 강도가 들었다면 기억이 나지 않을까? 동생은 그냥 침대에 누워 있다가 죽었고 무덤에 묻힌 거 같아. 그러고 나서 얼마 있다가 이번에는 우리 아빠가 몸이 아파서 병원에 입원했었거든. 엄마는 그때 로몰라가 죽어서 아빠가 아픈 거라고 했어. 그러니 이제 조용히 몸이 회복될 때까지 쉬어야 한다고 말이야."

구스타프와 안톤은 아직도 여전히 스케이트를 타고 있는 아드리아나를 바라보았다. 그녀는 마치 자신의 아름답고 우아한 모습이 결코 사라지지 않을 것처럼 그렇게 쉬지 않고 스케이트장을 돌며 뛰어오르고 있었다.

"엄마는 괜찮았어?" 구스타프가 물었다. "아기가 죽었는데 엄마도 아프지 않았을까?"

"그런 일은 없었어." 안톤이 말했다. "우리 엄마는 한 번도 아팠던 적이 없어. 아픈 게 문제가 아니라 피곤해하는 것도 본 적이 없다니까. 그런데 우리가 베른을 떠나야만 했을 때는 좀 피곤하다고 하신 적은 있어. 아마 이삿짐을 싸야 해서 그랬던 게 아닌가 싶은데. 가구 같은 것들을 거기에 남겨두고 올 수 없었거든. 엄마랑 아빠는 그 가구들을 너무 좋아하셨으니까."

"그런데 왜 베른에서 여기로 이사를 온 거니?"

"아빠가 하시는 일 때문에 그랬다고 하던데. 내가 생각할 때는 베른의 큰 은행에서 아빠를 더 작은 은행에 보내주어야 좀 편해질 거라고 생각한 것 같아. 여동생이 죽고 난 다음에 아빠가 오랫동안 몸이 안 좋았으니까. 그래서 마츨링헨으로 이사를 온 거 같아."

"그리고 넌 유치원에 와서 울었지."

"그리고 넌 너희 엄마를 그리다 아이스크림으로 바꿔 그렸었고!"

두 소년은 함께 웃었다. 그런데 안톤은 갑자기 웃음을 멈추고는 이렇게 말했다. "구스타프, 너는 누구에게도 절대로 로몰라에 대해서는 이야기를 하면 안 돼. 말하지 않겠다고 피로 맹세를 해야만 해."

"피로 맹세를 한다는 게 뭐야?"

"서로 스케이트 날로 팔을 그어서 피를 낸 다음 그 피를 섞는 거야. 그러면서 맹세를 하는 거지. 넌 꼭 그렇게 해야만 해."

"알았어."

그날 이후 평생 동안 구스타프는 스케이트 날로 팔에 상처를 내는 건 여간 어려운 일이 아니라는 사실을 기억하게 되었다. 스케이트 날은 보기에는 날카로워 보였지만 피가 날 정도의 상처를 만들 만큼 날카롭지는 않았다. "전혀 뜻대로 되지 않았어." 구스타프는 나중에 사람들에게 이렇게 말했다. "피가 나오게 만들 수 없었지. 그렇지만 결국 피가 나기는 나더군. 둘이서 너무 깊게 상처를 냈거든. 우리는 둘 다 너무 고통스러웠어. 어쨌든 상처를 감춰야만 했지."

그리고 얼마 지나지 않은 어느 날 방과 후에 구스타프는 교장실로 불려갔다. 교장 선생님의 책상 위에는 구스타프의 공책들이 펼쳐져 있었다. 구스타프의 글쓰기 솜씨가 전혀 나아지지 않았다는 사실은 누구나 알 수 있었다. 심지어 지도를 따라 그리는 일도 그다지 신통치가 않았다.

"음, 어디서부터 시작을 하면 좋을까?" 교장 선생님이 입을 열었다.

"잘 모르겠어요, 선생님." 구스타프가 대답했다.

"그래, 그럴 테지. 아마 네 어머니께서도 곤란해하실 거다. 실망이 크실 거야. 그렇지 않습니까, 펠러 부인?"

구스타프가 고개를 돌리니 초록색 의자 위에 조용히 앉아 있는 에밀리에가 눈에 들어왔다. 구스타프는 엄마가 언제 교장실에 들어왔는지, 아니 어떻게 그렇게 소리도 없이 들어올 수 있었는지조차 알 수 없었다. 구스타프는 엄마가 마치 그림 속에 있는 사람 같다는 생각을 했다.

에밀리에가 입을 열었다. "교장 선생님, 저는요, 우리 구스타프가 정말로 훌륭한 사람이 되기를 바라고 있습니다. 죽은 저 애 아빠가 자랑스럽게 생각할 만한 그런 사람이 되어주었으면 하는 거예요. 그런데 이렇게 학교에서 아무것도 제대로 하는 게 없으면……"

"아니요, 아니요, 그렇지 않습니다." 교장 선생님이 말했다. "아무것도 제대로 하는 게 없는 건 아니지요. 구스타프는 아직 여덟 살도 채 되지 않았습니다. 시간은 충분해요. 다만 제가 드리고 싶은 말씀은 약간의 보충 수업이 필요하다는 겁니다. 그러면 부족한 과목 정도는 충분히 따라잡을 수 있겠지요. 산수 과목은 괜찮아요. 사실은 아주 잘하는 수준입니다. 다만 다른 과목들이 좋지 않군요. 호들러라는 이름의 젊은 선생님이 학교에 계신데, 아마 기꺼이 구스타프의 보충 수업을 맡아서 해주실 겁니다. 일요일 오후에 조금만 신경을 쓰면……"

"안 돼요!" 구스타프가 갑자기 소리를 질렀다. "일요일 오후에는 안 돼요! 스케이트를 타러 가야 한단 말이에요!"

"구스타프, 조용히 해라." 에밀리에가 말했다.

"호들러 선생님이 비는 시간이 일요일 오후밖에 없단다." 교장 선생님이 말했다. "물론 네가 결정을 해야겠지. 그렇지만 개인적으로 보면 이건 너에게 아주 중요한 일이란다. 그렇지 않으면 낙제를 해서 같은 학년을 다시 다녀야만 할지도 모르니까 말이다."

구스타프는 간절하게 엄마를 바라보았지만 에밀리에는 교장 선생님 쪽만 바라보았다.

"그러면 보충 수업비는 얼마나 될까요?" 에밀리에가 물었다.

"1시간에 3프랑을 넘지는 않을 겁니다. 스케이트장 입장료가 얼마나 되는지는 모르지만 꽤 비싸다고 하더군요. 보충 수업비도 아마 그 정도쯤 되지 않을까요."

구스타프는 교장 선생님에게 아드리아나 츠비벨이 돈을 다 내준다고 말하고 싶었다. 스케이트장 입장료며 스케이트를 빌리는 값, 그리고 거기서 먹고 마시는 코코아와 과자까지. 그렇지만 에밀리에는 손가락을 입술에 갖다대었다. 더 이상 아무런 말도 하지 말라는 경고였다.

두 사람은 아무 말 없이 걸어서 집으로 돌아왔다.

운터 데 에크 거리에 도착하자 비가 내리기 시작했다. 구스타프는 엄마가 자기를 방해하지 않기를 바라며 곧장 자기 방으로 뛰어 들어갔다. 하지만 에밀리에가 따라 들어와 침대 위에 앉았다. 구스타프는 자기의 양철 기차를 손에 쥔 채 창가 쪽에 서 있었다. 엄마가 제발 아무런 말도 하지 않기를 속으로 기도했다. 에밀리에는 이제 스케이트장에 가는 일을 포기하라고 말할지도 몰랐다. 그러면 자기는 결국 울음을 터트리게 되리라.

야자열매와 중립주의

1949년~1950년 마츨링헨

그렇게 모든 것이 다 끝나버렸다. 스케이트를 타는 일도, 그리고 '웃는 아이들'도 더 이상 없었다.

구스타프는 주먹으로 벽을 치고 양철 기차를 뭉개버렸다. 그리고 에밀리에에게 소리를 질러댔다. 에밀리에는 구스타프의 머리를 때려 입을 다물게 했다. 부서진 기차를 집어든 에밀리에는 기차를 쓰레기통에 던져버렸다.

호들러 선생님은 여위고 창백한 얼굴의 젊은 선생님이었다. 그의 눈 주위는 분홍색으로 물들어 있어 마치 흰토끼의 눈 같았다. 운터데 에크 거리의 셋집에 도착한 이 토끼눈은 공부를 할 만한 탁자나 식탁을 찾았지만 아무것도 보이지 않았다.

"이 집에는 탁자나 식탁 같은 건 없어요." 에밀리에 펠러가 말했다.

에밀리에는 호들러 선생님에게 부엌에 있는 예의 그 선반을 보여주었다. 호들러 선생님은 그 선반을 가만히 바라보았다. 이 특별 수업을 하면서 충분한 보수도 받지 못하는 데다가 수업도 제대로 할 수 없는 이런 광경을 보니 저절로 한숨이 나올 수밖에 없었다. 호들러 선생님은 에밀리에에게 최선을 다해 보겠지만 이런 '답답한 학습 환경' 속에서라면 구스타프가 공부에 집중하는 데 얼마나 도움이 될지 장담할 수 없다고 말했다.

호들러 선생님은 구스타프가 이 보충 수업을 위해 스케이트장 가는 일을 희생해야만 한다는 사실을 전혀 알지 못했다. 따라서 구스타프가 지금 보여주고 있는 분노의 감정에 더 당황할 수밖에 없었다. 구스타프가 계속해서 선반 위에 있던 이야기책이며 역사 교과서 등을 부엌 바닥에 떨어트리자 마침내 호들러 선생님은 이렇게 소리를 질렀다.

"이런 제기랄!"

그가 내뱉은 거친 말이 조용한 부엌에 울려 퍼졌다. 에밀리에의 신조 중 하나가 바로 참는 것과 절제하는 것이었기 때문에, 이 집에서는 이런 불쾌하면서도 제멋대로인 모습은 절대로 용납되지 않았다. 그런데 이제 학교에서 온 선생님이 이 신성한 규칙을 어겨버린 것이었다.

이 광경을 본 구스타프는 웃지 않을 수 없었고 덕분에 기분이 나아졌다. 구스타프는 호들러 선생님에게 죄송하다고 말하고 같이 책을 집어 들어 선반 위에 다시 정리했다. 책 중에《한 눈에 보는 스위스의 역사》가 있어서 구스타프는 호들러 선생님에게 이렇게 말했다. "저는 스위스의 역사에 대해 아무것도 몰라요. 제가 아는 거라고는 우리가 전쟁을 겪지 않았다는 것뿐이에요. 독일이랑 러시아랑 다른 나라들은 모두 폭격을 맞아 건물들이 다 부서졌다면서요? 제 말이 맞나요?"

"그렇지." 호들러 선생님이 대꾸했다. "그렇지만 건물만 부서진 게 아니라 수백만 명이 넘는 사람들이 죽었단다. 우리는 스위스가 전쟁에 휘말려서는 안 된다고 굳게 믿고 있어. 특히나 다른 나라들끼리 벌이는 전쟁은 말이지. 우리는 그런 믿음을 '중립주의'라고 부른단다. 그게 무슨 뜻인지 알겠니?"

"아니요."

"다시 말해 다른 누구에게 기대지 않고 우리 스스로의 힘만 믿으면서 스스로를 굳게 지킨다는 뜻이야. 사람들도 그런 생각을 가지고 살면 좋겠지. 구스타프, 혹시 야자열매라는 말을 들어본 적이 있니?"

"네?"

"야자열매가 아주 단단한 껍질이 있는 과일이라는 건 알고 있지?"

"한 번도 먹어본 적이 없는 과일인데요."

"음, 야자열매의 껍질은 아주 단단한 섬유질로 되어 있어서 벗겨내기가 여간 어렵지가 않단다. 그 단단한 껍질로 안쪽에 있는 맛있는 야자열매의 과육과 과즙을 보호하고 있는 거지. 스위스라는 나라와 스위스 사람들도 그렇게 야자열매처럼 단단해져야 한단다. 스스로를 보호하는 거지. 우리가 가지고 있는 모든 좋은 것들을 단단하고 변하지 않는, 그러면서도 이성적인 행동으로 보호하는 거란다. 그렇게 중심을 지키는 게 중립주의지. 내가 무슨 말을 하는지 알아듣겠니?"

"그러니까 우리는 야자열매처럼 되어야 하는 건가요?"

"그래, 구스타프. 그래야 상처를 받지 않는단다."

"전 이미 상처를 받았어요."

"무슨 일이 있었니?"

"일요일 오후마다 스케이트를 타러 갔어요. 세상에서 내가 제일 좋아하는 일이었는데, 이제는 더 이상 갈 수 없잖아요. 이렇게 선생님이랑 보충 수업을 해야 하니까."

호들러 선생님의 분홍색 눈이 깜빡거리며 궁금하다는 듯 구스타프를 바라보았다.

"그런 일이 있는 줄은 미처 몰랐구나."

"한창 스케이트를 잘 배우고 있던 참이었어요. 높이 뛰지는 못했지만 제자리 뛰기도 할 수 있었고요. 그렇지만 이제는 다 끝났어요. 그래서 상처를 받은 거예요."

"잘 알겠다. 내가 해줄 수 있는 일이라곤 이 보충 수업을 가능한 한 빨리 끝내는 것뿐이겠구나. 그렇게 해서 네가 진도를 따라잡게 되면, 그러니까 어쩌면 몇 주 안에 진도가 끝나면 다시 스케이트를 타러 갈 수 있지 않을까?"

그날 이후 구스타프와 호들러 선생님은 친구 사이가 되었다. 아니, 적어도 서로 적대시하는 관계는 벗어날 수 있었다.

호들러 선생님은 구스타프가 자신을 성이 아닌 이름으로 부르도록 허락해주었다. 선생님의 이름은 막스였다. 구스타프는 막스 호들러 선생님이 글씨를 아주 멋지게 쓴다는 사실을 알고는 자기도 그렇게 쓸 수 있도록 가르쳐 달라고 졸랐다.

먼저 줄을 맞춰 쓰는 것이 요령이었다. 막스는 구스타프가 줄을 따라 마치 음악이 흐르듯 천천히 박자를 맞춰가며 글을 쓸 수 있도록 가르쳤다. a a a a a a, b b b b b b, c c c c c c. 이런 식이었다.

막스는 구스타프에게 지금까지 배운 글쓰기는 잊어버려야만 한다고 말했다. 왜냐하면 그렇게 해야 잘못 들인 습관을 다 잊어버리고 새롭게 다시 시작할 수 있다는 것이었다. 때때로 막스는 아주 크게 글자를 적어 구스타프가 그대로 베껴 쓸 수 있도록 해주었다. 그러면 둘이서 각각의 글자들의 형태와 모양이 어떤지, 어디서 어떻게 휘어지고 구부러져야 하는지를 확인할 수 있었다. 그게 마치 스케이트장의 얼음판 위에 그려지는 무늬랑 비슷하다고 구스타프는 생각했다. 자기가 손에 쥐고 있는 연필을 스케이트라고 생각하게 된 것이다.

"좋아, 구스타프." 막스가 말했다. "좋아지고 있어."

구스타프는 글솜씨가 나아진 모습을 당장 에밀리에에게 보여주고 싶었지만 엄마는 아마도 잠을 자고 있을지 모른다고 생각했다. 게다가 막스는 아직 완전히 다듬어지지 않은 솜씨를 다른 누군가에게 보여주느라 시간을 낭비해서는 안 된다고 했다. 아직까지는 해야 할 일들이 너무나 많이 남아 있었다. 구스타프의 읽기 실력은 여전히 형편없었기 때문에 집중해서 읽는 법을 가르쳐주기 위해 막스 호들러는 자기가 좋아하는 책들 중 한 권을 가지고 왔다. 《더벅머리 페터Struwwelpeter》라는 책이었다. 이 책에서는 말을 잘 듣지 않는 아이들이 이런저런 방식으로 곤란을 겪게 되는 이야기가 나왔다. 예컨대 성냥을 가지고 노는 걸 좋아하던 어떤 여자 아이는 그만 치마에 불이 붙어 한 줌 재로 변하고 말았으며, 콘라드라는 이름의 남자 아이는 엄지손가락 빠는 버릇을 고치지 못하다가 그만 거대한 가위를 든 붉은 거인이 나타나 엄지손가락을 싹둑 잘라가 버리고 말았다는 이야기 등이었다.

싹둑! 싹둑! 싹둑! 가위를 든 거인이 나가신다.
콘라드가 소리친다. 아! 아! 아!
싹둑! 싹둑! 싹둑! 거인이 더 가까이 다가온다.
아이쿠, 이런! 엄지손가락이 싹둑 잘려나갔네!

*하인리히 호프만이 1845년 발표한《더벅머리 페터》의 첫 번째 영어 번역판은 1848년 독일 라이프치히에서 출간되었다. 알렉산더 플랫이 자유롭게 의역을 한 이 번역판은 특히 가장 인기 있는 판본으로 남아 있다.

구스타프는《더벅머리 페터》에 등장하는 이야기들을 아주 흥미롭게 읽었다. 언뜻 보면 무서울 수도 있는 이야기가 재미있게만 느껴진 건 책의 그림 속 아이들이 모두 옛날 옷들을 입고 있었기 때문이었다. 따라서 구스타프는 모든 일들이 그저 과거에 일어났던 일이고 1950년도 다 되어가는 요즘에는 그런 무서운 일들은 일어나지 않을 거라고 편하게 생각할 수 있었다. 구스타프는 막스에게 이 책을 빌려서 밤에 자기 전에 읽을 수 있겠느냐고 물었다. 잠시 주저하던 막스는 구스타프에게 밤에 이 책을 읽었다가는 자다가 무서운 꿈을 꿀 수도 있다고 겁을 주었다.

"아니에요, 그런 일은 없을 거예요." 구스타프가 말했다. "난 그저 책을 더 잘 읽고 싶을 뿐이니까요. 그래서 같은 이야기를 반복해서 읽어보려고요."

구스타프는 막스에게 자기가 쓰는 작은 방을 보여주었다. 방에는 미텔란트의 지도가 있었지만 장난감이나 책은 하나도 없었다. 그런 모습을 본 막스는 갑자기 측은한 생각이 들어《더벅머리 페터》를 계속 가지고 있어도 좋다고 허락을 해주었다. 구스타프에게 장난감 같은 건 없냐고 묻자 구스타프는 이렇게 대답했다. "장난감 기차가 하나 있었는데 내가 부셔버려서 엄마가 갖다 버렸어요."

막스 호들러에게는 그림을 잘 그리는 또 다른 특별한 재주가 있었다. 날렵하면서도 시원시원한 솜씨로 막스는 구스타프를 위해 꽃이 피어 있는 들판에 서 있는 세 명의 남자를 그려주었다. 세 남자는 긴 겉옷을 걸치고 각자 긴 칼을 들고 있었다. 막스는 이 세 남자가 아주 오래전인 13세기 무렵에 스위스의 슈비츠Schwyz와 우리Uri, 그리고 운터발덴Unterwalden 주의 숲 속에 살았던 사람들이라고 설명해주었다. 이들이야말로 오늘날의 스위스를 있게 한 진정한 영웅들이라는 것이었다. 세 남자는 스위스 사람들을 괴롭히던 무시무시한 합스부르크 왕가 사람들과 싸우기 위해 서로 힘을 합치기로 맹세했고, 이 맹세 덕분에 스위스는 차차 나라의 모습을 갖춰나갈 수 있었다고 했다. 세 남자가 맹세를 나눴던 날은 8월 1일로, 스위스에서는 뤼틀리Rütli 평원에서 있었던 이 역사적인 사건을 기념해 매년 8월 1일을 독립 기념일로 축하하고 있었다.

막스는 구스타프에게 스위스 밖의 더 넓은 세상에서는 스위스의 이런 역사를 알고 있는 사람이 그다지 많지 않다고 말해주었다. "그 사람들에게 스위스란 그저 뻐꾸기시계와 푸른 목초지, 그리고 은행이며 알프스 산이 있는 나라일 뿐이지. 그렇지만 구스타프, 우리들은 자랑스러운 스위스 사람이고 시계나 은행이 우리의 전부는 아니란다. 그리고 내가 야자열매로 설명을 해주었던 중립주의에 대해서도 잘 알고 있어야 해. 그러려면 우리의 역사를 잘 배우고 자랑스러워할 줄 알아야 한단다."

막스는 구스타프에게 자신이 그린 그림을 따라 그려보라고 말했다. 전부는 아니더라도 긴 칼이나 꽃 같은 일부분이라도. 하지만 구스타프는 그런 막스의 말을 가로막으며 에밀리에가 스위스 독립 기념일에 아빠인 에리히 펠러의 사진을 용담꽃으로 장식한다는 이야기를 꺼냈다. 그리고 아빠가 영웅이었다는 말도 했다고 전했다.

막스는 그림을 그리던 펜을 내려놓고는 구스타프를 바라보았다.

"좀 더 이야기를 들어보자. 아빠가 뭐 하시는 분이셨다고?"

"아빠는 경찰관이셨어요. 마츨링헨 경찰서 본부의 부서장이요. 그런데 내가 아주 어렸을 때 돌아가셨어요."

"흠, 어떻게 돌아가셨다는 거지?"

"정확히는 저도 잘 몰라요. 엄마가 그러는데 유대인들 때문이래요."

좁은 부엌에 잠시 침묵이 내려앉았다. 막스 호들러는 고개를 가로저으며 한숨을 내쉬었다. 그리고는 앉아 있던 의자 위에서 몸을 일으켰다. "잠시 바람을 좀 쐬야겠구나." 막스가 말했다. "구스타프, 너는 내가 그린 그림을 따라 그릴 수 있는지 한번 해보렴. 얼굴이든 손이든 아니면 돌멩이든 뭐든 따라 그리고 싶은 부분이 있으면 그렇게 해봐. 서두를 필요는 없어. 그냥 천천히 집중해서 하면 되니까."

다시 겨울이 찾아왔고 해가 바뀌어 1950년이 되었다. 구스타프는 그 후 3개월 동안 매주 일요일마다 막스 호들러와 보충 수업을 함께했다.

차가운 방에 혼자 앉아 있을 때면 구스타프는 자신의 양철 기차가 생각났다. 거기에 그려져 있는 사람들에게 이름을 붙여주고 창가를 따라 기차를 이리저리 움직이며 사람들에게 속삭이던 일도. 그런 기차를 부수고 기차에 탄 사람들을 죽여버렸다는 생각은 언제나 구스타프를 부끄럽게 만들었다.

안톤에게 이 이야기를 하자 안톤은 이렇게 말했다. "때로 그렇게 뭘 부수고 싶을 때가 있어. 나는 피아노 박자를 맞춰주는 기계를 부셔버린 적이 있지. 쇼팽의 왈츠곡을 피아노로 치고 있었는데 말이야, 박자가 계속해서 맞지를 않는 거야. 그래서 그 멍청한 기계를 박살을 내버렸거든. 그걸 본 아빠가 허리띠를 가져와서 나를 때렸지. 자기를 또 아프게 할 작정이냐고 혼을 내셨어."

"아빠가 왜 또 아프신데?"

"내가 박자 맞추는 기계를 망가트렸으니까. 아까 말했잖아. 뭐, 어쨌든 차라리 엄마한테 가서 기차를 하나 새로 사달라고 그러는 게 어떨까."

하지만 에밀리에에게는 돈이 한 푼도 없었다.

에밀리에가 계속해서 술을 마시면서 〈마츨링거차이퉁〉의 끄트머리에 남은 돈을 계산하며 씨름하는 밤이 점점 더 많아졌다. 어느 날 밤에는 구스타프에게 치즈 공장이 문을 닫을 거라는 소문이 돌고 있다고 말을 하기도 했다. 이제는 에멘탈 치즈를 찾는 사람들이 더욱 줄어들었고, 이웃 나라인 프랑스에서 훨씬 더 다양한 치즈들을 많이 만들어내기 시작했기 때문에 이제 마츨링헨 치즈 공장이 문을 닫는 건 단지 시간문제라는 것이었다. "그렇게 되면 말이다……" 에밀리에가 말을 이었다. "우리는 어떻게 살아가야 하지?"

그 말을 들은 구스타프는 방에 가서 그동안 막스 호들러와 함께 공부했던 것들을 가져왔다. 멋지게 쓴 글씨며 조심스럽게 베껴 쓴 문장들, 그리고 긴 칼이며 투구, 꽃들과 치마에 불이 붙은 여자 아이를 그린 그림 등등. 이런 것들을 들고 와서는 에밀리에가 숫자를 끼적이던 신문지 위에 펼쳐놓았다.

에밀리에가 눈을 크게 치켜뜨고 구스타프의 솜씨들을 내려다보았다. 그녀는 안경을 가져와 눈에 걸쳤다.

"이게 다 네가 한 거니?" 에밀리에가 물었다.

"그럼요." 구스타프가 대답했다. "당연히 다 내가 쓰고 그린 거예요."

"음, 제법이구나."

구스타프는 엄마에게 불장난을 하다 봉변을 당한 여자아이 그림을 보여주었다. 그림을 본 엄마가 뭐라고 말을 하기 전에 구스타프가 먼저 입을 열었다. "엄마, 이제 보충 수업에 돈을 안 써도 돼요. 이렇게 잘하게 되었으니까 호들러 선생님은 더 이상 필요 없어요."

에밀리에는 천천히 시간을 들여 술잔을 기울였다. 그리고 담배를 더듬어 찾아서는 떨리는 손으로 불을 붙였다. 구스타프는 엄마를 두 팔로 끌어안고 엄마 어깨에 머리를 기대고 싶었다. 하지만 엄마가 좋아하지 않을 거라는 사실을 잘 알고 있었다. 지금 엄마가 바라는 건 술과 담배뿐이었다.

"그래, 두고 보자." 에밀리에가 말했다. "여전히 좀 부족한 점이 있는 것 같기는 하지만. 우선 교장 선생님 말씀부터 들어봐야겠지."

호들러 선생님은 봄이 될 때까지 구스타프와 함께했다. 그 무렵에 구스타프는《더벅머리 페터》에 실린 이야기들을 대부분 다 배워 책을 보지도 않고 암송을 해서 안톤을 깜짝 놀라게 만들었다.

싹둑! 싹둑! 싹둑! 가위를 든 거인이 나가신다.
콘라드가 소리친다. 아! 아! 아!
싹둑! 싹둑! 싹둑! 거인이 더 가까이 다가온다.
아이쿠, 이런! 엄지손가락이 싹둑 잘려나갔네!

게다가 구스타프는 스위스가 어떻게 만들어졌는지에 대해서도 대략적으로 알고 있었고, 마녀의 모자를 닮은 뾰족한 지붕이 있는 교회며 베른을 상징하는 곰을 꽤 '세밀하게' 그릴 수 있었다. 안톤은 여전히 자신이 살았던 큰 도시인 베른에 대해 이야기를 하고 있었던 것이다.

결국 구스타프는 어느덧 막스 호들러를 좋아하게 되었다고도 말할 수 있을 것이다. 그리고 구스타프가 마음의 문을 열게 된 계기는 바로 막스가 내뱉었던 "제기랄"이라는 한마디의 욕설이었다. 마침내 막스 호들러가 일요일에 찾아오지 않게 되자 구스타프는 그와 헤어지는 게 슬프다고 생각했다.

"학교에서 또 볼 수 있겠지." 막스가 말했다.

"네." 구스타프가 대답했다.

"계속 공부를 열심히 해야 한다."

"네."

"엄마를 기쁘게 해드려라."

"네."

구스타프는 작별의 선물로 막스 호들러에게 자기 방에 붙어 있는 미텔란트의 지도를 베껴서 전해주었다. 그냥 베끼기만 한 것이 아니라 땅은 초록색으로, 그리고 강은 파란색으로 색칠까지 했다. 초록색 땅 여기저기에는 염소며 양처럼 보이는 동물들도 뛰어놀고 있었고 베른은 검은색 동그라미로 표시했다. 그리고 베른의 상징인 갈색 곰이 베른을 지키고 있었다. 마츨링헨의 상징은 한쪽 끝을 자른 둥근 치즈였다. 구스타프는 치즈 그림 옆에 '여기 막스 호들러가 살고 있음'이라고 썼다.

구스타프는 에밀리에 펠러가 2월부터 막스 호들러에게 보충 수업비를 주지 않았다는 사실을 알지 못했다. 또한 막스가 비록 한 번이긴 했으나 돈을 달라고 말을 꺼냈었다는 사실도 알지 못했다. 막스는 예의 그 붉게 물든 토끼눈을 하고 간절하게 부탁했지만 에밀리에는 그에게 한 푼도 주지 않았다. 보충 수업이 끝났을 때도 여전히 수업비를 주지 않은 상태였으며 막스가 에밀리에에게 받아든 것이라곤 대강 갈겨쓴 차용증서뿐이었다. 막스 호들러는 불공평한 처사라고 생각했다. 그는 구스타프를 열심히 지도했고 구스타프의 실력이 늘어난 것에 대해 매우 자랑스럽게 생각하고 있었다. 하지만 에밀리에 펠러는 자기 일만으로도 골치가 아플 지경이라 이런 상황에 전혀 신경을 쓸 처지가 못 되었다.

치즈 공장은 다행히 문을 닫지는 않았지만 생산량은 절반 이상으로 뚝 떨어졌고, 직원들 봉급도 절반이나 삭감이 되었다. 이제 에밀리에는 일주일에 사흘밖에는 일을 할 수 없었다. 아무것도 할 일이 없는 날이면 에밀리에는 마츨링헨을 돌아다니며 새로운 일거리를 찾았다.

하지만 구스타프의 삶에는 다시 한 번 밝은 빛이 스며드는 것 같았다. 스케이트장이라는 낙원 위로 쏟아지는 밝고 환한 빛이었다.

4월도 다 지나가자 구스타프는 안톤에게 이렇게 말할 수 있게 되었다. "이제 일요일에 다시 스케이트를 타러 갈 수 있어."

"아, 그렇구나." 안톤이 말했다. "하지만 이제는 상관없어."

"뭐라고?" 구스타프가 되물었다.

"다 상관없게 되어버렸다니까."

"그게 무슨 소리야?"

"그게, 우리는 이제 루디 에렝이랑 스케이트를 타러 가거든."

"루디 에렝이 누군데?"

"같은 건물에 살고 있는 남자애야. 그 애는 정말로 스케이트를 잘 타. 두 번 연속으로 뛰어오를 수도 있어."

"그러니까 나랑 같이 스케이트 타러 가기 싫어졌다는 거야?"

"구스타프, 그게 아니라, 셋이나 함께 가는 건 우리 엄마한테 너무 힘든 일이라고. 얼마 전에 엄마가 나한테 그랬거든. 세 명은 너무 많다고 말이야."

두 아이가 이야기를 나눈 건 학교 복도에서였고 구스타프는 안톤을 내버려두고 혼자 걸어갔다. 어디로 가고 있는지는 알 수 없었다. 이제 지리 수업을 받을 시간이었지만 구스타프가 향하고 있는 곳은 교실이 아니었다.

길게 이어지는 복도 끝에 다다르자 구스타프는 화장실로 뛰어 들어갔다. 이 천장이 높고 휑뎅그렁한 공간은 여름철에도 냉기가 감돌았다. 구스타프는 변기가 있는 칸막이 안으로 들어가 문을 걸어 잠갔다. 그리고 변기 위가 아닌 타일이 깔린 바닥 위에 주저앉아 두 팔로 무릎을 감싸 안았다. 구스타프는 막스 호들러가 해주었던 야자열매 이야기를 떠올렸다. 그 단단한 껍질이 안쪽에 있는 신선한 과육을 보호해준다는. 구스타프는 자신을 둘러싸고 있는 껍질을 상상했다. 아무도 상처를 줄 수 없는 그런 보호막이었다. 구스타프는 자신의 나약하고 허여멀건 팔을 물끄러미 바라보았다.

다보스의 풍경 사진

1950년~1951년 마츨링헨

그때로부터 얼마간 시간이 지나, 학교에 안톤을 데리러 왔던 아드리아나 츠비벨은 구스타프가 학교 계단참에서 막스 호들러에게서 받은 공깃돌을 갖고 놀고 있는 모습을 보게 되었다. 아드리아나는 차에서 내려 웃으며 구스타프에게 다가갔다. 그녀는 붉은색 튤립꽃 문양이 그려진 여름옷을 입고 있었고 느슨하게 풀어헤친 머리는 햇살아래 밝게 빛이 났다.

구스타프는 공깃돌들을 그러모은 후 아드리아나에게로 달려갔다. 그녀는 허리를 굽혀 구스타프를 안아주었다. "그동안 잘 지냈니, 구스타프?" 아드리아나가 물었다.

"그럼요. 감사합니다, 츠비벨 아주머니." 구스타프가 말했다.

"잘 지냈다니 좋구나." 아드리아나가 말했다. "그런데 안톤 말이 펠러 부인이 치즈 공장에서 일을 많이 못하게 되었다면서? 그것 참 안 된 일이다."

"네." 구스타프가 대답했다.

"내가 어떻게든 도움이 좀 될 수 있으면 좋겠는데."

구스타프는 아드리아나 츠비벨의 이런 말에 뭐라고 대답을 해야 할지 알 수 없었다. 아드리아나가 에밀리에에게 어떻게 '도움이 될 수 있다는' 건지 구스타프로서는 상상하기가 어려웠기 때문이다. 어쩌면 아드리아나도 어떻게 해야 할지 모르는 것이 아닐까? 그래서 갑자기 이야기를 딴 곳으로 돌렸는지도 몰랐다. "그런데 보충 수업은 어떻게 되어가고 있니?"

"잘 끝났어요." 구스타프가 대답했다. "이제는 글쓰기도 훨씬 나아졌고 뤼틀리의 맹세를 했던 남자들도 그릴 수 있어요. 호들러 선생님이 잘했다고 이 공깃돌들을 선물로 주셨어요."

구스타프는 이렇게 말하며 학교 마당의 먼지 속을 뒹굴었지만 새것처럼 보이는 공깃돌을 내밀었다.

"아, 그것 참 재미있구나! 사람들 말이 아주 오래전 스위스가 아직 가난하던 시절에는 아이들이 뼛조각을 가지고 공깃돌 삼아 놀았다고 하던데." 아드리아나가 말했다.

바로 그때 안톤이 달려와 자기 엄마 품에 안겼다. 구스타프는 두 사람이 얼싸 안는 광경을 바라보며 이제 스케이트 타러 가는 일에 대해 뭔가 이야기가 나오지 않을까 기대했다. 하지만 두 사람은 아무런 말없이 그저 서로 다정하게 끌어안고 있을 뿐이었다. 구스타프는 그런 두 사람을 가만히 바라보았다. 구스타프가 바라는 건 두 사람과 함께 프리부르 거리에 있는 츠비벨 씨네 집으로 가서 버찌 케이크를 먹고 안톤이 연주하는 피아노곡을 듣는 것이었다. 하지만 안톤은 엄마 손을 잡고 차가 있는 쪽으로 향했다.

"잠깐만 기다려, 안톤." 아드리아나가 말했다. "나는 지금 구스타프하고 구스타프 엄마에게 새로운 일을 찾아주는 일에 대해 이야기를 하고 있던 중이었어. 한번 사람들에게 물어봐야겠다. 구스타프, 다른 곳에 일자리가 생기면 엄마가 치즈 공장을 그만두실 수 있을까?"

"저는 잘 모르겠어요." 구스타프가 말했다.

"사실 시간제로만 하는 일을 찾기란 쉽지가 않지. 펠러 부인이 꽃가게 같은 곳에 일하고 싶어 하실까? 내가 제라늄꽃을 사는 꽃집이 있는데 아마 거기에 사람이 곧 필요할 것 같다고도 한 것 같은데……"

꽃가게라면 장미꽃 향기가 날 텐데. 모든 것이 다 싱그럽고 촉촉하겠지. 그리고 더 이상 에밀리에의 옷에서 에멘탈 치즈 냄새 같은 건 나지 않을 테고. 엄마가 이 말을 들으면 좋아할 거라고 생각한 구스타프는 엄마를 대신해 고개를 끄덕였다.

"잘 됐구나." 아드리아나가 말했다. "그러면 내가 가서 한번 물어볼게. 안톤을 시켜서 어떻게 되는지 알려줄게."

"내가 뭘 알려줘요?" 안톤이 물었다. 안톤은 두 사람이 하는 이야기는 듣지 않고 대신 엄마의 옷에 달린 주머니 속에 손을 넣어 뭔가 먹을 것을 찾고 있었다. 하지만 손에 잡히는 것은 반쯤 피고 남은 프랑스제 담뱃갑 하나뿐이었다.

"발레리아 씨네 꽃가게에 펠러 부인이 일할 만한 자리가 있는지 말이야."

"펠러 아줌마가 왜 꽃가게에서 일하는데요?" 안톤이 물었다. "난 그 꽃가게가 싫어요. 거긴 항상 추워요."

아드리아나가 살며시 웃었다. "넌 그 일에 대해 잘 모를 거야." 아드리아나가 말했다. "꽃가게에서 일하는 사람들은 보통은 아주 만족스러워하지." 말을 마친 아드리아나는 안톤의 손을 잡았고 두 사람은 차로 향했다.

집에 돌아와 보니 에밀리에가 푸성귀로 국을 끓이고 있었다. 작은 부엌은 대파 냄새로 가득했다. 에밀리에가 이미 구스타프에게 더 이상 고기를 먹을 형편이 되지 못한다고 말을 해둔 터였다. 심지어 구스타프가 좋아하는 소시지조차 먹기 어렵다는 것이었다.

구스타프는 부엌 창가로 가서 운터 데 에크 거리를 내려다보았다. 텔러 부인이 노점상을 정리하고 있었다. 구스타프는 아드리아나가 말했던 발레리아 꽃가게의 일자리에 대해 생각했다. 하지만 지금은 그런 이야기를 하지 않는 편이 더 좋다는 사실을 잘 알고 있었다.

"오늘 사진을 좀 찾아봤어." 에밀리에가 밝은 표정으로 말했다. "네 아빠와 내가 찍은 사진이야. 다보스에서 휴가를 보낼 때 찍은 사진. 너도 보고 싶니?"

"네." 구스타프가 대답했다. "나도 그 사진 속에 있어요?"

사진 속에 구스타프는 없었다. 아마도 구스타프가 태어나기 전에 찍은 사진들인 것 같았다. 첫 번째 사진은 눈 덮인 산맥을 배경으로 한 널찍한 전망대의 사진이었다.

"우리가 묵었던 호텔의 전망대야." 에밀리에가 말했다. "얼마나 넓은지 보이지? 정말 멋진 시설이었어. 호텔이라는 데는 아주 멋진 곳이란다."

이윽고 같은 전망대에서 찍은 에밀리에의 사진이 나왔다. 에밀리에는 고리버들로 만든 의자 위에 앉아 있었다. 햇살이 그녀의 얼굴을 밝게 비추었고 머리카락은 깨끗하고 윤기가 흘렀다. 무엇보다도 에밀리에는 환하게 웃고 있었다.

"엄마, 너무 예뻐요." 구스타프가 말했다.

"그렇니? 하지만 오래전 일이란다. 전쟁이 일어나기 전에, 그러니까 1938년에 찍은 사진이야. 자, 여기 네 아빠 사진이 있다. 그때만 해도 아주 행복하게 살게 될 줄 알았지."

역시 산을 등지고 있는 에리히는 자리에 서서 파이프 담배를 피우고 있었다. 하얀색 셔츠와 멜빵으로 고정한 바지를 입고 있었는데 얼굴은 볕에 그을려 가무잡잡했다.

다른 사진들은 대부분 에밀리에가 '다보스의 풍경'이라고 부르는 사진들이었다. 에밀리에는 구스타프에게 다보스가 한때 폐결핵을 치료하는 데 가장 효험이 있는 곳으로 유명했다고 설명을 해주었다. 다른 어떤 곳보다도 공기가 맑고 무엇보다도 햇살이 비치는 시간이 길기 때문이었다. 사람들은 수천 킬로미터 밖에서도 다보스를 찾아왔고 병을 치료했다. 대규모의 요양원들도 속속 세워져 결핵으로 고통받는 사람들이 치료를 받으며 머물렀다. 이 결핵은 다른 말로 '사람을 갉아 먹는 병'이라고 불렀다고 했다. 결핵에 걸리면 폐 조직이 조금씩 죽어갔기 때문이었다. 다보스는 계속해서 유명한 요양 장소로 알려졌고 지금도 여전히 많은 사람들이 찾아온다고 했다.

구스타프는 다시 예의 그 '다보스의 풍경' 사진들을 휙휙 넘겨보며 아빠의 모습이 있는지 찾아보았다. 마침내 어느 찻집의 탁자 앞에 웃으며 앉아 있는 아빠의 사진을 찾아냈다. 탁자 위에는 큼직한 맥주병 하나가 올라가 있었고 하얀색 앞치마를 두른 종업원이 아빠

뒤에 서 있었다.

“저기 우리가 갔던 곳이 보이지?” 에밀리에가 말했다. “저기 저 종업원은 옷차림이 아주 단정하지 않니? 거기 있을 때 우리는 아주 편안하고 행복했어. 네 아빠는 다보스에 계속 있고 싶어 했고. 그래서 예약했던 열차표를 취소하고 이틀을 더 다보스에서 지냈단다. 그리고 드디어 마지막 날 밤이 되자 네 아빠에게 내가 이렇게 말했지. ‘아쉬워하지 말아요. 분명 다시 또 올 수 있을 테니까.’ 다보스는 우리가 아는 곳들 중에서 가장 완벽한 곳이었어. 날씨는 하루도 빠지지 않고 계속 맑았지. 그렇지만 우리는 다시는 그곳으로 돌아가지 못했단다.”

“왜요?” 구스타프가 물었다.

“시간이 허락해주지 않았지.” 에밀리에가 말했다. “사람들이 젊을 때는 앞으로 시간이 얼마든지 있을 거라고 생각하게 마련이란다. 그러면 여러 가지 계획도 세우게 되지. 하지만 사람들은 시간이 쏜살같이 흘러간다는 걸 잘 몰라. 그게 문제란다. 시간은 누구에게나 다 똑같이 흘러간단다.”

그해도 다 저물어 갈 무렵 마침내 치즈 공장은 완전히 문을 닫고 말았다. 이제 마츨링헨 근처의 계곡에서 생산되는 우유는 부르크도르프Burgdorf나 리스, 혹은 그보다 훨씬 멀리 있는 베른까지 어디든 팔려나가게 되었다. 에밀리에와 동료들이 땀 흘려 일했던 공장의 여러 설비들은 모두 분해되어 시 바깥쪽에 있는 낡은 창고로 실려나갔다. 그리고 거기서 비바람을 맞으며 조금씩 녹슬어갔다. 때로는 그렇게 녹이 슬어가는 장비 사이에 남아 있는 치즈 찌꺼기 냄새를 맡고 염소들이 찾아올 때도 있었다.

에밀리에는 성 요한 교회의 목사를 찾아가 부탁한 끝에 월요일 아침에도 일을 할 수 있게 되었다. 일요일 예배가 끝난 후에 하는 청소 일이었다. 그렇지만 에밀리에는 청소하는 일을 끔찍하게 싫어했다. 에밀리에는 구스타프에게 이렇게 말했다. "사람들이 교회를 얼마나 엉망으로 어지럽히는지 알면 너도 깜짝 놀랄 거다. 어떤 때는 성만찬 예식 때 쓰는 전병 조각이 나올 때도 있어. 사람들이 조금만 먹고 바닥에 그냥 뱉어버린 거지. 그리고 곤죽이 된 사탕 찌꺼기라니. 마치 누가 토해버린 것 같아."

그러자 구스타프는 마침내 용기를 내어 혹시 발레리아 꽃가게에 일자리를 얻을 수 있을지도 모른다고 엄마에게 말했다.

"누가 그런 소리를 해?" 에밀리에가 물었다.

"츠비벨 아줌마에게 들었어요."

"아, 그렇구나." 에밀리에가 말했다. "아마도 그 꽃가게에서 제라늄꽃을 사나 보지?"

"네, 아마 그런가 봐요."

"그러면 가서 이렇게 말해라. 나는 구걸 같은 건 안한다고."

"구걸이라니요? 이건 그냥 일자리에요. 어쩌면 벌써 다른 사람이 그 자리를 차지했을지도 몰라요."

그러자 에밀리에는 갑자기 부드러운 태도로 이렇게 말했다. "그래, 거지들은 선택의 여지가 없겠지. 가서 츠비벨 부인을 만나게 되거든 한번 물어봐. 만일 보게 된다면 말이야."

구스타프는 그렇게 하겠다고 말했다. 엄마가 장미며 백합꽃 등 화초들의 향기가 나는 곳에서 일한다고 상상하니 구스타프의 기분도 좋아졌다. 아마도 8월 1일이 돌아오면 발레리아 꽃가게에서는 모르긴 몰라도 엄마에게 용담꽃 정도는 그냥 주지 않을까. 그러면 엄마는 에리히 펠러의 사진을 다시 장식할 수 있겠지. 그리고 이렇게 말할 수도 있을 거야. "요즘은 아주 편한 곳에서 일하고 있어요. 이제 옷에서 더 이상 치즈 냄새도 안 나요."

그렇지만 에밀리에 펠러는 결국 꽃가게에는 가보지도 못했다. 병에 걸려버린 것이었다.

루드비히의 괴상한 짓

1951년 마츨링헨

에밀리에는 운터 데 에크 거리의 셋집 침대에 며칠이고 계속 누워 있었다. 땀이 쉴 새 없이 흘러내렸고 오한과 기침도 멈추지 않았다. 구스타프는 에밀리에에게 찬장에 먹을 것이 하나도 남아 있지 않다고 말할 수밖에 없었다. 에밀리에는 아들에게 돈 몇 푼을 쥐어주며 싸구려 푸성귀라도 사오게 했다. "구스타프, 그냥 껍질만 벗겨서 냄비에 물하고 넣고 끓이기만 해. 그런 다음 끓인 국물을 한 그릇만 가져다 줘."

구스타프는 자기가 이런 일을 할 수 있다는 사실이 굉장히 자랑스러웠다. 가게에 가서 대파와 당근, 그리고 양파를 사와서 껍질을 벗기고 잘게 썰었다. 그리고 풍로에 불을 붙이고는 묵직한 냄비를 그 위에 올려놓았다. 구스타프는 에밀리에가 쓰던 앞치마를 두르고 라디오를 켠 후 재즈 음악을 틀어주는 방송을 찾아냈다. 그리고 색소폰 소리에 맞춰 나무 숟가락을 두드리기 시작했다.

"뭐가 이렇게 시끄러우니?" 에밀리에가 침대 위에서 소리쳤다.

"당장 끄지 못해!"

구스타프는 에밀리에 옆에 앉아 푸성귀를 끓인 국물을 숟가락으로 떠먹여주려고 했다. 에밀리에의 입술은 마르고 갈라져 있었다. 에밀리에는 구스타프에게 국물이 너무 뜨겁다고 말하고 눈을 감았다. 구스타프는 어찌할 바를 몰라 그런 그녀를 그냥 바라보기만 했다. 시큼하고 익숙한 냄새가 방을 가득 채우고 있었지만 구스타프는 그 냄새에 대해서는 생각을 하지 않으려고 했다. 구스타프는 다시 국물을 떠먹여줘야 할지 아니면 엄마가 자도록 내버려두고 조용히 방을 나가야 할지 알 수 없었다. 다만 엄마가 시간이 흐를수록 점점 더 잠자는 것을 좋아한다는 것은 알고 있었다.

구스타프는 숟가락으로 국을 휘휘 내저었다. 그러다 창문 위를 오르락내리락하는 말벌 한 마리가 눈에 들어왔다. 그 말벌이 침대 위로 날아와 엄마 얼굴에 뭉쳐 있는 물기를 맛보려다가 엄마를 쏘지 않기를 바랐다. 구스타프는 엄마의 어깨를 부드럽게 토닥여 잠에서 깨웠고, 에밀리에는 국물을 조금 더 들이켰다. 그런 다음 그녀는 손을 내저으며 이렇게 말했다. "구스타프, 엄마는 너무 아파 아무것도 못하겠다. 가서 크람스 아주머니를 찾아 구급차를 불러달라고 좀 해줘."

크람스 부인은 운터 데 에크 거리에 있는 이 셋집 건물의 관리인으로 루드비히라는 이름의 이상한 아들과 함께 살고 있었다. 루드비히는 제대로 된 직장이나 아니면 군대에 갈 나이가 충분히 되었건만 항상 건물 계단이며 복도 주위를 어슬렁거리며 뭐라고 알 수 없는 곡조를 흥얼거렸다. 그는 셋집 사람들 대신 잡다한 일을 해주고 마치 길거리 거지가 그러듯 손바닥을 펼쳐 돈 몇 푼을 받곤 했다. 에밀리에 펠러는 그런 루드비히 크람스를 보고 "스위스를 더럽히는 수치"라고 말했다. 그렇지만 루드비히는 아이들을 좋아했고 구스타프를 볼 때마다 머리카락을 긁적이며 이렇게 말했다. "잘 지내니 꼬마 친구야? 와서 나랑 이야기 좀 하자. 오늘 너한테 무슨 일이 있었는지를 좀 이야기해줘."

구스타프가 크람스 부인의 집 문을 두드리자 가느다란 담배를 입에 문 루드비히가 나타났다. "요즘 세상은 어때?" 그가 말했다.

"아주 안 좋아요." 구스타프가 말했다. "우리 엄마가 너무 아파요. 구급차를 불러 달래요."

"아, 구급차에, 병원에…… 그런 말은 제발 하지 말자. 우리 공기놀이하고 놀까?" 루드비히가 말했다.

"지금은 공깃돌이 없어요." 구스타프가 말했다.

"그거 참 안 됐네." 루드비히가 말했다. "그것 참 안 됐어, 꼬마 친구야. 그럼 가서 좀 가져오면 안 될까?"

"지금은 안 돼요. 얼른 구급차를 불러와야 해요."

구스타프는 기다렸다. 루드비히는 담배를 뻑뻑 피워댔다. 거실 안쪽으로 의자에 앉아 털실을 감고 있는 크람스 부인의 모습이 눈에 들어왔다. 크람스 부인은 자리에서 일어나 문가로 다가와서는 루드비히를 밀쳐냈다. "구급차라고 했니, 구스타프? 정말 구급차라고 말한 게 맞아? 무슨 일이니?"

구스타프는 엄마가 지금 어떤 상태인지 설명하고 너무 아파서 몸도 못 움직이니 지금쯤 침대 위에다 오줌도 여러 번 쌌을 거라고 말했다. 크람스 부인은 통통한 손으로 입을 가리고는 "어머나 세상에!"라고 소리쳤다.

크람스 부인은 구스타프를 따라 위층으로 올라왔다. 루드비히도 따라오려고 했지만 크람스 부인이 올라오지 못하게 했다.

구스타프네 셋집에 도착해 복도를 꽉 채울 것 같은 듬직한 크람스 부인의 모습을 보니 구스타프는 갑자기 마음이 놓였다. 크람스 부인을 에밀리에가 있는 방으로 데리고 가면서 구스타프는 새삼 자신이 몹시 지쳐 있다는 사실을 깨달았다. 마치 에밀리에의 병이 자신의 혈관을 타고 흘러들어와 자기까지 아프게 만든 것 같았다.

크람스 부인은 몸을 굽혀 에밀리에를 내려다보고 벌겋게 달아오른 에밀리에의 뺨을 토닥였다. 지린내가 사방에 진동했다. 크람스 부인은 침대에서 초록색 오리털 이불을 걷어낸 후 나머지 이부자리마저 밀어내고는 에밀리에를 일으켜 세웠다. 마치 어린아이처럼 가볍게 에밀리에를 들어 올린 크람스 부인은 그녀를 안락의자 위에 앉히고는 아까 그 오리털 이불로 에밀리에를 단단히 감쌌다.

"죄송해요……." 에밀리에가 말했다.

"무슨 그런 말을 해." 크람스 부인은 이렇게 대꾸했다.

크람스 부인은 침대에서 더러워진 이부자리를 치우고 창문을 열었다. 그녀는 구스타프에게 욕조에 물을 틀어놓은 다음 거기에 소독약을 타라고 했다. 그리고 이불을 그 안에 집어넣으라고 했다. "그 일을 마치고 나면 가서 엄마 옆에 좀 앉아 있거라. 나는 아래층에 내려가 구급차를 불러야겠어. 아마도 폐렴인 거 같은데……"

"아니면 폐결핵인지도 몰라요." 구스타프가 말했다.

"뭐라고?"

"전 폐결핵에 대해 잘 알아요. 그러면 엄마는 다보스에 가야만 해요."

크람스 부인은 아무 말 없이 오줌에 절은 이불을 움켜쥐고 있는 구스타프를 바라보았다. 그녀는 고개를 저었다. "아니, 아니야. 얘야, 그건 아닌 것 같구나. 어쨌든 여기서 좀 기다려라. 내가 가서 구급차랑 사람들을 불러올 테니까."

구스타프는 욕조에 뜨거운 물을 틀고 에밀리에가 화장실을 청소할 때 쓰는 소독약을 찾아 욕조에 부었다. 물에서 부글부글 거품이 치솟아 올랐다. 욕조에서 올라오는 냄새 때문에 구스타프는 구역질이 날 것 같았다. 구스타프는 욕조에 물이 가득 찰 때까지 기다렸다가 다시 에밀리에에게 돌아갔다. 에밀리에는 의자에 몸을 기대고 있었고, 머리는 가슴께에 푹 파묻혀 있었다. 초록색 이불로 몸을 감싸고 있는 에밀리에는 아주 이상하게 보였다. 마치 누에를 연상시키는 모습으로, 그녀의 얼굴은 창백했지만 두 뺨은 붉게 달아올라 있었다. 유치원 바닥에 내동댕이쳐진 누에가 상처를 입은 듯한 그런 모습이었다.

에밀리에의 방에는 의자가 하나 더 있었다. 딱딱하고 소박한 의자로 프리부르에서 여기 운터 데 에크 거리로 가져온 그녀의 물건 중 하나였다. 구스타프는 이 의자를 에밀리에가 앉아 있는 안락의자 옆으로 끌고 가 그 위에 앉아 엄마를 바라보았다. 그제야 엄마가 얼마나 야위었는지, 또 얼마나 아픈지를 깨달았다. 그리고 비록 이해는 할 수 없지만 어떤 식으로든 이 일에 대해 자신에게도 책임이 있다는 생각을 했다. 구스타프는 손을 뻗어 에밀리에의 어깨를 어루만졌다. 몸을 싸고 있는 오리털 이불 위, 분홍색 잠옷 안으로 겨우 보이는 어깨였다. 엄마의 어깨를 조심스럽게 토닥이다 보니 단단한 빗장뼈가 만져졌다. 구스타프는 엄마가 아프지 않았으면 했다. 그러면 엄마의 무릎 위로 올라가 엄마 품에 안겨 잠들 수 있으니까.

크람스 부인이 응급처치를 담당하는 사람들과 함께 집으로 돌아왔다. 에밀리에는 휠체어로 옮겨졌고 다시 좁은 승강기 안으로 들어갔다. 구스타프는 크람스 부인을 도와 깨끗한 잠옷이며 샴푸, 그리고 칫솔과 망가진 손가방, 에리히 펠러의 사진 등을 가방에 꾸렸다. 크람스 부인은 구스타프에게 자기는 에밀리에와 함께 병원에 갔다가 저녁 먹을 때쯤 다시 돌아올 거라고 말했다. 그러니 그때까지는 아래층에 있는 자기 집에 가서 루드비히와 함께 기다리고 있으라고 했다.

루드비히는 술을 마시고 있었다.

루드비히가 말했다. "보드카는 참 멋진 술이야. 하지만 아무 말도 하지 마, 응? 구스타프스?"

구스타프는 크람스 부인의 거실에 있는 딱딱한 소파 위에 앉았다. 그리고 신발을 벗고는 해가 지자 켜둔 가스등 불꽃이 쉭쉭거리는 소리에 박자라도 맞추듯 발을 까딱거리다 몸을 기대고 곧 잠에 빠져들었다.

잠에서 깨어나니 벌써 아침이었다.

부드러운 담요가 자신의 몸을 덮고 있었다. 스위스 국기처럼 하얀색과 붉은색이 섞인 담요였다. 구스타프는 자신을 보호해줄 껍질이 필요하다는 사실을 기억하고는 담요로 몸을 더욱 단단하게 감쌌다.

부엌에서 루드비히가 뭔가를 흥얼거리는 소리가 들려왔다. 가스등은 꺼졌고 햇살이 작은 창을 통해 비치고 있었다. 구스타프는 엄마는 병원에 갔고 자기는 지금 크람스 부인의 집에 있다는 사실을 깨달았다. 지금이 학교에 갈 시간인가?

루드비히가 돌아와 구스타프를 내려다보며 몸을 간지럽히더니 웃기 시작했다. 웃음소리 사이로 퀴퀴한 보드카 냄새가 났다.

"그만 일어나라, 요 꼬맹아!" 루드비히가 말했다. 그런 루드비히의 모습은《더벅머리 페터》에 나오는 아이들을 괴롭히는 거인을 떠오르게 했다.

"난 꼬맹이가 아니야!" 구스타프가 말했다.

"넌 꼬맹이가 맞아. 그리고 네가 비명을 지를 때까지 간지럽혀 줄 테다!"

"절대로 비명 같은 거 안 질러."

"그렇게 만들어준다니까."

"그렇게 못해."

"그럼 좋아. 담요부터 치워라. 어쨌든 그건 내가 제일 좋아하는 내 담요니까. 그래도 그걸 덮게 해줬으니 참 친절하지 않아? 자, 뜨거운 코코아랑 빵이랑 피클로 아침이나 먹자."

루드비히와 구스타프는 기름을 먹인 노란색 천을 덮은 탁자 앞에 앉았다. 루드비히가 우유를 끓여 뜨거운 코코아를 만들어 빵과 함께 내왔다. 거기에 버터와 양파 피클을 곁들이자 구스타프는 걸신들린 듯 차려온 음식들을 먹어치웠다. 아마 접시 가득 삶은 감자와 소시지를 내왔어도 다 먹어치웠을 것이다. 마침내 접시를 다 비운 구스타프가 루드비히에게 이렇게 물었다. "왜 아주머니는 아직 안 돌아왔어요?"

루드비히가 몸을 부르르 떨었다. "병원. 이제 병원 사람들이 널 납

치해 갈 거다. 나도 한 번 병원에 끌려간 적이 있지. 나를 침대 위에 꽁꽁 묶어두고는 머리에 전기 장치로 충격을 줬어."

"왜요?" 구스타프가 물었다.

"누가 알겠어? 세상일이란 게 다 그렇지, 구스타프스. 도대체 무슨 일이 일어날지 아무도 모르는 거야."

구스타프는 먹다 남은 코코아 찌꺼기를 개수대에 내다 버리고 이렇게 말했다. "크람스 아줌마는 저녁 먹을 때까지는 온다고 그랬는데 벌써 아침이에요."

"그래. 우리 엄마 머리에는 누가 전기로 충격을 주지 않았으면 좋겠는데 말이야. 내 방으로 갈까? 가서 내 장난감을 좀 보여줄까?"

"장난감이요?"

"그래. 내가 갖고 노는 장난감들."

"아무래도 학교에 가는 게 좋을 것 같아요."

"네가 가버리면 나는 혼자가 되는 거야, 이 꼬맹아."

루드비히의 방은 거의 구스타프의 방만큼이나 작았고, 그나마 사람들이 내다 버린 물건들로 가득 차 있었다. 모두 다 루드비히가 도로 주워다 놓은 것들이었다. 낡아빠진 접이식 의자, 예수 그리스도의 성화聖畵, 망가진 장난감 목마며 녹이 슨 정원용 갈퀴, 화분 받침대, 아기 요람에 소풍용 바구니, 설탕 단지에 잡지며 물뿌리개, 장난감 자동차며 무늬를 수놓은 방석들까지……

구스타프는 이런 물건들을 모두 다 살펴보았다. 그렇게 끌어 모은 물건들이 사방에 가득 쌓여 있어서 루드비히가 쓰는 좁은 침대까지 드나들 수 있는 공간도 너무 비좁았다.

"뭘 가지고 놀래?" 루드비히가 물었다. "목마라도 탈래?"

"네."

루드비히는 접이식 의자와 소풍용 바구니 너머로 손을 뻗어 목마를 들어올렸다. 그러자 방석 더미 위에서 뭔가가 떨어져 내렸다. 그건 바로 구스타프가 망가트려 내버린 양철 기차였다.

기차를 본 구스타프는 놀라서 소리를 질렀다. "저건 내 기찬데! 저건 내 기차야! 내 기차를 돌려주세요."

루드비히가 기차를 집어 들었다. "이젠 내 거야." 루드비히가 말했다. "내가 쓰레기통에서 주워온 거야."

"우리 엄마가 내다 버린 거지 내가 버린 게 아니에요. 처음부터 망가트릴 생각도 없었고요. 그냥 화가 나서 그런 건데. 그러니 내 기차를 돌려줘요."

"안 돼. 이제는 내 거라니까."

"루드비히, 제발요! 제발!"

루드비히는 양철 기차를 쥐고 허공 속에서 이리저리 휘둘렀다. 진짜 그 안에 사람들이 타고 있었다면 아마 다들 창문 밖으로 떨어져 버렸으리라. 그러다 루드비히는 구스타프를 무섭게 노려보았다. 여위고 창백하던 얼굴이 갑자기 섬뜩할 정도로 붉게 물들기 시작했다. 루드비히는 천천히 양철 기차를 구스타프의 손이 닿지 않는 곳에 내려놓았다.

"좋은 생각이 있어." 루드비히가 말했다.

"내 기차를 돌려달라고!"

"내가 하라는 대로 하면 기차를 돌려주지." 루드비히가 말했다. "알겠어?"

"싫어, 나 그런 거 몰라."

"아주 재미있는 일이라니까. 내 말을 들어봐. 사람들도 다 하는 일이야. 나도 병원에서 배웠지. 전기로 괴롭힘을 당하던 병원에서 말이야. 거기 사람들은 늘 그렇게 하더라고."

"뭘 해?"

"잘 봐." 루드비히가 말했다. "내가 꼬맹이에게 재미있는 걸 보여줄 테니까." 그러더니 루드비히는 바지 앞섶을 풀어 헤치고 자기 성기를 꺼내 주무르기 시작했다.

"내 말만 잘 들으면 기차를……"

구스타프는 놀라서 입이 딱 벌어졌다. "무슨 말이야?"

"이리로 와서 여기 좀 만져 봐. 그러니까 내가 지금 하는 것처럼 만져달라고."

"그러기 싫어."

"그러면 기차는 안 돌려준다. 이리로 와 보라니까. 손을 이쪽으로 내밀어보라고. 내가 아까 말했잖아. 아주 재미있는 일이라고. 같이 재미있게 놀 수 있어. 우리가 뭘 하는지 아무도 모를 거야. 나는 최고야! 병원 사람들이 나를 그렇게 불렀지. 그냥 와서 좀 만져주기만 하면 된다니까."

구스타프는 심한 오한을 느끼고 루드비히로부터 시선을 돌려 자기 기차를 바라보았다. 양철 기차는 뒤집어져 있는 아기 요람 위에 올려져 있었다. 얼굴이 더 붉게 달아오른 루드비히는 구스타프에게 손을 뻗어 거칠게 자기 쪽으로 끌어당겼다. 구스타프는 정강이를 부딪치며 목마 위로 넘어졌다. 루드비히는 구스타프의 손을 잡고 점점 더 크게 부풀어 오르고 있는 자기 성기 쪽으로 잡아당겼다. 하지만 바로 이때 구스타프의 귀에 집 대문이 열리는 소리가 들렸다. 마침내 크람스 부인이 돌아온 것이 틀림없다고 구스타프는 생각했다.

"빌어먹을 거!" 루드비히는 이렇게 중얼거리더니, 구스타프는 내버려두고 아까보다 더 거칠게 자기 성기를 주물러대기 시작했다. "여기서 당장 꺼져! 우리 엄마한테나 가봐!" 루드비히가 씩씩 거렸다. "문을 닫아!"

구스타프는 양철 기차를 갖고 나가고 싶었지만 감히 그렇게 할 수가 없었다. 구스타프는 루드비히를 내버려두고 거실로 나갔다. 먹다 남은 아침 식사가 여전히 식탁 위에 널브러져 있었다. 크람스 부인은 곧장 식탁을 치우기 시작했다. 그러다 구스타프를 보고는 자리에 앉았다.

"왜 학교에 가지 않았니?" 크람스 부인이 물었다.

구스타프는 말을 할 수가 없었다. 그렇게 몸만 부들부들 떨고 있는데 아까 다친 정강이 상처의 아픔이 다리 전체로 퍼져나가기 시작했다. "엄마는요?" 구스타프는 간신히 입을 열어 이렇게 물었다.

크람스 부인은 자기 손가방을 열어 담배 한 개비를 꺼내 불을 붙였다. 피곤 때문인지 눈 주위가 거뭇거뭇했다. 크람스 부인은 한숨을 내쉬며 이렇게 말했다. "구스타프, 네 엄마는 폐렴에 걸렸어. 내가 걱정한 대로였지. 상황이 너무 심각해서 밤새도록 그 자리를 지키고 있었단다. 심각한 상태가 꽤 오랫동안 이어졌거든. 네 엄마 옆에 누가 함께 있다는 걸 알려주고 싶었어."

"정말 감사합니다, 크람스 아주머니. 엄마는 곧 집에 오나요?"

"아니, 아니야. 한동안은 못 오실거야. 좀 더 몸이 회복되어야 다시 집에 돌아올 수 있을 거다. 그러니 내 말을 잘 들어라. 너를 어떻게 돌볼지 생각을 좀 해봐야 해. 찾아갈 친척이라도 있니?"

"아니요, 하나도 없어요." 구스타프가 대답했다.

크람스 부인은 손으로 눈 주위를 문질렀다. "그러면 내가 잠시 동안 널 돌봐줘야겠다. 우선 루드비히 방에 쓰레기들을 치워내고 거기에 누워 잘 수 있는 자리를 좀 만들어야겠어."

구스타프가 고개를 저었다.

"썩 내키지는 않겠지." 크람스 부인이 말했다. "쓰레기들이 널린 방에서 살고 싶지는 않을 테니까. 하지만 뭐 다른 방법이 있니?"

홀로서기
1951년 마츨링헨

구스타프는 욕조 옆에 앉아 소독약을 탄 물과 그 안에 들어 있는 더러운 이불을 바라보았다. 크람스 부인은 이불을 지하실로 가지고 내려오라고 했다. 콘크리트로 지어놓은 좁은 지하실에는 공용으로 쓰는 세탁기가 있었다. 하지만 물에 흠뻑 젖은 이부자리는 구스타프가 감당하기 힘들 만큼 무거운 짐이었다. 구스타프는 열 살 가까이 된 남자아이라면 힘이 얼마나 있어야 정상일지 궁금했다.

욕실을 나와 부엌으로 가보니 엄마에게 끓여주었던 푸성귀로 만든 국이 남아 있었지만 도저히 먹을 만한 음식으로는 보이지 않았다. 국물 위에 둥둥 떠 있는 하얀색 대파는 루드비히가 손에 쥐고 있던 그 길쭉하고 끔찍한 물건을 떠올리게 했다. 구스타프는 커다란 대파가 걸리적거리는 것을 보고 구역질을 하지 않으려고 애쓰며 국물을 개수대에 부어버렸다. 구스타프는 다른 아이였다면 아마 울음을 터트리거나 최소한 흐느끼기라도 할 거라고 생각했다. 하지만 구스타프는 그러지 않았다. 구스타프 펠러는 스스로를 절제하고 참을 수 있었다. 엄마를 위해, 그리고 돌아가신 아빠를 위해, 늘 울기만 하던 안톤을 위해, 그리고 다보스의 호텔 전망대를 비추던 햇살 같은 아름다운 것들을 위해. 구스타프는 개수대에 걸쳐 있는 흐물거리는 대파를 집어 들고는 쓰레기통에 던져버렸다.

구스타프는 손과 얼굴을 씻고 옷을 갈아입고는 학교로 향했다. 몇 시나 되었는지 알 수 없었기 때문에 텔러 부인의 꽃 노점상에 들러 시간을 물어보았다. "글쎄다, 구스타프. 수요일이라는 것밖에는 모르겠구나."

학교에 도착해보니 수업이 시작된 지 얼마 지나지 않은 것 같았다. 구스타프는 교실에 들어가 자기 자리에 앉았다. 익숙한 나무 책상의 감촉이 편안했다. 마치 지난 24시간 동안 루드비히가 입버릇처럼 말하던 '요즘 세상'에서 변하지 않은 것은 이 책상뿐인 것 같았다. 책상에 꼭 붙어 앉은 구스타프는 학교가 끝나면 차비를 빌려 병원에 있는 에밀리에를 보러 가야겠다고 결심했다. 구스타프는 에밀리에가 누워 있는 병원 침대가 깨끗한 것이기를 바랐다. 그리고 에밀리에의 머리카락도 깨끗하게 감겨져 빗질이 되어 있기를 바랐다.

구스타프가 안톤에게 속삭였다. "엄마가 폐렴에 걸렸어."

"폐렴이 뭐야?"

"폐결핵 같은 거야. 지난밤에 엄마는 거의 죽을 뻔했어."

"정말로 죽을 뻔했다는 거니?"

"그래 맞아."

"엄마가 죽으면 넌 어떻게 되는데?"

"혼자가 되는 거지." 구스타프가 말했다.

쉬는 시간이 되자 안톤은 자기를 가르치는 피아노 강사인 에델스타인 선생님이 전국 아동 피아노 경연 대회에 자기를 추천했다고 말했다. 베른에서 열리는 이 대회에서 안톤은 드뷔시의 〈물에 잠긴 사원La Cathédrale Engloutie〉을 연주하게 될 것이라고 했다.

"그게 언제인데?" 구스타프가 물었다.

"여름에. 산악 지방으로 여름휴가를 가기 전이야. 그렇지만 그 전에 먼저 예선 대회가 있어."

"예선 대회가 뭐야?"

"진짜로 대회가 있기 전에 먼저 따로 시험을 보는 거. 우선 베른에 가서 심사위원 두 사람 앞에서 연주를 하는 거야. 그런 연주를 두 번 하고 나서 좋은 평가가 나오면 그때는 진짜 대회에 참가할 수 있는 거지."

"네가 좋은 평가를 받으면 어떻게 되는 건데?"

"내가 예선에서 좋은 평가를 받아서 진짜 대회에 참가할 수 있게 되면, 구스타프, 너도 베른에 와서 내가 연주하는 걸 볼 수도 있지 않을까?"

구스타프는 안톤이 거대한 연주회장에 있는 무대 위에 올라 검은색 그랜드 피아노 앞에 홀로 앉아 있는 모습을 상상했다. 그랜드 피아노의 뚜껑이 마치 거대한 심장처럼 열려서 안톤이 그 안으로 들어가는 것처럼 보일지도 몰랐다. 구스타프는 에밀리에에게 부탁해서 베른에 갈 수 있으면 좋겠다고 생각했다. 물론 에밀리에도 같이 가서 안톤의 피아노 연주를 같이 들을 수 있다면 더 좋으리라.

학교 운동장은 추웠다. 구스타프는 안톤에게 루드비히가 무슨 짓을 했는지 말해주고 싶었다. 그러면 그 일에 대한 혐오나 분노를 함께 나누고 털어버릴 수 있을 것 같았다. 땅속으로 파고드는 벌레처럼 머릿속에 그 일에 대한 기억이 파고들어 숨어버리도록 내버려두는 것이 아니라. 하지만 그날 있었던 일을 설명하려고 생각만 해도 구스타프는 욕지기가 올라왔다. 구스타프는 또한 안톤이 어떤 식으로든 기분 나빠하며 그다음부터 자기를 피하게 될까 봐 불안했다. 안톤이 구스타프를 멀리하고 다른 아이들에게 가서 구스타프 펠러가 더러운 일을 하고 다닌다고 말하는 장면을 상상하는 건 그리 어렵지 않았다. 그래서 구스타프는 그날의 일을 마음속에만 깊이 간직하고 아무에게도 말하지 않는 편이 더 좋겠다고 생각했다. 영원히.

구스타프는 자기 이야기를 하는 대신 안톤이 흥분해서 피아노 경연 대회에 대해 이야기하는 것을 들었다. "조금 겁이 나기는 해. 여러 사람들 앞에서 연주를 한다는 게 말이야. 엄마는 사람들 앞에서 떨지 않게 해주는 약도 있다고 하셨어. 그러면서 또 이런 일에 익숙해져야 한다고도 하셨지. 왜냐하면 나중에 어차피 피아노 전문 연주자가 되려면 이런 일들을 다 견뎌내야 하거든."

"네가 나중에 그런 사람이 될지 네 엄마가 어떻게 알고?"

"왜냐하면 난 '피아노 영재'니까. 영재가 뭐냐 하면, 내 또래 다른 아이들에 비해서 월등하게 피아노를 더 잘 치는 거래. 그래서 내가 열여덟 살이 되면 파리나 제네바, 아니면 뉴욕에 있는 큰 음악회에서 연주를 할 수 있게 되는 거야. 알겠지?"

"큰 음악회?"

"응. 우리 엄마가 그러는데 우리가 비록 지금은 어려도 앞으로 어떻게 살지 생각을 해둬야 한대. 구스타프, 넌 앞으로 뭐가 될 거니?"

구스타프는 고개를 돌렸다. 머릿속에 자신의 모습이 떠올랐다. 성요한 교회에서 무릎을 꿇고 바닥을 기며 금속 바닥 장식 안에서 보잘것없는 '보물들'이나 찾고 있는 모습을. 그리고 그 모습이 그대로 미래로 이어질 것이라고 상상하는 것도 쉬웠다. 제대로 된 미래 같은 건 전혀 없이, 오직 바닥을 기는 남자가 세월이 흘러가면서 계속 늙어가는 모습을. 남자는 여전히 다른 사람들이 내다 버린 물건들이나 찾고 있겠지.

"나는 앞으로 뭐가 될지 잘 모르겠어." 구스타프가 대답했다.

구스타프는 학교가 끝난 후 호들러 선생님을 만나러 갔다. 막스 호들러는 이제 안경을 끼고 있었다. 이 안경 덕분에 분홍색으로 충혈된 눈자위가 좀 가려졌으며, 좀 더 나이가 들고 이전보다 조금은 미남이 된 것 같았다. 에밀리에 펠러가 폐렴에 걸렸다는 말을 들은 막스는 "아이고, 구스타프. 그것 참 무서웠겠구나"라고 말했다.

막스는 구스타프에게 사탕 한 알을 주고 자기도 하나를 까서 입 안에 넣었다. 두 사람은 책이 가득한 교무실에 앉아 아무 말 없이 사탕을 빨아먹었다.

마침내 막스 호들러가 입을 열었다. "그럼 누가 널 돌봐주니?"

"전 괜찮아요." 구스타프가 말했다. "하지만 전차를 탈 차비를 좀 빌려주신다면 가서 엄마를 만나볼 수 있을 것 같아요."

"그야 물론이지." 막스가 말했다. "그런데 지금 당장 갈 거니? 괜찮다면 나도 같이 갈까?"

구스타프는 고개를 흔들었다. "엄마는 다른 사람을 만나고 싶어 하지 않을 거예요." 구스타프는 그렇게 말하면서 오줌을 지린 이부자리며 기름기가 밴 땀이 번들거리던 에밀리에의 얼굴을 생각했다.

"그럼 뭐 상관없다." 막스가 말했다. "병원 복도에서 기다리면 되니까."

"혼자 갈 수 있어요." 구스타프가 말했다. "13번 전차를 타면 되니까요."

그렇게 큰 병원에서 에밀리에가 있는 병실을 찾기란 그리 쉽지 않았다. 구스타프는 이 병실 저 병실을 다 돌아다니며 아픈 사람들은 다 찾아보았다. 그러다 피곤해지고 배가 몹시 고파왔다. 식사를 배식하는 활차가 지나가는 것이 보이자 구스타프는 직원에게 빵조각이라도 좀 얻어먹을 수 있냐고 물었다. 그리고 대답도 기다리지 않고 빵을 향해 손을 뻗었다. 그렇지만 그 병원 직원은 구스타프의 손을 내리치며 이렇게 말했다. "환자들 식사에 손을 대지 마라! 그런데 도대체 넌 여기서 뭘 하고 있니? 아동 병동에서 온 거니?"

구스타프는 자기가 이미 찾아본 모든 병실들을 뒤로 하고 한 간호사가 지키고 있는 접수대 비슷한 곳으로 갔다. 간호사는 풀을 빳빳하게 먹인 하얀색 모자를 쓰고 있었는데 마치 모양이 이상한 스위스 전통 모자 비슷했다.

"뭘 도와줄까?" 간호사가 말했다.

구스타프는 에밀리에의 이름을 말했다. "펠러 부인이요." 구스타프는 낯선 사람들에게는 단 한 번도 엄마 이름을 에밀리에라고 말한 적이 없었다. 간호사는 다른 젊은 간호사를 불렀고, 구스타프는 그 간호사를 따라 또다시 아까 왔던 길을 되돌아갔다. 환자들로 붐비는 병실들을 지나, 환자들의 식사를 나르는 활차를 지나, 어둡고 조용한 복도에 접어들자 젊은 간호사는 작은 병실의 문을 열었다. 병실을 비춰주는 건 어두운 푸른색 전등 하나였다.

구스타프는 병실로 들어갔다. 푸른 불빛 아래에서 구스타프는 철제 침대 위에 누워 있는 에밀리에의 모습을 간신히 알아볼 수 있었다. 긴 장대 끝에 거꾸로 매달린 주머니에서 나온 고무관이 팔과 연결되어 있었고, 또 다른 고무관은 엄마의 코 안으로 연결되어 있었다. 엄마는 두 눈을 감고 있었고 마치 코라도 고는 것처럼 거칠게 숨을 몰아쉬고 있었다.

침대 옆에 의자가 하나 있어서 구스타프는 그 의자에 앉았다. 구스타프는 에밀리에의 손을 잡고 싶었지만 혹시라도 고무관을 건드릴까 걱정이 되었다. 그래서 그냥 엄마의 무릎 위에 손을 얹고 이렇게 말했다. "엄마, 내 말 들려요?"

들리지 않는 것 같았다. 에밀리에는 그렇게 마치 어둡고 고요한 호수 같은 곳에 누워 있었다. 사람들이 죽으면 갈 것 같은 그런 곳에. 이따금 구스타프의 귀에는 복도를 지나가는 발자국 소리가 들려왔다. 하지만 아무도 이 병실 안으로는 들어오지 않았다. 구스타프는 푸른 불빛을 받으며 말없이 그대로 앉아 있었다. 사방이 다 푸른색으로 보였고 그래서 구스타프는 더 외로워졌다. 욕조 안에 담가둔 이부자리며 그걸 다시 꺼내 지하실에 있는 세탁기 안에 집어넣을 생각을 하니 안 그래도 무거운 마음이 더 답답해졌다.

구스타프는 두 사람이 제대로 살아가기 위해 마룻바닥을 깨끗하게 닦고, 생쥐들을 쫓아내고, 또 베개들을 말리고 부드럽게 하는 일 말고도 하루 동안에만 엄마가 했던 일들이 또 뭐가 있었나 생각을 해보았다. 그리고 이제는 전부 다 자기가 할 일이 되었다는 걸 알았다. 두 사람의 셋집을 에밀리에가 돌아올 때까지 정돈된 상태로 깨끗하게 유지하는 법을 배워야겠다고 생각했다. 그러고 보니 성 요한 교회의 청소 일을 도왔던 게 얼마나 도움이 되는지도 깨달았다. 어쩌면 아주 간단한 일이 아닐까? 셋집도 그냥 걸레와 나무 광택제와 먼지떨이를 들고 교회 본당이며 의자들을 청소했듯 그렇게 치우면 되는 게 아닐까. 보물 상자를 뒤져 그동안 모아두었던 별로 값나가지 않는 동전들을 찾아봐야겠다. 구스타프는 그 돈으로 필요한 음식을 살 수 있으면 하고 바랐다. 그리고 에밀리에의 방에 그녀가 돌아오는 걸 축하할 제비꽃 다발도 사다 놓을 수 있기를 바랐다.

루드비히에 대해서는 생각하고 싶지 않았지만 결국 어쩔 수 없이 생각을 할 수밖에 없었다. 크람스 부인은 구스타프네 집 열쇠를 갖고 있었고 루드비히가 그 열쇠로 한밤중에 집으로 들어올 수도 있었다. 한 손에는 그의 성기를 쥐고. 구스타프는 집에 무서운 개가 한 마리 있었으면 했다. 그러면 루드비히를 물어뜯을 수 있을 테니까. 커다란 가위를 가진 거인이 못된 콘라드의 엄지손가락을 싹둑 잘라버린 것처럼. 그러면 루드비히는 마룻바닥에 피를 뚝뚝 흘리며 박쥐처럼 꽥꽥거리겠지.

병실을 나서기 전 구스타프는 엄마의 침대 끄트머리에 매달려 있는 환자 기록부에 이렇게 적었다.

> 사랑하는 엄마. 제 걱정은 마세요. 안톤네 식구들이 돌봐줄 거예요. 사랑하는 구스타프가.

집으로 돌아온 구스타프는 먼저 먹을 것을 찾아보았다. 부엌 찬장에는 토마토 수프 깡통이 딱 하나 남아 있었고 구스타프는 이 수프를 데워 먹었다. 내일 아침이나 저녁밥을 위해 좀 남겨놓아야 한다는 건 알고 있었지만 너무나 배가 고파 그만 한 깡통을 다 들이키고 말았다.

구스타프는 보물 상자 속에 들어 있는 돈을 세어보았다. 돈은 3프랑하고도 20상팀쯤 되었다. 구스타프는 이 정도 돈으로 소시지를 살 수 있는 곳이 있을까 생각해보았다. 그리고 자신이 학교에서 주는 점심밥으로 하루에 한 끼만 먹고 버틸 수 있을지도 궁금했다. 학교에서 주는 밥은 보통 약간의 고기와 국물이 곁들여진 경단이었다. 구스타프는 막스 호들러가 해주었던 말을 기억했다. 호들러는 스위스라는 나라가 국민들의 의지로 세워진 나라라고 했다. 스위스는 국민들의 의지로 세워진 자주독립국이며 스위스의 모든 아이들은 이러한 사실을 기억하고 뤼틀리의 맹세를 지켰던 그 사람들처럼 강하게 자라나야 한다고도 말했다. 또한 그 이후 수백 년이 흐른 뒤 스위스의 중립을 지키기 위해 싸웠던 장군들도 본받으면서. 하지만 구스타프는 이미 자신이 갖고 있는 의지가 어떤 수준인지 깨닫고 있었다. 바로 배가 고프면 한없이 약해지는 그 정도의 의지였다. 구스타프는 달리 어떻게 강한 의지를 키울 수 있을지 알 수 없었다.

잠자리에 들기 전 구스타프는 마음속으로 한 가지 다짐을 했다. 혼자 힘으로 소독물에 담가놓은 이부자리를 꺼내 지하실로 가지고 가야 한다고. 우선은 욕조의 물을 빼고 그런 다음에 물에 젖은 이부자리 위에 올라가 물기가 빠질 때까지 지근지근 밟아야 한다고. 구스타프는 생각만 해도 발이 아픈 것 같았다.

에밀리에가 자질구레한 물건들을 넣어두는 벽장 안에서 구스타프는 접이식의 작은 유모차 하나를 찾아냈다. 구스타프가 아직 어릴 때 에밀리에가 썼던 유모차였다. 구스타프는 이 유모차를 욕실로 끌고 가서 물에 젖은 이부자리를 그 위에 얹은 후 승강기까지 유모차를 밀고 갔다. 타일이 깔린 바닥 위를 끌고 가는 동안 물은 별로 떨어지지 않았다.

지하실에 도착하니 사방이 어두웠다. 전등을 켜는 손잡이는 구스타프의 손이 닿기에는 너무 높은 곳에 있었다. 구스타프는 지하실의 습한 공기와 이부자리에서 올라오는 시큼한 냄새를 맡으며 어둠 속에 서 있었다. 만일 루드비히만 없었다면 크람스 부인의 집으로 찾아가서 도움을 요청할 수도 있었겠지만 그렇게 하기가 겁이 났다.

구스타프는 오랫동안 그렇게 가만히 서 있었다. 그러다 문득 루드비히가 지하실로 내려와 문을 닫고 둘이서만 이 안에 있게 될까 두려웠다. 일단 물에 젖은 이부자리를 세탁기 가까이까지 갖다놓고 그대로 내일 아침까지 두는 것 말고는 뭘 더 어떻게 해야 할지 알 수 없었다.

이제는 셋집 문 뒤에 아무도 함부로 들어오지 못하도록 일종의 벽 같은 걸 설치할 차례였다.

구스타프는 에밀리에가 자신의 옷장에서 빼내두었던 나무 선반을 문 앞에 세우고 다시 에밀리에의 의자를 선반 앞에 딱 붙여두었다. 그리고 부엌으로 가서 거기에 있는 모든 냄비며 솥단지들을 하나씩 가지고 와 의자 주변에 쌓아올렸다. 구스타프는 어쨌든 집의 문이 열릴 수 있다는 사실을 잘 알고 있었다. 하지만 최소한 루드비히가 집 안으로 밀고 들어오려 한다면 냄비와 단지들이 떨어지는 소리를 들을 수 있을 것이다. 그때는 화장실로 달려가 안에서 문을 걸어 잠글 생각이었다.

문을 막는 일이 다 끝나자 구스타프는 몹시 피곤해졌고 그냥 제자리에 고꾸라질 것만 같았다. 욕실로 가서 지난 하루 동안 있었던 모든 일들을 다 깨끗하게 씻어내고 싶었지만, 그렇게 하다가 그만 미끄러져 넘어질까 봐 무서웠다. 그래서 그냥 옷을 벗고 침대로 기어들어갔다. 구스타프는 에밀리에를 위해 기도를 하고 잠이 들었다.

안톤의 징크스

1951년 마츨링헨과 베른

구스타프는 학교에서 주는 밥과 막스 호들러가 전해주는 음식으로 하루를 견뎌나가는 데 익숙해졌다. 막스는 거의 하루도 빠지지 않고 깡통에 든 소시지 등을 전해주었고, 구스타프는 통조림 깡통을 열기 전에 꼭 끌어안아 보곤 했다. 구스타프는 막스 호들러가 아마도 스위스에서 제일 친절한 사람일 거라고 생각했다.

때때로 구스타프는 프리부르 77번가에 있는 안톤의 집으로 가서 아드리아나와 함께 차를 마셨다. 거기서 나오는 버찌 케이크며 이탈리아 과자를 잔뜩 먹은 후 안톤이 피아노 경연 대회를 준비하며 연습하는 것을 보았다. 구스타프는 안톤에게 드뷔시의 음악에는 잘 집중을 할 수 없다고 말했다. 마찬가지로 학교에서도 이제는 더 이상 역사 시간이나 심지어 평소에 좋아하던 수학 시간에도 집중을 잘 할 수 없었다. 사실 구스타프의 생각은 온통 먹을 것에만 집중되어 있었다. 어쩌면 구스타프는 안톤이 그런 사정이면 자기 집에 와서 함께 지내는 것이 어떻겠느냐고 말해주기를 바랐는지도 몰랐다. 그렇지만 실제로 그런 사정을 말하자 안톤은 그저 피아노 의자 위에 앉아 몸을 빙빙 돌리며 이렇게 말했을 뿐이었다. "그런데 말이야, 전쟁 중에 수백만 명이 넘는 유대인들이 수용소로 끌려가서 굶어죽었대. 구스타프 너는 적어도 그 정도는 아니잖아?"

"왜 그렇게 굶어죽었어야 했는데?"

"유대인이라서 미움을 받았으니까. 아빠가 그렇게 말씀하셨어. 유대인들은 전 세계 어디서나 미움을 받는다고."

"나는 안 그런데."

"그건 나도 알아. 그렇지만 많은 사람들이 그렇게 한대. 그건 너희 엄마도 마찬가지야."

초여름에 접어든 어느 토요일 아침 에밀리에 펠러는 집으로 돌아왔다. 에밀리에는 거실에 앉아 사방을 둘러보고 깜짝 놀라고 말았다. "냄새가 아주 좋을 뿐더러 상쾌하구나. 크람스 아주머니가 내가 올 걸 알고 다 이렇게 해주셨겠지? 꼭 고맙다는 말을 전해야겠어."

"그렇지 않아요." 구스타프가 말했다. "크람스 아줌마는 빨래랑 다림질을 도와주셨을 뿐이에요. 청소며 걸레질이며 나머지는 내가 전부 다 했어요. 엄마 침대 이부자리도 내가 다 정리했어요."

에밀리에는 자리에 앉은 채 구스타프를 바라보았다. "너 몸이 말랐구나."

"전 괜찮아요."

"네 걱정은 안했다. 네가 적어놓고 간 걸 봤거든. 츠비벨 씨 집에서 널 돌봐주었다며?"

"아, 네. 그랬었지요." 구스타프는 거짓말을 했다. "그리고 안톤한테는 신나는 일이 있어요. 베른에서 열리는 어린이 피아노 대회에

뽑혀서 출전한대요. '예선 대회'가 있었지만 다 통과했고요. 코른하우스에서 드뷔시를 연주하게 될 거래요."

"아, 그것 참 멋진 일이구나." 에밀리에가 말했다.

"저랑 같이 베른에 가서 안톤의 연주를 듣지 않을래요?"

"그것까지는 잘 모르겠구나. 제일 중요한 일들부터 먼저 해결해야겠지."

에밀리에는 집 안 이곳저곳을 둘러보기 시작했다. 새로 감은 머리는 어린 여자아이처럼 짧고 단정하게 손질이 되어 있었다. "오랫동안 몸이 아팠다가 나으면 모든 게 다 이상하게 보인단다. 마치 전에는 한 번도 본 적이 없는 것처럼."

"엄마, 뭐 좀 먹을까요?" 구스타프가 말했다.

"뭐 먹을 거라도 있니?" 에밀리에가 물었다.

"통조림 소시지랑 통조림 양배추 절임이요. 그리고 안톤네 집에서 차 마시고 얻어온 버찌 케이크 한 조각도 있어요."

"아주 맛있겠구나." 에밀리에가 말했다. "병원에서는 그것밖에 줄 게 없는지 매일매일 멀건 국물만 먹었어."

구스타프는 쟁반 하나를 꺼내 그 위에 차 마실 때 쓰는 깨끗한 천을 깔았다. 그리고 물 한 잔과 그 옆에 소시지와 양배추 절임 접시를 올려놓았다. 거기에 입을 닦는 깨끗한 천까지 올려놓고 보니 쟁반 위를 장식할 작은 꽃다발이라도 있었으면 했다. 그래도 이렇게 차린 쟁반의 음식들은 구스타프를 기분 좋게 만들었다.

구스타프로부터 쟁반을 받아든 에밀리에는 웃었다. 정말이지 에밀리에의 웃는 얼굴을 보는 건 참으로 오랜만의 일이었다. 구스타프는 이제 모든 일이 다 잘 되어나갈 수 있는지 물어보고 싶었다. 엄마가 새로 직장을 얻어 돈을 벌어올 수 있을까. 예전처럼 그렇게 다시 잘 살 수 있을까. 스타킹은 욕조 위에 걸려 있고 월요일이면 금방 만든 크뇌델을 저녁 식사로 먹으며. 하지만 구스타프는 에밀리에도 이런 질문에 제대로 대답을 해줄 수는 없을 거라고 혼자 생각했다.

에밀리에는 정신없이 음식을 먹기 시작했다. 그렇게 한입 가득 음식을 먹다가 문득 구스타프를 올려다보며 이렇게 말했다. "머리가 너무 길었구나."

에밀리에는 마을 중심가에 있는 약국에 일자리를 얻었다.

낡아서 색이 바래버린 블라우스와 치마 위에 옅은 하늘색 제복을 걸친 에밀리에는 구스타프에게 이렇게 말했다. "스위스 약국이랑 제약회사는 세계 제일이지. 우리는 다른 어떤 나라에서도 만들지 못하는 그런 약을 만들어 팔고 있단다."

하지만 에밀리에는 자기가 직접 그런 약들을 팔 수는 없다고 설명했다. 에밀리에에게는 '필요한 지식과 자격증'이 없기 때문이었다. 모든 처방전은 우선 약사가 확인을 해야만 했다. 에밀리에는 비누며 가벼운 해열제와 감기약, 그리고 반창고와 소독약 정도를 팔 수 있었지만 그 정도 까지였다. "그래도 내가 하는 일도 중요해." 에밀리에가 말했다. "내가 있어야 약국에 필요한 물건들이 제대로 준비되어 있는지 다시 확인해줄 수 있으니까. 꼭 필요한 물건들이 부족하지 않도록 말이야. 그리고 또 사람들이 필요한 물건들을 찾을 수 있도록 도와주기도 한단다."

학교가 끝나고 약국을 찾은 구스타프는 엄마가 자랑스러웠다. 엄마는 하늘색 제복을 입고 몸을 꼿꼿하게 곧추세우고 있었다. 그리고 깨끗한 하얀색 신발을 신고 약국을 빠른 걸음으로 돌아다녔는데, 집에서나 치즈 공장에서 일하던 시절 천천히 느릿느릿 돌아다닐 때하고는 사뭇 그 모습이 달랐다. 그리고 에밀리에는 약국을 찾아오는 사람들에게 상냥하게 웃음도 지어보였다.

약국에서 받은 봉급은 그저 그랬지만 그 정도면 충분했다. 에밀리에와 구스타프는 이제 다시는 성 요한 교회에 청소를 하러 갈 필요가 없었다. 차와 함께 누스토르테를 먹는 날도 종종 있었고 또 일요일에는 양은 얼마 되지 않지만 고기도 먹을 수 있었다.

피아노 경연 대회는 6월 말에 개최되었다.

구스타프도 대회 전날 츠비벨 씨 가족과 함께 베른에 가기로 했다. 베른에 도착하면 거기 호텔에 묵으며 또 호텔 식당에서 어른들과 함께 식사도 함께하기로 했다. 하지만 에밀리에에 대해서는 누구도 이야기를 꺼내지 않았다.

안톤이 참가하는 대회는 '8세에서 10세' 아이들을 위한 대회였다. 여기 참가하는 아이들은 아침나절에 연주를 하기로 되어 있었고, 안톤을 제외한 참가 인원은 여자아이 한 명을 포함해 모두 네 명이었다. 안톤은 이런 이야기를 구스타프에게 하면서 또 이렇게 덧붙였다. "지금 와서 보니 내가 우승을 못할지도 모르겠어."

구스타프는 친구가 드뷔시의 〈물에 잠긴 사원〉을 연주하는 것을 여러 번 들었지만 다른 세 아이들이 안톤을 능가하는 또 다른 차원의 '영재'들로 드러나게 될지, 또 안톤 말고 다른 누군가가 우승자에게 주어지는 띠를 두른 은으로 만든 상패를 받게 될지 당연히 알 수 없었다. 다만 그런 일이 실제로 일어날까 봐 구스타프는 겁이 났다.

"우승하지 못하면 어떻게 되는 거야?" 구스타프가 물었다.

"나도 몰라." 안톤이 말했다. "아마도 피아노 박자 맞추는 기계를 또 부셔버리지 않을까."

구스타프는 엄마를 졸라 베른에 입고 갈 새 웃옷을 샀다. 구스타프는 스위스의 수도인 베른이 언젠가 그림으로 본 전설 속 바빌론의 공중 정원과 비슷할 거라고 상상했다. 뾰족하고 둥근 지붕들이 늘어서 있고 나무 사이에는 아름다운 새들이 둥지를 틀고 있는 그런 낙원이었다. 그런 화려하고 특별한 곳에서 거지처럼 보이고 싶지는 않았다.

츠비벨 씨의 차를 타고 베른에 도착해보니 상상하던 것과는 전혀 다른 모습이었다. 기와를 얹은 지붕과 돌로 지은 높다란 건물들, 거대한 문이며 색을 칠한 조각상들이 보였고 수천 개는 되어 보이는 깃발들이 시원한 여름 산들바람에 나부꼈다. 거리를 따라 모든 것들이 바삐 움직이고 있었다. 자동차와 전차, 그리고 사람들까지 모두들 마치 자기가 있을 자리가 아닌 것처럼 성마르게 움직였다. 사방에 차들이 내지르는 소리와 종소리가 가득한 도시는 구스타프로서는 이해하기 힘든 그런 곳이었다. 지금까지 구스타프가 알고 있던 세상은 마츨링헨이 전부였던 것이다.

구스타프가 좁다란 거리를 따라 앞으로 묵게 될 호텔로 향하는 차 안에서 안톤을 힐끗 보았을 때 안톤은 얼굴이 창백하게 질린 채 입술 주변이 땀으로 범벅되어 있었다.

"츠비벨 아줌마." 구스타프가 아드리아나를 불렀다. "안톤이 아픈 것 같아요."

앞자리에 앉아 있던 아드리아나는 고개를 돌려 안톤을 바라보았다. "아르민, 차를 멈춰요!" 아드리아나가 소리를 질렀다. 차는 근처 미장원 앞에 급하게 멈춰섰다. 아드리아나는 서둘러 차에서 내려 뒷자리로 와 문을 열었다. 안톤이 비틀거리며 차에서 나와 땅바닥 위에 토하고 말았다. 아드리아나는 부드럽게 아들의 머리를 안아 올렸다. 아르민 츠비벨 씨는 이 보기 좋지 않은 장면으로부터 고개를 돌렸다. "잘했다, 구스타프." 그가 말했다. "네 덕분에 차가 더러워지지 않았어. 예전에 개를 한 마리 기른 적 있었는데 그 개가 옛날 내 차에 저렇게 토한 적이 있었지. 그 냄새는 뭘 해도 씻어낼 수가 없더구나."

안톤은 아무래도 꽤 오랫동안 계속해서 토할 모양이었다. 미장원에서 방금 머리를 하고 나온 여자가 이 모습을 보고 깜짝 놀라 움찔하더니 높은 구두를 신은 발로 최대한 속도를 내어 황급히 자리를 떠났다. 츠비벨 씨는 담배에 불을 붙였다. "애가 저렇게 긴장할 줄 알았지." 츠비벨 씨가 말했다. "집사람이 이럴 때를 대비해서 뭔가를 가지고 왔을 텐데."

"안톤은 대회에서 우승할까요?" 구스타프가 물었다.

"아니." 아르민 츠비벨 씨가 대꾸했다.

"그걸 어떻게 아세요?"

"그냥 다 아는 수가 있다. 안톤은 분명히 재능이 있어. 그렇지만 그런 대회에 나가기에는 너무 나약하지. 지나치게 불안해하는 성격이거든."

"그렇지만 예선은 통과했잖아요."

"그래, 그렇지만 그건 규모가 작았지. 진짜 대회는 비교할 수 없을 정도로 규모가 크거든. 코른하우스에서 열리는 대회에서는 잘 해낼 수 없을 거다."

츠비벨 씨가 안톤의 대회 우승에 대해 별반 기대를 걸지 않는 듯한 모습을 보이자 구스타프는 왠지 모를 안도감이 들었다. 그리고 그 순간 두 사람 사이에 어떤 유대감도 느껴졌다. 유대인 은행원과 사망한 경찰의 아들 사이. 어쨌거나 구스타프는 이제 자신이 안톤이 우승하지 못한다고 마음속으로 확신하고 있음을 깨달았다. 친구에 대해 그렇게 생각하는 건 미안한 일이었지만 이제는 츠비벨 씨조차 같은 생각을 하고 있음을 알게 된 것이었다. 그러다 보니 어느새 미안한 마음도 사라져버렸다. 두 사람은 말없이 차 안에 앉아 있었다. 그리고 두 사람 모두 이제 닥쳐올 24시간 동안 안톤을 어떻게 해서든 도와주어야만 한다는 사실을 잘 알고 있었다.

호텔의 식당은 마치 야자수며 꽃들이 가득 채워진 유리 상자 같았다. 방을 지탱하고 있는 지붕이며 벽들은 하얗게 칠한 강철 철창 같은 것으로 되어 있었고, 그 철창을 덮고 있는 유리창 너머로는 커다란 보름달이 천천히 하늘을 가로지르며 구름 가장자리 너머로 사라지고 있었다.

아르민 츠비벨은 안톤과 구스타프에게 으깬 감자와 구운 송아지고기를 시켜주었고, 자신과 아드리아나의 몫으로는 얼음 위에 근사하게 차려낸 굴 요리를 주문했다. 야자수 뒤로 잘 보이지는 않았지만 한 피아노 연주자가 콜 포터의 음악을 연주하고 있었다. 잠시 고개를 들어 음악 소리에 귀를 기울이던 안톤이 이렇게 말했다. "화음은 너무 단조롭고 저 사람 왼손은 제대로 움직이지를 못해."

"얘야, 조용히!" 아드리아나가 말했다.

"말을 좀 하면 어때요." 안톤이 대꾸했다. "저 사람은 사람들 앞에서 연주하는 거잖아요. 그래서 돈을 받는 거 아닌가요? 그러면 잘해야 하잖아요."

"난 콜 포터의 음악이 좋아." 아드리아나가 말했다.

"그건 나도 그래." 아르민이 말했다.

"그게 중요한 게 아니잖아요." 안톤이 말했다.

"그건 우리도 알고 있어. 그렇지만 얘야, 어쨌든 밥부터 먹어라. 송아지 고기 맛이 어떠니?"

"고기 맛은 좋아요. 하지만 배가 고프지 않아요."

구스타프는 자기 접시를 싹싹 비웠다. 구운 고기에 감자의 맛은 너무나 근사했지만, 안톤은 그냥 먹는 둥 마는 둥했다. 구스타프가 보기에 안톤의 얼굴은 아주 빨개서 마치 이 유리로 덮인 식당 안에서 뜨겁게 타오르고 있는 것처럼 보일 정도였다. 실제로는 식당은 바람도 잘 통하고 서늘해서 다른 손님들 중에는 겉옷을 계속 입고 있는 사람들까지 있을 정도였다.

아드리아나가 남편을 바라보았다. 아르민은 허겁지겁 굴을 먹고 있다가 아내의 눈을 마주보았다.

"안톤!" 먹고 있던 굴을 삼킨 아르민이 말했다. "구스타프가 밥을 다 먹거든 같이 자러 올라가거라. 먹기 싫으면 안 먹어도 상관없다. 가서 있으면 엄마가 약을 좀 가져다줄 거야. 구스타프, 혹시 책을 좀 가져왔니? 자기 전에 안톤이 좀 편해지도록 책을 읽어줄 수 있을까?"

"네!" 구스타프가 말했다. "《더벅머리 페터》를 가지고 왔어요."

"아, 정말이니! 나도 그 책을 읽은 적이 있지. 안톤, 구스타프가 자기 전에《더벅머리 페터》를 읽어주면 좋을까?"

"네, 아빠." 안톤이 대답했다. "하늘 높이 떠돌아다니다가 다시는 볼 수 없게 된 아이가 나오는 이야기가 좋아요."

사방이 유리로 된 식당을 벗어난 안톤은 한숨을 돌린 것처럼 보였다. 계단을 따라 자기들이 묵을 방으로 가는 동안 안톤은 구스타프의 팔에 기댔다. 두 사람은 말없이 잠옷으로 갈아입었고 안톤은 씻지도 않고 곧장 침대 안으로 기어들어갔다. 창문 밖으로는 복잡하고 시끄러운 대도시의 소음이 밤 시간에 맞추어 숨을 고르다가 그 순간이 지나면서 점점 소리를 높여가는 것 같았다. 방은 차가웠다.

에밀리에가 모직으로 된 잠옷을 챙겨주었고 구스타프는 그 잠옷을 단단히 여며 입었다. 손 하나 까딱하지 않고 그대로 누워 있는 안톤을 보니 구스타프는 두 사람이 유치원에서 처음 만났던 날이 생각났다. 그때 안톤은 모래 상자 옆에 서서 울고만 있었다. 구스타프는 뭐라고 말을 하고 싶었다. 안톤, 나 여기 있어. 무슨 일이든 내가 다 도와줄게.

아드리아나가 방으로 들어와 안톤의 침대 옆에 앉아 알약을 하나 건네주었다. 아드리아나는 아들의 머리를 토닥여주었다. "이걸 먹으면 잠이 잘 올 거야." 아드리아나가 말했다. "아침이 되면 다른 약을 줄게. 그걸 먹으면 마음이 가라앉을 거야. 자, 이제 잠이 올 때까지 그대로 있으면 돼. 구스타프가 책을 읽어줄 거야."

안톤이 고개를 끄덕였다. 안톤이 엄마의 손을 만졌다. "내가 최고의 연주자가 아니면 어떻게 해요?"

"글쎄, 설사 그렇게 된다 하더라도 절대로 다 끝났다고 생각을 하면 안 돼." 아드리아나가 말했다.

"나는 최고가 되고 싶고 우승도 하고 싶어요."

"나도 잘 알고 있단다. 그렇지만 그렇게 되지 않아도 넌 여전히 자랑스러운 내 아들이지. 안 그러니, 구스타프?"

"네, 그럼요."

"자, 그러면 나는 아래층에 내려가 아빠랑 커피나 한잔 마셔야겠다. 구스타프, 책을 가지고 와서 여기 앉으렴. 안톤은 곧 잠이 들 거야."

아드리아나가 방을 나가자 그녀의 향기가 잠시 방 안을 맴돌았다. 구스타프는 그 향기를 깊이 들이마셨다.

"뭘 그리 킁킁거려?" 안톤이 물었다.

"아무것도 아니야. 자, 어떤 이야기를 읽어줄까?"

"아까 말했던 것처럼 그 남자아이 이야기. 하늘을 떠돌아다니다 사라지는 애 말이야."

구스타프는 책에 실린 그림을 안톤에게 보여주었다. 한스라는 이름의 남자아이는 자신이 어디를 가고 있는지 한 번도 주변을 살펴보지 않고 돌아다니는 것이 버릇이었다. 한스는 어느 날 길을 가다 갈색 개 한 마리와 부딪혔고 또 다음 날은 강물로 굴러 떨어져 낚시 바늘에 걸려 끌어올려지기도 했다. 그러던 어느 날 한스는 우산을 쓰고 가다 폭풍우를 만나 그만 바람의 힘으로 하늘 높이 올라가 사라져버리게 되었다.

"그렇게 해서 다시는 한스를 볼 수 없게 되었다는 거지?" 안톤이 물었다.

"응, 이야기가 그렇게 끝나."

“나도 한스처럼 되고 싶다.” 안톤이 말했다. “비 내리는 하늘 속으로 사라져서 내일 드뷔시 같은 거 연주 안 했으면 좋겠어.”

하지만 결국 안톤은 예정대로 무대 위에 올랐다. 관중들은 마치 갑자기 쏟아지는 소나기처럼 안톤에게 박수갈채를 보냈다. 츠비벨 부부와 구스타프는 앞에서 두 번째 줄에 앉아 있었지만 그 자리에서도 안톤의 모습은 아주 작게 보였다.

안톤은 짙은 감청색 웃옷과 회색 바지를 입었는데 피아노 쪽으로 이어진 길을 따라가는 대신 무대 가장자리 쪽으로 가서 발걸음을 멈추었다. 그러고는 마치 놀라고 불안한 듯한 모습으로 주위를 둘러보았다. 그러다 아주 어색하게 고개를 숙여 인사를 했다. 구스타프는 안톤이 그런 행동을 할 줄 미처 생각하지 못했다. 앞서 두 참가자는 그런 인사를 하지 않았다. 마침내 안톤은 다시 피아노가 놓여 있는 곳으로 발길을 돌렸다.

아침에 안톤을 깨우는 일은 여간 힘이 들지 않았다. 아드리아나가 준 약 때문인지 안톤은 너무 깊이 잠이 들어버렸고 그 유리로 된 식당으로 다시 내려와 아침 식사를 할 때까지도 여전히 약에 취한 것 같았다. 구스타프는 츠비벨 씨가 아드리아나에게 이렇게 속삭이는 것을 들었다. “그 약이 너무 약효가 강했나 봐.” 그리고 아드리아나는 매끄러운 이마를 찡그리며 안톤을 걱정스럽게 쳐다보았다.

아침 식사는 커피와 빵이었다. 밝은 아침 햇살이 유리창을 통해 비춰 들어와 안톤의 창백하고 아파 보이는 얼굴 위로 쏟아졌다. 안톤은 손으로 빵 조각을 작게 뭉쳐 주무르다 마치 약이라도 먹듯 천천히 입 안에 밀어 넣었다. 안톤은 식당의 다른 손님들을 둘러보았다. 구스타프가 보기에 안톤은 자기가 어디 있는지도 잘 모르는 것 같았다. 구스타프는 자기 앞의 빵 조각에 버터를 바르고 다시 그 위에 살구 잼을 바른 뒤 안톤에게 주었다. "이걸 먹어봐." 구스타프가 말했다. "살구 잼을 먹으면 기운이 날거야."

구스타프는 아침에 먹은 빵과 잼과 호텔의 정원에서 맛보았던 맑은 공기 등 모든 것들이 안톤의 몽롱한 상태를 깨워주기를 바라고 있었다. 안톤은 마침내 피아노 의자 가까이 가서 늘 그렇게 했던 것처럼 의자 높이를 자기 키에 맞추었다. 거기까지는 별로 문제가 있는 것처럼 보이지 않았다. 안톤이 연주할 〈물에 잠긴 사원〉의 첫 소절이 울려 퍼지길 기다리며 관중들이 보내던 박수 소리가 잦아들었다. 안톤은 손바닥을 바지에 문질러 땀을 닦았다. 그런 다음 손을 치켜들었다.

프리부르 거리에 있는 집에서 안톤이 피아노를 연주할 때면 그 집중력 때문에 안톤이 연주하는 악기에서 흘러나오는 음악과 안톤이 마치 하나가 되는 것처럼 보일 정도였다. 그러면 시간이 지남에 따라 사람들의 마음은 음악이라는 선물로 가득 채워져갔다. 그런데 여기 이 드넓은 연주회장에서 연주가 시작되자 구스타프에게는 피아노 연주 소리가 거의 들려오지 않았다. 안톤의 발이 소리를 줄이는 페달을 잘못 밟은 것이 아닐까? 혹시 너무 건반을 가볍게 눌러 소리가 크게 울려 퍼지지 않는 걸까? 그것도 아니라면 친구에 대한 걱정이 구스타프의 머릿속을 꽉 채우는 바람에 다른 어떤 소리도 귀에 들려오지 않게 된 것일까?

구스타프는 자신이 어디 멀리 다른 곳에 있는 그런 기분이었다. 자신이 실제로 있는 곳과 가깝기도 하면서 동시에 이상하리만치 멀리 떨어져 있는 그런 곳이었다. 구스타프는 자기가 혹시 의식을 잃고 있는 것이 아닌가 하는 생각까지 들었고 손으로 다리를 꼬집어 보았다. 그리고 돌로 되어 있는 바닥을 내려다보고 이 코른하우스라는 이름의 연주회장이 원래는 거대한 창고였으며, 곡식자루나 농부들의 마차가 가득하고 곡식가격을 흥정하는 왁자지껄한 소리나 돈이 쩔렁거리는 소리가 울려 퍼지던 그런 곳이었다는 사실을 기억해냈다. 그러면서 그런 과거의 모습들이 갑자기 마치 지금 눈앞에 펼쳐지는 것처럼 다가와 거기에 정신이 팔린 나머지 그만 음악 소리 같은 건 잊어버리고 말았다. 심지어 안톤이 지금 겪고 있는 고통마저 잊어버린 구스타프는 오직 곡식이며 말똥 냄새, 그리고 돈이 오가는 소리에만 집중하게 되었다.

그러는 사이 정말 갑자기 음악 소리는 뚝 그쳐버렸다. 구스타프는 고개를 들어 안톤이 의자에서 일어나 피아노를 붙잡고 다시 고개 숙여 인사하는 모습을 보았다. 번쩍거리는 대머리에 덩치가 큰 진행자가 무대 위로 성큼성큼 걸어 올라오더니 안톤의 손을 잡고 위로 치켜 올렸다. 마치 권투 경기 심판이 승부가 끝난 후 승자의 손을 들어 올리는 모습과 비슷했다.

"신사숙녀 여러분!" 진행자가 입을 열었다. "지금 방금 있었던 세 번째 참가자의 연주가 정말 훌륭했다는 사실에 모두들 고개를 끄덕이시리라 믿습니다. 안톤 '츠베벨' 군에게 다시 한 번 뜨거운 격려의 박수를 부탁드립니다."

나중에 우승자가 발표되고 나서야 다섯 명의 참가자들 중에서 안톤의 점수가 제일 낮았다는 사실이 밝혀졌다. 안톤은 그저 구스타프에게 이렇게만 말할 뿐이었다. "그 남자는 내 이름도 제대로 알지 못했어. 츠비벨이랑 츠베벨도 구분 못하는 사람이라니. 만일 내가 다른 이름이었다면 아마 내가 우승을 했을 거야."

마법의 산

1952년 다보스

구스타프는 에밀리에 펠러에게 안톤네 가족이 2주일 동안 다보스에서 휴가를 보내기로 했는데 그때 초대를 받았다고 말했다. 그러자 에밀리에는 이렇게 말했다. "구스타프, 난 잘 모르겠구나. 내가 병원에 있는 동안 너는 공부가 다시 뒤쳐지게 되었어. 내 생각에는 여름에 휴가를 가는 것이 아니라 모자란 공부를 하는 게 더 좋을 것 같은데. 호들러 선생님께 이번에도 시간을 좀 내주실 수 있는지 여쭈어봐야겠다."

구스타프는 자기 방으로 돌아왔다. 이제 구스타프는 열 살이 되었고 에밀리에와 말을 길게 하면 할수록 그녀의 반대만 더 거세진다는 사실을 알고 있었다.

구스타프는 미텔란트의 지도를 바라보았다. 창밖에서 들어오는 지는 햇살이 지도를 비추자 초록색 목초지 그림이 갑자기 황무지처럼 보였다. 구스타프는 다보스가 어디 있는지 찾아보았지만, 사실은 그동안에 이미 자기가 갖고 있는 지도에서 다보스를 찾을 수 없다는 사실을 잘 알고 있었다. 다보스는 미텔란트에는 없었다. 저 멀리 동쪽의 알프스 산맥에 위치하고 있는 다보스는 하늘이 너무나 푸르러서 그걸 똑바로 바라보다가는 눈을 다칠 수도 있다고 했다.

에밀리에가 이해해줄 거라고 생각했다면 아마 구스타프는 안톤이 다보스에 갈 때 자기가 필요하다는 이야기를 했을 것이다. 구스타프는 안톤과 함께할 수 있는 놀이를 만들어 지난번 피아노 대회의 일을 다 잊어버리게 만들 수 있을지도 몰랐다. 하지만 세 식구만 가게 되면 그때 일을 계속해서 떠올리게 될 터였다.

그러나 구스타프는 에밀리에가 안톤에게 전혀 무관심하다는 사실을 알고 있었다. 에밀리에는 아마도 츠비벨 가족이 다시 베른으로 돌아가 여기 마츨링헨에 다시는 모습을 드러내지 않기를 바라고 있는지도 몰랐다.

해가 저물자 에밀리에가 저녁을 먹으라며 구스타프를 불렀다. 구스타프가 나와 보니 에밀리에는 울고 있었던 것 같았다. 저녁밥은 치즈 파이였다. 두 사람이 부엌 선반 앞에 앉자 에밀리에가 치즈 파이를 차려내며 이렇게 말했다. "아까 오후에 다보스에서 찍었던 사진을 다시 찾아봤어. 여름철 다보스는 얼마나 아름다운 곳인지. 그래서 사진을 보다 운 거란다. 그런 곳에 너를 가지 못하게 하는 건 옳지 못하다는 생각이 들었어."

"그러면 안톤네 식구들이랑 다보스에 가도 되나요?"

구스타프는 대답을 기다렸다. 하지만 에밀리에는 아무런 대답도 하지 않았다. 그녀는 그저 묵묵히 파이만 먹을 뿐이었다. 마치 "그래, 다녀오너라"라는 대답이 파이를 먹고 있는 입 안 저 아래 목구멍 깊은 곳에 걸려 있는 것 같았다. 마침내 에밀리에가 입을 열었다. "다보스의 날씨는 아주 특별하지. 다보스는 북쪽의 매서운 날씨로부터 보호를 받는 깊은 계곡 안에 있는데 북쪽에서 바람이 불어와도 거의 알아차릴 수 없을 정도란다. 그건 직접 가서 확인해봐야 해."

츠비벨 씨가 빌린 산장은 남쪽을 바라보고 있는 푸른 목초지 꼭대기에 위치하고 있었고 다보스 계곡의 마을보다도 더 높은 곳에 있었다. 별장 뒤로는 숲이 우거져 상쾌한 소나무 향기가 풍겨왔다. 목초지 아래쪽에는 작은 집이 한 채 있었는데 그저 프랑스 말로 '아무개 씨'를 뜻하는 '무슈Monsieur'라고 불리는 나이든 남자 한 사람만 살고 있었다. 프랑스식으로 불리는 건 그가 말할 때마다 거기에 프랑스 억양이 들어갔기 때문이었다. 무슈는 기운이 넘치는 염소 몇 마리랑 닭도 몇 마리 기르고 있었다. 이 닭들은 매일 마치 무슨 친구라도 찾듯 풀밭 위를 천천히 어슬렁거리며 조심스럽고 우아한 발걸음으로 거닐다가 벌레며 풀씨를 찾아 먹는 것이 하루 일과였다.

안톤 가족과 구스타프가 머물 오래된 산장은 널빤지로 이은 뾰족한 지붕에 벽은 역청을 검게 칠한 소나무 판자로 되어 있었는데, 지붕 위에는 바람에 날아가지 말라고 돌을 올려놓았다. 창문은 작았고 노란색 덧창이 있었으며 나무로 짜서 만든 문 앞 공간에는 이끼가 잔뜩 낀 가축용 물구유가 있었다. 거기엔 물 대신 제라늄꽃이 가득 피어 있었다. 안톤네 가족과 구스타프가 도착해보니 붉은색 꽃들이 햇볕을 쬐고 있는 모습이 눈에 들어왔고, 소나무 숲 사이로 산들바람이 부는 소리가 부드럽게 들려왔다. 사방이 다 고요했다.

"무슨 마법 같구나." 아드리아나가 말했다.

산장은 넓었고 구스타프와 안톤에게는 각각 방이 하나씩 주어졌다. 응접실에는 위풍당당한 모습의 떡갈나무 탁자와 성기게 짠 모직 천이 덮인 두 개의 편안한 소파가 있었다. 널찍한 벽난로 앞 나무를 깐 마룻바닥 위에는 양가죽 깔개와 예스러운 장난감들이 가득 들어 있는 상자 하나가 있었다. 장난감들을 본 아르민이 이렇게 말했다. "집주인이 참 생각이 깊네. 이렇게 장난감을 잔뜩 준비해놓다니. 그렇지만 모두 아기들이나 갖고 노는 거잖아!" 이 말을 듣고 모두들 웃었지만 구스타프는 그 상자 안에 자신과 안톤이 가지고 놀 만한 장난감들이 들어 있다고 생각했다. 그리고 그런 생각을 하는 것이 전혀 부끄럽지 않았다. 물론 열 살이나 되어서 장난감을 가지고 놀기엔 어색하다는 건 잘 알고 있었지만, 구스타프는 워낙 자라면서 장난감을 제대로 만져본 적이 없어서 그런지 여전히 몹시 장난감을 갖고 놀고 싶었다.

모두들 차에서 짐을 꺼냈다. 아드리아나는 구스타프의 가방이 유독 가볍다고 말했다. "엄마에게 수영장에서 입을 수영복이 필요하다고 말은 했는데 사는 걸 잊어버리셨나 봐요." 구스타프가 이렇게 말하자 아드리아나가 웃었다. 그러더니 구스타프의 침대 위에 앉아 이렇게 말했다. "여기서 아주 멋진 시간을 보내게 될 거야. 그렇지 않니? 공기도 아주 맑고 말이야. 네 수영복은 우리가 사줄게. 그리고 안톤은 곧 피아노 경연 대회에 나갈 거란다."

구스타프는 잠시 그저 자기 방 창문에 달린 환한 색깔의 커튼과 창밖의 청명한 푸른 하늘을 보며 아무런 말도 하지 않았다. 그러다가 "안톤은 당분간 피아노 경연 대회 같은 건 나가지 말아야 하지 않나요?" 하고 조심스럽게 물었다.

"네 말도 맞아. 안톤의 아빠도 모르긴 몰라도 너와 같은 생각이겠지. 그렇지만 안톤에게 음악은 떼려야 뗄 수 없는 중요한 문제란다. 안톤이 가장 중요하게 생각하는 게 바로 음악이야."

"그렇지만 대회를 못 견뎌 하잖아요."

"그래. 그럴 수도 있겠지. 그렇지만 장차 전문적인 피아노 연주자가 되려면 그런 것들을 다 이겨내야 해. 사실 나로서는 어떻게 결정을 내려야 할지 잘 모르겠다."

구스타프는 아드리아나를 올려다보았다. 하얀색 아마포 블라우스와 폭이 좁은 회색 바지를 입고 발에는 하얀색 천으로 된 신발을 신은 아드리아나를 보고 구스타프는 이렇게 말했다. "최소한 아주머니하고 츠비벨 아저씨는 안톤의 장래에 대해서는 생각하잖아요. 우리 엄마는 내 장래에 대해서는 아무것도 생각하지 않아요."

"구스타프, 그렇지 않을 거야."

"우리 아빠라면 내가 경찰이 되기를 바라셨을 거예요."

"너도 그러고 싶니?"

"잘 모르겠어요. 엄마는 아빠가 영웅이었대요. 나는 내가 영웅이 될 수 있을 것 같지는 않아요."

"넌 분명 그렇게 될 수 있을 거야. 다만 그렇게 될 필요가 없을 수도 있겠지."

네 사람은 차를 타지 않고 목초지 사이로 난 길을 따라서 다보스 마을로 내려가기로 했다. 길옆에 서 있는 무슈의 집을 지나가다보니 녹이 슬어가는 써레며 텅 빈 개집, 그리고 되는대로 쌓아올린 장작

더미 등이 눈에 들어왔다. 집 밖으로 나온 무슈는 모자를 슬쩍 들어 올리며 아는 체를 하고는 혹시 신선한 달걀이 필요한지 물었다. 부드러운 털로 뒤덮인 목에 모두 방울을 단 염소들이 우리 옆 울타리 근처에 모여서 낯선 손님들을 바라보았다. "아, 혹시 친구들을 초대해 근사한 저녁 식사를 할 계획이 있으시면 언제라도 염소를 잡아 드립죠. 정육점에 가서 양고기를 사는 것보다 훨씬 쌉니다요. 물론 맛도 훨씬 더 좋고요." 무슈가 말했다.

아르민 츠비벨은 무슈에게 고맙다고 말했고, 아드리아나는 이따가 올라올 때 달걀을 좀 사겠다고 했다.

"아, 아이들이 직접 가서 달걀을 찾아볼 수도 있습죠. 풀밭 여기저기 흩어져 있을 테니까요. 아이들이 좋아할까요?" 무슈가 또 말을 걸었다.

"분명 그럴 거예요." 아드리아나가 말했다.

"그러니까, 혹시나 저랑 같이 사냥하러 가고 싶어 할까요? 저기 숲 속에 가면 멧돼지들이 있습죠. 멧돼지를 잡으면 우리 모두 잔치를 벌일 수도 있을 텐데요!" 무슈의 이야기는 계속 이어졌다.

안톤은 염소들을 쓰다듬다 말고 이렇게 말했다. "나는 아무것도 죽이고 싶지 않아요. 그리고 멧돼지도 돼지 맞지요? 우리는 돼지고기를 못 먹어요."

네 사람은 길을 따라 마을로 내려갔다. 한낮의 햇살 아래 반쯤 졸고 있는 듯한 모습의 마을에는 짐꾼 여러 명이 그늘 아래 모여 있었고, 그 옆으로는 짐꾼들이 부리는 거대한 세인트 버나드 품종의 개들이 짐을 실은 수레에 매여 있었다. 기차를 타고 도착하는 관광객들의 짐을 나르는 수레였다. 가게들은 문이 닫혀 있었지만 카페 몇 곳은 문을 열었다. 구스타프는 에밀리에와 에리히가 예전에 묵었다는 호텔을 알아볼 수 있을까 생각했다. 꽃으로 장식된 전망대가 있고 종업원이 옷을 단정하게 차려입고 일하는 바로 그 호텔이었다.

안톤이 목이 마르다고 하자 아르민은 시계를 보며 이렇게 말했다. "그러면 아무 카페나 들어가서 점심부터 먹을까? 구스타프는 어떻게 생각하니? 너도 배가 고프니?"

"구스타프는 늘 배가 고파요." 안톤이 말했다.

아드리아나는 카스파르라는 이름의 조용한 카페를 골랐다. 등나무 그늘이 있고 마당에 자갈이 깔려 있는 카페였다. 등나무꽃은 이미 지고 없었다. 탁자를 덮은 천과 잘 닦아놓은 그릇들 위에 햇빛이 비치면서 얼룩덜룩한 무늬 같은 그늘이 생겼다. 아르민은 모두를 위해 구운 닭고기와 뢰스티를 주문했고 자신과 아드리아나를 위해 독일산 포도주 한 병도 따로 시켰다. 아드리아나는 담배에 불을 붙이고는 기지개를 켜며 자신이 지금 '천국'에 와 있는 것 같다고 감탄했다. 구스타프와 안톤은 레모네이드를 마시며 주문한 음식이 나올 때까지 탁자 한쪽 구석에서 공깃돌을 가지고 놀았다. 당연히 공깃돌들은 지저분한 자갈밭 위로 떨어졌다.

"얘들아, 조용히 앉아 있어라." 아르민이 말했다.

"휴가를 온 거니까, 놀고 싶은 대로 놀면 안 돼요?" 안톤이 말했다.

"그렇지만 적당히 해야지." 아르민이 말했다.

훗날 두 사람은 서로에게 이렇게 물어보았다. 둘이 다보스에서 했던 놀이가 과연 '적당한' 놀이였을까? 분명 아이들이 휴가를 와서 하기에는 이상한 놀이였겠지만 그런 낯선 모습 속에는 아름다움과 매력이 숨어 있었다.

다보스에 도착한 지 이틀째 되는 날이었다. 구스타프와 안톤은 소나무들을 지나 더 깊은 숲 속으로 이어지는 돌이 깔린 길을 하나 발견했다. 그 길은 널찍하기는 했지만 그만큼 험하기도 했다. 길 가장자리에는 야생 딸기나무가 무성하게 자라 있었고 초록색 이파리 사이에는 피처럼 붉은 작은 열매들이 맺혀 있었다. 구스타프와 안톤은 잠시 가던 길을 멈추고 딸기를 몇 개 따서 먹기도 했다. 입에 닿는 감촉은 거칠었지만 맛은 아주 달콤했다.

두 사람은 그 길이 어딘가로 이어진다는 사실을 알 수 있었다. 마치 오래전에 마차며 수레들이 이 길을 지나간 것처럼 돌바닥 위에는 좁은 홈이 새겨져 있었다. 머리 위로는 전나무들이 햇빛을 가릴 정도로 무성했고 공기가 차가워지는 것이 느껴졌다. 바람이 불어오자 나무들이 흔들리기 시작했다.

"혹시 겁이 나니?" 안톤이 물었다. "그만 돌아갈까?"

"아니." 구스타프가 말했다.

두 사람은 이제 좀 더 높은 곳에 있었고 훨씬 더 아래쪽에 있는 다보스 마을은 잘 보이지 않을 정도가 되었다. 그러다가 길이 갑자기 탁 트이면서 평평한 고원이 나타났고 거기에는 거대한 건물 한 채가 있었다.

건물은 폐허가 되어 있었다. 지붕의 일부는 무너져 내렸고 대부분의 유리창은 깨져 있었다. 남쪽으로 면한 가장자리에는 바닥과 지붕을 나무로 만든 트여 있는 공간이 있었지만, 햇빛 때문에 빛이 바래고 금이 간 곳이 많았다. 건물 뒤쪽으로 가보니 바로 숲이 있었고, 커다란 굴뚝이 하늘 높이 치솟아 있는 벽돌로 지은 헛간이 하나 있었다.

구스타프와 안톤은 그대로 서서 주변을 바라보았다. 나무 기둥들 사이에 연결된 녹이 슨 쇠사슬이 길 한가운데를 가로막고 있었다. 아마도 곧 무너질 것 같은 이 건물 주변에 사람들이 출입하지 못하게 하기 위해 만들어놓은 것 같았다. 구스타프는 집을 지키는 개가 짖는 소리를 들었지만 그것 말고는 사방이 다 조용했다. 바람에 흔들리는 나무 소리는 마치 힘겹게 숨을 들이마시는 소리 같았다.

아이들은 쇠사슬을 타고 넘어 갔다. 건물 입구에 남아 있는 것이라곤 돌로 만든 현관뿐이었는데 문이 있었을 것 같은 자리의 위쪽으로는 '성 알반Sankt Alban'이라는 글자가 새겨져 있었다. 두 아이는 글자 아래를 통과해 들어갔다. 좁고 어두운 공간을 지나자 빛이 들어오는 커다란 방이 하나 나왔다. 빛을 정면으로 받고 있는 벽을 따라서 줄지어 있는 것은 스무 개에서 서른 개 남짓해 보이는 철제 침대였다.

"병원이구나." 안톤이 말했다.

"요양원이야." 구스타프가 다시 말했다. "결핵에 걸린 사람들이 병을 치료하기 위해 오는 곳이지. 치료가 안 되면 죽는 거고."

"그러면 여기 있던 사람들이 다 죽었나 봐." 안톤이 말했다. "그래서 버리고 갔나 보지."

천천히 사방을 둘러보다 보니 침대 말고 다른 것들도 눈에 들어오기 시작했다. 벽에는 녹이 슬어버린 산소통이 붙어 있었고, 둘둘 말아놓은 고무관들, 산소 호흡기, 양동이, 마스크, 강낭콩 모양의 철제 그릇, 더러워진 이부자리, 간호사들이 쓰는 수레와 그 위에 있는 갈색 병들, 그리고 매트리스와 깨진 돌 더미 사이에 버려져 있는 청진기 등이 있었다.

안톤은 청진기를 주워들어 입고 있던 셔츠에 먼지를 닦고는 목에다 걸었다.

"나는 의사 선생님이고 너는 내 간호사야. 구스타프 간호사, 활차를 끌고 와요."

"그런데 환자가 하나도 없어." 구스타프가 말했다.

"아니야, 환자들이 있어. 그게 눈에 안 보여?"

"나는 안 보이는데."

"침대 위에 있잖아. 이제 환자들을 살려내야지."

그렇게 놀이가 시작되었다. 성 알반 요양원에 있는 환자들 중에서 누가 살지 누가 죽을지 골라내는 놀이였다. 두 사람은 환자들에게 이름을 붙여주었다. 한스, 마거릿, 메링엔 부인, 몰리스 씨, 바이스 씨……

한스와 마거릿은 아직 어린아이들이었다. 츠비벨 선생과 펠러 간호사는 특히 이 아이들을 다시 살려내기 위해 애를 써야만 했다. 그나마 있는 것들 중에서 제일 좋은 침대를 찾았고 건물을 뒤져 아이들을 편하게 해줄 만한 베개며 담요, 요강, 그리고 뜨거운 물을 담는 병 등 다른 물건들도 찾아냈다.

"자, 그러면 이제 산장에 있는 장난감 상자에서 아이들이 가지고 놀 만한 장난감을 가져와야지." 안톤이 말했다.

"그래. 그렇지만……" 구스타프가 말했다.

"그렇지만 뭐?"

"너희 부모님이 알면 이상하다고 생각 하지 않을까? 아마 우리가 여기서 이러고 노는 걸 좋아하시지 않을 거야."

"말하지 않으면 돼." 안톤이 말했다.

"그럼 우리가 어디에 있다고 생각하실 거 같아?"

"그냥 여기저기 '돌아다니고' 있다고 생각하시겠지. 휴가니까. 내가 가만히 있으면 엄마가 늘 그러셨거든. '안톤, 왜 좀 돌아다니지 않니?' 숲 속에서 야영 놀이를 한다고 말하자. 그리고 어쨌거나 엄마랑 아빠도 어른들의 놀이를 하고 있을 테니까."

"어른들의 놀이가 뭐야?"

"휴가 때마다 하는 일이야. 침대에 가서 옷을 벗어던지고 입을 맞추고 비명을 질러대. 그걸 어른들의 놀이라고 해."

구스타프는 안톤이 하는 말을 곰곰 생각해보았다. "우리 엄마는 그런 일을 한 번도 한 적이 없는 것 같아. 엄마는 그냥 침대 위에 누워서 잡지만 읽으시니까."

두 사람은 시간이 얼마나 지났는지 잊어버렸다. 점심을 먹으러 산장으로 가고 있으려니 마을에서 정오를 알리는 종소리가 들려왔다. 구스타프와 안톤은 왔던 길 그대로 넓은 방을 가로질러 계단을 뛰어 내려간 뒤 아까 그 험한 오솔길로 들어섰다. 아까처럼 야생 딸기를 따먹을 시간 같은 건 없었다. 바람에 흔들리는 나무 그늘 아래를 빠르게 지나쳐 소나무들이 있는 곳으로 내려가고 또 내려간 끝에 간신히 산장 뒤편에 도착했다. 무슈가 풀밭 위에서 암탉들에게 모이를 주고 있는 모습이 보였다.

아르민과 아드리아나는 제라늄꽃이 피어 있는 물구유 옆의 마당에서 포도주를 홀짝이고 있었다. 탁자 위에는 고기와 야채 절임과 치즈가 담긴 접시가 놓여 있었다.

"꽤나 숨이 찬 모양이구나." 안톤과 구스타프가 자리를 잡고 앉자 아드리아나가 이렇게 말했다. "그런데 어디 있었던 거니?"

"여기저기 돌아다녔어요." 두 아이가 한꺼번에 대답했다.

"여기저기 어디를?" 아르민이 물었다.

"숲 속에요." 안톤이 대답했다. "야영장을 만들고 있었어요."

"야영장?" 아드리아나가 얼굴을 찌푸리며 말했다. "무슨 야영장을 만들었다는 거지?"

"그냥 야영할 자리만 만드는 거예요. 아직 제대로 만들지도 못했어요."

"그러면 아빠랑 내가 가서 좀 봐도 될까?"

"그건 안 돼요."

"왜 안 돼?"

"아직 제대로 안 됐다니까요. 게다가 어쨌든 그건 우리 거예요."

"그것 참 대단들 하구나." 아르민이 웃으며 이렇게 말했다. "자, 그럼 이제 점심을 먹어볼까."

"그때 그 성 알반 요양원에서 말이야……" 두 사람은 나중에 이렇게 말했다. "그때 일은 절대로 잊을 수 없을 거야." 그리고 때때로 두 사람은 이렇게 덧붙이기도 했다. "절대 잊을 수 없겠지. 왜냐하면 그때 우리는 정말로 사람을 죽일 수도 또 살릴 수도 있는 능력이 있다고 생각했으니까."

놀이가 시작된 첫날, 두 사람은 메링엔 부인과 븐둔 부인, 몰리스

씨, 그리고 바이스 씨가 편하게 지내는지 확인했고 한스와 마거릿의 상태를 살핀 후 한스에게 산소 호흡기를 달아주었다. 한스는 다른 사람들에 비해 상태가 빠르게 악화되고 있었다. 두 사람은 대나무와 고리버들로 만든 낡은 의자를 찾아내 아이들을 의자에 앉힌 후 마당으로 데리고 나갔다. 그곳은 햇볕이 강렬하게 내리쬐고 있을 뿐더러 바람이 불어오지 않았다. 산장의 장난감 상자에서 가져온 헝겊 인형은 마거릿에게, 그리고 탬버린은 한스에게 주었다. 그리고 만일 죽음이 가까이 다가오는 것이 느껴지거든 탬버린을 흔들라고 말해 주었다.

"한스가 죽게 되면 어떻게 해야 하지?" 구스타프가 물었다.

안톤은 잠시 생각을 하다가 이렇게 말했다. "그 굴뚝이 있는 헛간 있잖아. 거기서 아마 죽은 사람들을 불에 태운 모양이야. 한스가 죽으면 그렇게 하자."

"나는 한스가 죽지 않았으면 좋겠어." 구스타프가 말했다.

"나도 그래. 그러면 내가 한스 역할을 할까? 내가 저기 의자에 앉아 있을 테니까 넌 청진기를 가지고 와. 만일 내가 죽을 것 같은 기분이 들면 탬버린을 흔들게. 그러면 네가 와서 인공호흡을 실시하는 거야."

"알겠어. 그러면 나는 잠시 분든 부인에게 가 있을게. 부인의 상태가 그다지 좋지 않아서 말이야. 그러다 네가 탬버린을 흔들면 바로 달려올게."

구스타프는 분든 부인을 운터 데 에크 거리의 노점상에서 꽃을 팔고 있는 텔러 부인이라고 생각하기로 했다. 텔러 부인은 아직 죽기에는 너무 젊었다. 구스타프는 그녀의 침대 위에 앉아 집에 돌아가면 기다리고 있을 꽃들에 대해 생각해보라고 말했다. 장미며 백합, 튤립과 수선화, 에델바이스며 푸른색 용담꽃 등을.

"분든 부인, 이제 다보스에 있으니 아무 문제없어요. 스위스에서 제일 좋은 요양원이니까요. 부인은 그저 휴양에만 신경 쓰시면 됩니다. 결핵 같은 건 생각하지 마세요, 아시겠지요? 운터 데 에크 거리에 있는 꽃들만 생각하세요."

분든 부인이 말했다. "펠러 간호사님, 몸이 너무 아파요. 내 허파에는 피가 가득해요."

"잘 알고 있습니다. 그런데 난 이제 펠러 간호사가 아니에요. 나는 펠러 의사입니다. 츠비벨 의사 선생님이랑 병을 고쳐드리지요. 그냥 우리 두 사람만 믿으시면 됩니다. 아셨지요? 여기는 다보스니까요."

그때 구스타프는 탬버린이 울리는 소리를 들었다. "실례합니다, 분든 부인. 잠시 가봐야겠어요. 한스를 좀 봐줘야 하거든요. 한스도 죽지 않아요. 약속드릴 수 있습니다."

구스타프는 목에 청진기를 제대로 걸고는 마당으로 나갔다. 한스는 두 눈을 감고 죽은 듯이 앉아 있었다. 햇살이 한스의 검은색 머리카락과 의자에 널브러져 있는 가는 팔다리를 비췄다. 펠러 선생님이 한스의 옆에 무릎을 꿇고 앉아 팔을 살짝 건드렸다. "한스!" 그가 말했다. "죽어가고 있는 거야?"

"내가 지금 심각한 상태인 게 안보여요?" 한스가 말했다. "펠러 간호사, 빨리 입술을 대고 나를 소생시켜줘요……."

"나는 펠러 간호사가 아닙니다. 이제는 의사 선생님이에요." 구스타프가 말했다. "자, 그럼 직접 입술을 맞대고 인공호흡을 실시합니다."

"꼭 그렇게 해주셔야 해요." 한스가 말했다. "아니면 난 죽어요. 그러면 내 몸은 저기 창고에서 불태워지겠지요……."

"그 인공호흡이라는 거 난 아무래도 못하겠어."

"구스타프." 안톤이 갑자기 똑바로 일어나 앉더니 이렇게 말했다. "바보처럼 굴지 마. 이건 지금 사람을 살리는 일이야. 그러니 네 입술을 환자의 입술에 가져다 대야지. 학교에서 어떻게 하는지 배웠잖아. 다 기억하지? 그러면 어서 시작해."

한스는 다시 몸을 기대앉았다. 그리고 끙끙 앓는 소리를 내기 시작했다.

"자, 그러면 조용히." 펠러 선생님이 말했다. "이제부터 다시 숨을 불어넣겠습니다."

안톤이 자신의 얼굴을 구스타프 쪽으로 돌렸다. 구스타프는 천천히, 그리고 머뭇거리면서 자신의 입술을 안톤의 입술로 가져가 가볍게 마주 댔다. 안톤이 한쪽 팔을 들어 올려 자신의 목을 감싸고 얼굴을 더 가까이 들이대는 것이 느껴졌다. 그러자 두 아이의 입술은 서로 더 단단히 맞붙게 되었고 구스타프는 안톤의 뜨겁게 달아오른 얼굴의 열기가 자신에게까지 전달되는 것을 느꼈다. 그 즉시 얼굴을 떼고 싶다는 생각을 했지만 그냥 그대로 있었다. 구스타프는 안톤이 팔로 자신의 머리를 안고 있는 그 느낌이 좋았다. 구스타프는 두 눈을 감았다. 지금 이 순간 자신의 인생이 그 어떤 때보다도 이상하리만치 아름답게 변하고 있는 그런 느낌이었다.

그러다 구스타프는 몸을 뒤로 젖혔다. "한스, 이제 괜찮나요?" 펠러 선생님이 이렇게 속삭였다. "이제 살아나는 것 같나요?"

"네." 한스가 웅얼거렸다. "감사합니다, 선생님. 이제 살았어요. 다 선생님 덕분이에요."

두 사람은 성 알반 요양원에 완전히 마음을 빼앗기고 말았다.

두 사람이 아르민 부부와 함께 보내는 시간들, 그러니까 산책을 가고 수영장에서 수영을 하며 케이블카를 타고 산 높은 곳에 있는 샤츠알프Schatzalp로 가는 일, 기념품을 고르고 무슈에게서 달걀을 사오고 따뜻한 햇살 아래 드러누워 있다가 산장 마당에서 밥을 먹는 모든 일들은 즐겁기는 했지만 시간이 흐를수록 그저 일상적인 일들이 되어갔다. 그리고 매 순간순간 두 사람은 요양원으로 다시 돌아갈 수 있기를 간절히 바랐다. 아름다운 죽음이 기다리고 있는 그런 세상으로.

어느 날 두 사람은 분든 부인이 세상을 떠난 것으로 하기로 결정했다. 두 사람은 분든 부인을 낡은 이불에 싸서 고리버들 의자에 앉힌 채 창고로 끌고 갔다. 다 떨어져나가고 하나만 남은 경첩에 매달려 있는 창고 문을 밀고 들어간 두 사람은 분든 부인을 바닥에 내려놓았다. 창고 안은 석탄 가루가 시커멓게 묻어 있었다. 창고 저쪽 끝에는 금속으로 된 문이 하나 더 있었고 그 문을 여니 거대한 화덕 같은 것으로 바로 연결이 되었다. 화덕 안은 재로 가득 차 있었다.

"내가 그랬잖아." 안톤이 말했다. "여기는 죽은 사람들을 불태우는 곳이라고. 아마 병이 전염되는 것을 막기 위해 모든 걸 다 태워버려야 했을 거야."

"그러면 여기서 분든 부인을 집어넣을 거야?"

"그래." 안톤이 말했다. "그리고 불에 태워야지."

"그렇지만 성냥이 하나도 없는 걸."

"아마 산장에서 몇 개 가져올 수 있을 거야."

다음 날이 되자 두 사람은 성냥과 신문지를 들고 다시 요양원을 찾았다. 그리고 오래된 썩은 장작더미에서 통나무를 끌고 왔다. 분든 부인을 화덕 안으로 밀어 넣기 전에 안톤이 이렇게 말했다. "잠깐만 기다려봐, 구스타프. 우리가 불을 피우면 굴뚝으로 연기가 나겠지? 그러면 무슈나 다른 사람이 와서 우리를 쫓아내지 않을까?"

"그렇다고 분든 부인을 그대로 두고 썩도록 내버려둘 수는 없잖아." 구스타프가 이렇게 대꾸했다.

두 사람은 어떻게 해야 할지를 몰라 그냥 바라보고만 있었다. 얼마 뒤 안톤이 말했다. "들어봐! 한스가 탬버린을 흔들고 있어. 우리의 도움이 필요한 거야. 분든 부인 문제는 나중에 다시 생각하도록 하자."

"그럼 이렇게 하자." 구스타프가 제안했다. "죽은 사람들 모두를 우리가 떠나기 전날에 한꺼번에 태워버리는 거야. 화덕 안에 불을 붙이고는 재빨리 산장으로 되돌아가는 거지."

"그때까지 죽는 사람이 얼마나 나올까?" 안톤이 물었다.

"그건 아직 모르지." 구스타프가 대답했다.

두 사람은 다시 밖으로 나왔다. 전나무 향기를 맡고 얼굴에 쏟아지는 따뜻한 햇살을 느낄 수 있어서 여간 기쁜 것이 아니었다. 구스타프와 안톤은 저 멀리 아래쪽에 있는 다보스 마을을 내려다보며 그대로 서 있었다. 구스타프는 다보스에서 지낼 시간이 얼마 남지 않은 것에 대해 쓸쓸한 생각이 들었다. 운터 데 에크 거리에 있는 낡은 셋집으로 다시 돌아가는 일은 생각만 해도 정말 우울했다. 갑자기 무슨 충동이 들어서 그랬는지는 구스타프도 잘 알 수 없었다. 구스타프는 안톤을 보며 이렇게 말했다. "나는 집으로 돌아가고 싶지 않아. 거기는 끔찍한 일이 일어나는 곳이야."

"무슨 끔찍한 일?"

"이건 진짜 비밀이야. 지금까지 아무에게도 말 안 했고 너도 누구한테도 말을 해서는 안 돼."

"구스타프, 절대 말 안 할 테니까 그렇게 무섭게 쳐다보지 마."

"좋아. 그럼 말 안 하기로 맹세하는 거다?"

"맹세해."

"그래. 무슨 이야기인가 하면, 우리 셋집 아래층에 루드비히라는 남자가 나보고 자기를 만지라고 했어."

"너보고 자기를 만지라고 했다고?"

"응. 자기 고추를 만지라고 했어. 루드비히가 정말 싫어. 생각만 해도 구역질이 나."

안톤이 구스타프를 지그시 바라보았다. "시키는 대로 했어?" 안톤이 물었다. "그 남자 고추를 만졌어?"

"아니, 절대 그러지 않았어. 루드비히 같은 놈은 죽어버렸으면 좋겠어."

"그래." 안톤이 말했다. "그 남자 이름이 루드비히라고? 그럼 그 남자를 죽여버리자. 폐결핵에 걸리게 해서 죽게 만든 다음 불태워버리는 거야."

"아무한테도 말 안 한다고 약속할 수 있지, 안톤?"

"그야 물론이지. 이미 맹세했잖아. 어쨌거나 루드비히를 죽여버릴 거야."

두 사람은 다른 의자를 준비했다. 그리고 심하게 더렵혀진 이부자리 하나를 가져와 그 위에 덮고는 아마도 전에는 커튼이었던 것 같은 찢어진 회색 천을 가져와 둘둘 감쌌다.

"이제 됐어." 안톤이 말했다. "이게 이제 루드비히야."

안톤은 청진기를 귀에 꽂고는 루드비히를 향해 몸을 숙였다. 그리고 루드비히의 가슴에서 나는 소리를 들었다. "으흠." 잠시 뒤 안톤이 말했다. "이런 말씀 드리게 되어서 죄송합니다, 루드비히 씨. 아무래도 진전이 없군요. 펠러 선생, 루드비히 씨가 복용할 수 있는 특별 치료약이 남아 있나요?"

"없는데요." 펠러 선생님이 대답했다. "하나도 없어요. 제네바에 주문을 할 수는 있겠지만 아무래도 너무 늦게 도착할 것 같은데요."

"들으셨지요, 루드비히 씨?" 츠비벨 선생님이 말했다. "우리가 드릴 수 있는 말씀은 그냥 이제 세상을 떠날 준비를 하시라는 겁니다."

그 순간 햇빛이 새어 들어오며 루드비히를 감싸고 있는 천 꾸러미가 아무런 형체도 없는 어두운 그림자처럼 보였다.

구스타프는 몸을 부르르 떨었다. "우리가 루드비히를 죽이고 나면 아마 한스는 살 수 있을 거야."

다보스에서 보내는 마지막 날이 되자 두 사람은 화덕 안에 불을 붙였다. 분든 부인을 의자에 앉힌 채로 화덕 안으로 밀어 넣으려고 했지만 의자가 너무 커서 화덕 안으로 들어가지 않았다. 그래서 두 사람은 의자는 치우고 부인만 천으로 둘둘 감싸 안으로 던져 넣었다. 모직으로 만든 천은 금방 불이 붙었고 쉭쉭 소리를 내며 타더니 마치 불꽃놀이라도 일어난 것처럼 확 하고 타올랐다.

그러자 안톤이 장작더미 근처에서 발견한 도끼를 들고 와서 화덕 안에 들어가지 못한 의자를 부수기 시작했다.

"뭘 하는 거야?" 구스타프가 물었다.

"네가 보는 것처럼 이게 더 그럴듯해. 이 의자에 붙어 있는 대나무로 된 부분은 마치 사람 뼈랑 비슷하게 보이잖아? 그러면 우리는 정말 진짜 시체를 태우는 것처럼 되는 거야."

의자를 부수는 일은 힘이 들었다. 구스타프와 안톤은 번갈아가며 도끼를 휘둘렀고 고리버들 의자 여기저기에 붙어 있던 대나무들을 뽑아내 마치 사람의 뼈처럼 늘어놓았다. 그 모습은 기이할 정도로 진짜 사람의 뼈처럼 보였다. 대나무에 붙어 있는 이리저리 뜯겨져 나간 고리버들 가지는 그 자체로 말라비틀어진 사람의 살 속에 남아 있는 힘줄처럼 보였다.

"그럴듯해." 구스타프가 말했다. "아주 그럴듯해. 머리만 없는 걸 빼면 진짜 사람 같아."

바로 그때 저 멀리서 소방차의 경보음 같은 것이 들려왔다.

"이런 제기랄!" 안톤이 소리쳤다. "사람들이 우리를 발견하면 감옥에 집어넣을 거야. 머리 같은 건 잊어버려, 구스타프. 그냥 이걸 루드비히라고 부르고 화덕 안으로 집어넣자. 그런 다음 도망치는 거야."

두 사람은 대나무 뼈들을 긁어모아 화덕 안으로 하나씩 집어 던졌다.

"죽어라, 루드비히!" 안톤이 소리쳤다."죽어라, 루드비히!" 구스타프도 똑같이 외쳤다.

이제 소방차 소리는 아주 가까워졌다. 안톤과 구스타프는 성 알반 요양원을 빠져나와 숲 속으로 난 길을 따라 달리기 시작했다. 그리고 덤불숲 안으로 기어들어가 그 안에 숨어 소방차가 지나가기를 기다렸다. 두 사람은 여전히 흥분된 상태로 두려움에 떨며 서로를 끌어안았고 서로의 심장이 두방망이질 치는 소리를 들을 수 있었다.

얼마쯤 시간이 흐른 뒤에야 구스타프는 지금도 계속 마당에 있는 한스가 생각이 났다. "한스는 어떻게 하지?" 구스타프가 속삭였다.

"다시 돌아갈 수는 없어." 안톤이 말했다. "한스는 그냥 자기 발로 걸어서 나갔다고 생각하기로 하자."

"결핵은 다 나아서?"

"그래 맞아."

구스타프는 잠시 말없이 있다가 입을 열었다. "한스에게 작별 인사도 못했네. 나중에라도 그 탬버린은 기억이 날거야. 안톤, 너도 그렇겠지? 그 탬버린이 언제나 그 자리에 있을 것 같은 생각이 들어."

제2부

운명

독립 기념일 축제
1937년 마츨링헨

유럽은 천천히 요동치고 있었다. 마치 몽유병환자처럼, 그리고 거의 장님이나 마찬가지인 상태로 그렇게 대재앙을 향해 움직이고 있었다. 하지만 미텔란트의 마을들은 아무 근심걱정 없는 화창한 여름을 맞이해 축제와 잔치 준비가 한창이었다. 워낭으로 연주하는 음악 소리가 가득한 계곡들이 햇살 아래 반쯤 졸면서 늘어져 있었다. 겨울의 눈 녹은 물과 봄비로 가득 채워진 강물은 끝없이 이어지는 잡담을 늘어놓으며 순진무구한 모습으로 흘러갔다.

스무 살의 에밀리에, 아직 에밀리에 펠러가 되기 전의 에밀리에 알브레히트는 친구인 소피 모리츠와 함께 독립 기념일이면 마츨링헨 외각에서 열리는 전통 씨름 대회 구경을 가곤 했다. 수많은 사람들이 몰려들었다. 탁자 위에는 맥주잔이 가득했고 소시지가 장작불 위에서 구워지고 있었다. 악단에서 연주하는 연주자들의 말쑥한 제복은 이미 땀범벅이 되어 있었고 스위스 전통 복장을 그럴싸하게 차려입은 사람들이 미리 정해진 자리에서 민속춤을 추기 시작했다.

이따금씩 박수가 터져 나왔다. 그러나 무엇보다도 사람들의 관심을 끄는 행사는 바로 씨름 대회였다. 임시로 마련된 풀밭 위의 씨름 경기장에 모여든 힘과 덩치를 자랑하는 남자들은 그야말로 이날의 주인공들이었다.

에밀리에와 소피는 긴 치마 위에 얇은 블라우스를 입고 수를 놓은 앞치마도 걸쳤다. 처녀들의 부드러운 피부는 8월의 햇살에 그을려 살짝 주근깨도 보였다. 씨름 대회에 참가한 남자들이 풀밭 위에 깔아 놓은 톱밥 위로 나뒹굴 때마다, 그녀들의 푸른 눈동자가 웃음과 함께 환하게 빛났다. 어깨와 어깨가 맞부딪치고 허벅지와 허벅지가 힘을 겨루었다. 팔이며 얼굴은 모래와 땀으로 범벅이 되었다. 한 선수가 상대방을 밀어붙여 샅바를 붙잡고 공중으로 힘껏 들어 올리자 기쁨에 겨운 함성이 터져 나왔다. 마치 원시인과 같은 괴력을 발휘하여 자신의 육중한 체중을 실어 상대방을 땅바닥 위에 메다꽂는 것이었다.

환호성은 더욱 높아져 갔다. 에밀리에와 소피는 박수갈채를 보내며 깔깔대고 웃었다. 저 씨름 대회 참가자들은 어쩌면 저렇게 순진하고 귀여우면서도 남자답게 다부지고 힘이 넘치는지! 저 듬직한 품에 안겨 땀 냄새를 맡고 그 얼굴 표정에서 짐승과 같은 욕정을 발견할 수 있다면 그 얼마나 멋진 일일까. 젊은 처녀들은 서로를 마주보며 고개를 끄덕였다. 그래, 언젠가는 그렇게 되겠지. 그때가 되면 이 처녀 생활을 끝내고 옛날 동화 속 기사님이 공주님을 구해내듯 그렇게 이 마을을 떠날 거야. 그런 다음에는 차마 입 밖으로 말할 수 없는 그 일을 마침내 치르게 되겠지.

다시 경기가 시작되었다. 판정단이 점수를 매겼다. 두 남자가 먼지 속에서 힘을 겨루며 격돌했다. 각각의 선수들에게는 응원하는 사람들이 따로 있어서 응원전도 치열했다. 8월의 태양이 하늘 높이 솟아오르자 그늘이라고는 거의 찾아볼 수 없게 되었다. 순수한 색과 움직임, 그리고 측량할 수 없는 인간의 기쁨이 어우러진 그런 풍경이었다.

이 전통 씨름 대회가 사람들의 마음을 사로잡아 짧은 오후 시간 동안 잠시나마 모든 사람들을 미치게 만든다는 사실을 모르는 스위스 사람은 없었다. 도대체 누가 이런 놀이를 생각해낸 것일까. 누구든 상관없었다. 씨름은 시간을 가늠하기도 더 오래 전부터 애국적인 의미와 성적인 충동이 결합되어 전해 내려오는 놀이였다. 대회로 인한 열기는 점차 사람들에게 전염되어 하루 종일 뜨거워져만 갔고 마침내 해가 질 무렵에 불꽃놀이와 함께 폭발했다. 이런 기쁨과 환희를 마다하는 사람은 거의 없었다.

에밀리에와 소피는 숨을 죽인 채 남자들이 상대방을 들어 올리고 흔들다 메다꽂는 장면을 보았다. 씨름 대회가 영원히 계속되었으면 했다. 맥주와 빨갛고 하얀 무늬의 종이로 싼 소시지를 사서 8월의 햇살 아래에서 먹고 마시며 두 사람은 스위스 독립 기념일이 가져다주는 흥분을 만끽했다. 자신들의 젊음과 아리따움을 한껏 느끼는 시간이었다. 소시지의 기름이 묻어 입술이 번들거리는 것쯤은 아무런 상관이 없었다. 그리고 속옷 안쪽, 다리 사이의 차마 말할 수 없는 그곳이 축축해지는 것도. 에밀리에와 소피는 등을 기대고 속삭였다. 그리고 그 은밀한 곳에 대해 놀랄 만한 이야기들을 나누었다. 이야기를 나눌수록 몸은 더욱 달아올랐다. 두 처녀는 결국 웃음으로 이런 사악한 장난기가 가득한 상황을 감출 수밖에 없었다.

에밀리에는 모든 준비가 되어 있었다. 해가 기울고 올해의 씨름 대회 우승자로 결정된 에리히 펠러가 그녀에게 다가올 때부터. 그는 짙은 갈색 머리와 친절해 보이는 눈매를 가진 건장한 미남이었다. 에밀리에는 앉아 있는 풀밭 위에서 준비를 마쳤다. 조금 피곤하기는 했지만, 여전히 꿈에 부푼 채로 무슨 일이 일어나든 전부 감당해낼 준비가 되어 있었다.

여자는 자기 이름이 에밀리에 알브레히트라고 소개했고 남자는 에리히 펠러라고 했다. 그리고 그는 자신이 마흘링헨 경찰서 부서장이라고 덧붙였다. 또한 자기 나이가 서른네 살이라고 했다. 무슨 이유에서인지 에밀리에는 그 말을 듣고 자신이 표현할 수 있는 것 이상으로 감동을 받았다.

에리히 펠러.

에밀리에는 에리히를 올려다보았다. 그녀는 에리히의 아내가 되고 싶었다. 펠러 부인이 되어 하얀색 침대 위에 그와 함께 눕고 싶었다. 에리히의 아이를 가지고 싶었다. 에리히가 옆에 앉아 에밀리에와 소피의 잔에 맥주를 따라주기도 전에 에밀리에는 이미 자신의 마음이 어떤 상태인지 알고 있었다.

하지만 이상하게도 에리히가 바라보고 있는 건 자신이 아닌 소피 같았다. 이건 분명 잘못된 일이고 일어나서는 안 되는 일이었다. 소피와 에밀리에는 둘 다 마흘링헨에 있는 헬베티아라는 이름의 여관에서 일하고 있었다. 에리히가 소피를 보며 말했다. "아, 그것 참 기막힌 우연이네요. 매년 경찰서 모임을 헬베티아 여관에서 하거든요. 어쩌면 거기서 당신을 본 적도 있는 것 같아요."

"글쎄요, 에밀리에와 나는 그저 종업원으로 일을 할 뿐인걸요."

소피가 웃으며 말했다.

"아, 여관에서 일하는 여자 종업원이라……." 에리히는 이렇게 말하며 눈을 찡긋했다. "그러면 아직 결혼 안 한 처녀라는 건가요?"

"어쩌면 그런 질문을 서슴지 않고 할 수 있는 건가요!" 소피가 말했다. "정말 뻔뻔하시네요."

"그야 그렇지요. 하지만 못 들으셨습니까. 씨름 대회 우승자는 오늘 하루만은 뭐든 하고 싶은 대로 할 수 있어요. 해가 질 때까지는요."

"뭐든 할 수 있다니요? 에밀리에, 넌 그런 말을 들어본 적이 있니?"

"아니, 들어본 적 없어. 그러면 사람이라도 죽일 수 있다는 말인가요?"

"글쎄요, 그럴 수 있지 않을까요. 그런데 그렇게 되면 아마 내가 나를 직접 체포해야만 할걸요."

세 사람은 모두 함께 웃었다. 소피는 에리히가 웃는 입가를 바라보았다. 그리고 씨름 대회에 참가해 상대방을 들었다 메치는 기분이 어떤지 이야기해달라고 졸랐다.

"아, 그거요." 에리히가 말했다. "정말 재밌어요. 경찰 업무라는 게 대부분 아주 지루한 일이거든요. 그런데 하루 종일 다른 사람들을 붙잡아 들어 올렸다가 집어 던지는 일이라니!"

"그러면 경찰 일이 마음에 안 드세요?" 소피가 물었다.

에리히가 맥주를 꿀꺽꿀꺽 마셨다. 하얀색 맥주 거품 자국이 그의 입술 주위에 희미하게 남았다. 에밀리에는 풀밭에 비스듬히 기대 눕고는 두 눈을 감았다. 그리고 에리히 펠러가 자신에게 몸을 굽혀 입을 맞추는 장면을 상상했다. 에리히의 향취가 점점 더 강해지다가 마침내 그의 입술이 자신에게 와 닿는 상상을.

하지만 에리히는 그렇게 하지 않았다. 그는 다시 소피와 경찰 업무에 대해 이야기를 나누기 시작했다. "스위스에서 경찰들 일이라는 게, 정말이지 별로 번거로울 게 없습니다."

"번거로울 게 없다니요?" 소피가 물었다.

"어렵거나 부담스럽지 않다는 뜻입니다. 왜 그런가 하면 스위스 사람들은 모두들 기꺼이 법을 준수하거든요. 대체로 법이 정당하다는 생각이 들면 그대로 따르는 편입니다. 경찰에 들어갔을 때 교육을 맡았던 강사 중 한 사람이 스위스는 스스로 참고 절제하는 사람들이 모인 나라라고 하더군요. 다른 대부분의 나라에서는 이런 절제력을 찾아보기가 힘들다면서요."

에밀리에는 눈을 떴다. 그녀는 눈부신 햇살 때문에 눈을 가늘게 뜨고 에리히의 옆모습과 그 너머에 있는 소피의 모습을 보았다. 이 남자에 대해서 생각할 때만큼은 참고 절제하는 일을 전혀 할 수 없다는 생각에 웃음이 났다. 아직 처녀인 에밀리에는 에리히와 함께 숲으로 가는 모습을 상상했다. 그리고 그가 뭐든 마음대로 하도록 내버려 두는 거다. 결혼을 하기 전까지는 절대로, 절대로 해서는 안 된다는 경고를 받았던 그 일을 그가 끝마치도록. 에밀리에는 그 일이 아플 거라는 사실을 알고 있었다. 하지만 에리히와 함께하는 고통이라면 그 얼마나 아름다운 고통이겠는가.

그런데 그런 에밀리에의 눈에 당황스러운 장면이 들어왔다. 에리히 펠러가 소피에게 팔을 두르고 있었다. 에밀리에는 소피가 자기보다 더 예쁘다는 사실을 잘 알고 있었다. 소피의 목소리에는 남자들이 매력을 느낄 만한 그런 울림이 있었다. 이상할 정도로 소피에게 홀딱 빠져 있던 헬베티아 여관의 지배인처럼, 에리히 펠러 역시 곧 그렇게 될 것만 같았다.

'자기 절제라.' 에밀리에는 생각했다. '에리히가 했던 말, 절제라는 말은 곧 통제나 제어를 한다는 뜻도 되지. 그렇다면 나는 지금 이 상황을 내 뜻대로 휘둘러보겠어. 꼭 그렇게 해야만 해. 이제 다음 몇 분의 시간이 내 인생을 바꾸는 거야.'

에밀리에는 두 눈을 감은 채로 이렇게 말했다. "펠러 씨, 아까 씨름 대회 우승자는 해가 지기 전까지 뭐든 마음대로 다 할 수 있다고 하셨나요?"

"네, 그렇습니다."

"뭐든 다 할 수 있다면 내게 입을 맞춰줄 수도 있겠군요."

순간 에밀리에의 귀에는 소피가 놀라 숨을 삼키는 소리가 들렸다. 에리히 펠러는 아무런 말이 없었다. 에밀리에는 눈을 떴다. 에리히는 소피로부터 몸을 돌려 에밀리에를 내려다보았다.

'난처한 표정이네.' 에밀리에는 생각했다. 자신이 이런 뻔뻔한 말을 내뱉은 직후의 에리히의 표정이 바로 그랬다.

에밀리에는 기다렸다.

"물론 그럴 수도 있겠지요." 에리히는 부드러운 목소리로 이렇게 말했다.

"그 말은, 아마도 그런 일을 하고 싶지 않으시다는 뜻인가요?" 에밀리에도 입을 열었다.

"그게 아니라……"

"에밀리에, 너 지금 맥주를 너무 많이 마신 것 같아……." 소피가 말했다.

"나도 알아. 맥주 많이 마셨지. 그렇지 않았다면 감히 내가 느끼고 있는 기분을 입 밖으로 내서 말할 그런 용기가 생겼겠어? 어쨌든 나는 펠러 씨가 내게 입을 맞춰주었으면 하는 그런 기분이 들었어. 남자들은 항상 생각하고 있는 걸 그대로 말하잖아. 여자라고 못할 게 있을까?" 에밀리에가 대꾸했다.

에밀리에는 그런 입맞춤에 별다른 의미가 없다는 사실을 잘 알고 있었다. 그저 에리히의 입술이 자신의 입술에 인사치레로 와서 닿는 것뿐이겠지. 하지만 결국 말을 해버렸고, 에리히가 가까이 다가오는 것을 느끼며 자신도 그를 향해 몸을 일으켰다. 에리히의 입술이 와 닿자 에밀리에는 입술을 열었다. 그의 반응이 느껴졌다. 어쩌면 자신의 충격적이면서도 당돌한 행동에 흥분한 것인지도 몰랐다. 두 사람의 입맞춤은 길고도 깊었으며 격렬했다. 에밀리에는 에리히를 끌어안았다. 절대로 그와 떨어지고 싶지 않았다.

해가 지고 밤이 되자 불꽃놀이가 벌어졌다. 조금씩 술에 취해 낮 동안의 흥분으로부터 약간의 피로감을 느끼고 있던 사람들은, 일부는 취기로 비틀거리며 또 일부는 흥에 겨워 울기도 웃기도 하면서 고개를 들어 하늘 위에서 벌어지는 장관을 바라보았다. 잠깐 잠이 들었던 아이들도 이 놀라운 장면을 보기 위해 잠에서 깨어났다. 마출링헨에서 이런 축제는 스위스 독립 기념일이나 되어야 볼 수 있는 진귀한 행사였다. 이런 흥겨운 축제를 보려면 1년을 더 기다려야만 했다. 아이들도 그 사실을 잘 알고 있었다.

불꽃놀이는 정말로 장관이었다. 아마도 적지 않은 돈이 들었으리

라. 이 정도 되는 작은 마을에서 불꽃놀이는 사람들에게 마을의 든든한 재정과 자긍심을 보여주는 행사였다. 노란색과 자주색 불꽃이 해가 저물어 가는 하늘을 가로지르며 폭발하는 그때, 에밀리에는 에리히 펠러 부서장을 얼마나 열렬하게 자신의 곁에 두고 싶어 했는가. 하지만 이런 날에도 경찰 업무는 계속되었고, 해가 지고 난 뒤 에리히는 근무를 나가야 했다.

에리히는 자리를 떠나며 에밀리에의 손을 잡고 매우 형식적으로 입을 맞추었다. 그리고 이렇게 말했다. "아가씨, 혹시 다시 만날 수 있을까요?"

에밀리에는 이 '혹시'라는 말이 마음에 들지 않았다. 헬베티아 여관을 찾은 분별은 없으면서도 예의 바른 척하는 손님들이 방청소를 하는 자신을 부르듯 에리히가 '아가씨'라고 하지 말고 자신의 이름을 불러주었으면 했다. 에밀리에는 소피아 쪽으로 몸을 돌려 에리히가 어둠 속으로 사라지는 모습을 보며 그녀의 팔을 꼭 붙들었다. "지금 내 말이 터무니없이 들리겠지만, 에리히 펠러를 손에 넣을 수 없으면 난 정말 죽어버릴 거야." 에밀리에가 입을 열었다.

"뭘 어떻게 손에 넣어?"

"내 남편으로 말이야."

소피는 친구의 얼굴을 똑바로 바라보았다. "엉뚱한 소리 하지 마, 에밀리에. 그 사람 나이가 서른넷이야. 이미 여자 친구가 있는지도 모르잖아? 어쩌면 결혼을 했을지도 모르고."

"아니야." 에밀리에가 말했다. "에리히가 결혼했다면 나를 다시 만나고 싶다는 말은 하지 않았겠지."

"그냥 해본 말이겠지."

"아니, 그의 입맞춤에서 뭔가를 느꼈어. 열정 말이야."

"그냥 씨름 대회에서 우승하고 나니까 기분이 들떠서 그랬겠지. 남자들은 뭐든 이기고 차지하는 걸 좋아하잖아. 그리고 아마도 네가 그렇게 끌어안는데 별다른 선택의 여지도 없었을 거야. 내 생각에 넌 진짜 사람을 깜짝 놀라게 해."

"네 생각까지 알 필요는 없어. 내가 바라는 건 에리히 펠러뿐이야."

에밀리에는 마츨링헨 경찰서 본부가 어디 있는지 잘 알고 있었다. 마을 중심부에 있는 벽에 회칠을 한 건물이었다. 경찰서 창문은 수리가 필요해 보였고 입구의 문은 쇠 장식이 묵직하게 덧대어져 있었다. 그 위로는 커다란 스위스 국기가 휘날렸다. 에밀리에는 에리히가 이번 주 안에 헬베티아 여관에 모습을 드러내지 않으면 자기가 직접 경찰서로 에리히를 찾아갈 생각이었다.

'하지만 찾아가서 뭘 어떻게 하지? 뻔뻔스럽게 경찰서로 쳐들어가서는 이 남자를 불러주세요, 이렇게 말할까? 그러면 그다음에는? 헬베티아 여관 지붕 밑에 있는 손바닥만 한 숙소로 그를 데리고 와? 그리고 온 몸을 활짝 열고 그 남자가 하자는 대로 다 해줘?'

에밀리에는 이런 생각이나 계획이 지금까지 스무 살이 넘도록 살아온 자신의 모습과는 전혀 다르다는 사실을 깨달았다. 순종적이고 순진하며, 부드러운 금발 머리에 아직 가슴도 다 자라지 않은 청초한 소녀의 모습이 아니었던 것이다. 에밀리에는 자신이 변했다는 사실을 알아차렸다.

이런 변화가 다른 사람 눈에도 보일까? 에밀리에는 옷을 모두 벗고는 거울로 자신의 모습을 살펴보았다. 매일 아침 종업원 제복을 입고 모습을 비춰 보던 작고 좁은 거울이었다. 에밀리에는 자신의 사타구니를 손으로 건드리다가, 거울로 그 모습을 보고 움찔하고 말았다. 그녀는 생각했다.

'그래, 스스로도 이렇게나 쉽게 흥분할 수 있다면, 남자가 바라는 욕망의 대상도 쉽게 될 수 있겠지?'

첫 번째 구스타프
1937년~1938년 마츨링헨

에리히 펠러에게는 분명 이미 여자 친구가 있는 것처럼 보였다. 소피가 찾아낸 그 여자 친구의 정체는 도서관 사서였다.

그 사실을 알고 나자 에밀리에는 여관 일에 좀처럼 집중을 할 수가 없었다. 여관에서 객실 치우는 일이나 하는 자기 처지가 천하게 느껴졌을 뿐더러 제대로 교육도 못 받은 데다 지식도 부족하다고 느꼈다. 에밀리에는 잠도 못 자고 먹는 것도 힘겨워했으며 마치 가족 중에 누군가 세상을 떠나기라도 한 것처럼 굴었다.

그러던 어느 날 저녁, 누군가 에밀리에의 방문을 두드렸다. 에밀리에는 하얀색 잠옷차림으로 침대에 누워 잡지를 읽던 중이었다. 몸을 일으켜 방문을 여니 좁다란 복도에 에리히 펠러가 서 있었다. 에밀리에는 순간 눈물이 터져 나왔다.

에리히는 방 안으로 들어와 에밀리에를 품에 끌어안았다. 그리고 담배 냄새가 배어 있는 그의 커다란 손으로 부드럽게 그녀의 눈물을 닦아주고는 부드럽게 침대 위에 눕히고 입을 맞추기 시작했다.

에밀리에는 에리히가 아무런 말도 하지 않기를 바랐다.

1937년 12월 두 사람이 결혼했을 때, 에밀리에는 이미 임신을 한 상태였다. 두 사람은 아직 아무에게도 이 사실을 알리지 않았다. 아이의 이름은 에리히의 아버지 이름을 따서 구스타프로 짓기로 했다. 에리히의 아버지는 1931년 제재소에서 일을 하다 사고를 당했고 병원에 미처 실려 가기도 전에 세상을 떠나고 말았다. 에밀리에와 에리히가 달콤한 밤을 보내며 나눈 대화 속에 나온 '아기 구스타프'라는 말은 두 사람의 마음속에 부드럽게 자리를 잡았다. 두 사람의 열정의 물결을 타고 이 세상에 태어나게 될 아기 구스타프는 두 사람이 나눈 진실된 사랑의 결정체였다.

결혼을 한 에리히 펠러는 이제 경찰 관례에 따라 더 큰 집을 빌려 살 수 있게 되었다. 부부는 프리부르 거리 61번지로 이사했다. 2층에 있는 환기가 잘되는 집이었다. 프랑스식 창문을 통해 이어지는 철로 만들어진 탁 트인 공간이 있었고 그 반대편에 있는 주방은 정찬용 식탁을 둘 수 있을 정도로 넓었다. 또 남는 침실은 구스타프의 방으로 만들어 에밀리에가 마출링헨의 토요 장터에서 발견해 사들인 목마며 아기 침대 등을 가져다 두었다. 거기엔 펭귄 가족 장난감도 있었다. 에밀리에와 에리히는 이렇게 꾸민 아기 방의 문가에 서서 자랑스러운 듯 한숨을 내쉬었다. 두 사람은 시간이 빨리 지나가 구스타프가 태어날 6월이 어서 오기를 바랐다. 에리히는 오직 그를 위해서만 크게 부풀어 오른 에밀리에의 젖가슴을 어루만졌다. 에밀리에의 젖가슴은 끝없이 이어지는 에리히의 욕망의 대상이었고, 거기에 더하여 이제 곧 자신의 아들을 먹여 살리는 생명의 젖을 주게 될 터였다.

에밀리에 펠러는 너무나 행복했다. 스위스 밖에서 벌어지는 일들에 대해서는 아무런 생각조차 하고 싶지 않을 정도였다. 하지만 에밀리에도 저 멀리서 거대한 폭풍우가 몰려오고 있다는 사실에 대해 이따금씩은 생각을 하고 있었다. 그녀는 사람들이 수군거리는 독일의 침략과 관련된 모든 소문이 빗나간 일기예보처럼 지나가고 모든 사람들과 모든 일들이 다 평화롭게 흘러가기를 바랐다. 에밀리에는 매일 뜨개질로 아기 옷을 만들고 집의 화분에 꽃을 키우며 시간을 보냈다. 그리고 에리히를 기쁘게 해줄 만한 고기 요리법을 익히기도 했다.

1938년 3월의 어느 날 집으로 돌아온 에리히는 독일이 군대를 보내 오스트리아를 강제로 합병했다는 소식을 전했다. 에밀리에는 몹시 당황스러운 얼굴로 이렇게 물었다. "그 일이 우리한테 무슨 문제라도 되는 건가요?"

에밀리에가 이렇게 말할 때마다 에리히는 몹시 피곤했고 종종 짜증이 났다. 에리히는 여러 번 아내에게 이런 '정치적 긴장 상태'는 경찰 업무에 큰 영향을 미치게 마련이라고 말해왔던 것이다. 에리히가 경찰서 본부에 머무르는 시간은 점점 늘어만 갔다. 자신의 그런 사정에 제대로 신경을 쓰지 않는 아내의 모습은 남편인 그를 화나게 했다. 에리히는 에밀리에에게 왜 그렇게 사람이 무식한지, 왜 자기 자신의 일과 평안함 말고는 다른 일에는 전혀 신경을 쓰지 않는지, 또 어쩌면 스위스에도 닥쳐올지 모를 전쟁에 대해 다른 사람들과 달리 왜 그렇게 혼자서만 아무 생각이 없는지 따져 물었다. 에리히는 벽난로 앞에 서서 에밀리에에게 소리를 질러댔다. 평소에는 늘 아내에게 다정하게 대하며 거칠고 남성다운 모습은 둘이서 열정적인 사랑을 나눌 때만 보여주던 그였지만, 지금의 그는 에밀리에가 단 한 번도 남편으로부터 듣게 될 것이라고는 상상조차 못했던 말로 아내를 공격하고 있었다.

에밀리에는 부들부들 떨며 창문 옆에 서 있었다. "무식하다고요? 내가요?" 에밀리에가 말했다.

"그거야 당신 자신이 제일 잘 알겠지!" 에리히가 소리쳤다 "최소한 당신은 그런 모습을 감추려고도 하지 않으니까 말이야. 그렇지만 이제는 제발 정신 좀 차리는 게 어때? 에밀리에, 유럽이 지금 쪼개지고 있다고. 눈을 좀 떠봐! 당신 같은 눈뜬장님 같은 여자하고는 결혼하는 게 아니었어!"

'눈뜬장님 같은 여자. 이게 도대체 무슨 말일까.' 에밀리에는 잠깐 생각하다가 외쳤다.

"난 장님이 아니에요!"

"아니, 눈뜬장님이라니까. 어쩌면 아직은 너무 어려서 세상 돌아가는 일을 잘 모른다고 말할지도 모르지. 그렇지만 그걸 변명으로 받아주지는 않겠어."

"나는 그런 말도……"

"에밀리에, 내가 하는 일은 아주 중요해. 수많은 생명과 직결되는 일인 데다가, 앞으로는 훨씬 더 어려움이 많을 거야. 그렇지만 당신은 절대로 그걸 이해하려고 하지 않지. 나한테 한 번도 물어본 적도 없고. 만일 누군가가 당신에게 내가 하는 일에 대해 설명을 해준대도, 당신은 이렇게 말하겠지. '아, 그런가요. 사실 전 잘 모르겠는데…… 나는 그냥 그이가 길거리에 서서 교통정리나 하는 줄 알았는데……' 이렇게 말이야."

"아니에요, 난 그렇게는……"

"아니면 더 쓰레기 같은 말을 할 건가? 내 동료들은 말이야…… 그 아내들은 남편들이 무슨 일을 하고 있는지 너무 잘 알아서 탈이지. 그리고 거기에 걸맞게 내조를 아주 잘하고 있어. 그런데 당신이라는 사람은…… 애당초 생각이라는 걸 하려고 하지도 않잖아. 당신은 신문도 한 글자도 안 읽지. 그저 그 멍청한 잡지 나부랭이나 읽고 있으니 자기가 얼마나 무식한지 알지도 못한단 말이야!"

에밀리에는 에리히에게 달려들며 찢어지듯 흐느껴 울었다. "에리히! 제발! 그런 말 하지 말아요!"

에밀리에는 남편의 품에 안기려 했지만 에리히는 그런 아내를 끌어안는 대신 오히려 밀쳐버렸다. 때때로 날이 밝아올 무렵이면 그녀를 격렬하게 원하며 뒤에서 끌어안아 깜짝 놀라게 하던 에리히가 이제는 아주 거칠게 아내를 내던져버렸다. 에밀리에는 비틀거리다 응접실의 낮은 탁자 뒤로 쓰러져 주저앉아버렸다. 그리고 바닥에 엎드려 고통으로 비명을 질렀다.

병원에서 산통이 시작되었다.

그렇지만 이제 겨우 3월이었고, 아기 구스타프는 아직 태어날 준비가 되어 있지 않았다. 가까스로 형체만 갖춘 동맥이며 정맥이 선명하게 드러나 보이는 구스타프의 작은 머리통은 겨우 오렌지만 한 크기였다. 작은 손가락 끝 역시 덜 자란 상태였다.

병원에서는 죽은 태아를 끄집어내 병원 소각장에서 불태웠다. 에밀리에는 아무런 말없이 병실로 돌아와 얼굴에 바보 같은 웃음을 지었다. 눈에는 눈물이 가득 차 있었다.

에리히는 병실 침대 옆 의자에 앉아 마치 자기가 지은 죄를 회개하는 것처럼 두 손을 얌전하게 모으고 있었다. 에밀리에는 그런 남편을 돌아보지 않고 그저 천장만 바라보았다. 마치 거기에, 천장에 매달려 있는 형광등 안에 뭐라도 숨겨져 있는 것처럼. 간호사가 에리히에게 접혀 있는 종이 한 장을 내밀었다. 종이를 펴보니 '성별: 남아'라고 적혀 있었다.

에리히는 한순간의 자제력 상실이, 그 두려웠던 순간이 자기 가정에 돌이킬 수 없는 비극을 몰고 왔다는 사실을 알고 있었다. 그리고 이제는 아내가 결코 이전과 똑같아질 수 없다는 사실도.

에리히는 에밀리에 앞에 무릎을 꿇고 용서를 빌었다. 하지만 에밀리에는 그런 남편을 용서하지 않았다. 그녀는 남편에게 이렇게 물었다. "그런 일을 어떻게 용서받을 수 있나요?"

에리히는 선물을 사들였다. 따뜻한 어깨걸이며 비단으로 짠 실내복, 오래전 그 씨름 대회 날 입었던 것과 똑같은 블라우스 등등. 하지만 에밀리에는 깍듯하게 고맙다고 인사를 하고는 그 선물들을 서랍 속에 처넣어버렸다. 그리고 아기 방에 사두었던 목마와 장난감 펭귄들은 벼룩시장에 가지고 나가 팔아버리라고 말했다.

에리히는 묵묵히 에밀리에가 시키는 대로 했다. 그리고 화랑이나 찻집으로 함께 외출을 하자고 했다. 에밀리에는 밖에 나가고 싶지 않았다. 그녀는 자기 몸속 어딘가에 남편에 대한 사랑의 '잔여물'이 남아 있다고 생각했다. '잔여물'이란 최근에 그녀가 새로 알게 된 단어였다. 불과 지난주만 해도 새로 태어날 아기의 방을 꾸미며 함께 끌어안고 있었던 두 사람은 이제 서로 다른 삶을 살게 되었다. 그 일을 다시 돌이킬 수는 없었다.

침대 위에서 두 사람은 서로 등을 돌리고 누웠다. 에리히는 불과 얼마 전까지 두 사람이 나누었던 사랑과 열정에 대해 생각했다. 울고만 싶었다.

에리히는 때때로 한밤중에 일어나 경찰 제복으로 갈아입고 차를 마셨다. 그리고 어두운 밤거리를 걸어 경찰서로 갔다. 그곳은 계속 불이 밝혀져 있었다.

경찰 서장 로거 에드만은 종종 그런 시간에도 경찰서를 지키며 서류 뭉치들과 씨름을 하고 있었다. 마츨링헨은 오스트리아 국경과는 한참 떨어져 있었지만, 독일과 오스트리아가 합병된 이후로는 점점 더 많은 유대인 난민들이 속속 스위스로 몰려들고 있었다. 그들은 언젠가 스위스 저 깊은 곳까지 따라올지도 모른다고 믿고 있는 박해를 피해 동쪽으로 몰려들었던 것이다. 유대인 난민 기구 Israelitische Flüchtlingshilfe, 줄여서 'IF'라고도 부르는 단체는 스위스 전역에서 경찰들의 손을 빌려 대부분 빈손으로 오스트리아와 스위스의 국경을 넘어온 유대 난민들을 도우려고 했다.

그들은 어떻게 이 난민들을 도우려는 것이었을까? 스위스에 살고 있는 부유한 유대인들의 재정적 도움으로 만들어진 이 난민 기구는 생활비 지급을 약속했다. 경찰 측에서는 유대인들을 잠시 맡아줄 스위스 가정을 찾으려고 했다. 유대인들은 정식 비자가 없었으므로 직장을 구할 수는 없었지만 그래도 그들을 찾는 곳은 꽤 많았다. 오스트리아에서 전문직 기술자며 의사로 일했던 남자들은 길가 도랑을 치우는 일을 했고, 한때 하녀까지 부리며 집안일을 시켰던 여자들은 이제 공중 화장실을 청소하거나 길거리 한구석에서 성냥을 팔게 되었다.

경찰서장인 로거 에드만과 부서장 에리히 펠러는 밤을 꼬박 새우고 경찰서 여기저기를 왔다 갔다 하면서 행정 업무를 처리했다. 그들은 늘 피곤에 절어 있었다. 일을 할 때는 커피와 담배가 빠지지 않았고, 두 사람의 사무실 문은 다른 직원들이 커피를 가져다주기 위해 늘 열려 있었다. 덕분에 두 사람은 문 너머 어둠침침한 복도의 딱딱하고 긴 의자 위에 유대인들이 줄지어 앉아 자기 차례를 기다리는 모습을 볼 수 있었다. 뜻밖에도 유대인들의 모습은 전혀 남루하지 않았다. 그들은 대부분 한때 크게 유행했던 고급스러운 옷들을 차려입고 있었으며 여자들은 정성들여 머리를 매만지고 단정하게 고정시켰다. 하지만 그들의 눈에는 피로와 공포가 가득했다. 어느 날 아침에는 에리히가 로거 에드만에게 "저 사람들을 바라보는 것도 힘이 들어요"라고 말했을 정도였다.

"나도 마찬가지야." 로거가 대꾸했다. "저기 딱딱한 의자에 앉게 될 사람이 우리가 될 수도 있으니까. 우리가 가장 두려워하는 게 바로 그거 아닌가. 저 사람들에게서 우리의 모습을 보는 거 말이야."

에밀리에는 잠에서 깨어 빈 침대를 마주하는 일이 잦아졌지만 별로 신경 쓰지 않았다. 에밀리에는 에리히가 집에 없고 자기 혼자 있기를 바랐다. 그녀는 혼자일 때 가장 행복했다. 물론 지금의 상황을 '행복'이라는 말로 표현할 수 있다면 말이었다. 하지만 그런 상황은 당연히 행복하고는 거리가 멀었다. 그저 스스로를 덜 괴롭히는 시간일 뿐이었다.

에밀리에는 뜨거운 욕조 안에 누워 자신의 배를 내려다보았다. 한

때 아기 구스타프로 크게 부풀어 있던 배는 이제 푹 꺼져 평평했다. 젖가슴에서는 여전히 조금씩 젖이 나와서 아프고 쿡쿡 쑤셨다. 에밀리에는 아기가 태어나면 하려고 했던 일들에 대해 생각했다. 잡지를 읽어주고 라디오로 신나는 음악을 듣고 맛있는 케이크를 먹고 함께 잠드는 생활을.

때때로 에밀리에는 프리부르 거리와 에리히, 그리고 마츨링헨을 떠나 바젤Basel 근처 계곡에 있는 오래되고 외로운 시골집에 가서 엄마랑 함께 사는 생활에 대해서 생각해보기도 했다. 그렇지만 곧 그곳에서 살았던 생활이 어땠는지가 떠올랐다. 수돗물도 나오지 않아 마당에 있는 손으로 움직이는 펌프를 써야 했던 그런 생활로부터 그녀가 얼마나 벗어나고 싶어 했던가. 에밀리에는 또한 자기 엄마의 교회에 대한 끔찍스러운 헌신으로부터도 도망치고 싶었다. 엄마는 과부가 입는 검은색 상복을 입고 목에는 은 십자가 목걸이를 했으며 벽에는 홀바인의 〈무덤 속의 그리스도〉라는 유명한 성화聖畵를 한 점 붙여놓았다. 그리고 엄마가 하던 금식, 그녀가 내뱉던 절규와 끔찍한 비난의 말까지 떠올랐다. 옛날 집으로 돌아가는 것은 결국 과거를 되돌리는 일이었다. 심지어 어린 아기 때로 되돌아간다고 해도 지금 누리고 있는 경찰서 부서장의 아내라는 경이로운 삶과는 바꿀 수 없을 것 같았다. 하지만 물론 지금의 이 놀라운 생활에는 더 이상의 진실함이나 신뢰가 느껴지지 않도록 만드는 무언가가 있었다. 사실 현재는 사라져버린 것이나 마찬가지였다. 에밀리에는 더 이상 아무것도 아닌 그냥 무식한 여자였다. 마치 헬베티아 여관에서 침대를 정리하고 세면대를 청소하던 그 시절로 돌아간 것만 같았다.

심지어 아직까지도 에밀리에는 전쟁에 대해서는 거의 생각을 하지 않고 있었다. 아기 구스타프를 잃었던 그 끔찍했던 날 에리히는 자신에게 정신 차리라고 소리를 질렀다. 하지만 그녀는 그러고 싶지 않았다. 지금도 이미 하루하루를 견뎌야만 하는 시간이 지옥 같은데, 왜 더 슬픈 일에 대해서 생각을 해야 하지? 이미 소중한 모든 것들을 다 잃어버리지 않았는가? 라디오에서 새로운 소식이 흘러나오면 에밀리에는 그냥 라디오를 꺼버렸다.

에밀리에는 용서에 대해 생각했다.

그녀의 깊은 곳 어딘가에는 분명 한때 자신이 그토록 사랑했다고 생각하던 남자를 가엾게 여기고 다시 마음으로 받아들이고 싶은 여력이 남아 있을 터였다. 하지만 에밀리에는 그 힘을 다시 찾아낼 수가 없었다. 그녀는 심지어 그 힘을 어디서 어떻게 찾기 시작해야 하는지도 몰랐다.

옷장 위에는 경찰 제복을 입은 에리히의 사진이 있었다. 에밀리에와 처음 만나기 전날에 찍은 사진이었다. 그 옆에는 두 사람의 결혼사진이 있었다. 에리히 펠러는 두 사진 모두에서 너무나 멋지게 보여서 에밀리에는 감탄했다. 에밀리에는 사진 속 에리히의 모습을 가느다란 손가락으로 더듬어 내려갔다. 그의 아들 구스타프도 이런 멋진 모습을 그대로 이어받았겠지. 하지만 구스타프는 죽었다. 아직 채 다 만들어지지도 않은 구스타프의 작은 몸은 병원 소각장에서 불태워졌다. 그런데 도대체 어떻게 용서를 할 수 있단 말인가?

다과와 함께 춤을 추는 시간

1938년 마츨링헨과 다보스

프리부르 거리 가장 구석에 새로운 카페 한 곳이 문을 열었다. 그 카페의 이름은 '에밀리에'였다.

에밀리에는 잡지를 사러 가던 길에 그 카페 간판을 보았다. 그녀는 가던 길을 멈추고 잠시 그 모습을 바라보았다. 트럭 한 대가 카페 밖에서 짐을 부리고 있었다. 카페에 어울리는 근사한 모양의 의자를 나르고 있는 인부들에게 에밀리에는 자신의 이름도 에밀리에라고 말을 건넸다.

"그것참 멋지군요, 아가씨." 인부들이 말했다. "그러면 자기에게 딱 어울리는 그런 곳이 생긴 건가요!"

에밀리에는 좀 더 자세히 카페를 둘러보았다.

'프랑스 및 스위스식 빵과자, 스위스식 정통 치즈 토스트, 치즈 퐁듀, 아이스크림, 최상의 맛을 자랑하는 커피와 코코아, 매주 토요일 오후 3시에서 6시까지는 다과와 함께 춤을 추는 시간.'

"우리는 마츨링헨이 촌 동네라고 생각을 했었거든요." 인부 중 한 사람이 의자를 나르다 말고 잠시 쉬면서 이렇게 말했다. "베른에서는 그렇게 들었어요. 아무 특별한 일도 일어나지 않는 그런 동네라고. 그렇지만 이걸 좀 보세요. 다과와 춤이라네요! 이거 요새 진짜 유행이거든요. 제네바에서도 그렇대요."

"정말 그런가요?" 에밀리에가 물었다.

"그렇게 들었어요. 한번 와보시지요? 한 손으로는 찻잔을 쥐고 차를 마시면서 다른 한 손으로는 남자 손을 잡고 춤은 추실 수 있으시려나."

"아마도 할 수 있겠지요."

"아주 재미있겠어요. 다들 차를 흘리겠지! 이런 멋지고 아담한 카페라면 아마 멋진 신랑감도 만날 수 있으실 겁니다."

에밀리에는 자기는 이미 결혼을 했다고 말하려 했다. 씨름 대회에서 입맞춤으로 남자를 유혹해 5개월 뒤에는 결혼을 했다고. 하지만 에밀리에는 에리히에 대해서는 생각조차 하기 싫었다. 에밀리에는 남자에게 고개만 끄덕여주고는 가던 길을 갔다.

에리히도 에밀리에 카페가 생긴 것을 보았다. 그는 그 안에 들어가 있으면 자기가 구원을 받을 수 있을지에 대해 잠시 생각했다.

어느 토요일 오후 에리히는 에밀리에에게 다가가 이렇게 말했다. "내가 사준 새 블라우스를 입어요. 외출을 하자고. 새로 생긴 카페에 가서 춤을 추는 거야."

에밀리에는 자기는 춤을 추러 나가고 싶지 않다고 말했다.

"그래, 당신이 가고 싶어 하지 않는 건 나도 알아. 그렇지만 약속할게. 만일 30분이 지나도 당신 기분이 나아지지 않고 집에 돌아오고 싶으면 그때는 그냥 집으로 오는 거야." 에리히가 말했다.

에밀리에는 새 블라우스를 입어보려 했지만 너무 몸에 꽉 끼었다. 그동안 너무 단 음식만 먹어왔고 젖가슴은 구스타프를 임신하면서 크게 부풀어 있었고 머리카락은 더러웠다. 이제 스물한 살이 된 에밀리에의 모습은 마치 쉰 살이 넘은 그녀의 어머니를 떠오르게 했다. 에밀리에는 블라우스를 벗어 바닥에 내동댕이쳤다. 그리고 침실 문을 걸어 잠그고 침대 위로 올라가 두 눈을 감았다. 에리히가 자신을 부르자 자신을 그대로 내버려두고 꺼져버리라고 소리를 질렀다.

에리히는 자신처럼 나이가 훨씬 어린 아내 로티와 함께 살고 있는 로거 에드만에게 도움을 청했다. 어떻게 해야 에밀리에의 상처를 치유할 수 있을지 물어본 것이었다.

두 사람은 아침부터 벌써 스무 개비 아니면 스물다섯 개비인지도 모를 담배를 피우며 로거의 사무실에서 이야기를 나누고 있었다. 사무실 밖에서는 더 많은 오스트리아 출신 유대인들이 '행정 절차'를 기다리고 있었다. 로거 에드만은 정말로 지금은 에밀리에에 대한 이야기를 나눌 시간이 없다고 말하고 싶었다. 한 시간 안에 유대인 난민 기구 대표와의 회의가 있을 예정이었다. 법무부의 외교 정책 담당관은 스위스로 밀려드는 유대인 난민들을 '어떤 식으로든 저지하지 않으면' 스위스는 곧 감당할 수 없게 될 것이라고 말하고 있었다. 스위스 사회가 겪어보지 못했던 이런 유대인들의 감당할 수 없는 쏠림 현상으로 인해 훗날 '피로감Überjudung'이라고까지 알려지게 된 이 공포는 스위스 전역으로 확산되고 있었다. 로거 에드만은 이렇게 말한 적이 있었다. "그렇지만 마츨링헨에서 우리가 할 수 있는 일이 뭐가 있겠어? 우리는 말단 중에서도 제일 말단에 있는 사람들이야. 몰려드는 유대인들을 막는 일은 국경 수비대가 할 일이지. 그렇지만 사람들은 경찰들도 인간적인 감정과 동정심을 가지고 있다는 사실을 잊곤 해. 우리는 숫자나 세는 기계가 아니야."

이제 로거 에드만의 동정심은 자신의 동료가 겪고 있는 심각한 외로움과 슬픔 때문에 다시 한 번 흔들리고 있었다. 에드만은 에밀리에가 어떻게 넘어져 아기를 유산했는지 그 사정을 알고 있었다. 그는 펜을 내려놓고 에리히를 바라보았다. 그리고 업무 일지를 에리히 앞으로 밀어 놓으며 6월에 해당하는 부분을 펼쳤다. 로거 에드만은 조용히 입을 열었다. "에리히, 내 생각에 다음 달쯤에 자네에게 휴가를 줬으면 하네. 지금 해야 할 일은 에밀리에를 어디 산 같은 곳으로 데려가는 거지. 거기 가서 뭐든 에밀리에가 회복되는 데 도움이 되는 일을 해보게."

에리히는 잠시 생각에 잠겼다가 이렇게 말했다. "로거, 지금 이런 상황에서 어떻게 휴가를 갈 수 있겠습니까. 새로운 일거리들이 밀려들고 있는데요. 당신 혼자서는 감당 못합니다."

"글쎄, 최근에 자네 꼴이 어떤지 살펴본 적이 있나? 휴가를 가지 않으면 자네부터 앓아눕게 될 거야. 그러면 그땐 내가 정말로 감당 못할 일이 벌어지는 거지." 로거가 말했다.

에밀리에는 다섯 살 무렵에 엄마 이르마와 함께 산악 지방에 가본 적이 있었다. 하지만 거기가 어디였는지, 그리고 왜 가게 되었는지는 기억하지 못했다. 때는 겨울이었고, 두 사람이 머물던 곳은 어느 먼 친척 집이었다. 에밀리에는 커다란 철제 옷걸이에 걸려 있는 남자의 모자와 옷들을 기억했다.

매일매일, 아침 식사를 하기 전에 에밀리에와 이르마는 배가 불룩하게 나온 화덕 안에 장작을 쌓아올렸다. 불을 붙이면 마치 굶주린 짐승이 뼈를 물어뜯는 것처럼 불길이 장작 속을 파고들었다. 화덕의 작은 문을 열어보면 불길은 마치 호랑이처럼 으르렁거렸다.

얼음처럼 청명한 아침에 에밀리에와 이르마는 장작더미 안에서 찾아낸 썰매를 타고 거친 비탈길을 미끄러지듯 내려가 조용한 숲 속으로 들어갔다. 그곳에서 들리는 소리라고는 소나무 가지로부터 눈 녹은 물이 부드럽게 똑똑 떨어지는 소리뿐이었다. 에밀리에는 호기심 많은 작은 짐승들을 보았다. 노루나 영양이었을까? 그 짐승들이 숲 속에 나타나 에밀리에를 바라보면 에밀리에도 그들을 마주보았다. 그러다가 다시 두 모녀는 썰매를 언덕 위로 끌고 가 나중에 다시 내려올 준비를 했다.

그것 말고도 모녀가 또 무슨 일을 했던가? 에밀리에는 제대로 기억할 수 없었다. 에리히가 산악 지방으로 휴가를 가는 게 어떻겠느냐고 물어왔을 때 에밀리에가 기억할 수 있었던 건 배불뚝이 화덕, 남자의 옷과 모자, 썰매, 그리고 부드러운 발로 돌아다니던 말없는 짐승들이 다였다. "잘 모르겠어요." 에밀리에가 대답했다.

에리히는 알펜로제라는 이름의 커다란 호텔 사진을 보여주며 이 호텔은 다보스에 있으며 닷새 동안 이곳에 머물 수 있다고 말해주었다.

에밀리에는 호텔 사진을 바라보았다. 호텔 뒤로는 산이 펼쳐진 풍경이 보였다. 에밀리에는 자신들에게는 너무 과분하게 큰 호텔이라고 말하고 싶었다. 에리히는 아내가 반대할 것을 미리 예상했는지 아내가 하려던 말을 가로막았다. "로거 에드만도 다보스에 가본 일이 있다더군. 그리고 바로 이 다보스에 있는 알펜로제 호텔에서 머물렀대. 나한테 하는 말이 그곳에 가서 다시 시작해보라는 거야. 행복을 되찾기에 아주 좋은 장소라면서 말이지."

사진 속 호텔은 에밀리에에게 마치 다른 세상 같은 느낌을 주었다. 부자들만 갈 수 있는 그런 곳 같았던 것이다.

두 사람이 머무는 호텔 객실에서 창문의 레이스 커튼은 우아하게 움직였고 화장대에는 모란꽃이 담긴 화병이 있었다. 침대보는 비단으로 된 능직이었다. 에밀리에는 장뇌樟腦 향기가 나는 커다란 옷장 안에 준비해온 몇 벌의 여름옷을 걸어두었다.

두 사람은 철제 난간이 있는 발코니로 나갔다. 그들은 붉은색 제라늄꽃이 심어져 있는 화분들로 장식된 발코니에서 산을 바라보며 환한 햇살과 상쾌한 공기를 맛보았다. 에리히와 에밀리에는 독수리처럼 보이는 커다란 새 한 마리가 광활한 하늘을 맴도는 광경을 보았다. 에리히가 로거 에드만에게 빌려온 사진기로 눈에 들어오는 풍경을 찍었다. 독수리를 사진에 담고 싶어 사진기를 그쪽으로 향했지만 좀처럼 그 모습을 담을 수는 없었다.

두 사람은 늦은 오후에 호텔에 도착했다. 무척이나 배가 고팠다. 그래서 조용한 거리로 한가롭게 걸어 내려가다가 작은 악단이 연주하는 음악 소리를 들었다. 음악 소리가 들려온 곳은 어느 카페 안에 마련된 작은 공간이었고 그 앞에는 탁자 몇 개가 있었다. 나이든 남녀 한 쌍이 춤을 추고 있었다. 카페로 들어간 에밀리에는 춤을 추는 사람들을 보고 그 우아한 모습에 깊은 감동을 받았다. 두 사람 모두 칠십 대 혹은 팔십 대쯤 되었을까. 그들은 천천히 흘러나오는 음악 소리에 맞춰 그야말로 완벽한 움직임을 보여주었다. 두 사람은 서로 팔꿈치를 높이 들어 올린 채 등을 쭉 펴고 춤을 추었다.

에리히와 에밀리에는 탁자 앞에 앉아 레모네이드와 사과 파이를 주문했다. 두 사람은 말없이 나온 음식을 먹고 마시며, 춤을 추는 모습을 바라보았다. 음악은 잠시나마 두 사람의 마음을 부드럽게 만들어주었다. 에밀리에는 생각에 잠긴 자신의 모습을 발견했다. '나는 삶을 제대로 누리지도 못하면서 저 사람들 나이가 될 때까지 늙어가고 싶지 않아.' 에밀리에는 고개를 들어 남편을 바라보았다. 그리고 남편이 계속 그 자리에 있는 것을 보고 깜짝 놀랐다. 그동안 혼자 있기를 바라는 자신의 모습에 얼마나 익숙해져 있었던지. 마치 매일 매일 눈을 뜨면 남편이 사라져버리기를 바라고 산 것만 같았다. 하지만 에리히는 사라지지 않았고 그녀의 옆에 조용히 앉아서 레모네이드를 다 마신 후 담배를 피우고 있었다. 카페 창문을 통해 들어오는 햇살이 에리히의 뺨을 비추었고 그의 갈색 머리카락이 반짝반짝 빛났다.

얼마간 시간이 흐른 후 에밀리에가 이렇게 물었다. "우리 춤출까요?"

에리히는 아무런 말도 하지 않았다. 그는 담뱃불을 껐다. 그리고 자리에서 일어나 에밀리에에게 예의 바르게 격식을 갖춰 인사를 하고 손을 내밀었다. 에밀리에는 그의 손을 붙잡았다. 두 사람은 춤을 추는 무대로 올라갔다. 먼저 춤을 추고 있던 사람들은 두 사람을 보고 고개를 까딱하며 "안녕하세요"라고 인사했다. 에리히와 에밀리에도 "모두들 안녕하세요?"라고 화답했다. 그러자 악단은 새롭게 나타난 두 젊은 남녀에게 느리고 달콤한 음악을 골라 부드럽게 연주를 해주었다.

에리히와 에밀리에는 다른 사람들처럼 똑바로 선 자세로 서로를 끌어안았다. 에리히는 단단한 손길로 에밀리에의 허리를 껴안고 춤을 이끌었다. 에밀리에는 생각했다. 이 느릿느릿하면서도 격식을 갖춘 춤처럼 그렇게 두 사람이 아무런 말도 할 필요 없이, 그리고 멈출 필요도 없이 그렇게 계속 살아갈 수만 있다면, 그렇게 끝까지 갈 수만 있다면 모든 것이 다 잘 되어 갈 수 있겠지.

에밀리에는 머리를 점점 더 앞쪽으로 기울여 에리히에게 가까이 갔다. 그러자 그녀의 뺨이 에리히의 뺨에 맞닿았다.

다보스.

에밀리에는 치명적인 질병을 치료하기 위해 여전히 많은 사람들이 다보스를 찾는다는 사실을 알게 되었다. 또한 그럼에도 불구하고 수많은 사람들이 죽어간다는 사실도 알게 되었다. 계곡의 아래쪽에는 커다란 공동묘지가 있었다. 에밀리에는 그곳을 한번 찾아가보고 싶었다.

널찍한 침대 위에서 에리히는 잠들어 있었지만 에밀리에는 깨어 있었다. 에밀리에는 어두운 방 안에서 반쯤만 드러나 보이는 남편의 얼굴을 바라보았다. 그리고 전에는 이해할 수 없었던 것들을 이해하게 되었다. 두 사람 사이에 일어난 일에 대해 남편이 얼마나 피로감을 느끼며 슬퍼하고 있는지, 또 얼마나 상처를 받았는지를. 에리히는 자신이 하고 있는 일, 즉 자신들의 조국에서 사랑하던 모든 것들을 거의 다 잃고 쫓겨난 사람들을 돕기 위해 노력하는 데에도 크게 힘겨워하고 있었다.

에밀리에는 스스로에게 속삭였다. "그는 좋은 사람이야." 에밀리에는 밖으로 나가 경찰서 본부에 모여 있다는 그 유대인 난민들에게도 이렇게 말하고 싶었다. "이 사람이 당신들을 도와줄 거예요. 당신들은 이 남자를 만나서 운이 좋군요. 수많은 사람들이 당신들로부터 등을 돌렸지만 이 사람은 당신들을 도울 거예요."

에밀리에는 에리히를 깨웠다. 에밀리에는 이것이 옳지 않은 짓임을 알고 있었다. 에리히는 충분한 잠이 필요했다. 하지만 에밀리에는 바로 그 자리에서 에리히에게 말해야만 했다. 자신은 이제 이 세상에서 어떤 일이 벌어지고 있는지 잘 이해하게 되었으며 정말로 무식하기만 한 여자가 아니라고. 또한 고통에 대해서, 그러니까 다른 사람의 고통이 그녀 자신의 고통보다 훨씬 더 심할 수도 있다는 사실을 알게 되었다고. 그리고 에밀리에는 에리히에게 미안하다고 말하고 싶었다.

에리히는 에밀리에를 힘껏 끌어안았다. 그는 아내의 머리를 토닥였고 흐느끼기 시작했다. 그렇게 에리히는 오랫동안 울었다.

유대인 의사 리베르만

1938년 마츨링헨

8월 18일이 되자 스위스에서 피난 절차를 기다리고 있는 모든 독일계와 오스트리아계, 그리고 프랑스계 유대인들에 대한 명령이 베른에 있는 스위스 법무부에서 전달되었다. 바로 18일을 기준으로 그 이후에 스위스에 들어온 유대인들은 모두들 스위스를 떠나라는 것이었다.

로거 에드만이 에리히에게 말했다. "이제 아마도 유대인 난민들이 마츨링헨에 들어오는 일도 끝이 나겠구먼. 이 먼 곳까지 오기도 전에 붙잡혀서 왔던 곳으로 되돌아가게 될 테니까 말이야."

그러자 에리히가 이렇게 대꾸했다. "일이 꼭 그렇게 마무리 될 것 같지는 않는데요. 스위스에 있는 난민 기구에서는 어쨌든 아주 활발하게 활동하면서 지원도 충실하게 하고 있고요, 이런 사실이 국경을 넘으려는 사람들에게 모두 전해지겠지요. 그러면 누군가는 결국 국경을 넘어올 거고요. 그런데 로거, 만일 그렇게 된다면 그때는 우리가 뭘 어떻게 해야 합니까?"

로거 에드만은 연필 한 자루를 집어 들고는 양손 사이에 그러쥐었다. 마치 사무실 반대편 구석에 있는 무엇인가의 치수를 재려는 것 같았다. 로거가 입을 열었다. "경찰관으로서 말하면, 나는 법무부의 명령에 따를 수밖에 없어. 하지만 인간적으로 말하면 따를 수 없는 명령이지. 자네가 이런 곤란한 내 처지를 해결해보게. 할 수 있다면 말이야."

시간이 흐르면서 8월 18일 이전에 스위스로 들어와 행정 절차를 기다리고 있던 유대인 난민들의 숫자는 점점 줄어들기 시작해 마침내 완전히 사라지고 말았다. 로거와 에리히가 매일 마주하던 남자며 여자들도 다 떠나갔고, 이제 경찰서 복도에는 텅 빈 의자만 남아 있게 되었다. 에리히와 로거는 다 떨어진 가방이며 짐 꾸러미에 아이들까지 끌어안은 지친 유대인들이 다시 오스트리아 국경 너머로 강제로 추방되는 광경을 상상했다. 그곳에서 유대인들은 강제 수용소로 끌려가게 되리라. 들리는 소문에 의하면 끌려가 죽임을 당한다고도 했다. 어느 날 아침 로거는 이렇게 말했다. "생 갈렌St Gallen이나 바젤에서 근무하지 않아 얼마나 다행인지 모르겠어. 이렇게 유대인들을 돌려보내면 그들의 죽음에 대해서도 어느 정도 책임이 있는 거라고."

하지만 로거 에드만은 몸이 아팠다. 로거는 간 검사를 위해 병원에 입원했다. 검사 결과는 '불명'이었다. 로거는 아내인 로티에게 그저 긴장과 피로 때문에 힘이 든 것뿐이라고 말했다. 로거는 집으로 돌아갔지만 밥을 먹어도 제대로 소화를 하지 못했고 당분간 일을 쉬라는 명령이 떨어졌다. 로거는 에리히에게 '임무를 다하지 못한 것'에 대해 미안하다고 말하고 또 이렇게 덧붙였다. "최소한 유대인들을 돕는 문제는 마무리가 된 것 같구먼. 적어도 지금은 말이야."

하지만 일은 쉽게 끝나지 않았다.

어느 날 아침, 에리히가 경찰서로 출근을 해보니 한 남자가 대기실 의자에 앉아 기다리고 있었다. 에리히가 그 옆을 지나쳐 자기 사무실로 향하자 남자가 자리에서 일어나 이렇게 말했다. "서장님, 급한 일인데 좀 뵐 수 있을까요. 전 난민 기구에서 온 사람입니다. 부탁이니 제 이야기를 좀 들어주셨으면 합니다."

에리히는 그 남자를 자기 사무실로 데리고 갔다. 그리고 부하 직원에게 부탁해 남자에게 물 한 잔을 가져다주었다. 에리히는 남자의 닳아버린 신발이며 얼굴에 떠오른 피로한 모습을 주목했다. 에리히는 남자에게 자신은 서장이 아니며 단지 부서장에 불과하다고 부드럽게 말했다.

"그렇지만 어쨌든 일을 처리할 권한은 있으시지요?" 남자가 물었다. "지금은 제 이야기를 한 번 이상은 못 드리겠습니다. 너무 피곤해서요."

"네, 현재는 제가 일을 처리하고 있습니다." 에리히가 말했다. "에드만 서장님은 지금 병가 중이시라서요. 그래서 제가 그 일을 대신하고 있습니다."

남자는 물을 벌컥벌컥 마셨다. 그는 더듬거리며 난민 기구가 자신을 정당하게 대우하지 않고 아무것도 약속해주지 않는다고 말했다. 난민 기구 직원들이 자신을 구해줄 것이며 그들과 만나기만 하면 안전해질 것이라는 말을 듣고 찾아갔지만 사정은 그렇지 못했다는 것이었다. "아무것도 약속하지도 보장해주지도 않았습니다. 그 사람들, 지금 두려워하고 있어요."

"뭘 말입니까?"

"베른의 법무부가 내린 명령 때문입니다. 제 이름은 리베르만, 야콥 리베르만입니다. 제발 부탁드립니다, 부서장님. 저를 쫓아내지 말아주세요. 제 아들과 아내는 이미 스위스에서 살고 있고 아들은 이제 겨우 네 살입니다. 아내와 아들은 제가 필요해요. 가족들을 먼저 보낸 건 필요한 돈을 마련해 뒤따라올 수 있는 시간이 충분했다고 생각해서였는데, 그 8월 18일 명령이 모든 걸 망쳐버렸습니다. 그래서 저를 스위스에 그대로 있게 해달라고 사정하러 여기 찾아온 겁니다."

에리히는 리베르만의 여권을 확인해보았다. 그는 나이가 서른여섯 살로 에리히와 동갑이었다. 직업란에는 '의사'라고 적혀 있었다. 에리히는 리베르만을 올려다보며 이렇게 물었다. "스위스에 입국한 날짜가 언제입니까?"

리베르만은 자리에서 일어나 이런저런 물건들이 어지럽게 널려 있는 책상을 넘어 에리히 쪽을 향해 몸을 기울였다. "뭐든 말씀드리겠습니다, 뭐든! 그렇지만 이해하기 힘드실 수도 있을 겁니다. 난민 기구에 제가 8월 26일에 국경을 넘었다고 말한 게 실수였어요. 저는 디폴드사우Diepoldsau에 있는 늪지대를 통해 국경을 넘었습니다. 비자는 갖고 있지 않았지요. 난민 기구에서 그 정도는 알아서 해줄 줄 알았거든요. 나 같은 사람을 도와주지 않을 거라면 도대체 난민 기구 따위가 왜 필요하겠습니까? 하지만 그 사람들은 나를 여기다 데려다 주더군요. 그러면서 경찰을 통해 입국 허가를 받아야만 한다고 말했습니다. 아니면 스위스에서 할 수 있는 일이 아무것도 없다고요. 심지어 난민 기구에서조차 도와줄 수 없다면서요. 그 사람들이 뭐라 그랬는지 아십니까? 나보고 이건 '경찰 문제'라는 겁니다."

에리히는 자신의 심장이 심하게 두방망이질 치는 걸 느꼈다. 그는 당장 자리에서 일어나 로거의 사무실로 가서 이 '경찰 문제'를 그에게 떠넘기고 싶었다. 하지만 로거 에드만은 지금 여기에 없었다.

에리히는 야콥 리베르만에게 자리에 그만 앉으라고 했다. 리베르만이 말을 할 때마다 그의 목소리가 떨리는 것이 느껴졌다. 에리히는 책상 서랍으로 손을 뻗어 자기가 직접 채워 넣어야 하는 등록 서류 양식을 한 장 꺼냈다. 그리고 그 서류를 리베르만의 여권 옆에 펼쳐놓고 펜을 집어 들지는 않은 채 이렇게 물었다. "직업이 의사라고 하셨지요. 전공이 뭡니까?"

"아, 저는 일반 진료 전문이었습니다. 블루덴츠Bludenz에서 일했지요. 외과의가 되어서 사람들의 생명을 구하는 일을 하고 싶었습니다만." 리베르만이 말했다.

"아마 언젠가 그러실 수 있을 겁니다. 외과 전문의가 되시면요."

"부서장님, 여기서 쫓겨나면 전 아무것도 못합니다! 아마 죽게 되겠지요. 아들은 애비 없이 자라게 될 거고요! 절 좀 보세요! 전 정직한 사람입니다. 그냥 정직하게 살고 싶을 뿐이라고요. 아무 죄도 지은 적이 없고 '죄'라고는 유대인이라는 것밖에는…… 내 아들의 이름은 다니엘입니다. 만일 저를 쫓아내시면 저는 물론이고 내 아들까지 죽음으로 내모는 겁니다."

에리히는 양손을 맞잡았다. 그는 자기가 지금쯤이면 한 아이의 아빠가 될 수도 있었다는 사실을 생각했다. 이제 생후 4개월이 된 구스타프의 아빠가. 구스타프가 아니라 만일 내가 죽었다면 어떻게 되었을까? 에밀리에가 고향에서 멀리 쫓겨나 혼자서 아이를 키우는 그런 상황이 된다면…….

에리히는 펜을 집어 들고는 조용히 말했다. "지금 당신이 스위스에 들어온 날짜를 8월 16일로 적겠습니다. 난민 기구에 가서는 날짜를 혼동했다고 하세요. 16일하고 26일을 헷갈렸다고. 그리고 물론 언어의 차이가 있었던 것도 무시하지 못하겠지요. 어쨌든 당신은 표준 독일어를 쓰고 그 난민 기구 사람들은 스위스식 독일어로 말을 했을 테니까. 그렇지 않나요?"

"예, 부서장님. 정말로 그랬습니다."

"자, 그러면 한 번 봅시다. 그런 정도의 실수는 언제든 일어날 수 있는 법이지요. 그렇지만 난민 기구에 가서는 그 문제를 여기 경찰서에서 처리했다고 말하십시오. 알겠습니까?"

야콥 리베르만은 잠시 어리둥절한 표정으로 에리히를 바라보았다. 그러다가 그는 두 팔을 활짝 벌리고는 이렇게 외쳤다. "하나님께서 축복해주실 겁니다. 하나님께서 정말로 당신에게 축복을 내려주실 겁니다, 부서장님!"

리베르만은 몸을 숙여 에리히를 끌어당겨 갑작스럽게 끌어안았다. 에리히는 그런 리베르만에게서 오랜 여정에 찌든 땀 냄새를 맡았다. 면도를 한 지가 오래된 꺼칠꺼칠한 뺨이 귀에 닿는 것이 느껴졌다.

에리히는 자신이 한 일을 아무에게도 말하지 않았다. 특히 에밀리에에게는 한마디 언급도 하지 않았다. 에밀리에는 다보스를 다녀온 이후로 다시 에리히와 부부관계를 시작했고 아기를 갖기 위해 노력할 거라고 말했다. 에리히는 아내를 걱정시키고 싶지 않았다. 때때로 에리히는 정부의 명령을 따르지 않은 문제로 처벌을 받게 되지 않을까 두렵기도 했지만 걱정하지 않으려고 애썼다. 그리고 이런 일은 오직 한 번뿐이라고 스스로 다짐했다.

에리히는 병원에 다시 입원한 로거 에드만을 찾아갔다. 로거는 굉장히 여위어 보였고 피부는 창백하게 번들거렸다. 로거는 에리히에게 자신이 대장 수술을 받게 될 것이며 의사가 수술을 마치고 나면 다시 몸이 건강해질 것이라고 말했다고 전했다. 그런 다음 로거는 이렇게 물었다. "경찰서 일은 다 잘 되가나?"

"물론이지요." 에리히가 대답했다.

"그 뭐냐…… 그거…… 8월 달에 내려온 지침은 어떤가?"

"예측하신 그대로 유대인들이 더 이상 마촐링헨까지는 내려오지 않더군요. 생 갈렌 같은 경우는 결단을 내려야 했겠습니다만."

"무슨 결단인가? 혹시 뭐 들은 거라도 있나?"

"거기 경찰들은 정부 지침을 따르지 않았다고 그러더군요."

로거는 두 눈을 감았다. "아직도 잘 모르겠어. 우리는 어떻게 했어야 했는지. 어쨌거나 고맙게도 어려운 일은 다 지나갔군."

하지만 물론 모든 것이 그의 생각대로 되지는 않았다.

야콥 리베르만을 통해서, 8월 18일 이후로 스위스에 들어온 다른 유대인들에게 마촐링헨 경찰서에 대한 소문이 퍼져나갔다. "마촐링헨에 가면 거기 경찰서 부서장이 등록 서류를 위조해준다더군. 게다가 뇌물 한 푼 받지 않고 해준다는 거야. 그는 아주 좋은 사람이거든.

그러니 난민 기구 말고 마출링헨을 먼저 찾아가라고. 거기 경찰서 부서장 이름은 에리히 펠러라고 해."

에리히가 위조한 등록 서류들이 점점 쌓여갔다. 입국 날짜: 8월 14일, 입국 날짜: 8월 12일, 입국 날짜: 8월 9일…… 하지만 어느새 시간이 흘러 9월이 되었고 로거 에드만이 업무에 복귀할 날도 결정이 되었다. 에리히는 자신을 찾아온 유대인들에게 이렇게 말해야만 했다. "이번 한 번만 당신에게 해주는 겁니다. 그렇지만 사람들에게 전하세요. 서장님이 9월 30일에 업무에 복귀하면 이제는 모든 일을 중단해야 합니다. 서장님은 이런 편의를 봐주지 않을 테니까요."

로거는 살이 너무 빠져 경찰 제복이 몸에 맞지 않을 정도가 되었다. 그는 에리히에게 이렇게 말했다. "정말 멍청해 보이는군. 여자 치마라도 걸친 것처럼 보이니 말이야."

에리히는 로거에게 다시 잘 먹어야 한다고 말하고 로거 부부를 저녁 식사에 초대했다. 에밀리에는 구운 돼지고기와 크뇌들에 붉은색 양배추를 곁들이고 후식으로는 누스토르테를 준비하겠다고 했다. 누스토르테는 에밀리에가 특히 좋아하는 후식이었다. 거기에 도수가 강한 프랑스산 적포도주를 대접하기로 했기 때문에 에리히는 경찰학교를 같이 다녔던 친구에게서 많은 양의 포도주를 싼값에 구입해두었다. 그 친구는 에리히에게 "포도주에서는 대지의 향기가 나지만 경찰 업무는 하수구 냄새가 나지"라고 우스갯소리를 한 적이 있었다.

프리부르 거리 61번지의 집 거실의 탁자에는 레이스가 달린 식탁보가 깔렸다. 따뜻한 가을 저녁이었다. 너무 따뜻해서 벽난로에 불을 지필 필요도 없었고 프랑스식 창문도 열어 두었다.

최근 들어 에리히 펠러는 심장이 전보다 더 빨리 뛰었다. 이 증세는 도무지 어떻게 할 수가 없는 것처럼 보였다. 에리히는 언제나 이런 문제를 의식하고 있었는데, 예컨대 귀에서는 쿵쿵 소리가 나고 손목 근처에서는 불규칙하게 맥박이 뛰는 것이 느껴질 정도였다. 그는 자신이 두려워하고 있기 때문이라는 사실을 잘 알고 있었다. 에리히는 이런 발작적인 증세를 다스리기 위해 편안하고 일상적인 분위기를 찾으려고 노력했다. 프리부르 거리에서 들려오는 사람들이며 차가 오가는 한가한 소리는 그를 안심시켜주었고, 자동차며 스쿠터가 늘 저렇게 질서 정연하게 움직이고 있다면 마츨링헨에서는 아무것도 달라지는 일이 없을 거라고 스스로 늘 되뇌었다. 하지만 정작 달라지고 있는 건 에리히 자신이었다. 그는 더 이상 자신이 생각하던 그런 사람이 아니었다. 조국 스위스를 사랑하며 그 법을 준수하고 조국의 도덕적 기준이 나무랄 데 없이 높다고 생각했던 사람, 그래서 조국의 법과 도덕을 절대로 어기지 않았던 사람이 이제는 범죄자가 된 것이었다.

에리히는 모든 것이 리베르만 탓이라고 끊임없이 스스로에게 되새겼다. 그저 자신의 가족과 함께할 수 있기만을 바라는 한 남자를 에리히가 도우려고 했기 때문에 일어난 일이었다. 만일 리베르만이 오스트리아로 추방당했다면 그는 죽음을 면치 못했으리라. 자기가 아닌 다른 사람, 아니 다른 경찰이라도 아무런 잘못이 없는 사람을 구하기 위해 법을 어기고 문서를 위조하지 않았을까? 에리히가 저지른 범죄는 생명을 구한 일로 분명 용서를 받을 수 있을 터였다. 그렇지 않은가?

하지만 에리히는 자신이 저지른 일들을 마음속에서 떨쳐낼 수가 없었다. 때때로 에리히는 리베르만을 구해내고 그 뒤에 나타난 나머지 유대인들은 그냥 본국으로 추방했다면 어땠을까 하는 생각을 했다. 그들에게 닥칠 운명 같은 건 생각하지 않기로 독하게 마음을 먹고 말이다. 리베르만의 특수한 상황은 에리히의 마음을 움직여 그와 같은 결정을 내리게 만들었다. 그가 자신과 같은 나이에, 다니엘이라는 이름의 어린 아들이 있다는 말에 그만 마음이 약해진 것이었다. 그리고 한 번 정도 서류를 위조했다면 절대 발각되지 않았을 것이었다. 그렇지만 그렇게 많은 위조를 했으니 어떤 식으로든 그 사실이 밝혀질 것만 같았다. 에리히는 비로소 자신의 경찰로서의 경력은 물론 인생 자체가 크게 꼬여버릴 수 있다는 사실을 깨달았다.

로거와 로티가 저녁 식사를 하러 오기 전에 에리히는 적포도주 한 병을 땄다. 에밀리에가 주방에서 구운 돼지고기 요리에 양념을 하는 동안 에리히는 프랑스식 창가에 서서 술을 마시고 잎담배를 피웠다. 포도주를 마시자 가슴의 두근거림이 진정되기 시작하는 느낌이 들었다. 그래서 에리히는 술을 한 잔 더 따랐다. 로거와 로티가 도착했을 때 그는 이미 포도주를 넉 잔이나 서둘러 들이킨 후였고 발걸음마저 휘청거릴 정도였다. 집의 거실이 마치 바다를 항해하다가 갑자기 뱃머리를 항구 쪽으로 돌린 배처럼 느껴졌다.

하지만 그런 느낌이 그렇게 불쾌한 것만은 아니었다. 바다를 떠다니는 배 위에 서 있는 것처럼 비틀거리던 에리히는 오히려 그 때문에 예의범절을 지키며 행동해야 하는 일반적인 '규범'으로부터 해방이 된 듯한 그런 기분이 들었다.

에리히는 오늘 저녁에는 모든 사람들이 예의 바르게 행동해야 하는 의무 같은 건 다 무효라고 큰 소리로 떠들어댔다. "하긴 무효라는 말 자체가 웃기는 말이지! 그렇지만 그렇게 하기로 하자고!"

남편 로거를 걱정스러운 듯 바라보는 로티의 모습이 에리히의 눈에 들어왔다. 그리고 새삼스럽게 로티 에드만이 굉장히 예쁘다고 생각한 에리히는 로거에게 이렇게 말했다. "로거, 이제는 건강을 회복했기를 바랍니다. 로티를 그냥 내버려두면 안 되니까요."

"그게 무슨 소리지?" 로거가 물었다.

"로티를 소중하게 생각하는 거예요! 로티야말로 진짜 스위스 여자가 아닙니까! 그러니 당신이 잘 돌봐주기를 바란다, 이겁니다."

"그야 물론 그렇게 하고 있어."

"말로만 그렇게 하는 게 아니라요, 잠자리도 소홀히 하지 마시라고요."

그 말을 들은 로티는 얼굴을 붉히며 당황스러운 듯 자기 가슴에 손을 가져갔다. 그리고 에리히에게 부끄러운 듯한 웃음을 보였다. 로거는 화가 치민 듯 고개를 흔들었다. "에리히, 그 말은 못들은 걸로 하지. 보아하니 이미 술을 꽤 많이 마셨군. 그러거나 말거나 로티와 내 잠자리 문제는 자네가 상관할 바가 아니야."

에리히는 떨리는 손으로 불이 꺼진 잎담배에 다시 불을 붙였다. "상관할 바가 아니다!" 새로 불을 붙인 담배 첫 모금에 컥컥거리며 에리히가 말했다. "그거 아주 근사한 말인데요! 아니, 그보다는 아주 사려 깊은 말이라고 할 수 있군요. 그렇지만 어디까지 '상관'을 할 수 있는 건가요? 그거야 말로 지금 우리가 마주하고 있는 가장 중요한 질문 아니겠습니까. 우리는 같은 동족인 인류에게 어느 정도까지 상관을 해야 하나요? 우리는 그저 무관심하려고 애를 써요. 경찰인 우리가 무관심해지는 법을 배운단 말입니다. 그런데요, 그런 무관심이야말로 도덕적으로는 범죄행위가 아닙니까?"

에리히의 이런 말에 로거나 로티가 뭐라고 대꾸를 하려고 할 때, 에밀리에가 나타나 저녁 식사 준비가 다 되었다고 말했다. 주방에는 구운 돼지고기 냄새가 가득했다. 에리히는 돼지고기 요리를 좋아했다. 입 안 가득히 퍼지는 그 바삭바삭한 맛과 기름진 육즙은 거의 성관계에 가까운 즐거움을 준다고 생각했다. 그런데 어째서인지 오늘 밤 이렇게 편안한 식사 자리를 마련해서 네 사람이 한데 모여 돼지고기며 크뇌들을 먹는 모습이 갑자기 당혹스럽게 느껴졌다. 에리히는 리베르만과 그의 아내, 그리고 그의 어린 아들을 생각했다. 그들은 아마 돼지고기는 평생 입에도 대지 않겠지. 만약에 난민 기구에서 도움을 받았다면 그들은 지금쯤 어디서 무엇을 하고 있을까. 혹시나 어디 외진 곳에서 굶주림에 시달리고 있는 것은 아닐까.

에리히는 손님들을 따라 얌전하게 식탁 쪽으로 갔다. 에밀리에의 뺨은 주방의 열기 때문에 붉게 달아올라 있었다. 그는 왠지 그 모습이 어울리지 않는다고 생각했다. 그리고 오늘 밤은 저 사랑스러운 로티 에드만과 잠자리를 함께하고 싶었다. 그런 생각을 하자마자 몹시 흥분이 되었다. 그는 어색한 모습으로 거칠게 자리에 앉아 아마포로 만든 식탁용 냅킨으로 자기 무릎을 덮었다. 에리히는 로티를 뚫어지게 쳐다보며 포도주를 따랐다. 그리고 그녀의 커다란 가슴을 바라보다가 그만 실수로 수를 놓은 식탁보 위에 포도주를 쏟고 말았다.

"앗, 여보!" 에밀리에가 소리쳤다.

에리히는 사과하지 않았다. 에리히는 최근 들어 자기가 얼마나 많이 사과를 해야 했는지, 그리고 이렇게 늘 실수 연발인 것에 얼마나 피곤해하고 있는지 진저리를 치며 생각했다. 음식이 차려졌는데도 에리히는 맛도 보지 않고 이렇게 불쑥 내뱉었다. "모두들 이걸 알아야 합니다. 진심으로 하는 말인데요, 나는 내 스스로를 범죄자라고 생각하는 것에 아주 진절머리가 난다고요!"

모두들 에리히를 쳐다보았다. 로티는 로거를 걱정스러운 듯 돌아보았고 에밀리에는 붉게 달아오른 얼굴을 냅킨으로 문질렀다.

"이제 그만 좀 하고 밥 먹어요." 에밀리에가 말했다.

"아니, 아니야. 음식은 건드리지 말라고! 돼지고기 따위를 맛보며 좋아하지 말자고요. 그 바삭거리는 느낌이 뼈가 부러지는 거라고 생각들 해봐요. 인간의 뼈가……"

로거는 쥐고 있던 나이프와 포크를 내려놓고 침착하게 입을 열었다. "에리히, 자네 도대체 왜 그러는 건가?"

"내가 말하지 않았습니까. 나는 내가 하는 일들이 범죄자처럼 취급되는 게 진력이 난다고요. 나는 손톱만큼이라도 양심이 있는 사람이라면 누구나 할 법한 그런 일을 했어요. 로거, 당신이 거기 있었다면 아마 나랑 똑같이 했을 겁니다. 하지만 당신은 리베르만을 보지 못했어요. 그 사람이 겪는 슬픔을 모른단 말입니다. 왜 우리가 그 사람과 가족을 내버려야 합니까?"

"리베르만이 도대체 누군데?"

"의사입니다. 유대인 의사요. 아내와 아이는 이미 스위스에 들어와 있는. 그는 여드레 차이로 스위스 입국이 거부되었어요. 고작해야 여드레 차이로! 그리고 난민 기구에서는 경찰인 내가 리베르만을 오스트리아로 다시 쫓아 보낼 거라고 생각했겠지요. 가면 죽는 곳으로 다시 돌려보내는 거예요. 그 난민 기구 작자들이 리베르만의 뼈가 으스러지는 소리를 들어봐야 하는데! 그렇지만 에리히 펠러가 있는 줄은 생각 못했겠지. 범죄자 에리히 펠러가!"

집 안에 침묵이 내려앉았다. 잘 차린 음식에서는 여전히 김이 솟아오르고 있었다. 에리히는 순간 자신의 몸 상태가 좋지 않다는 사실을 깨달았다. 그는 자리에서 일어나 비틀거리며 화장실로 가려고 했지만 미처 그러기도 전에 복도에서 토하고 말았다.

로티는 하얗게 질려버렸고 에밀리에는 자리에서 일어나 에리히에게 달려가려고 했다. 에밀리에가 막 나서려는데 로거가 조용히 이렇게 말했다. "에리히가 무슨 일을 했는지 이제 알겠어. 이제야 잘 알겠군."

범죄 그리고 여인의 향기

1939년 마츨링헨

그 후 몇 개월 동안은 아무 일도 없는 듯 시간이 흘러갔다. 그런데 1939년 5월이 되자 베른에 있는 법무부에서 파견한 정보부 요원 두 사람이 마츨링헨 경찰서 본부를 찾아왔다.

왜 두 사람이나 왔을까. 에리히는 이렇게 묻고 싶었다. 누군가가 베른의 법무부에 이 충직한 경찰서 부서장이 심하게 폭력적일 수 있으니 혼자서는 위험하다고 보고를 한 것일까?

에리히는 유대인들이 앉아서 자신들에게 닥쳐올 운명을 기다리던 그 긴 의자를 지나 조사실로 불려갔다. 조사실은 덥고 답답했다. 에리히는 이마에 맺힌 땀을 닦으며 창문을 열어도 괜찮겠느냐고 물었다. 하지만 법무부가 파견한 요원 중 한 사람이 이렇게 대꾸했다.
"그럴 필요 없습니다. 얼마 걸리지 않을 겁니다."

조사실의 열기가 에리히의 심장을 더욱 빠르게 뛰도록 만드는 것 같았다. 심장이 빨리 뛸 때면 거기서부터 시작된 통증이 에리히의 가슴을 거쳐 목을 따라 올라와 질식이라도 시킬 것처럼 그를 짓누르곤 했다. 에리히는 넥타이를 풀고 싶었지만 이 법무부 요원들 앞에서는 '바른 자세'를 유지해야만 한다는 사실을 잘 알고 있었다.

에리히는 기다렸다. 잠시 후 그의 앞에 놓인 오래된 나무 책상 위에는 난민 등록 서류뭉치가 펼쳐졌다. 8월 18일 이전으로 날짜가 위조되고 거기에 에리히의 서명이 들어간 서류들이었다.

"자, 한번 좀 보세요." 좀 더 나이가 들어 보이는 요원이 말했다.

"여기 서류에 있는 서명, 당신 것이 맞습니까?"

에리히는 서류들을 바라보았다. 그리고 서명을 할 때 항상 자신의 손이 떨리던 것을 기억할 수 있었다. 도와달라고 애걸하던 사람들의 모습이 마음속에 떠올랐다. 겁에 질린 커다란 눈을 하고 있던 여자들, 이제 막 피어나기 시작하던 아름다운 소녀들, 어린 아이들을 품에 안고 있던 노인들, 날짜를 위조해줄 때 믿지 못하겠다는 듯 기쁨에 겨워 눈물을 흘리던 남자들…….

에리히는 헛기침을 한 번 했다. 땀방울이 그의 등을 타고 흘러내렸다.

"네, 맞습니다." 에리히가 마침내 고개를 끄덕였다. "모두 제 서명이 맞습니다."

"좋습니다." 나이가 어려 보이는 요원이 말했다. "시간이 얼마 걸리지 않을 거라고 미리 말했었지요. 우리는 지금 이 순간부터 에리히 펠러 씨가 경찰 업무에서 정직되었음을 알려주려고 여기 온 겁니다. 당신은 유대인 난민들이 스위스에 입국한 날짜를 위조했고 여기 이 서류들이 그 증거입니다. 자기 사무실로 가서 개인 물품을 챙기세요. 물론 경찰서 비품은 절대로 손대면 안 됩니다. 어쩌면 최종적으로는 법무부 명에 따라 법집행 위반 혐의로 기소될 수도 있다는 사실도 미리 알려드려야겠군요. 아직 정식 기소는 검토 중입니다만. 그동안 급여는 물론 연금도 지급이 중지될 것이며 장관님께서는 본인이 지금 극도로 불쾌하고 부끄럽게 생각하고 계시다는 것도 전해달라고 하셨습니다."

에리히는 야콥 리베르만이 두 팔을 활짝 벌리고 "하나님께서 축복해주실 겁니다. 하나님께서 정말로 당신에게 축복을 내려주실 겁니다, 부서장님!" 하고 외치던 모습을 떠올렸다. 그는 잘 알고 있었다. 리베르만의 서류에 서명하면서 정말로 하나님을 대신해 축복을 내려주고 있는 사람은 바로 에리히 자신이었다는 것을.

"질문 하나만 해도 괜찮겠습니까?" 에리히가 조용히 물었다.

"물론입니다. 질문하세요."

"이 서류가 위조되었다는 걸 어떻게 알아냈습니까? 내가 서류를 위조했다고 누군가가 고발이라도 한 건가요?"

요원들은 흘끗 서로의 얼굴을 마주보았다.

"그런 정보는 극비 사항입니다." 나이 든 요원이 말했다. "당신이 알아야 하는 건 이렇게 법을 위반한 덕분에 조국을 위험에 빠트렸다는 사실입니다."

"나는 내 조국을 위험에 빠트릴 생각이 전혀 없었습니다. 그냥 가엾은 사람의 생명을 구하려고 그렇게 한 겁니다."

"보통의 경우라면 충분히 이해할 수 있는 일이겠지요. 우리도 그 정도 양심은 가지고 있습니다. 누군들 안 그렇겠습니까? 그렇지만 나치 독일은 유대인 난민들에 대한 스위스의 이런 관용 정책을 더 이상 용납하지 않을 겁니다. 스위스는 그에 대한 대가로 독일에 침공 당할지도 모를 위험에 처해 있습니다. 그러면 어디서도 찾아볼 수 없는 이 아름다운 나라도 끝장이 나겠지요. 당신 같은 사람 때문에 말입니다. 아 참, 그리고 이달 말까지 프리부르 거리에 있는 경찰 사택을 비워주셔야 되겠습니다."

"그러면 어디로 가란 말입니까?

"그거야 우리도 모르지요. 그 문제는 알아서 하세요. 일단 2주일치 봉급은 지급이 될 겁니다. 당신 상관인 에드만 서장이 그렇게 서둘러 달라고 했고 우리도 그러겠다고 했습니다. 이 정도면 온당한 처리라고 생각합니다. 봉급이 나오면 아껴서 잘 쓰도록 하십시오. 어쨌든 그 문제는 우리 책임이 아니니까요."

에리히는 다시 자기 사무실로 돌아왔다. 그가 가슴에 달고 있던 경찰 휘장은 몰수되었고, 그는 곧바로 그 휘장을 달고 있을 때의 무게감이 그리워졌다. 마치 그 금속 조각이 그동안 자신의 아픈 심장을 보호해주고 있었던 것만 같았다. 에리히는 로거 에드만의 사무실 쪽을 돌아보았다. 그러자 바보처럼 로거가 나타나 자기를 구해줄지도 모른다는 희망이 솟아올랐다. 하지만 로거는 그의 사무실에 없었다.

사무실 밖의 상황실에서는 타자기를 두드리는 소리며 소리 죽여 이야기를 나누는 소리 등이 들려왔다. 경찰 업무는 평소처럼 돌아가고 있었다. 아무도 부서장 에리히 펠러에게 무슨 일이 일어났는지 모르고 있는 것 같았다. 그리고 이렇게 에리히의 인생이 끝장나게 되었다는 사실도.

아직 오전 10시도 되지 않았을 때, 에리히는 경찰서 본부를 나섰다. 경찰서 입구에서 그는 잠시 발걸음을 멈추어 철제 창살이 붙어 있고 그 위로는 깃대가 솟아 있는 묵직한 경찰서 문을 돌아보았다. 깃대에 걸린 스위스 국기는 5월의 햇살을 받으며 축 늘어져 있었다. 에리히는 이러한 모든 것들이 상징하고 있는 것을 자신이 얼마나 사랑하고 있는지 생각해보았다. 정말로 사랑이라는 말밖에는 떠오르는 말이 없었다. 매일 아침 이 경찰서 문을 자랑스럽게 드나들면서 마치 그 문이 자기 것인 양 생각하지 않았던가. 그리고 경찰 업무는 또 얼마나 적성에 잘 맞았는지, 때로는 자랑을 하고 싶어 견디지 못할 때도 있었다. 독립 기념일에 열렸던 씨름 대회에서 에밀리에를 만났던 날도 그랬다.

에리히는 소지품이 든 종이 봉지를 들고 있었다. 소지품은 다보스에서 찍었던 에밀리에의 사진, 반쯤 차 있는 잎담배 상자, 책상 위에 놓아두던 달력, 그리고 오래된 잉크병 등이었다.

에리히는 경찰서를 나와 걷기 시작했다. 그는 여전히 경찰 제복 차림이었다. 에리히는 쓸쓸하게 웃으며 법무부에서 파견되었다던 아까 그 사람들도 자기를 경찰서에서 속옷 차림으로 쫓아내지는 못했다고 생각했다. 그리고 경찰에 몸담은 이후 줄곧 몸에서 떼어놓지 않았던 물건 중 하나가 이렇게 남아 있다는 것에 고마움을 느꼈다. 자기가 이 제복을 얼마나 소중하게 다루어왔는지도 생각했다. 하지만 사람들이 무엇을 소중하게 다루는가에 상관없이 에리히는 지금 살고 있는 세상이 무너져가고 있다는 것을 잘 알고 있었다. 유럽은 전쟁 중이었고 정의는 이제 아무런 의미가 없는 말이 되었다.

에리히는 에밀리에에게 무슨 일이 일어났는지를, 또 어떤 말로 설명해야 할지를 알 수 없었다. 그는 지금 이 상황에 어울리는 말 같은 건 존재하지 않을 거라고 생각했다. 단 하루 만에 두 사람의 인생이 추락하게 되었다는 사실을 에밀리에가 깨닫기 까지는 얼마만큼의 시간이 걸릴까?

에밀리에는 불을 때지 않은 난로 옆에 서 있었다. 5월 아침의 햇살이 집 안 구석구석을 비추고 있었다.

에밀리에는 에리히에게 이렇게 말하고 싶었다. "나는 펠러 부서장과 결혼했어요. 그 사람을 처음 만난 날 나는 그 사람 나이와 직업에 대해 들었지요. 그 사람 말고 내가 다른 누구와 함께할 수 있을까요?"

종이 봉지를 들고 그런 아내를 바라보는 에리히의 모습은 그저 덩치만 큰 바보처럼 처연하기 그지없었다. 에밀리에는 지금 에리히가 자신에게 기대하고 있는 것이 무엇인지 잘 알고 있었다. 에리히가 원하고 있는 동정과 안식은 심지어 그녀 자신도 바라는 것이었다. 하지만 에밀리에는 지금 서 있는 자리에서 움직일 수 없었다. 그저 남편을 마주보고 주먹을 꽉 쥘 뿐이었다.

"이제, 그 유대인들은 만족했으려나요. 우리 구스타프가 죽었고 우리 두 사람의 남은 삶마저 그 사람들을 위해서 희생해버렸는데." 에밀리에가 말했다.

에밀리에는 에리히가 뭐라고 이야기를 하려다가 마음을 바꾸는 것을 보았다. 그리고 생각했다. '좋아, 이런 상황에 대해서는 뭐라고 변명을 하려 들지 않는 게 정상이지. 왜냐하면 모든 것이 너무 뻔하니까. 에리히는 유대인들을 살리느라 나를 망쳤어. 우리 가족이 아니라 전혀 상관없는 사람들을 돌보는 일에 더 신경을 쓴 거라고.'

에밀리에는 집에서 나가고 싶었다. 또 다른 삶을 찾아서 다시는 돌아오고 싶지 않았다. 하지만 에밀리에는 또 생각했다. '도대체 왜 내가 나가야 하지? 정작 나가야 할 사람은 에리히 아닌가? 나는 여기서 지내면서 제라늄 화분이나 돌보고 잡지나 읽고 에밀리에 카페에 가서 프랑스 빵이나 사야겠다. 마치 아무런 일도 일어나지 않은 것처럼 그렇게 계속 살아가야지…….'

하지만 에리히가 이제 이 집을 비워줘야 한다고 말하자 에밀리에는 그동안 참고 있던 모든 분노를 쏟아내고 말았다. 에밀리에는 머리카락을 쥐어뜯으며 바닥에 무너져 내렸고 두 주먹으로 난로 앞에 깔아놓은 깔개를 내리쳤다. 방석을 잡고 솔기를 뜯어냈고 방석 안에 든 깃털을 흩뿌렸다. 그리고 자기 얼굴까지 할퀴기 시작했다.

에밀리에는 바젤로 떠나기로 했다. 그녀의 어머니가 살고 있는, 마당에 아직도 펌프가 있는 그 집이었다. 여름이면 잡초가 무성하게 자라고 근처 숲 속에서는 이따금씩 늑대들의 울음소리가 들려오는 집.

에밀리에는 그녀가 언제 돌아오는지에 대해서 한마디도 하지 않았다.

집에 남아 있는 것이라고는 옷 몇 벌과 은으로 만든 오래된 빗 정도였다. 그녀가 역까지 타고 갈 택시가 도착했지만 에리히는 작별 인사조차 하지 않았다.

에리히는 운터 데 에크 거리에 있는 작은 셋집 하나를 찾아냈다. 이 거리에 있는 꽃 노점상을 보니 에리히는 기분이 조금 나아졌다.

집세는 쌌지만 대신 보증금이 비쌌다. 남아 있는 돈 대부분을 보증금에 털어 넣어야 할 것 같았다.

에리히는 내키지 않았지만 돈을 빌리는 수밖에는 다른 방법이 없다고 생각했다. 그는 로거 에드만이라면 필요한 돈을 빌려줄 것이라고 믿었다. 아마도 자기가 이렇게 된 것에 대해 로거도 어느 정도 미안함을 느끼고 있을 터였다. 로거도 그런 사실을 인정했고 자기가 병원에 입원하지 않고 일을 계속하고 있었더라면, 그래서 자기가 직접 리베르만을 상대하게 되었더라면 아마 에리히와 똑같이 행동했을 거라고 말하기도 했다. 로거는 에리히에게 이렇게 말했다. "그 순간이 닥쳐오기 전까지는 어떤 선택을 해야 하는지 아무도 모르는 법이지."

어느 일요일 오후, 에리히는 그뤼네발트Grünewald 거리에 있는 로거의 집을 찾아갔다. 문을 열어준 건 비단 실내복 차림에 머리도 빗지 않고 있던 로티였다.

"아, 죄송합니다." 에리히가 말했다. "제가 방해가 되었군요."

"아니, 천만에요." 로티가 하품을 하며 말했다. "그냥 낮잠을 좀 자고 있었어요. 초콜릿을 너무 많이 먹었나 봐요. 로거는 취리히에 갔어요. 그이가 없다고 사람이 이렇게 늘어질 수 있다니 참 이상한 일이네요!"

"그러면 편히 쉬세요. 사실은 로거에게 뭘 좀 부탁하러 온 거거든요."

"아니에요. 어서 들어오세요, 에리히. 이렇게 와주셔서 반가워요. 무슨 일이 일어났는지 들었고 나도 무척 화가 났어요. 와서 커피라도 한잔하고 가세요."

로티는 옷을 갈아입지는 않고 머리만 좀 빗었다. 그리고 에리히 옆에 앉아 커피를 따라주었다. 에리히는 로티의 몸에서는 달콤한 향기를, 그리고 그녀의 숨결에서는 초콜릿 냄새를 맡을 수 있었다.

"에리히, 뭐든 우리가 도울 수 있는 일이라면 꼭 말해주세요." 로티가 말했다. "정말로 우리는 뭐든 돕고 싶으니까요."

시계가 낭랑한 소리로 4시를 알렸다. 종소리가 사라지자 어색한 침묵이 감돌았다. 에리히는 자신이 '범죄'를 고백했던 그날 밤의 일이 기억났다. 그리고 로티 에드만에게 느꼈던 욕망도. 그리고 지금 에리히는 다시 그때와 같은 곤란한 충동을 느끼고 있었다. 그녀의 풍성한 금발 머리와 과할 정도로 풍만한 젖가슴, 그녀가 내뿜고 있는 건강미, 그리고 그런 육체를 과시함으로써 내보이고 있는 기쁨 등을 통해서.

에리히는 커피를 마셨다. 커피는 너무 뜨거웠다. 그는 나중에 후회할 말이나 행동을 저지르기 전에 서둘러 커피를 마시고 그 자리를 떠나야 한다는 사실을 알고 있었다. 로티는 다시 하품을 했다. 그녀의 허벅지를 덮고 있던 비단 실내복 한쪽이 미끄러져 내려왔지만 로티는 전혀 신경쓰지 않았다. 에리히의 눈길이 저절로 로티의 허벅지 쪽으로 내려갔다. 그는 로티가 속옷을 입고 있지 않다는 사실을 깨달았다.

"제가 듣기로는 에밀리에가 친정어머니한테 갔다면서요."

"네." 에리히가 대답했다.

"그것 참 별로 좋은 일은 아니네요. 친정으로 돌아갔다니……." 로티가 말했다. "그러면 혹시 결혼생활도?"

"그건 잘 모르겠습니다." 에리히가 대꾸했다.

로티는 몸을 돌려 에리히를 바라보았다. 비단 실내복 사이가 더 벌어졌다.

"음, 지금 내가 좀 흐트러진 기분이고, 로거와 에밀리에가 아주 멀리 가 있으니까 하는 말인데, 우리 둘이서 조금 재미를 보려고 하면 그게 크게 나쁜 일일까요? 하지만 물론 심각한 건 아니에요. 그냥 단지 이 세상의 고민과 슬픈 일들을 좀 잊어버리자는 거지요. 에리히, 당신은 정말 잘생긴 남자에요. 난 항상 그렇게 생각해왔어요. 그리고 때로는 정말이지 당신에 대해 아주 뜨거운 상상을 하기도 했고요. 그렇지만 물론 로거에게는 절대 내색도 하지 않았어요. 로거가 출근하기를 기다렸다가 혼자 침대로 가서 자위행위를 했지만. 이건 고백이라고 하기에는 너무 우습고 못된 일인가요?"

에리히는 아무런 말도 할 수 없었다. 그는 자리에서 몸을 일으켜 로티에게 작별 인사를 하고 그 자리를 떠나야 한다고 생각했다. 로거 에드만의 아내랑 무슨 일을 벌인다는 건 정말이지 불명예스러운 일이 될 터였다. 하지만 속옷도 입지 않은 채 달콤한 향기를 내뿜으며 잠에서 막 깨어난 듯한 몽롱한 얼굴로 자위행위 같은 도발적인 이야기를 서슴지 않는 로티의 태도는 모든 것들을 유쾌하게 만들었다. 마치 그런 그녀와 사랑을 나누는 일조차 당연히 그래야 할 자연스럽고도 순수한 행동처럼 만들어버리는 것 같았다.

로티는 부드럽게 에리히의 손을 들어 올려 자신의 다리 사이로 가져갔다. 그리고 에리히의 손길이 그곳에 닿자마자 두 눈을 감았다. 그 순간 로티는 완전한 무방비 상태가 되었다. 로티가 눈을 감자마자 에리히는 무릎을 꿇고 방금 전까지 자기 손이 닿았던 자리에 입술을 가져갔다. 이토록 뜨거운 일요일 오후, 로티 에드만의 향취와 맛은 지금까지 만났던 그 어떤 여인의 향기와 맛을 뛰어넘어 그를 완전히 사로잡고 말았다.

에리히는 해가 질 때까지 그 집에 머물렀다. 로티의 냄새가 그의 온몸 구석구석에 배어들어갔다. 그렇지만 그는 그 냄새를 씻어내고 싶지 않았다. "이제 당신을 영원히 기억할 수 있겠군." 에리히가 말했다.

가짜 진주

1939년~1940년 바젤

마당에 펌프가 있는 오래된 집에 겨울이 닥쳐왔다. 두툼한 파란색 실내화와 모직으로 된 실내복을 걸친 에밀리에는 펌프 주둥이 앞에 놓인 양철 양동이가 물로 가득 찰 때까지 펌프 손잡이를 위아래로 움직였다. 물을 채우는 내내 에밀리에는 악담을 퍼부어댔다. 집 안에서는 에밀리에의 어머니인 이르마 알브레히트가 물을 가져와 데워주기를 기다리고 있었다. 그래야만 자기 몸을 씻을 수 있을 테니까.

두 모녀는 비루하게 살고 있었다. 바젤은 크고 부유한 도시였지만, 거기서 불과 몇 킬로미터밖에 떨어져 있지 않은 이 집안은 가난했다. 가장 가까이 살고 있는 이웃은 돼지를 키우는 사람이었다. 그는 돼지들에게 가족들이 버리는 쓰레기밖에 다른 아무것도 먹이지 못했다. 덕분에 돼지들은 식중독이나 아니면 마분지 조각이며 통조림 뚜껑 등이 목에 걸려 죽어나가기 일쑤였다.

에밀리에의 어머니는 이웃의 그런 부주의한 행동을 비난했다. 하지만 에밀리에는 죽어가는 돼지 못지않게 자신의 처지를 스스로 불쌍하게 여기고 있었다. 어머니 이르마는 딸이 마츨링헨으로 탈출하기 전부터 늘 그랬던 것처럼 지금도 그녀를 하녀처럼 부려먹고 있었다. 에밀리에는 폐가나 다름없는 집을 청소하고 빨래를 한 뒤 고물이나 다름없는 탈수기로 물을 짜내어 마당에 널었다. 침대를 정리하고 양철 욕조를 박박 문질러 닦아야만 했지만 먹는 음식은 참으로 보잘 것이 없었다.

겨울이 다가올수록 이르마가 침대에서 뒹구는 시간은 점점 더 늘어만 갔다. 이르마는 에밀리에에게 특별하게 만든 라벤더 기름을 가져와 자신의 등을 문질러 근육을 풀어주고 기침이 나오지 않도록 하라고 명령했다. 어머니의 허옇고 딱딱한 피부를 문지르고 있으면 팔이 무척 아팠다. 또한 다 늙어가는 이르마의 몸뚱이를 보는 일 자체가 구역질이 났다. 이런 일은 에밀리에에게 고문이나 다름없었다. 에밀리에는 자기가 이르마처럼 될까 봐 두려웠다. 이르마는 에밀리에를 계속해서 몰아붙였다. "제대로 못하는 척하지 마! 더 세게 문지르라고. 너는 네 애미가 겨울도 못 넘기고 죽기를 바라는 거냐?"

물론 당연한 말이었다. 에밀리에는 이르마가 빨리 죽기를 바랐다. 그래서 이 황폐하고 낡은 집을 팔면 아마도 바젤에서 작은 가게를 열 수 있을 만큼의 돈이 생길 터였다. 자기가 살 수 있는 방이 딸린 작은 꽃가게나 찻집을 여는 것이다. 에밀리에는 멋진 옷도 사고 다른 남자를 만나 망신거리인 남편과 이혼해 다시 새 출발을 하고 싶었다. 에밀리에는 아이를 갖는 꿈도 꾸었다. 새로운 미래를 원했다.

그렇지만 눈앞에 펼쳐져 있는 건 그런 모든 기쁨이나 즐거움과는 거리가 먼 지겨운 나날들의 연속이었다. 이르마는 교회를 들락날락거렸고 에밀리에는 잡지를 읽었다. 그녀는 영화배우들에 대한 기삿

거리를 읽는 걸 좋아했다. 찰리 채플린과 사랑에 빠져 그의 수염에 애무당하고 그 아름다운 눈동자에 유혹당하는 상상을 했다. 에밀리에는 숲 속으로 가 늑대들의 울음소리를 들었다. 그리고 먹고살기 위해 이르마의 텃밭에서 당근과 순무를 기르고 빵을 구웠다.

추운 밤이면 에밀리에는 가끔 프리부르 거리에 있는 집에 대한 꿈을 꾸었다. 프랑스식 창문으로 햇살이 비치고 붉은 꽃들이 피어 있는 따뜻한 집이었다. 꿈속에서 에리히는 보이지 않았지만 이따금씩 창백한 그림자 하나가 창문과 문 사이를 지나가는 모습이 보였다. 마치 햇살 속에서 태어난 듯 부드럽게 움직였다 사라지는 그 모습을 에밀리에는 알아보았다. 그건 에밀리에가 잃어버린 아들, 구스타프였다.

가끔씩 이르마와 에밀리에는 버스를 타고 바젤 시내로 갔다. 이르마는 가지고 있는 옷들 중에서 가장 좋은 포도주색 외투와 모자를 걸쳤다. 두 사람은 프라이에Freie 거리를 걸어 내려가 낡고 오래된 시청을 지나 어느 작은 찻집으로 들어섰다. 이르마는 그곳에서 초콜릿 케이크와 차를 시키고 단 한 번도 돈을 내지 않았다. 계산서를 받으면 그저 거기에 이름을 쓰고 다시 돌려줄 뿐이었다. 에밀리에는 도대체 어떻게 이런 일이 가능한지, 또 정산을 어떻게 하는지 알 수가 없었다. 찻집을 운영하는 몰리즈 부부는 언제나 한결같이 친절했으며 이르마에 대해서는 그냥 포기한 것처럼 보이기도 했다.

찻집에서 에밀리에는 유대인을 찾았다. 바젤에 프랑스에서 건너온 유대인들이 살고 있다는 이야기를 들었던 것이다. 하지만 찻집 안에는 프랑스어로 이야기하는 사람이 아무도 없었다. 두 모녀가 다시 분주한 시내로 들어설 때면 에밀리에는 길거리에서 유대인들이 술에 취했거나 비참한 모습으로 널브러져 있는 걸 볼 수 있지 않을까 기대했다. 어쩌면 구걸할 힘도 없는 그런 모습을 기대했는지도 몰랐다.

근처에 있는 마르틴스가세Martinsgasse 거리의 한쪽 구석에는 귀금속 가게가 하나 있었다. 어느 날 에밀리에는 가게 안을 들여다보다가 누가 봐도 유대인이라고 생각할 만한 얼굴 하나가 자신을 마주보고 있는 것을 발견했다. 오십 대쯤 되어 보이는 번들번들한 얼굴에 셔츠 소매에는 금으로 된 묵직한 커프스단추를 달고 있는 남자였다. 그 남자를 본 에밀리에는 가게 안으로 들어가 바로 당신 때문에 자신이 모든 걸 잃은 거라고 말해주고 싶었다. '그 사실을 당신도 알아야 해. 행복했던 내게 남은 거라곤 가난과 비참한 생활뿐이야. 바로 당신들 유대인 때문에.'

하지만 이르마가 그런 에밀리에를 귀금속 가게 밖으로 끌어냈다. "이제 집에 갈 시간이다. 가서 관장灌腸을 해야지."

케이크를 먹고 난 뒤엔 언제나 이 관장이라는 의식이 기다리고 있었다. 이르마의 내장은 빵과 푸성귀라는 보잘것없는 식사에만 너무 익숙해져 있어서 굶주린 어린아이처럼 초콜릿 케이크를 별 문제없이 게걸스럽게 먹어치웠다. 하지만 이르마는 오랜만에 먹은 기름진 음식이 소화가 잘 되도록 '특별 관리'가 필요하다고 믿었다. "그게 하나님이 공평하게 내리시는 벌이야."

이르마는 고무관과 관장기를 들고 집 밖에 있는 화장실로 들어갔다. 살을 에일 듯 추운 날씨 속에서 배 속에 들어 있는 모든 걸 다 끄집어내는 것이었다. 그래야 비로소 아까 먹었던 케이크를 '처리'할 준비가 되었다. 관장이 끝나면 항상 기진맥진해졌기 때문에 이르마는 침대 위에 드러누워야만 했다. 에밀리에에게는 묽은 국물을 가져오라고 시켰는데, 에밀리에는 이러다가 관장까지 자기가 시켜줘야 하는 게 아닌가 하는 생각에 진저리를 쳤다. 소녀였을 때, 그녀는 이르마가 시키는 일을 무조건 해야만 했다. 이르마의 명령은 곧 법이었다. 그 법을 따르지 않으면 이르마가 내뿜는 독기를 마시고 고통스럽게 죽을 것만 같았다.

1940년 새해가 밝아오고 눈이 내렸다. 스위스는 점점 침묵에 휩싸인 채 두려움에 떨며 혹시나 군대가 진격해 오지 않을까 온 신경을 곤두세우고 있었다. 마당의 펌프는 얼어붙는 것을 막기 위해 천으로 둘둘 싸매야 했는데, 이르마는 오래되어 거의 누더기가 다 된 여우 목도리를 가져다 썼다. 여우 목도리가 둘러진 펌프를 바라볼 때면 에밀리에는 마당에 짐승 한 마리가 들어왔다가 자기와 똑같은 모습을 발견하고 깜짝 놀라서 몸을 벌떡 일으키는 모습을 상상하기도 했다.

시간이 지날수록 에밀리에는 찰리 채플린과 야자수가 늘어서 있는 할리우드의 넓은 대로에 대해 더 많이 생각했다. 할리우드는 전쟁이 절대로 일어날 수 없는 아주 먼 곳에 있었다. 에밀리에는 조명이 설치된 수영장 옆에서 찰리 채플린과 춤을 추었다. 찰리가 그녀에게 속삭였다. "아, 에밀리에, 당신은 나하고 마침 키가 딱 어울리는군요. 나랑 같이 저 무지개 위로 날아오릅시다."

하지만 이르마와 함께하는 이런 삶을 얼마나 더 버텨낼 수 있을까? 에밀리에는 이 문제에 대해서는 생각하지 않으려고 애썼다. 이렇게 일상생활의, 그리고 시간의 포로가 되어 있다면 현재의 서글픔을 잊을 수 있는 그런 생각만을 해야 하지 않을까?

때때로 계속 저 아래쪽에서는 아이들이 눈사람을 만들고 썰매를 타며 노는 소리가 들려오기도 했다. 에밀리에는 그 소리가 정말로 즐겁고 행복한 소리라고 생각했다. 구스타프가 예정대로 태어났더라면 1940년에는 저렇게 말도 하고 웃을 수도 있었겠지. 그리고 구스타프를 위해 작은 썰매를 만들어주거나 아니면 순한 조랑말 한 마리를 빌려와 그 썰매를 끌게 할 수도 있었겠지.

에밀리에와 이르마는 또다시 시내로 향했다. 이르마는 포도주색 외투와 모자를 걸쳤다. 에밀리에는 마치 이르마에게 차를 살 돈이 있는 걸 본 것처럼 이번에는 다른 찻집으로 가보자고 말했다. 이르마는 가차 없이 딸의 말을 가로막았다. "절대로 안 돼. 그 집 케이크는 하나님께서 내게 먹으라고 허락하신 유일한 케이크야."

그래서 두 모녀는 늘 가는 찻집의 창가 탁자 앞에 앉았다. 이르마와 에밀리에는 초콜릿 케이크를 먹고 우유를 탄 차를 마셨다. 이르마가 평소보다 케이크를 큰 조각으로 잘라 입 속으로 구겨 넣었고 홀쭉한 뺨은 터질 것처럼 부풀어 올랐다. 에밀리에는 조금 처연한 심정으로 자신의 어머니가 초콜릿 케이크를 위 속에 채워 넣는 이 5분에서 10분 정도 걸리는 기쁨을 위해 살고 있는 건 아닐까 하는 생각을 했다. 그러자 잠시나마 이르마를 가엾게 생각하는 마음이 우러나왔다. 에밀리에는 어머니의 어깨를 감싸 안거나 손을 잡고 싶었지만 이내 손을 거둬들였다.

케이크를 다 먹은 이르마가 계산서를 달라고 하자 한 장이 아니라 족히 서른 장은 넘어 보이는 계산서 뭉치가 그 앞에 나타났다. 모두 이르마가 서명을 했지만 한 번도 돈을 내지는 않은 계산서들이었다. 계산서 뭉치를 가져온 찻집 주인 몰리즈 부인이 의자를 잡아당겨 두 사람 앞에 앉았다.

"알브레히트 부인, 죄송하게 됐어요. 그동안 우리가 꽤 많이 봐드렸다는 생각이 들어서요. 그렇지만 여기 외상이 얼마나 밀렸는지 한 번 보세요. 오늘은 죄송한데 해결을 좀 해주셔야 할 것 같아요. 그래야 또 앞으로도 편하게 초콜릿 케이크랑 차를 드실 수 있을 테니까요. 지금 현금이 없으시면 수표도 받아드릴게요."

"아, 그렇구먼. 물론 현금 같은 건 없지. 그래, 외상이 얼마나 된다고?"

"92프랑하고 10상팀이요."

"그래서 치사하게 10상팀까지 챙기시겠다고?"

"그냥 외상이 얼마인가 말씀드리는 거예요."

"내가 볼 때는 너무 많아. 고작해야 케이크를 먹었을 뿐인데! 믿을 수 없다고!"

"필요하시면 계산서를 한번 직접 보세요. 바깥양반이랑 아주 꼼꼼하게 살펴본 거고요, 그래서 전부 다 해서 92프랑 10상팀이에요."

이르마는 몰리즈 부인을 노려보았다. 그리고 마치 견딜 수 없는 모욕이라도 받은 듯 고개를 흔들어댔다. 이르마는 손을 뻗어 자기 모자에 장식으로 달려 있는 길쭉한 핀을 뽑아서는 몰리즈 부인 앞으로 내밀었다. 핀 끝에는 커다란 진주가 한 알 달려 있었다.

"여기 있수. 꼭 오늘 외상값을 받고 싶다면 이걸 가져가요. 우리할머니가 내게 남겨주신 거요. 40년 전에 프랑스 파리에서 사온 물건이지. 92프랑 10상팀보다 훨씬 더 값이 나갈 테니까." 이르마가 말했다.

몰리즈 부인은 어리둥절한 표정으로 진주를 받아들었다. 그리고 자세히 살펴보지는 않고 일단 그냥 손에 들고만 있었다.

"이런 걸 받을 수는 없어요. 아까도 말씀드렸지만 수표라도 상관없는데……"

"물론, 수표는 써드릴 수 있어. 하지만 은행에는 돈이 한 푼도 없어요. 그러니 아무짝에도 쓸모없는 수표를 받겠소, 아니면 값비싼 진주를 받겠소?"

몰리즈 부인은 자리에서 일어났다. 계산서 뭉치는 그대로 탁자 위에 놓아둔 채였다. 부인은 찻집 뒤쪽에 있는 부엌으로 모습을 감추었다.

이르마는 코를 킁킁 거리더니 다시 한 번 고개를 흔들어댔다. "정말 멍청해. 정말이지 아주아주 멍청한 사람들이라니까."

에밀리에는 아무런 말도 하지 않았다. 그 진주라면 에밀리에도 기억하고 있는 물건이었다. 십 대 시절의 어느 날 에밀리에는 어머니의 방 서랍 속의 낡아빠진 빗이며 말라비틀어진 분첩, 담뱃재, 족집게, 손톱 다듬는 줄, 그리고 면이나 모직 천 쪼가리 사이에서 그 진주를 찾아냈다. 그때 에밀리에는 진주가 너무 커서 놀랐다. 어떤 진주조개가 이렇게 큰 진주를 만들어낼 수 있을까? 그리고 어쩌다 이 진주가 여기까지 와서 모자 장식이 된 걸까?

당시 열세 살이던 에밀리에는 강철로 만든 손톱 다듬는 줄을 하나 집어 들고는 그 뾰족한 끝으로 아주 조심스럽게 진주를 긁어보기 시작했다. 핀과 연결되어 있는 진주의 아랫부분에서 진주처럼 보이는 아주 작은 조각 하나가 떨어져 나왔다. 그리고 그 속으로 회색 물질이 보였다. 진짜 진주는 겉이나 속이나 다 똑같으므로 에밀리에는 이 회색 물질이 진주가 아니라고 생각했다. 다시 말해 모조품이었던 것이다.

그 진주가 진짜가 아니라는 사실을 어머니가 모르고 있다고 생각한 에밀리에는 어머니에게 그 사실을 알려주고 싶었다. 하지만 그렇게 되면 자신이 어머니의 개인 소지품들을 뒤져보았다는 걸 인정하게 되는 꼴이었다. 어머니가 감추고 있던 분첩이며 머리카락이 엉켜 있는 빗 등의 자질구레한 비밀을 다 살펴보았다는 사실을 말이다. 그 뒤로도 에밀리에는 아무런 말도 하지 못했다. 이르마가 진주 장식이 달린 그 포도주색 모자를 쓸 때마다 에밀리에는 이르마의 서랍 속 담뱃재 어딘가에 파묻혀 있을 그 가짜 진주 조각을 떠올렸다.

몰리즈 부인이 남편과 함께 다시 나타났다. 진주는 그녀의 남편인 몰리즈 씨 손에 들려 있었다. 그는 헛기침을 한 번 하더니 이렇게 말했다. "알브레히트 부인, 죄송합니다만 이건 받을 수 없습니다. 다음번에 다시 오시면, 그러니까 언제든 우리 가게를 찾아주신다면 기쁘게 맞이하겠습니다만, 어쨌든 그때 현금을 좀 가지고 오셔서 외상값을 해결하도록 하시지요."

찻집에 있던 다른 사람들이 수군거렸다. 이르마는 잠시 주저하다가 몰리즈 씨에게 뭐라고 따지려고 했다. 하지만 이내 마음을 고쳐먹고 그의 손에서 진주 장식을 낚아채더니 거칠게 다시 그 포도주색 모자에 꽂았다.

에밀리에는 이르마가 다시는 이 찻집을 찾아오지 않으리라는 사실을 알았다. 그리고 외상값을 갚는 일도 결코 없으리란 것도.

좁다란 침대 위에 누워 에밀리에는 이르마에 대해 생각했다. 그렇게 신앙심이 깊은 척 교회는 들락거리면서 어쩌면 그렇게 평생 동안 그런 식으로 부끄러운 짓을 저질러왔을까. 다른 사람들을 대하는 어머니의 마구잡이식 태도는 도대체 언제부터 어떻게 시작된 것일까.

어머니의 또 다른 서랍에는 겨울용 목도리와 구멍 난 장갑들 사이에 사진이 한 장 들어 있었다. 오래되어 색이 바래고 구겨진 그 사진 속에는 이르마가 에밀리에의 출생에 대해 '책임이 있다'고 했던 한 남자의 모습이 들어 있었다. 이르마는 그 남자를 보고 '에밀리에의 아버지'라고 말하지 않고 그저 '책임'이라는 말만 했을 뿐이었다. 남자의 이름은 피에르였고 제네바에 있는 호텔에서 일했다고 했다. 피에르는 '더 나은 삶'을 찾아 바젤에 왔지만 겨우 찻집 종업원 일밖에는 구할 수 없었다는 것이 이르마의 설명이었다. 그리고 이르마가 자신의 아이를 임신했다는 사실을 안 피에르는 어느 날인가 그만 모습을 감추고 말았다. 어쩌면 파리로 갔을지도 몰랐다. 거기서 자기 소유의 무도회장을 꾸려나가는 것이 꿈이라고 했던가?

에밀리에는 사진 속 피에르의 모습을 몇 번이고 바라보았다. 겉모습은 번드르르한 미남자였지만, 여자를 대할 때는 겁쟁이에다 비열하기까지 한 인간이었다. 그는 이르마 알브레히트에게 결코 사그라들지 않을 평생에 걸친 분노를 심어주고 사라진 남자였다.

겨울밤 어둠 속에서 에밀리에는 사라진 아버지와 자신의 남편을 비교하고 있는 자신을 발견했다. 에밀리에는 전에는 단 한 번도 생각해보지 못했던 중요한 사실을 깨닫기 시작했다. 피에르는 모자에 붙어 있던 가짜 진주 장식 같은 남자였다. 겉은 번드르르하지만 속은 쓰레기인 그런 남자. 반면에 에리히는 하나부터 열까지 겉과 속이 똑같은 사람이었다. 에리히는 자신의 가슴이 시키는 대로 행동했고 그 결과를 책임질 준비도 되어 있었다. 스스로에게 거짓말도 하지 못하고 잘못되었다고 생각하는 길은 가지 못하는 그런 남자였다. 에밀리에는 이제 남편에게로 돌아가는 좁다란 길을 발견한 것 같았다. 그의 사랑과 용서로 이어지는 길이었다.

격정의 끝
1941년 마흘링헨

에리히는 학교 선생님이 되고 싶었다. 경찰 업무를 하며 배운 규율과 일처리 방식이 선생님으로 새롭게 시작하는 데 안성맞춤일 거라고 생각했다. 에리히는 세상의 진실을 밝히는 역사를 가르치고 싶었다. 그래서 그는 도서관에서 역사책을 빌려다 보기 시작했다. 그는 사방이 전쟁으로 둘러싸인 지금의 현실에서는 스위스가 중립국의 위치를 더 공고히 해야만 하며 스위스의 아이들 역시 조국이 살아남는 방식을 이해하고 배워나가야 한다고 생각했다.

에리히는 마흘링헨에 있는 학교 네 곳에 지원서를 냈다. 하지만 '불명예스럽게' 쫓겨난 전직 경찰을 교사로 채용할 위험을 무릅쓰는 학교는 한 곳도 없었다. 어쨌든 에리히는 자기가 자진해서 법을 어긴 것이었고 냉정하게 말해 '범죄자와 어린 아이들은 절대로 함께 둘 수 없다'는 사회적 통념에 해당되는 상황에 있었다. 에리히는 스스로를 변호하고 싶었지만 이미 그런 생각들이 굳어져 있다는 걸 잘 알고 있었다. 서로가 입 밖으로 내지는 않았지만 독일 침공에 대한 공포가 고통이 되어 매일 이 나라를 짓누르고 있는 지금, 그의 변명에 귀를 기울여줄 사람은 아무도 없었다.

에리히는 전차 차고지에서 일하게 되었다. 그는 자기보다 훨씬 나이가 어린 엘른이라는 남자와 밤 근무를 맡았다. 두 사람이 하는 일은 새벽 1시에서 6시 사이에 차고지에 들어온 전차들의 청소와 수리를 감독하고 첫차의 운행을 확인하는 것이었다. 그토록 긴 시간동안 그것도 밤에 일하는 것을 생각하면 에리히가 받는 급료는 보잘것이 없었다. 하지만 그는 어떻게 해서든 살아가야 했다. 끼니를 해결해야 했고 운터 데 에크 거리에 있는 셋집의 집세도 내야 했다. 그런데 이렇게 밤에 일을 하는 대신 한 가지 좋은 점이 있었다. 낮 시간에 자유롭게 로티 에드만을 만날 수 있었던 것이다.

로티 에드만은 수시로 에리히를 찾아왔다. 에리히는 마치 자신이 평생에 걸쳐 로티를 찾아다녔고 이제야 자신의 완벽한 사랑을 찾은 것만 같은 생각이 들었다. 로티의 모습과 냄새, 감촉, 그리고 맛은 에리히에게는 마치 마약과도 같았다. 항상 더 많은 것을 원하게 되었다. 로티가 떠나고 나면 에리히는 뜨거운 사랑을 나눈 뒤의 피로와 수면 부족으로 후들거리는 다리를 이끌고 집 안을 어슬렁거리며 로티를 다시 만날 수 있는 날짜와 시간을 헤아렸다. 싸늘한 차고지에서 밤을 새면서 에리히는 로티가 자신의 아내가 아니며 또 결코 그렇게 될 수 없다는 사실에 아쉬워하며 한숨을 내쉬었다. 로티는 상사의 아내였다. 로거가 로티와 사랑을 나누는 모습만 생각하면 심장과 사타구니 저 깊은 곳에서 고통이 올라왔다. 그 고통이 너무나 심해 때로는 이러다 정말 큰일이 나는 것이 아닌가 하는 생각마저 들 정도였다.

로티는 에리히가 자신에게 흠뻑 빠져 있다는 사실을 잘 알고 있었다. 때때로 그녀는 제멋대로인 클레오파트라처럼 에리히를 기다리게 하고 안달이 나도록 만들었다. 이렇게 밀고 당기는 시간이 늘어 갈수록 에리히는 로티를 점점 더 많이 원하게 되었다. 에리히는 로티의 모든 것을 원했고 그녀에게 상처를 줄 수도 있다는 사실에도 아랑곳하지 않았다. 실제로도 에리히는 사랑을 나누는 절정의 순간에 어떤 식으로든 그녀를 거칠게 다루고 싶다는 생각에 빠져 있기도 했다. 에리히는 모든 구속과 억압을 내던진 열정에 자신이 반쯤 미쳐 있다는 사실을 알고 있었다. 자칫하다가는 사람을 죽일 수도 있는 그런 격정이었다.

에리히는 에밀리에에 대해서는 거의 생각하지 않았다. 때때로 에리히는 친정어머니의 집에 가 있는 에밀리에가 황폐한 언덕배기와 무너진 집 사이를 하릴없이 왔다 갔다 하는 상상을 하기도 했다. 어떻게 그런 사람과 사랑에 빠질 수 있었을까? 어떻게 그렇게 된 거지? 어느 아름다운 여름날 씨름 대회가 있었던 축제 때문에, 그저 단 한 번의 입맞춤 때문에, 에밀리에가 숫처녀였기 때문에, 그리고 에밀리에가 자신에게 열렬하게 매달렸기 때문에? 하지만 지금에 와서 에밀리에에 대해 생각해보면 그녀와 함께했던 시간들 중에 과연 행복한 때가 있었는지 거의 기억이 나지 않을 정도였다.

로티와 함께 보냈던 어느 날 오후, 너무나 강렬해서 결코 잊을 수 없을 것만 같은 오후를 보낸 에리히는 자리에 앉아 에밀리에에게 편지를 썼다. 에리히는 '지금까지 일어난 상황들에 비추어 보건데' 이혼을 하는 게 어떻겠느냐고 제안했다. 이런 내용을 쓰고 나자 그는 갑자기 마음이 홀가분해졌다. 에밀리에와 이혼을 한 다음 로티와 결혼을 하고, 또 로티와의 사이에서 아이를 낳아 그녀와 함께 남은 일생을 보낼 수 있을 것만 같았다.

하지만 에리히가 미처 그 편지를 부치기도 전에 에밀리에가 그의 앞에 나타났다.

늦은 오후 에밀리에가 집으로 돌아와 보니 에리히는 잠을 자고 있었다. 로티는 아침 9시부터 에리히와 함께 있다가 정오쯤에 돌아갔다. 침대에는 여전히 로티의 화장품 냄새가 배어 있었고 침대보는 두 사람이 나눈 사랑의 흔적이 고스란히 남아 있었다.

에리히는 누군가가 문을 두드리는 소리를 들었지만 그대로 등을 돌려 다시 잠을 청했다. 이윽고 발소리가 멀어져갔다. 그런 다음에는 문이 열리고 루드비히 크람스의 목소리가 들려왔다. 관리인의 아들인 루드비히가 이렇게 말했다. "펠러 씨, 집에 계시지요? 아까 계신 걸 봤어요. 어떤 여자 분이 오셨는데 펠러 씨 부인이라고 하는데요?"

에리히는 몸을 일으켰다. 그는 알몸 위에 바지와 조끼를 대강 걸치고 좁은 거실을 지나 문 쪽으로 갔다. 그리고 에밀리에가 문가에서 있는 것을 보았다. 십 대인 루드비히는 멍청하게 웃고 있었다. "펠러 씨 부인이요." 루드비히는 이렇게 말하며 마치 터져 나오는 웃음을 참기라도 하듯 손으로 입을 막았다. "펠러 씨! 우리 엄마한테 부인이 있다는 말을 안 했잖아요!"

"그만 가봐라, 루드비히." 에리히가 말했다.

"그만 웃음이 나와서. 그렇지만 웃으면 버릇없다는 거 잘 알아요. 이제 그만 가보겠습니다."

루드비히는 몸을 돌려 아래층으로 내려갔다. 에밀리에는 선 채로 꼼짝도 하지 않았다. 그리고 주먹을 꽉 움켜쥔 채 에리히를 바라보았다.

에리히의 모습을 본 에밀리에는 크게 당황했다. 에리히의 머리는 길고 헝클어져 있었으며 면도도 제대로 하지 않은 상태였다. 입술은 거칠었고 목에는 붉은색 반점들이 보였다. 그 반점은 남녀관계가 무엇인지 아는 사람만 알아볼 수 있는 그런 흔적이었다. 에밀리에는 정확하게 그걸 뭐라고 하는지 잊어버렸다. 에밀리에는 미안하다고, 그리고 잃어버린 두 사람의 지난 시간들에 대해 이제 그만 화해하자고, 자신이 그렇게 조급하게 남편을 버리고 떠난 것을 용서해달라고 말하기 위해 돌아왔다. 그동안 자신이 한 남자에 대해 생각하고 또 생각했다고 말하고 싶었다. 에밀리에가 생각했던 남자는 스스로에게 솔직하고 충실하며 또 열정적이면서 동시에 친절했던 그런 남자였다. 그런데 막상 그 남자를 마주하게 된 에밀리에는 여우처럼 킁킁거리기만 할 뿐 아무런 말도 할 수가 없었다. 에밀리에는 겨우 더듬거리며 이렇게 말했다. "당신, 여자랑 함께 있었군요. 그 여자가 아직도 방에 있나요?"

"아니야." 에리히가 말했다. "집에는 아무도 없어. 부엌으로 와. 내가 차를 끓이지. 차가 끓고 나면 이야기를 좀 하자고."

에밀리에는 짐 가방을 내려놓고 에리히를 따라 부엌으로 갔다. 개수대에 쌓여 있는 더러운 그릇들이며 검댕과 그을음이 묻어 있는 조리대가 눈에 들어왔다. 식탁이 없고 대신 경첩에 매달린 선반 하나가 있었다. 그 선반 위에는 먹다 남은 아침밥 같은 것이 있었다. 한 눈에 봐도 두 사람 몫으로 보이는 아침밥 옆에는 반쯤 마신 술병도 있었다. 이런 모습을 본 에밀리에는 자신이 너무 늦게 도착했다고 생각했다. '그동안 너무 오래 집을 떠나 있었구나. 에리히는 나를 대신할 사람을 찾은 거야.'

에밀리에는 조용히 선반 옆에 서 있었다. 그사이 에리히는 부엌을 정리했다. 여행길에 지친 데다가 익숙하지 않은 낯선 집, 그리고 그 집에서 발견한 두 사람의 흔적 때문에 충격을 받은 에밀리에는 눈물을 흘리며 울기 시작했다.

에리히는 에밀리에가 우는 걸 무시하고 주전자를 불 위에 올려 물을 끓였다. 그리고 술병의 마개를 열어 아내에게 권했다. "한 모금 마셔." 에리히가 말했다. "이걸 마시면 좀 진정이 될 거야."

에밀리에는 독한 술을 한 모금 마시고 손수건을 찾았다. 그리고 더듬더듬 이렇게 말했다. "다른 삶을 살고 있는 거군요. 그렇지요?"

"아니야." 에리히는 이렇게 대꾸하며 찻잔을 두 개 찾았다.

"내가 당신을 뭐라고 할 수는 없어요. 당신은 아마 내가 돌아오지 않을 걸로 생각했을 테니까…… 당신 입장에서는 내가 다시 돌아올 거라고 믿을 이유가 하나도 없고……"

"내 말 좀 들어봐." 에리히가 말했다. "이제 진실을 말해주지. 그러면 우리는 상황을 마무리 지을 수 있을 거야. 때때로 나는 매춘부를 불러. 요즘은 전차 차고지에서 야간 근무를 하니까 매춘부가 오면 아침 일찍 오는 거지. 그러면 아침 식사를 같이 하고…… 나는 나름대로 사람을 예의 바르게 대하고 싶으니까…… 일을 치르면 그 여자는 돌아가. 이제 알겠지? 매춘부를 부르는 거라고. 일주일에 한 번 정도. 그냥 일처럼 맺는 관계야. 아침도 먹고 그 짓도 하고 그러면 가버리고. 그렇지만 이제 당신이 집에 돌아왔으니까……"

"당신은 내가 돌아오기를 바라는 건가요? 내가 전부 잘못했다는 거 잘 알아요. 그리고 당신에게 내가 뭐라 할 수 없다는 것도……그렇지만 나는 지금도 당신을 사랑해요. 이 말을 하려고 다시 온 거예요. 내가 당신을 정말로 사랑한다고……" 에밀리에가 흐느꼈다.

'사랑'이라는 말을 듣자 에리히는 가슴이 덜컥 내려앉는 것 같았다. 그 말은 그가 로티에게 언제나 해주던 말이었다. 그는 로티에게 자신이 원하는 대로 남편으로서는, 그녀의 유일한 남자로서는 절대로 그런 사랑을 표현할 수 없다는 사실을 잘 알고 있었다. 에밀리에에게 '사랑'이라는 말을 듣고 있으려니 마치 에밀리에가 자신의 사랑을 훔쳐간 듯한 기분이 들었다. 갑자기 슬픈 생각이 들며 가슴이 콱 막혀왔다.

에리히는 금이 간 노란색 찻주전자에 찻잎을 넣으며 입술을 꽉 깨물었다. 에밀리에에게 거의 눈길을 주지 않았던 그는 이제 그녀를 똑바로 바라보았다. 에밀리에는 그의 아내였고, 로티 에드만은 일주일에도 서너 번 정사를 나누는 육욕의 대상이었지만 아내는 아니었다. 에리히의 아내 에밀리에는 선 채로 술을 마시고 울면서 사랑에 대해 이야기하고 있었다. 몸에 맞지도 않는 옷을 걸치고 앞에 서 있는 여자가 바로 자신의 아내였다. 너무 말랐고 너무 굶주렸으며 너무나 슬픔에 절어 있는 모습은 살아 있는 사람 같지가 않았다.

에리히도 소리 내어 울고 싶었다. 그는 주먹으로 입을 틀어막았다.

'누가 나 좀 여기서 구해줘!

누가 나를 좀 구해달라고!'

에밀리에가 차를 마시는 동안 에리히는 침대에 새 침대보를 깔았다. 에밀리에는 에리히가 로티의 채취가 나는 정액으로 얼룩진 침대보에 얼굴을 묻는 것을 보지 못했다. 에리히는 늑대처럼 울부짖고 싶었다.

에밀리에가 부엌에서 설거지하는 소리가 들려왔다. 에리히는 에밀리에가 프리부르 거리 61번지의 집을 얼마나 깨끗하게 쓸고 닦으며 지냈는지를 떠올렸다. 그녀는 집에서 늘 꽃향기가 나도록 했다. 그리고 에밀리에가 방석을 찢으며 깃털 범벅으로 엉망이 된 얼굴에 눈물을 흘리던 모습도 기억이 났다.

에리히는 부엌으로 가서 에밀리에에게 말했다. "에밀리에, 이제부터 우리가 어떻게 살아야 할지 진짜 모르겠어. 나는 우리가 다시 서로 함께하게 될 거라고는 상상조차 하지 못했거든."

"나도 알아요. 나도 바젤로 떠난 후에는 그렇게 생각했어요. 당신과는 더 이상 함께 살 수 없다고요. 그렇지만 노력을 하고 싶어요. 에리히, 나는 당신에게 빚진 게 있지요. 우리가 함께 지냈던 예전의 넉넉했던 시간들은 다 지나갔어요. 그렇지만 함께 새로운 삶을 시작할 수 있도록 노력은 할 수 있지 않겠어요? 그렇지 않나요?"

"잘 모르겠어." 에리히가 대꾸했다.

"엄마와 함께 있으면서 난 정말 불행했어요. 그리고 늘 당신 생각을 했고요. 다보스에서 지냈던 시간들도 기억이 났어요. 카페에서 춤추던 일 기억나요? 호텔 전망대에서 바라보던 산의 풍경은요? 당신도 기억하고 있나요?"

오후의 햇살이 창문을 통해 부엌으로 들어와 에밀리에의 머리카락을 비추기 시작했다. 비록 많이는 아니었지만 에밀리에의 머리는 황금색으로 환하게 빛이 났다. 그 모습을 본 에리히는 생쥐나 다람쥐 같은 동물의 모습을 떠올렸다. 자연이 내려준 빛을 받아 만들어진 그 모습을 보니 불현듯 처연한 마음이 치밀어 올랐다.

"모두 다 기억하고 있지." 에리히가 대답했다.

에리히가 밤 근무를 한다는 건 결국 두 사람이 같은 시간에 잘 일이 결코 없다는 뜻이었다. 에밀리에는 에리히가 근무를 마치고 퇴근하는 6시 반쯤에 잠에서 깼다. 두 사람은 함께 차를 마셨고 에리히가 잠을 자러 들어가면 에밀리에는 집을 청소하고 정리했다. 운터데 에크 거리에 있는 꽃가게에서 에밀리에는 종종 향기가 진한 수선화와 제비꽃을 샀다.

에밀리에는 거리를 돌아다니며 일자리를 찾았다. 에리히가 빚이 있다고 말했기 때문에 에밀리에는 가능한 한 빨리 일자리를 찾겠다고 약속했다. 그녀는 에멘탈 치즈를 만든다는 새로 생긴 치즈 공장에 취직을 했으면 했다. "이제부터 우리는 짐을 서로 나눠서 지는 거예요." 에밀리에는 이렇게 말했다.

그렇지만 에리히에게는 절대로 에밀리에와 나누어 질 수 없는 짐이 하나 있었다.

에밀리에가 집으로 돌아온 날 밤, 전차 차고지의 차가운 불빛 아래에서 에리히 펠러는 평생 처음으로 색정이 가득한 사랑의 편지를 썼다.

에리히는 다 쓴 편지를 봉투에 넣어 로거가 자신의 필체를 알아보지 못하도록 엘른에게 삐뚤삐뚤한 글씨로 주소를 쓰게 했다. 에리히는 이런 일을 하는 자신이 부끄러웠지만 편지의 내용 자체에 대해서는 당당했다. '로티, 내 사랑, 내 가장 소중한 존재'로 시작되는 이 편지는 '슬픔에 잠긴 당신의 베르테르, 변치 않는 당신의 단테, 그리고 당신의 고통받는 아벨라르로부터'라고 끝을 맺고 있었다. 마치 애들이 쓴 것처럼 유치하다는 걸 에리히도 알고 있었지만 아무 상관없었다.

에리히는 에밀리에가 돌아왔어도 두 사람의 사랑을 어떻게 해서든지 이어나갈 방법을 찾게 될 것이라고 로티에게 말했다. '심지어 모든 사람들이 그 사실을 알게 된다 하더라도' 그렇게 하는 이유는 로티가 없으면 그저 천천히 죽어가는 느낌이 들었기 때문이었다. 에리히는 로거가 경찰서 본부로 출근하고 나면 아침 일찍 그뤼네발트 거리로 로티를 찾아가겠다고 말했다. 에리히는 두 사람이 처음으로 연인이 되었던 날 입고 있던 비단 실내복을 걸친 로티의 모습을 상상했다.

에밀리에는 부부의 침실 옆에 딸려 있는 작은 방으로 들어갔다. 그 방에는 침대가 없었고 이사를 온 뒤 풀지 않은 책 상자와 무언지 기억도 나지 않는 잡동사니들로 가득했다. 방에는 창문이 하나 있어서 셋집 건물의 뒷마당이 내려다 보였다. 마침 마당에 한 그루 있는 벚나무에는 벚꽃이 만발해 있었다. 너무나 아름다운 그 모습에 에밀리에는 숨이 막혔다. 그런 에밀리에의 눈에 니더라는 이름의 나이 든 셋집 남자가 마당으로 나오는 것이 보였다. 니더 씨는 지팡이를 짚고 걸어 나와 나무 옆에서 잠시 발걸음을 멈췄다. 그는 떨리는 손을 뻗어 하얀색 벚꽃을 어루만졌다.

에밀리에는 다시 방 안을 돌아보았다. 상자들을 모두 치우고 바닥을 청소해야 할 것 같았다. '바닥에 까는 깔개를 사고 창문에는 커튼을 달아야지. 그런 다음 아기용 침대와 토끼나 곰 인형 같은 장난감을 방 한쪽 구석에 갖다 놓아야겠다.' 방 안을 둘러보면서 에밀리에는 생각했다.

에밀리에는 이런 상상이 다 부질없는 짓이라는 걸 잘 알고 있었다. 에리히는 더 이상 자신을 안아주지 않았고 아예 그럴 마음이 없어 보였다. 에밀리에는 에리히가 얼마나 육감적이고 정력적인 남자였는지를 떠올렸다. 아주 오래전 그 씨름 대회에서 에밀리에는 단 한 번의 입맞춤만으로 에리히를 유혹하는 데 성공했다. 에밀리에는 두 사람이 다시 잠자리를 갖게 되는 건 그저 시간문제일 뿐이라고 확신했다.

에밀리에 역시 사랑을 원하고 있었다. 에리히에게 느꼈던 분노는 다 사라지고 없었다. 이제 에밀리에가 바라는 건 자신이 결혼한 남자와 보내는 평범하고 느슨한 삶이었다. 그리고 언젠가는 아이가, 그것도 물론 사내아이가 생겨서 잃어버린 구스타프를 대신하게 될 것이라 믿었다. 에밀리에는 아이를 품에 안고서 아이에게 창문 너머로 보이는 마당의 하얀색 꽃이 핀 벚나무를 보여주는 모습을 상상했다.

그때 에밀리에의 머릿속에서 이르마의 목소리가 울려 퍼지기 시작했다. "그 유대인이나 편드는 인간에게 돌아간단 말이냐! 그래 그놈이 미남일지는 모르지. 그렇지만 넌 그놈을 다시는 믿을 수 없을 거야. 피에르가 그런 것처럼 그놈은 널 또 속일 거다. 그리고 다시 넌 또 혼자가 되겠지. 나처럼 평생 원하지도 않았던 애새끼만 끌어안고서 말이야!"

어느 일요일 아침
1941년 마츨링헨

에밀리에는 치즈 공장에 일자리를 얻었다. 물론 공장 지배인인 마르틴 스투더 씨는 에밀리에의 비쩍 마른 몸을 보고 공장에서 물건을 운반하고 원유를 젓는 힘든 일을 감당할 수 있을까 의심스럽게 생각했지만, 에밀리에는 자기가 보기보다는 더 단단하다고 스투더 씨를 안심시켰다. 에밀리에는 스투더 씨에게 바젤에 있을 때 펌프로 물을 길어 집 안에 있는 양철 욕조까지 나르는 일을 했다고 설명했고, 이 말을 들은 지배인의 독수리 같은 얼굴에 알 듯 모를 듯한 웃음이 피어올랐다. 스투더 씨는 여자들이 힘든 일과 씨름하는 걸 보기를 좋아했다. 그래야 매력적이면서도 불쌍하게 보인다는 것이었다. 어쨌든 에밀리에는 공장에 취직을 할 수 있었다.

에밀리에가 받는 주급은 에리히가 전차 차고지에서 받는 돈보다 많았다. 에밀리에의 생각으로는 집안에서 조금이나마 에리히를 넘어서는 힘을 지니게 된 것 같았다. 두 사람이 먹을 음식을 사는 것도 에밀리에였고 에리히에게 이따금씩 초콜릿이나 담배 같은 기호품이나 선물을 사주는 것도 에밀리에였다. 에밀리에는 이런 물건들을 주고받을 때 에리히의 모습을 찬찬히 살펴보았다. 에리히는 언제나 예의 바르게 고맙다고 말하긴 했지만 뭔가 슬퍼하는 것처럼 보였다.

에리히는 몇 번 정도, 그러니까 대강 2주일에 한 번 꼴로 아침에 퇴근을 하고도 6시 반까지 집에 들어오지 않았다. 그럴 때면 에밀리에는 에리히가 함께 아침을 먹고 술도 마셨다던 그 '매춘부'를 찾아갔을 거라고 추측했다.

에밀리에는 치즈 공장에서 다 만든 치즈를 숙성용 창고에 보관하는 일을 하다가 문득 이 문제에 대해 생각했다. 에밀리에는 에리히와 그 매춘부가 향기가 나는 어떤 방에서 서로를 애무하고 어르는 모습을 상상하다가 또 그런 일이 없기를 바라기도 했다. 그녀는 그녀의 차례가 오길 기다렸다. 에밀리에는 작은 방에 있는 상자들을 열어 책이며 잡동사니들을 모두 정리했다. 그 모습을 바라보면서 에리히는 아무런 말도 하지 않았다. 마치 그런 물건들을 전에는 한 번도 본 적이 없는 사람 같았다.

에리히는 자신의 삶을 돌아보았다. 그리고 그 어느 때보다도 자신이 더 불행하다는 사실을 깨달았다.

에리히가 로티를 만나 사랑을 나눌 수 있는 유일한 장소는 그뤼네발트 거리에 있는 로거 에드만과 로티 에드만 부부의 집뿐이었지만, 로티는 에리히가 너무 자주 찾아오지는 못하게 했다. 두 사람의 관계가 발각이 될까 봐 겁이 났던 것이다. 언젠가 한 번은 로티에 대한 끓어오르는 정욕을 채울 수 없게 된 에리히가 로티에게 함께 도망가자고 말한 적이 있었다.

"도망을 가다니 어디로요?" 로티가 물었다. "여기만 빼놓고는 온통 전쟁 중인데요."

"남아메리카로요." 에리히가 대답했다.

그 말을 들은 로티는 해맑게 웃었다. 에리히가 사랑해 마지않는 그런 웃음이었지만 지금은 그 웃음소리가 마치 그를 조롱하는 것처럼 들렸다. 이미 에리히는 남아메리카에 있는 두 사람의 모습을 상상하고 있었다. 에리히와 로티. 펠러 씨와 펠러 부인. 따뜻한 햇살이 비치고 높은 고원에서 불어오는 달콤한 바람이 사방을 가득 채우고 있는 곳. 그리고 높다란 나무 위에서 이름 모를 새들이 울고 있는 곳. 하지만 로티는 그의 꿈을 비웃고 있었다. 로티 에드만은 경찰서장 로거 에드만의 부인이었다. 그녀는 에리히에게 자신이 절대로 로거를 떠나지 않을 것임을 다시 찬찬히 상기시켜주었다.

에리히는 쓸쓸한 마음으로 운터 데 에크 거리에 있는 셋집으로 돌아왔다. 다행히 에밀리에가 아직 직장에서 돌아오지 않은 때였고, 그는 잠시나마 혼자 있을 수 있었다. 에리히는 뜨거운 욕조 안에 몸을 뉘었다. 머리 위쪽의 줄에는 에밀리에의 스타킹이 걸려 있었다. 에리히는 몸에 배어 있는 로티의 냄새를 씻어내고 욕조 가장자리에 머리를 기댄 채 두 눈을 감았다. 에리히는 스스로에게 지금 살아가고 있는 이런 상황을 더 견뎌낼 수 있을지 물어보았다. 경찰용 권총은 반납했지만 옷장 속에는 총이 한 자루 더 있었다. 모든 스위스 가정이라면 민방위군 소집을 대비해 의무적으로 집 안에 보관하고 있어야 하는 소총이었다. 에리히는 언젠가 자기가 그 소총으로 자살할 용기를 낼 수 있을지 궁금했다. 에리히는 소총으로 자살하는 게 생각보다 쉽지 않다는 사실을 떠올렸지만 그런 생각을 하는 것만으로도 마음이 가라앉았다.

에리히는 침대 안으로 기어들어가 잠이 들었다. 늘 그렇듯 로티가 그곳에 있었다. 그의 꿈 한 자락 끝에.

일요일이면 에리히는 술을 마셨다.

에밀리에는 자기가 자랑하는 돼지고기 구이와 크뇌들을 차려냈고 두 사람은 부엌의 선반 앞에 나란히 앉아 음식을 먹고 적포도주를 마셨다.

일요일이면 에리히는 차려온 음식을 잔뜩 먹고 포도주도 벌컥벌컥 마셔댔다. 그러면 몸과 마음이 고통으로부터 잠시 해방되는 느낌이 들었다. 에리히는 이러한 해방감이 오래가지 않는다는 걸 잘 알고 있었지만 잠시 동안이라도 그런 기분을 느낄 수 있다는 사실에 감사했다.

"포도주란 말이야, 아마 자연이 주는 유일한 위안일 거야." 에리히가 에밀리에에게 말했다.

"우리 사이에서라면 다른 위안거리가 있을 수 있어요." 에밀리에가 말했다.

에리히는 에밀리에의 말을 무시했다. 하지만 그녀가 자리에서 일어나 설거지를 하기 시작하자, 에밀리에가 깨끗한 여름옷을 차려입고 머리를 부드럽게 감아서 말아 올린 것이 눈에 들어왔다.

에리히는 자리에서 일어났다. 일을 치르려면 지금 해야 한다고 생각했다. 포도주의 힘을 빌어서, 그리고 한때 어떻게 했었는지 오래전 기억을 더듬어 보는 것도 도움이 되기를 바라면서 에리히는 에밀리에의 손을 움켜쥐었다. 그리고 그녀를 부부의 침실로 끌고 가

침대 위로 넘어뜨렸다. 에리히는 에밀리에가 저항하지 않을 거라는 사실을 알고 있었다. 그리고 전부터 그녀가 바로 이런 일을 원하고 있다는 것도.

에밀리에는 여름옷 아래에 아무것도 입고 있지 않았다. 에리히는 더욱 흥분해 쉽게 에밀리에의 몸속으로 파고들 수 있었다. 에밀리에는 에리히에게 입을 맞추려고 했지만 에리히는 얼굴을 돌려버렸다. 에리히는 거칠게 숨을 몰아쉬었다. 눈앞이 빙빙 돌기 시작했다. 그는 쉽게만 느껴졌던 에밀리에와의 관계를 떠올렸지만 지금 욕망은 이미 사그라들고 있었다. 에리히는 스스로에게 이 일을 할 의무가 있다고 다독였다. '여기, 지금 이 오후에 이 일을 끝내야 한다.' 비록 자신의 진심은 로티의 애정만을 갈구하고 있었지만 이 일을 해낼 수 있다면 에밀리에와 함께하는 삶이 좀 더 견디기 쉬워질 터였다. 에리히는 앞으로 이 일을 가지고 로티에게 모욕을 줄 수도 있을 거라고 생각했다. "나는 에밀리에와 다시 사랑을 나누기 시작했어. 예전에 그랬듯이 아내는 지금도 나를 흥분시키더군……."

에리히는 침실의 문 쪽을 바라보았다. 그는 로티를 떠올렸다. 지금 이 일에 다시 열중할 수 있는 방법은 로티를 생각하는 것뿐이었다. 로티가 문가에 서서 에리히와 아내가 사랑을 나누는 장면을 바라보고 있었다. 그녀는 그 모습을 보고 흥분했다. 이런 기이하고도 부도덕한 장면이 로티 에드만을 더욱 흥분시켰다. 침대로 올라온 로티가 끼어들었다. 로티는 에리히의 이름을 중얼거리며 치마를 걷어 올리고 스스로를 어루만지기 시작했다. 로티의 이런 모습은 로티와 직접 정사를 갖는 것보다 언제나 그를 더 흥분시켰다. 에리히는 두 눈을 감았다. 로티가 속삭였다. 당신이 다른 여자랑 하는 걸 보는 게 너무나 아름답고 좋다고. 그리고 그 순간 로티가 다가왔다. 이제 에리히의 몸 아래에 있는 것은 에밀리에가 아니었다. 거기엔 침실도, 빛도, 소리도 없었다. 목구멍 안쪽에 남아 있는 포도주의 맛과 고동치는 심장, 그리고 그가 사랑하는 로티의 음란한 환영만이 남아 있을 뿐이었다. 바로 그 순간부터 모든 것이 편안하고 아름답게 흘러갔다. 마침내 일을 다 치르고 난 에리히는 통곡을 하며 어둠 속으로 몸을 던졌다.

가을이 되자 에밀리에의 임신이 확실해졌다. 에밀리에는 기쁨에 겨워 흐느꼈다. 의사는 에밀리에에게 내년 6월이면 아기가 태어날 거라고 말해주었다.

에밀리에는 에리히에게 마침내 아빠가 될 수 있어서 행복하지 않느냐고 물었다. 에리히는 아내가 마치 자신이 알아듣지 못하는 외국말이라도 한 것처럼 그녀를 바라보았다.

"행복하냐고? 잘 모르겠어. 경찰 일을 그만두면서 그 행복이라는 것도 다 잃어버렸어."

"그러면, 그 유대인을 만나기 전의 일들만 생각해요."

"제발 그렇게 말하지 마. 정말 지겨워."

"나에게는 지금까지 일어났던 모든 일들을 생각해볼 권리가 있는 것 같은데요."

"그런 권리 따위는 없어. 이제는 다 지난 일들이라고."

"과거의 일들이 아니에요. 언제 기소가 되어 법원에서 소환장이 올지도 모르잖아요."

"그럴 수도 있겠지. 그렇지만 아직은 오지 않았잖아. 그리고 어쨌든 그 일에 대해서라면 내가 할 수 있는 일은 아무것도 없어."

"그것도 틀렸어요. 그 유대인 난민 기구라는 곳에 가서 말해볼 수도 있잖아요. 거기 사람들은 당신에 대해 뭐라고 변호를 해줘야 해요. 혹시 알아요? 당신을 배신한 게 그쪽 사람들일지."

"그쪽 사람들이 나를 고발한 게 아니야."

"글쎄, 그걸 당신이 어떻게 알아요?"

"애초에 그럴 수가 없는 일이야. 그 사람들이 왜 그런 일을 하겠어? 내가 죽음에서 구해준 게 바로 자기들이랑 같은 민족인데."

"그렇다면 누가 당신을 고발한 건가요? 로거 에드만? 당신을 배신한 사람이 도대체 누구냐고요?"

"로거는 아니야."

"내가 볼 때는 로거도 똑같아요. 자기만 빠져나가려고 한 걸지도 요. 어쨌든 소환장이 오면 그 유대인 난민 기구에서는 최소한 자기들이 할 일을 해야 해요. 누군가를 베른에 있는 법무부에 보내 당신을 변호해줘야 한다고요."

에리히는 자신이 이미 난민 기구에 갔었고 아무런 도움도 받지 못했다고 말해주었지만 에밀리에는 남편의 말을 믿지 않았다.

그다음 날 공장에서 퇴근한 에밀리에는 난민 기구의 초라한 사무실을 찾아갔다. 자기 몸에서 치즈 냄새가 난다는 사실을 알고 있었지만 에밀리에는 개의치 않았다. 마치 배 속의 아기가 보호를 필요로 하는 것처럼 임신한 배를 조심스럽게 끌어안고 좁다란 계단을 따라 올라가자 찾던 곳이 나타났다. 널찍하지만 보잘것없는 방에 들어서자 바닥에서 천장까지 가득 차 있는 상자며 끈으로 묶여 있는 서류 뭉치들이 눈에 들어왔다. 한 나이든 유대인 남자가 높다란 책상 뒤에 앉아서 마치 세상으로부터 몸을 숨기는 게 버릇인 것처럼 고개를 숙이고 있었다.

에밀리에가 에리히의 이야기를 털어놓기 시작하자 남자는 뭔가 혼란스러운 표정이었다. "지금 누구에 대한 이야기를 하고 있는 건가요?"

"말씀드렸잖아요. 내 남편인 에리히 펠러에 대한 이야기라고요. 1938년까지 여기 마츨링헨의 경찰서 부서장이었던 에리히 펠러. 남편은 당신네 유대인들이 스위스에 정착할 수 있도록 등록 서류의 입국 날짜를 위조해주었고 그것 때문에 경찰서에서 해고를 당했어요."

"그런 말은 한 번도 들어본 적이 없군요. 내 전임자 시절에 있었던 일 같은데요."

"그런가요, 하지만 지금 여기 있는 건 선생님이잖아요. 여기 이 방에 있는 이 서류들 가운데 그 일에 대한 기록이 있을 거예요."

"그러니까 지금 부인은 나보고 저기 수천 개가 넘는 서류 뭉치들을 뒤져보라 이 말씀인가요?"

"저를 좀 도와달라고 말씀드리고 있는 거예요. 나는 임신 중이고 남편이 감옥에라도 가게 된다면 큰 곤란을 겪게 되니까요."

"감옥이요? 체포를 당한단 말입니까?"

"아까도 말씀드린 것처럼 경찰서에서 해고되면서 연금은 물론이고 모든 걸 다 빼앗겼어요. 게다가 언제든 기소를 당해 체포당할 수 있다는군요. 그래서 여기 난민 기구에서 남편을 위해 뭐라도 해줄 수 있을까 해서 온 거예요. 만일 법원에서 소환장이 온다면 필요한 경우 베른에라도 가서 남편을 변호해달라고요."

남자는 눈을 문지르더니 안경을 꺼내 걸치고 에밀리에를 바라보았다. 두 사람은 서로를 똑바로 마주보았다. 방의 저 끄트머리 아래 어딘가에서는 철컥철컥하는 타자기 치는 소리며 누군가 기침을 하는 소리가 들려왔다. 남자는 기침 소리가 잦아들기를 기다렸다가 이렇게 말했다. "독일과 오스트리아에서 유대인들에게 어떤 일들이 벌어지고 있는지 들어보셨겠지요?"

"그래요, 그런 것 같아요. 아니, 그냥 소문만 들었다고 할까요. 그러니 당신들은 꼭 우리 남편을 도와줘야 해요. 남편이 그 끔찍한 운명에서 당신네 사람들을 구해주었잖아요. 그 대가로 남편 인생은 파멸했어요."

"그건 무슨 말입니까? 그 대가로 남편 분 인생이 파멸했다는 건?"

"경찰서에서 해고되면서 모든 게 끝장이 났다고요. 남편은 지금 전차 차고지에서 밤일을 하고 있어요. 그런 일밖에는 구할 수 없었으니까요. 교사가 되고 싶었지만 어느 학교에서도 남편을 채용해주지 않았어요. 살던 집에서도 쫓겨나고 모든 걸 다 잃었다고요. 남편은 지금 죽은 사람이나 마찬가지로 살고 있어요."

나이 든 유대인 남자는 에밀리에가 퍼부은 모든 이야기들이 마치 대수롭지 않다는 듯 고개를 흔들었다. 남자는 지친 듯한 표정으로 펜을 집어 들고는 안경을 고쳐 썼다. "남편 분 성함을 다시 한 번 말씀해주시겠습니까?"

에밀리에는 아기 방에 들여 놓을 침대와 깔개를 사기 위해 돈을 모았고 양철로 만든 장난감 기차를 샀다.

에밀리에는 아기가 쓸 방을 살펴보았다. 여전히 준비할 게 많았고 새로운 구스타프를 제대로 맞이할 준비가 되어 있지 않았다. 그녀는 준비해야 할 물건들의 목록을 만들었다. 3월이 되자, 에밀리에는 일요일 아침에 열리는 장터에서 필요한 물건을 함께 사러가자고 말하기 위해 로티 에드만을 찾아갔다.

로티가 문을 열자 에밀리에가 서 있었다. 임신 6개월에 접어들면서 얼굴이 한층 밝아진 에밀리에를 보자 로티는 얼굴이 창백하게 질린 채 가장 가까이 있는 의자를 찾아 주저앉고 말았다.

"로티, 괜찮아요?" 에밀리에가 물었다.

"네, 괜찮아요." 로티가 대답했다. "죄송해요. 가끔 이렇게 어지러울 때가 있어요. 왜 그런지는 잘 모르겠네요."

심장 소리
1942년 마흘링헨

로티는 전차 차고지에 있는 에리히에게 아무도 두 사람을 알아보지 못하는 외진 찻집에서 만나자는 내용의 쪽지를 보냈다. 어느새 계절은 겨울이 되어 눈이 날리고 있었다.

찻집에 자리를 잡은 에리히는 지난밤의 근무로 여전히 추위를 느끼며 뜨거운 코코아를 시켰다.

로티가 입을 열었다. "뭐라도 즐거운 이야기를 할 게 없네요. 오늘은 특히 좀 더 힘들겠지만 그저 이겨낼 수밖에요."

로티는 옷깃에 모피가 달린 검은색 외투를 입고 금발 머리 위에 검은색 모피 모자를 쓰고 있었다. 에리히는 그런 로티의 모습이 브론스카야를 바라보는 안나 카레니나 같다고 생각했다. 두 사람 사이의 불륜의 사랑이 끝나기 전의 그런 모습이었다. 에리히는 탁자 아래로 손을 뻗어 로티의 다리 사이에 손을 집어넣고 싶었다.

로티가 이야기를 시작했지만 에리히는 건성으로 고개를 끄덕였다. 로티는 이른 아침이라고는 믿기지 않을 정도로 완벽한 모습이었다. 피부는 부드럽게 빛났고 푸른색 눈동자에는 눈물이 고여 이상할 정도로 반짝거렸다. 에리히는 바로 그 자리에서 그런 로티를 바닥에 눕히고 싶었다. 이 세상 어떤 일에도 신경 쓰지 않고 로티의 몸 안으로 들어가 그녀가 자신의 이름을 소리쳐 부르는 걸 듣고 싶었다.

그렇지만 로티는 에리히에게 자신의 말에 귀를 기울여야 한다고 말했다. 로티는 둘 사이의 관계는 이제 끝이라고 선언했다. 에밀리에가 임신한 모습을 보고 그렇게 결심한 것이었다. 로티도 로거의 아이를 갖고 싶었고 앞으로는 로거에게 헌신하며 제대로 된 가정을 이루고 싶었다. 로티가 입을 열었다. "그냥 한때의 기분이었어요. 우리는 이미 그 사실을 잘 알고 있었고요. 이제는 끝내야 할 때인 것 같아요."

에리히는 로티를 바라보았다. 그녀의 아름다움이 자신을 숨이 막히도록 짓눌러 땅 속 저 깊은 곳까지 처박아버리는 것 같았다.

"왜 립스틱을 발랐지?" 에리히가 물었다.

"뭐라고요?"

"왜 그렇게 화장을 하고 차려입었지? 나를 더 이상 사랑하지 않는다고 말하기 위해서?"

로티는 모자를 벗고 아름다운 황금색 머리카락을 늘어트렸다.

"나는 당신을 사랑한 적 없어요. 그런 말도 한 적이 없고요. 나는 그냥 당신이랑 자는 게 좋았던 거예요."

"나랑 자는 게 좋았다고? 그게 지금 할 말이야? 그냥 좋았다는 게?"

"그래요, 에리히. 그냥 당신과 짐승처럼 얽히는 게 좋았다고요. 짐승이라면 아예 잔다, 안 잔다 그런 말 자체를 하지도 않겠지요. 그냥 본능대로 움직이면 되니까. 짐승들은 암컷과 수컷이 만나 때가 되면 그 일을 해야만 해요. 그리고 우리도 짐승들과 다를 게 없었어요. 그저 스스로의 욕정을 채우는 일 말고는 아무것도 생각하지 않았으니까. 쉬지 않고 하고 또 하고…… 마치 돼지처럼…… 그래요, 우리는 돼지였어요."

담배에 불을 붙이던 에리히의 손이 떨리기 시작했다. 종업원이 에리히에게는 뜨거운 코코아를, 그리고 로티에게는 물 한 잔을 가져다 주었다. 초콜릿 냄새를 맡으니 속이 울렁거렸다. 로티를 더 이상 바라볼 수 없어진 에리히는 나무로 된 바닥만 내려다보았다. 지난밤의 술꾼들이 버리고 간 듯한 담배꽁초들이 눈에 들어왔다. 에리히는 이 세상이 얼마나 비루한지, 또 얼마나 너덜너덜하고 닳아빠졌는지, 그리고 쓰레기들로 가득 차 있는지 생각했다.

"내 말을 좀 들어봐요." 로티가 부드럽게 말했다. "에리히, 내가 우리들 두 사람 사이에 있었던 일들을 모두 다 잊겠다는 게 아니에요. 우리가 했던 그 모든 일들! 나중에 내가 나이가 들면 아마도 그 일들을 기억하고 정말 그러던 때가 있었나 생각하겠지요. 로거하고는 달랐어요. 로거는 훨씬 더 평범하고 조용하지요. 그렇지만 어쨌든 나는 로거를 사랑해요. 단 한 번도 그이에 대한 사랑을 잊어본 적이 없어요. 당신도 그 사실을 잘 알고 있었고 나 역시 그 문제에 대해서는 한 번도 당신에게 거짓말을 한 적이 없으니까. 그리고 에밀리에가 임신한 모습을 보고 그거야 말로 내가 원하던 일이라는 사실을 깨달았어요. 나도 로거의 아이들을 갖고 싶어. 그것도 아주 많이. 나는 더 이상 내 젖가슴이 남자들 노리개가 되는 게 싫어요. 나도 내 아이에게 젖을 먹이고 싶다고요."

로티의 젖가슴이라. 왜 꼭 그런 이야기를 해야만 하는 것일까? 에리히는 종종 로티 위에 올라가 아기처럼 그녀의 젖꼭지를 빨았다. 그녀가 흥분하면서 젖꼭지가 단단해지는 걸 느끼는 게 좋았다. 심지어 에리히는 이슬처럼 영롱한 무엇인가가 로티의 앙증맞은 젖꼭지를 통해 나와서 자신을 채워주고 또 자신과 로티를 엮어준다고 상상하기도 했다. 그렇게 영원히 로티와 하나가 되는 것이었다. 에리히는 자신이 유일한 사랑인 로티 에드만을 언제나 원할 거라는 사실을 알고 있었다.

에리히는 자리에서 일어나 담배를 눌러 끄고는 마지막으로 그녀를 바라보았다. 어느 허름한 찻집, 유혹적인 아침 햇살 속의 그녀를 자신의 마음속에 깊이 새기는 것처럼. 로티의 부드러운 두 뺨과 앵두 같은 입술, 외투 깃을 움켜쥐고 있는 그 창백한 손. 이윽고 에리히는 몸을 돌려 찻집을 나왔다. 눈발이 가볍게 흩날리고 있었다.

임신 7개월째가 되자 에밀리에는 치즈 공장을 다니는 일을 그만두었다. 지배인인 스투더 씨는 언제든 일을 다시 할 수 있게 되면 공장에 나오라고 친절하게 말해주었다. 에밀리에는 스투더 씨가 '공식 선물'이라고 부르는 커다란 에멘탈 치즈 덩어리도 받았다. 공장을 나서려는데 그가 에밀리에의 뺨에 입을 맞춰주었다.

에밀리에는 출산예정일까지 남은 일수를 세기 시작했다. 60일, 40일, 30일……

에밀리에는 할 수 있는 한 정기적으로 의사를 만나러 갔다. 의사는 청진기를 에밀리에의 귀에 대고 아기의 심장 고동 소리를 들려주었다. 아기가 꼬물거리는 소리를 들은 에밀리에는 이렇게 말했다.

"사내아이예요. 틀림없어요. 우리는 아이 이름을 구스타프라고 지을 거예요. 지난번에 잃었던 아이 이름을 그대로 따서요."

"아, 그런 일이 있었군요."

"네. 임신 5개월하고 반쯤 지났을 때 일인데, 이번에는 아이가 아주 튼튼하겠지요? 아무 문제없을 거예요. 그렇지요?"

"누구라도 그렇게 말할 수 있을 겁니다."

"심장이 아주 튼튼하게 뛰는 것 같아요. 구스타프는 나와는 달리 작거나 마르지 않고 남편처럼 키도 크고 튼튼하겠지요. 분명히 그럴 거예요. 아니면 그냥 내 희망 사항일까요? 선생님은 간절히 원하면 이루어진다고 생각하세요?"

의사는 청진기를 치우며 말했다. "내가 진지하게 그 말을 믿었더라면 좀 더 쉽게 의사가 될 수 있었을 텐데요."

하지만 의사는 그 말을 하며 웃었다. 에밀리에는 생각에 잠겼다. '이제 나는 엄마가 되는 거야. 내 아이를 품에 안을 수 있어. 나는 뭐든지 견뎌낼 거야.'

에밀리에는 태어날 아들을 생각하면 에리히가 기운을 차릴 거라고 생각했다. 하지만 다가오는 출산에 대해 이야기할 때 에리히는 그저 희미하게 웃을 뿐이었다. 에리히는 아들의 이름을 몇 번이고 되뇌었다. "구스타프…… 구스타프……" 구스타프는 에리히의 아버지 이름이기도 했다.

에리히에게 뭔가 문제가 생긴 것 같았다. 그는 밤이 되어도 좀처럼 자리에서 일어나 일을 하러 가지 못할 때가 많았다. 차고지에는 전화기가 없었기 때문에 에밀리에는 어두운 밤거리를 걸어가 엘른에게 남편이 아프다는 말을 전해야 했다. 에밀리에는 커다란 창고에서 혼자 얼음처럼 차가운 물이 담긴 양동이와 대걸레를 들고 씨름하는 엘른에게 미안한 마음이 들었다. 때때로 에밀리에는 엘른에게 누스토르테를 만들어 갖다주기도 했다. 엘른은 이렇게 말했다. "펠러 씨에게 계속 일을 나오지 않으면 해고당할 수도 있다고 전해주세요. 관리인은 엄격한 사람이거든요."

에밀리에가 그 말을 전했지만 에리히는 그저 두 눈을 감을 뿐이었다. 에밀리에가 자기도 치즈 공장에 다니지 않는 상황에서 전차 차고지 일마저 못하게 된다면 두 사람이 경제적으로 곤란해질 거라고 이야기해도, 에리히는 귀담아듣지 않았다. 그가 원하는 것은 오직 하루 종일 잠들어 있는 것이었다.

에밀리에는 할 수 있는 한 최선을 다해 남편을 돌보려고 애썼다. 화를 내고 싶은 마음을 꾹 참으려면 남편에 대해 남아 있는 애처로운 마음을 전부 끄집어내야만 했다. 에리히는 자면서도 눈물을 흘리며 울었다. 에밀리에가 뭐가 그렇게 괴로운지 물으면 에리히는 그저 세상 돌아가는 꼴이 슬프다고 했다. 그는 스위스가 전쟁에 휘말리는 건 "오직 시간문제일 뿐이며 그렇게 되면 우리가 알고 있는 모든 것들이 다 파괴될 것"이라고 믿었다.

에밀리에는 그런 생각 따위는 하고 싶지 않았다. 그녀는 에리히를 다독여 일을 하러 나가도록 했다. 또 몇 번이고, 구스타프가 태어나면 그것이 마음의 평안을 되찾는 데 도움이 될 거라고 말했다. 하지만 에밀리에는 그 말을 할 때마다 에리히의 눈에서 오랜 분노가 이글거리는 것을 보았다. "에밀리에, 당신은 아무것도 몰라." 에리히가 말했다. "아무것도 모른다고."

6월 2일이 되자 진통이 시작되었다. 먼저, 에밀리에는 무시무시한 얼굴의 도깨비가 비늘 덮인 손으로 자궁 속에 기어들어오는 꿈을 꾸었다. 꿈에서 깨어난 뒤에 진통이 다시 시작되었다. 에밀리에는 정말로 출산이 임박했음을 깨달았다. 구스타프가 마침내 세상에 나오겠다고 에밀리에에게 알리고 있는 것이었다.

시간은 새벽 4시였고 에리히는 집에 없었다. 에리히가 퇴근하려면 아직 2시간 반이나 남아 있었다. 에밀리에는 평정을 유지하려고 애쓰며 깊게 심호흡을 했다. 그녀는 작은 가방에 필요한 물건들을 챙기고 펑퍼짐한 옷을 입은 다음 그 위에 외투를 걸쳤다. 그리고 세수를 하고 이를 닦았다. "모든 일이 다 잘 될 거야." 에밀리에는 스스로를 다독였다. "모든 일이 다 제대로 흘러갈 거야."

에밀리에는 아래층으로 내려가 크람스 부인의 집 현관문을 두드리고는 한참을 기다렸다. 크람스 부인이 느릿느릿한 발걸음으로 문가에 나타났다. 머리카락은 종이로 돌돌 말려 있었고 마디가 지고 거친 발에는 아무것도 걸치고 있지 않았다. 에밀리에는 잠을 깨운 것을 사과하고 구급차를 좀 불러달라고 부탁했다.

크람스 부인은 옷을 여며 입고는 담배에 불을 붙였다. 그리고 에밀리에를 거실 의자 위에 앉히고는 전화를 걸러 갔다. 잠시 뒤 루드비히 크람스가 담요를 두르고 거실에 나타났다. 루드비히는 에밀리에를 마주보고 앉아 낄낄거렸다. "다른 사람인 줄 알았는데." 그가 말했다.

"뭐라고?" 에밀리에가 물었다.

"펠러 씨가 만나는 다른 여자인 줄 알았다고요. 두 사람은 항상 아침 일찍 만났어요. 그러면 위층에 올라가 계단 위에 쭈그리고 앉아서 엿들었는데."

에밀리에는 그런 루드비히를 말없이 바라보았다. 저런 모자라는 아들을 둔 크람스 부인이 참 안쓰럽게 느껴졌다. "그 다른 여자라는 게, 그러니까 그렇고 그런 몸을 파는 여자야. 하지만 그렇다고 해도 네가 남의 집을 엿들어야 한다는 건 아니지." 말을 마친 에밀리에는 고개를 돌렸다.

"난 항상 그렇게……" 다시 입을 열려고 했던 루드비히는 크람스 부인이 다시 모습을 드러내자 말끝을 흐렸다. 크람스 부인은 주전자를 불 위에 올려놓고는 격자무늬의 담요를 하나 가져와 에밀리에의 여윈 어깨에 걸쳐 주었다. 그러고 나서 그녀는 루드비히를 쫓아 보냈다.

"저 애가 뭐라고 하던가요?" 크람스 부인이 물었다.

"아무 말도 안했어요. 그냥 알아듣지 못할 말을 몇 마디 하더군요"

두 사람은 말없이 구급차를 기다렸다. 진통은 왔다가 가기를 반복했다. 에밀리에는 울지 않으려고 애쓰며 호흡을 계속 고르게 유지했다. 이마에는 땀이 번들거렸고 손에 힘을 꽉 주느라 손톱이 손바닥을 파고들었다. 크람스 부인이 입을 열었다. "펠러 부인, 내 생각엔 딸아이면 좋겠어. 남자애들은 사람만 힘들게 하지."

"그런가요." 에밀리에가 대꾸했다. "그런데 여자아이 이름은 지어놓지 않았거든요. 크람스 부인은 이름이 뭔가요? 딸이 태어나면 부인 이름을 따라 짓겠어요."

"내 이름은 헬가야." 크람스 부인이 말했다.

"헬가? 좀 흔한 이름이긴 하지만 그렇게 할게요. 어쨌든 난 누가 태어나든 우리 어머니 이름과 연관 지을 생각은 없으니까요."

두 사람은 잠시 말없이 뜨거운 차를 마셨다. 그리고 구급차가 도착했다. 에밀리에는 곁에 에리히가 함께 있었으면 했다. 구급대원에게 전차 차고지에 연락을 할 수 있는지 물어보았고 남자는 한 번 연락 해보겠다고 말했다. 에밀리에의 입에 산소 호흡기가 씌워지자 곧 신선한 산소가 에밀리에의 폐 속으로 들어왔다. 마치 다보스에서 맛보았던 것과 같은 그런 달콤한 기분이 들었다.

달콤한 산소를 마시며 두 사람의 요원이 돌봐주는 구급차 안에 있으니 아늑하고 안전한 기분이 들었다. 에밀리에는 구급차가 어디 조용한 곳에 멈추어 서서 그 자리에서 구스타프가 태어났으면 하고 바랐다. 그러면 어느새 그녀의 생에서 가장 믿음직스러운 사람이 된 구급대원들이 아기를 받아 조심스럽게 에밀리에의 품 안에 안겨줄 터였다.

하지만 구급차는 너무나 빨리 병원에 도착했다. 에밀리에는 구급대원들에게 작별 인사를 하고 이동식 침대에 실려 승강기를 탔다. 그리고 다시 하얀 불빛이 내리쬐는 방 안으로 옮겨졌다. 조산원이 나타나 쓰고 있던 마스크 너머로 에밀리에를 바라보았다. 에밀리에의 발과 다리는 침대 위의 받침대에 올려져 고정되었다. 갑자기 긴장이 되고 다가올 고통에 겁이 나기 시작했다. '내 엉덩이는 아이를 낳기에는 너무 좁은 게 아닐까.' 겁에 질린 에밀리에의 눈에서 눈물이 흐르기 시작했다. 에밀리에는 에리히의 이름을 소리쳐 불렀다.

에밀리에는 집중 조명 장치가 되어 있는 작은 방을 둘러보았다. 한 무리의 사람들이 에밀리에가 누워 있는 침대 끄트머리에 모여 있었다. 에밀리에는 그 사람들이 언제 들어왔는지 기억조차 나지 않왔지만 어쨌거나 그 사람들은 거기에 있었다. 그들은 조용히 뭔가 이야기를 나눴다. 에밀리에는 계속해서 힘을 주라는 말을 들었다. 고통이 극도로 심해지자 이러다 기절을 하는 게 아닐까 하는 생각마저 들었다. 그녀는 또 아이들은 자기들을 세상에 태어나도록 하기 위해 사람들이 어떤 수고를 기울이는지 알기나 할까? 하고 생각했다.

에밀리에는 아마도 기절한 것 같았지만 확신할 수 없었다. 정지된 것 같았던 시간이 다시 흘러가기 시작했다. 시간이 다시 흐른다고 생각한 순간, 그녀의 아기, 그녀의 구스타프가 건강하게 태어나 울음을 터트렸다. 구스타프가 초록색 천에 싸여 에밀리에의 품 안에 안겼다.

시작과 끝

1942년 마흘링헨

태어난 아기는 무척이나 작았고 팔다리도 가늘었다. 하루 종일 배가 고프다고 울어댔고 젖을 물려주어도 울음을 그치지 않았다.

에리히는 침대 위에 앉아 에밀리에가 아들에게 젖을 물리려고 애를 쓰는 모습을 바라보았다. 첫 임신 때는 그렇게나 풍만했던 에밀리에의 가슴은 젖을 먹여야 하는데도 빈약하기 이를 데 없었다. 에리히가 보기에 구스타프는 젖을 제대로 먹지 못해 서서히 죽어갈 것만 같았다. 에리히는 에밀리에의 품에서 아이를 낚아채 약국으로 데리고 갔다. 그리고 약국 판매대 위에 아이를 올려놓고는 옷을 벗겼다.

"이것 좀 봐요!" 에리히가 소리쳤다. "이 애가 얼마나 마르고 약한지를! 이 애한테는 젖이 필요해요."

젊은 여자 약사가 구스타프를 살펴보았다. 그러는 사이 두통약이며 소화제를 사러 온 다른 손님들은 당혹스러워했고 가볍게 짜증을 내면서 순서를 기다렸다.

“우리 집사람이 말이에요, 이 애한테 젖을 먹이려고 하지만 내가 볼 때는 젖이 한 방울도 안 나온다고요!” 에리히가 말했다.

약사는 아무런 말도 하지 않고 구스타프를 안아들고 저울 위에 올려놓았다. 저울 바늘을 살펴본 약사는 아기를 다시 안아들고 옷을 입혔다. 에리히에게 구스타프를 돌려준 약사는 이렇게 말했다. “선생님 말씀이 맞습니다. 아기 체중이 좀 모자라는군요.”

약사는 에리히에게 큰 깡통에 든 분유 하나와 고무젖꼭지가 달린 유리병 하나를 주었다.

“믿을 수 있는 좋은 스위스 분유에요. 4시간마다 병의 3분의 2쯤 채워서 아기한테 먹이세요. 일주일 뒤에 다시 찾아오시거나 아니면 의사에게 데려가 보세요.”

에리히가 약국을 나가자 간단한 약을 사려고 기다리던 어느 여자 손님이 에리히의 뒤에 대고 말했다. “애한테 엄마 젖을 물려야 해요. 안 그러면 애 엄마가 더 우울해진다고요.”

에밀리에는 우울했다.

에리히가 구스타프에게 분유를 타서 먹일 때 아기의 얼굴을 보니 모유를 먹일 때와는 달리 아주 기뻐하는 것 같았다. 성마르고 조급해하던 모습과는 아주 달랐다. 그리고 에밀리에는 자기가 구스타프를 제대로 돌보지 못하고 있음을 깨달았다. 품에 안고 있으면 소리를 지르고 발길질을 하는 걸 보니 편하게 만들어주지 못하는 것이 분명했다. 그런데 에리히가 안기만 하면 금세 조용해지는 것이었다.

밤은 고통의 연속이었다. 에리히가 일을 나가고 나면 에밀리에는 구스타프와 단둘이 있게 되었다. 구스타프는 악을 써대며 쉬지 않고 에밀리에를 깨웠다. 때로 에밀리에는 그런 구스타프를 그대로 내버려두기도 했다. 에밀리에는 너무나 피곤했고 그런 끔찍한 소리를 들으면서도 깜빡 잠이 들 정도였다. 에밀리에는 구스타프에게는 아무런 문제도 없다고 스스로에게 말했다. 그저 배가 고프거나 기저귀에 오줌을 쌌거나 아니면 그냥 기분이 나쁜 것뿐이라고. 에밀리에에게는 잠이 필요했다. 엄마가 쉬지 못한다면 어떻게 매일 쉬지 않고 아기에게 젖을 먹이고 기저귀를 갈아주는 일을 할 수 있단 말인가?

에밀리에는 기쁜 일만 있기를 기대했다. 그녀는 자신이 얼마나 구스타프를 기다렸는지 생각했고, 엄마가 되면 과거의 슬픔들이 치유되고 다시 자존심을 세울 수 있는 그런 생활을 할 수 있을 거라고 상상했다. 하지만 현실은 그렇지 못했다. 에밀리에의 마음속에서는 이 구스타프가 진짜 구스타프가 아니라는 끔찍한 생각이 떠오르기 시작했다. 자신이 잃었던 아이가 진짜 구스타프고 그 아이가 있었다면 진짜 가슴 두근거리는 엄마가 된 기쁨을 누릴 수 있었을지도 몰랐다.

어느 날 길거리에서 로티 에드만을 만난 에밀리에는 이렇게 말했다. "로티, 아이 엄마가 된다는 게 내가 생각했던 그런 일이 아니네요. 천국이라기보다는 지옥에 더 가까워요."

로티는 그런 에밀리에를 슬픈 눈으로 바라보았다. "그래도 나는 당신이 부러워요." 로티가 말했다. "로거와 나는 노력했지만 아마 아이를 못 가질 것 같아요."

에밀리에는 로티를 바라보았다. 에밀리에는 언제나 로티의 아름다움을 부러워하고 동경해왔지만 지금 로티의 머리카락은 윤기를 잃었고 얼굴도 까칠했다.

"약간 좀 다르게 이야기하면, 로티, 당신을 믿으니까 하는 말인데, 나는 내가 아이에 대해 절대적인 사랑을 느낄 수 있을 거라고 생각했어요. 그런데 그게 아니었나 봐요." 에밀리에가 말했다.

로티는 잠시 머뭇거리더니 이렇게 물었다. "에리히는 어떤가요? 아이를 많이 예뻐하나요?"

"네, 그래요." 에밀리에가 대답했다. "구스타프를 아주 좋아하는 것 같아요. 아침 6시 반에 퇴근해서 집에 돌아오면 직접 분유를 타 먹이고 기저귀도 갈아줘요. 그리고 함께 침대로 가서 잠을 자요. 가만히 서서 두 사람을 보고 있으면 나랑 있을 때와는 다르게 정말 잠을 달게 자더군요……. 그래서 더 슬프고 내가 부족한 것처럼 느껴져요."

로티는 고개를 끄덕였다. 그리고 유모차 안으로 손을 뻗어 구스타프의 얼굴을 어루만졌다. "아빠보다는 엄마를 더 많이 닮았네요."

전차 차고지에서 밤을 새우는 에리히는 아들에 대한 걱정이 끊이지 않았다. 에리히는 엄마와 아기 사이에 어떤 특별한 거리감 같은 게 있다는 사실을 알게 되었다. 에밀리에는 구스타프를 꼭 안아주거나 입을 맞춰주는 일이 드물었다. 기저귀를 갈아줄 때도 구스타프를 거칠게 다루었고 그 작은 몸을 이리 밀고 저리 밀다가 때로는 몸을 닦아주며 거친 말을 하기도 했다.

에리히는 아기의 출산은 자신으로서는 감히 상상도 하지 못할 그런 어려운 일이라고 스스로에게 되뇌었다. 따라서 여자들이 그 고통을 잊는 데 시간이 걸리는 것도 당연한 일이라고 생각했다. 그리고 고통을 잊고 원래대로 천천히 회복되어가는 과정에서 여자들의 행동이 조금 상식적이지 않거나 이상할 수도 있다는 것을 알고 있었다. 에리히는 그저 시간이 지날수록 에밀리에가 빨리 구스타프와 가까워지기만을 바랄 수밖에 없었다. 하지만 자신의 아들이 에밀리에와 둘이서만 있다가는 위험에 빠질 거라는 예감을 떨쳐버릴 수가 없었다. 마치 어느 날 아침 차고지 근무를 교대하고 퇴근해서 운터데 에크 거리에 있는 집으로 서둘러 돌아갔을 때 구스타프가 죽어 있는 모습을 발견하게 될 것만 같았다.

이렇게 불편한 기분이 계속되는 가운데 에리히는 예상치 못한 일과 맞닥트리게 되었다. 로티로부터 연락이 온 것이었다. 에리히는 차고지에 있는 의자 위에 앉아 희미한 불빛 아래에서 로티의 편지를 읽었다. 그러자 황금색 빛이 갑자기 뿜어져 나와 자신의 존재 자체를 감싸 안는 것 같았다. 에리히의 심장이 거칠게 두근거리기 시작했다. 그는 심장이 그의 안에서 폭발해서 놀라 죽을 것만 같다고 느꼈다.

에리히,

내가 당신에게 한 번도 당신을 사랑한 적이 없다고 말했던 그 찻집에 우리 둘이 함께 있는 꿈을 얼마나 많이 꾸었는지 몰라요. 하지만 내가 그때 말했던 건 사실이 아니에요. 내가 '돼지'라는 말까지 했던 건 우리의 이별을 좀 더 쉽게 만들기 위해서였어요. 그래야 당신이 내게서 쉽게 멀어질 것 같았으니까.

에리히, 나는 정말로 당신을 사랑해요. 우리 둘이 다시는 사랑을 나눌 수 없다는 사실은 정말이지 너무나 견디기 힘든 일이에요. 나는 당신을 그리워하는 나의 마음이 차츰 진정되기를 바랐지만 시간이 흐를수록 그 마음은 점점 더 커져만 가는군요.

나에게 이런 말을 할 자격이 없다는 걸 잘 알고 있어요. 더군다나 이제는 당신에게 아들까지 생겼으니 더더욱 에밀리에 곁에 있어야만 하겠지요. 하지만 나는 당신이 나를 보러 와주었으면 좋겠어요. 로거는 제네바에 있어요. 우리가 다시 사랑을 나눌 수 있을까요? 만일 그럴 수만 있다면…… 오 하나님, 정말이지 어떻게 당신에게 말을 해야 할지…… 정말 부끄러워요…… 하지만 에리히, 나에게 아기를 만들어 줄 수 있나요? 나는 이제 서른두 살이고 로거는 아마 내게 아기를 안겨줄 수 없을 것 같아요. 우리 둘의 사랑은 그러기에는 너무나 미약했으니까. 하지만 당신과 나라면, 우리가 나눴던 그 뜨거운 사랑이라면, 그리고 이제 아무런 피임 조치를 하지 않는다면…… 너무나도 쉽게 임신을 할 수 있지 않을까요. 당신에게 바라는 건 아무것도 없어요. 아빠로서의 책임 같은 것도 전혀 원하지 않아요. 맹세해요. 아기가 생긴다면 '로거'의 아이로 키울 거예요. 그리고 이 세상에서 오직 당신과 나만이 그 비밀을 간직하는 거예요. 우리의 꿈이 만들어낸 천사에 대한 비밀을……

한밤중의 차고지에는 가을바람의 향기가 느껴졌다. 에리히는 로티의 편지를 다 외워버릴 정도로 읽고 또 읽었다. 에리히는 로티가 원하는 일이 정말 뻔뻔스러운 일이며, 로티처럼 제멋대로인 여자만이 생각할 수 있는 엄청난 사기극이라는 사실도 잘 알고 있었다. 하지만 에리히는 또한 자신이 그녀의 그런 계획에 동참하기 위해 지금이라도 당장 그녀에게 달려가고 싶어 한다는 사실도 이해했다. 마침내 로티가 자기를 찾고 있었고 따라서 머뭇거릴 여유 같은 건 없었다. 로티를 원하는 에리히의 마음은 정말로 억누르기 힘든 끔찍한 욕정이었고 지금 즉시 그 욕정을 채우지 못한다면 죽을 것만 같았다.

6시가 가까워 오자 에리히는 공중전화가 있는 곳으로 달려가 크람스 부인에게 전화를 걸었다. 그는 에밀리에에게 8시에 회사 회의가 있다는 말을 전해달라고 부탁했다. 전차 회사 관리자들과 만나야 하기 때문에 오전 시간이 다 지나서야 집에 들어갈 수 있다는 것이었다. "아, 그리고 구스타프에게 분유 타서 먹이는 걸 잊지 말라고도 좀 해주세요."

마츨링헨에 있는 상점들이 문을 여는 시간이 되자 에리히는 싸구려 옷가게에 들어가 새 바지와 셔츠, 그리고 신발과 웃옷을 샀다. 그리고 공중목욕탕에 가서 몸에 배어 있는 전차 차고지의 모든 흔적과 냄새를 씻어냈다. 이 일을 다 마치고 나자 에리히는 새로 산 옷으로 갈아입고 이발소를 찾아가 면도와 이발을 부탁했다. 이발소 거울에 비친 모습을 흘끗 보니 에리히는 자기도 모르는 사이에 웃음을 짓고 있었다.

9시 반쯤 되어 에리히는 걸어서 그뤼네발트 거리로 향했다. 로티에게로 가는 익숙하고 애정 어린 길이었다. 그런데 그 순간 에리히는 로티의 편지가 품에 없다는 사실을 깨달았다. 분명 목욕탕이나 공중전화, 그것도 아니면 옷가게에서 옷을 갈아입다가 두고 나온 것임에 틀림없었다. 하지만 에리히는 편지를 찾기 위해 왔던 길을 다시 돌아갈 수는 없었다. 로티에 대한 갈망이 그만큼 컸기 때문이었다. 에리히는 로티가 자신을 기다리고 있기를 기도하며 예전과 똑같이 행동할 수 있기를 바랐다. 예전에도 그랬던 것처럼 그렇게 숨도 쉬지 않고 그녀에게 곧바로 달려가고 싶었다. 에리히는 로티가 어떤 옷을 입고 있을까 상상하기 시작했다.

에밀리에는 밤새 다섯 번이나 구스타프 때문에 잠에서 깨느라 피곤한 밤을 보냈다. 그녀는 여전히 잠옷을 입은 채로 부엌 불가에 앉아 커피를 마시고 담배를 피우다가 크람스 부인의 연락을 받았다. 구스타프는 겨우 침대에서 잠이 들었고 자신도 잠을 좀 더 자야 할지 생각하던 중이었다. 집 안 청소를 해야 했지만 나중에 해도 상관없었다. 지금 에밀리에에게 필요한 건 오직 잠을 자는 일뿐이었다.

에밀리에는 침대로 가서 거의 눕자마자 잠이 들었다. 그리고 이르마와 진주 모자 장식이 나오는 이상한 꿈을 꾸었다. 이르마는 바젤에 있는 집의 좁은 거실 안을 빙빙 돌며 춤을 추고 있었고 손에 들고 있는 모자 장식으로 허공을 연신 찔러대며 "언젠가 복수를 하리라"며 소리를 질러댔다. 에밀리에는 한쪽 구석에 웅크리고 앉아 결국 이르마가 저 장식으로 자기를 찌를 것이라고 생각했다. 에밀리에는 이르마가 원했던 아이가 아니었고 이르마가 말하는 '복수'의 대상은 결국 에밀리에 자신이었다.

그때 누군가 쉬지 않고 요란하게 집 문을 두들겨댔다. 처음에 에밀리에는 그것도 이르마가 나오는 꿈의 일부라고 생각했지만 곧 잠에서 깨어나 겉옷을 걸쳤다.

구스타프의 방에서는 아무런 소리도 들리지 않았고 누군지 모르는 사람이 계속 문가에서 에밀리에의 이름을 소리쳐 불렀다. "펠러 부인! 문을 열어보세요. 경찰입니다!"

그 말을 들은 에밀리에는 마침내 올 것이 왔구나 하는 생각이 들었다. 오랫동안 처리가 되지 않았던 에리히의 기소장이 도착한 것이다. 에밀리에가 몸을 떨면서 문을 조금 열자 경찰 두 명이 서 있는 모습이 눈에 들어왔다. 경찰들은 잠시 아무런 말도 하지 않다가 이내 아주 예의 바르게 집 안으로 들어가도 되겠냐고 물어왔다.

"기소장이 온 건가요? 맞지요?" 에밀리에가 물었다. "남편을 체포하는 건가요?"

두 사람은 말없이 고개를 저었다. 어수선하고 담배 연기가 남아 있는 집 안으로 들어온 경찰들은 에밀리에에게 자리에 앉는 게 어떻겠느냐고 부드럽게 권했다.

"자리에 앉으라고요?" 에밀리에가 물었다. "나쁜 소식을 가져오셨군요. 남편을 체포하려고요?"

"그렇지 않습니다." 두 사람 중 나이가 들어 보이는 경찰이 말했다. "기소나 체포하고는 전혀 상관없는 일입니다. 펠러 부인, 부탁이니 자리에 좀 앉으세요. 그러면 우리가 왜 찾아왔는지 말씀을 드리지요."

에밀리에는 닳아빠진 갈색 의자의 가장자리에 겨우 몸을 걸쳤다. 경찰들도 자리를 잡고 앉았고 남편인 에리히 펠러에 대해 입을 열었다. 에리히가 오전 9시 35분에 거리에서 사망한 채 발견되었다는 것이었다.

에밀리에는 멍하니 입을 벌렸다.

'거리에서 사망한 채로?

사망한…… 채로 발견이 되었다고?'

얼마간 시간이 흘렀을까, 에밀리에는 바보처럼 같은 말을 되풀이했다. "거리에서요? 에리히가 길거리에서 죽었을 리가 없어요……."

"길거리에서 돌아가신 게 맞습니다." 경찰들은 에리히가 그뤼네발트 거리에서 발견되었다고 에밀리에에게 알려주었다. "에리히 펠러 씨는 경찰서 본부의 에드만 서장이 살고 있는 집 계단 앞에서 사망한 채로 발견이 되었습니다. 그냥 우연의 일치일 수도 있고 아니면 서장님에게 볼일이 있어 찾아간 것일 수도 있습니다. 사망 원인은 심장마비로 보입니다."

에밀리에는 아무런 말도 할 수 없었다. 에밀리에는 다시 꿈속으로 돌아가고 싶었다. 이르마라면 에밀리에도 상대할 수 있을지 몰랐다. 하지만 이 '거리에서 사망했다는 소식'은 에밀리에가 감당할 수 있는 그런 종류의 시련이 아니었다. 혹시 뭔가 잘못된 것이 아닐까? 지금 여기 와 있는 경찰들은 꿈인가 생시인가?

에밀리에는 뭔가를 확인하기 위해 이리저리 고개를 돌리며 집 안을 둘러보았다. 이게 지금 꿈속인가 아니면 실제 상황인가? 하지만 집 안을 둘러보아도 그 질문에 대한 실마리가 나올리는 없었다. 그래서 에밀리에는 잠시 어떤 신호라도 나타나기를 기다렸다. 지금 이 상황이 실제 상황이라는 신호를. 그리고 마침내 신호가 나타났다. 너무나도 익숙한 소리가 들려왔던 것이다. 아기 침대 위에서 구스타프가 울음을 터트렸다.

제3부

부활

펠러 호텔

1992년 마츨링헨

구스타프 펠러는 마흔 살 무렵에 마츨링헨에 있는 어느 호텔의 주인이 되었다. 구스타프는 호텔 경영이 자신의 섬세하고 까다로운 성격에 완벽하게 어울린다는 사실을 잘 알고 있었다. 구스타프는 호텔을 깨끗하게 유지하는 동시에 인간이 삶을 견뎌나갈 수 있게 해주는 데 꼭 필요한 여러 가지 소소한 조건들, 즉 잘 정비된 중앙난방이나 널찍하고 편안한 침대, 여성용 헤어드라이어, 식당에 놓인 편안한 의자들, 그리고 휴게실의 벽난로 등을 제공하는 것에 자부심을 느끼고 있었다.

단 한 가지 구스타프가 허영을 부린 일이 있다면, 그것은 바로 호텔 이름이었다. 펠러 호텔. 구스타프는 이 이름이 어떤 식으로든 호텔을 본래의 모습보다 더 웅장하게 보이도록 만들어준다고 생각했다. 하지만 미슐랭 가이드의 스위스판 평가에 따르면 실제로 이 호텔은 편안하고 안락하기는 하지만 특별히 인상 깊은 점은 없는, 그저 작고 아담한 그런 숙박업소였다. 하지만 구스타프는 이 호텔을 매우 자랑스럽게 여겼다. 그가 깊이 신뢰하는 이탈리아 출신의 주방장 루나르디는 구미가 당기면서도 위안이 될 만한 음식들을 차려냈다. 두 남자, 구스타프와 루나르디는 사람들이 여행을 할 때는 대개 집을 그리워하게 마련이라는 사실을 잘 알고 있었다. 펠러 호텔에 묵는 손님들에게 집과 같은 편안한 분위기를 제공하려고 애쓰는 이유가 바로 그 때문이었다.

구스타프의 나이는 이제 쉰 살이었다. 그는 호텔 제일 꼭대기 층에 있는 방에서 혼자 살고 있었다. 방의 창문을 열면 에메 강과 한때 치즈 공장이 있던 자리에 새롭게 세워진 칙칙한 주택 단지가 눈에 들어왔다. 구스타프는 치즈 공장이 사라진 것이 기뻤다. 덕분에 에멘탈 치즈 냄새를 풍기며 집에 돌아오던 어머니에 대한 생각을 하지 않을 수 있었으니까. 어머니는 치즈 냄새를 핑계로 단 한 번도 아들을 안아주거나 입을 맞춰준 일이 없었다.

하지만 구스타프는 자신의 어린 시절에 대해 굉장히 자주 생각했다. 당시의 슬펐던 감정은 마치 미래에 겪을 수 있는 그 어떤 슬픔조차도 다시는 그런 식으로 영향을 미치지 못할 것처럼 언제나 처절할 정도로 완벽해 보였다. 잿빛 황혼처럼 밀려드는 그런 슬픔은 구스타프를 보이지 않게 감싸고돌았지만 그는 밝은 빛을 향해 나아가기 위해 끊임없이 노력했다. 그래야 자신의 '엄마'가 자신을 더 잘 볼 수 있을 테니까. 하지만 에밀리에는 단 한 번도 아들의 모습을 똑바로 본 적이 없었다. 그녀는 언제나 아들에 대해서는 반쯤 시선을 돌리고 있었다.

구스타프는 오래전 에밀리에가 일했던 헬베티아 여관을 사들여 펠러 호텔로 개장하면서 사치스러운 생활과는 거리가 먼 삶을 살아왔다. 그리고 언제나 그런 삶을 바랬던 에밀리에가 아들을 자랑스럽게 여길 것이라고 믿었다. 하지만 실제로는 그렇지 못했다. 에밀리에는 구스타프가 호텔 휴게실에 들여놓은 19세기의 골동품 가구들을 보고 감탄하고 또 루나르디가 "어머님을 위해 특별히 준비했습니다"라고 말하며 차려내는 화려한 후식을 맛보고는 얼굴을 붉히며 놀라기도 했지만 단 한 번도 구스타프가 자신의 이름을 내건 호텔 사업을 시작하는 걸 축하해준 적은 없었다. 사실 에밀리에는 호텔에 가지 않겠다고 구스타프에게 말했다. 그곳에 가면 헬베티아 여관에서 종업원으로 일하며 초라한 생활을 했던 기억이 떠오르기 때문이었다. "네 아버지가 나를 그런 모든 일에서 구원해주었지. 구스타프, 미안하다만 나는 다시는 그곳으로 되돌아가고 싶지 않아."

구스타프는 에밀리에에게 자신이 아낌없이 돈을 퍼부어 완전히 새롭게 문을 여는 호텔을 보고 그 옛날의 여관을 떠올리는 건 터무니없는 일이라고 말해주고 싶었다. 여관과 호텔 사이에는 아직 남아 있는 지붕과 외벽 정도를 제외하고는 닮은 점이 하나도 없었지만 그 지붕과 벽조차도 새로 보수를 하고 청소를 한 상태였다. 구스타프는 에밀리에에게 좁다란 침대와 싸구려 바닥재, 그리고 햇살도 제대로 막지 못하는 얄팍한 커튼이 달려 있는 건 그 옛날 여관방의 모습일 뿐이라는 사실을 알려주고 싶었다. 또한 오래된 빵과 싸구려 커피, 그리고 딱딱하고 질긴 에멘탈 치즈를 차려내오는 아침 식사 역시 지금의 펠러 호텔에서는 있을 수 없는 일이었다. 헬베티아 여관의 휴게실은 어둠침침했으며 화장실은 더럽고 냄새가 났지만 펠러 호텔에서는 어디를 가든지 모두 다 만족스러운 모습들뿐이었다. 현관은 꽃으로 장식되어 있었고 침실에는 부드러운 깔개가 깔려 있었다. 욕실은 환하고 향기가 났다. 하지만 에밀리에에게는 이런 것들이 아무런 의미가 없었다. 구스타프가 이런 이야기들을 늘어놓기 시작하면 에밀리에는 마치 아무런 말도 듣지 못한 듯 고개를 돌렸다. 높다란 코를 허공으로 돌려 세운 모습은 마치 인간이 내는 소음을 마뜩지 않아 하며 동굴 속에 거꾸로 매달려 있는 박쥐 같은 무시무시한 짐승을 떠올리게 했다.

하지만 구스타프는 포기할 수 없었다. 그는 이런 일들과 상관없이 자신이 어머니를 여전히 사랑하고 있다는 사실을 잘 알고 있었다. 그의 마음 한구석에는 언제나 엄마가 자신을 사랑하는 법을 배울 때까지는 죽을 수 없다는 믿음이 있었다. 나이가 들어갈수록 구스타프는 너무 늦기 전에 그런 어머니에게 사랑을 가르쳐주려고 무던히도 애를 썼지만, 제대로 되지는 않았다.

구스타프는 늙고 쇠약해진 에밀리에에게 호텔로 와서 지내는 게 어떻겠느냐고 말했다. 그러면 자신은 물론 호텔 직원들이 엄마를 돌볼 수 있을 터였다. 하지만 그런 이야기가 에밀리에에게는 오히려 상처가 되는 것 같았다.

"내가 보니, 넌 내게 창피를 주려고 그러는 것 같구나. 우리 집에는 식탁 같은 게 아예 없었으니까. 그렇지 않니?" 에밀리에가 말했다.

구스타프는 엄마를 멍하니 바라보았다. 그리고 엄마의 마음이 육신만큼이나 무너져가고 있는 것이 아닌지 염려가 되었다.

"엄마, 무슨 말씀을 하는지 잘 모르겠어요."

"그러니까 너에게 뭔가 꿍꿍이가 있다고."

"그러니까 무슨 꿍꿍이요?"

"내게 창피를 주려고 무슨 일이든 다 하려는 게지. 너의 그 잘난 호텔을 가지고 말이야! 네가 아드리아나 츠비벨이 네 엄마였으면 하고 바랐던 거 내가 다 알아. 아드리아나의 돈이며 갖고 있는 값비싼 물건들이 좋았겠지. 하지만 내가 네 엄마가 되는 바람에 넌 평생 나를 부끄러워하면서 살게 된 거야."

구스타프는 아무런 말도 하지 못했다. 그는 방금 에밀리에가 한 말 중에 사실인 부분이 있는지 생각해보았다.

"아니라고는 못하겠지, 그렇지?" 에밀리에는 이렇게 말하며 바싹 여윈 두 손을 마치 권투 선수처럼 쥐고는 구스타프를 때리려고 했다.

"그런 적 없어요. 그리고 펠러 호텔은 남에게 자랑할 만한 그런 수준까지는 못 됩니다." 구스타프가 말했다.

"어쨌든 대단한 호텔이잖아! 방도 열두 개나 되고! 나는 밥을 차려 먹을 식탁조차 없었고 그래서 넌 늘 그걸 창피하게 생각했잖아!"

구스타프는 엄마에게 가서 그 움켜쥐고 있는 주먹을 팔로 감싸 안고 주름진 손등에 입을 맞추었다. 하지만 에밀리에는 곧바로 아들을 밀쳐냈다. 마치 늘 그래온 것처럼, 그리고 구스타프도 자신이 그렇게 할 것이라는 걸 이미 잘 알고 있는 것처럼.

딱 한 번, 구스타프가 에밀리에에게 친밀감을 느꼈던 적이 있었다. 두 사람이 함께 바젤에 갔을 때였다. 그는 그때 열여섯 살이었다.

두 사람은 에밀리에의 어머니인 이르마 알브레히트의 장례식에 참석하는 길이었다. 구스타프는 이 외할머니를 한 번도 만나본 적이 없었다. 바젤로 향하는 기차에서 에밀리에는 이렇게 말했다. "네가 외할머니를 만나지 못한 건 외할머니가 끔찍한 사람이었기 때문이야."

두 사람 말고는 장례식에 찾아오는 사람은 아무도 없었다. 장례식이 끝난 후 에밀리에는 구스타프에게 그곳에 잠시 머물러야 한다고 말했다. 언덕배기에 있는 이르마의 낡은 집을 팔 수 있는지 알아보기 위해서였다.

구스타프가 집을 살펴보니 온통 다 무너져 내린 데다가 화장실마저 마당의 다 기울어져가는 헛간에 있었다. 그는 과연 누가 이런 집을 사려고 할지 모르겠다고 말했다.

"그렇지 않아." 에밀리에가 말했다. "부동산 개발업자라면 이 집을 살 거야. 바젤은 지금 한창 개발 중이니까. 그래서 주변 땅을 유심히 살펴보는 사람들이 많아."

외할머니의 집에서 머문 지 이틀째 되는 날 에밀리에는 이르마가 잡동사니를 태우는 데 썼던 오래된 화로에 불을 지폈다. 구스타프도 옷장에서 이르마의 낡은 옷들을 몽땅 꺼내 불에 태우는 일을 도왔다. 그중에는 모자들도 있었다. 구스타프가 진주로 만든 모자 장식을 보고 그걸 떼어내려 하자 에밀리에는 모자를 낚아채 그대로 불길 속에 던져버렸다. "그 진주는 진짜가 아니야." 에밀리에가 말했다. "모조품이지."

그렇게 이르마의 유품들이 불에 타는 동안 에밀리에는 이번에는 이부자리며 깔개 등을 태울 준비를 했다. 마치 이르마가 쓰던 모든 물건들은 다 더럽거나 오염이 되어 있다고 생각하는 것 같았다. 구스타프가 그런 물건들을 함께 끌어내고 있는데, 이르마의 이웃이었던 돼지치기를 하는 노인이 꿀꿀거리는 새끼 돼지를 품에 안고 나타났다.

"연기가 피어오르는 걸 봤어." 그가 말했다.

"그래서요?" 에밀리에가 대꾸했다. "다 쓰레기들인데."

노인이 새끼 돼지를 들어보였다. "담요가 좀 있었으면 하는데." 노인이 말했다. "새끼 돼지들이 추위를 타거든."

구스타프는 그때 에밀리에의 얼굴에서 음침한 웃음이 피어나는 것을 보았다. 구스타프는 어쩌면 외할머니의 이부자리가 돼지우리에 처박히게 된다는 것이 그녀의 마음에 들었는지도 모른다고 생각했다.

"그야 좋으실 대로." 에밀리에가 말했다. "필요한 게 있으면 다 가지고 가세요."

돼지치기 노인은 구스타프에게 새끼 돼지를 맡기고는 그 가죽의 촉감이 얼마나 부드러운지 떠들어댔다. 하지만 사실 새끼 돼지의 가죽은 사포처럼 거칠기 짝이 없었다. 새끼 돼지는 몸을 이리저리 비틀며 벌벌 떨었다. 그사이 돼지치기 노인은 쓸 만한 이불이나 담요가 있는지 뒤적였다. 그러더니 어리둥절한 듯 고개를 흔들었다.

"이건 쓰레기가 아닌데." 노인이 에밀리에에게 말했다.

"나한테는 쓰레기나 다름없으니까요." 에밀리에가 대꾸했다.

"가서 물건을 나를 수레를 좀 가져와야겠어. 그래도 괜찮겠지? 이 정도면 아예 내가 써도 될 정도야. 대신 그 새끼 돼지를 드리지."

구스타프는 에밀리에가 이 제안을 받아들일 거라고 생각했다. 에밀리에가 비참했던 그녀의 삶 속에서 그래도 자랑스럽게 생각했던 것들 중 하나가 돼지고기 요리 솜씨였다. 그런데 그 순간 에밀리에의 야윈 얼굴에는 좀처럼 어울리지 않는 동정의 빛이 스쳤다. "우리는 새끼 돼지 같은 건 필요 없어요." 에밀리에가 말했다. "수레를 가져와서 필요한 건 다 실어가세요."

돼지치기 노인은 정말 쓸 만한 물건들을 죄다 가져갔다. 노인이 두 번이나 왔다 갔다 하며 깔개며 담요 따위를 나르는 사이 새끼 돼지는 노인 옆에서 이리저리 뛰어다녔다. 에밀리에는 웃으며 이렇게 말했다. "저 남자는 돼지들과 같은 이부자리를 쓰게 되겠구나. 이거보다 더 재미있는 일은 본 적이 없어."

화로의 불길이 사그라들었다. 잿더미 위에 남은 건 이르마의 모자에 달려 있던 얇은 양철로 만든 장미꽃뿐이었다. 에밀리에는 그걸 보며 이렇게 말했다. "외할머니는 저걸 좋아하셨지. 다 없애버리려고 해도 저렇게 남은 게 있구나. 이제 외할머니가 정말로 세상을 떠났으니 내 삶은 좀 나아지겠지. 어쩌면 이제 다른 사람들에게 좀 더 친절하게 굴 수 있을지도 몰라. 구스타프 너한테도 말이지."

어둠이 내려앉기 시작했고, 두 사람은 부엌을 치웠다. "여기 남은 절인 양배추도 아까 그 남자에게 줄 수 있겠다. 돼지들이 아주 좋아하겠어."

이르마가 소금과 식초에 절여 발효시키는 데 쓴 양배추는 자기가 직접 기르거나 아니면 동네 시장에서 싼값에 잔뜩 사들인 것이었다. 에밀리에와 구스타프는 절인 양배추를 담은 병이 서른하고도 네 개나 있는 것을 발견했다. 각각의 병에는 날짜가 적혀 있었다. 가장 오래된 병은 1930년대에 만들어진 것도 있었으며 그 내용물은 짙은 밤색에 가까웠다. 두 사람은 아기도 목욕시킬 수 있을 만큼 커다란 양철 쓰레기통에 병에 든 양배추를 몽땅 다 부어버렸다. 에밀리에가 말했다. "내가 아마 이 통에서 목욕을 하지 않았을까. 양배추처럼 물에 씻기면서."

날은 완전히 어두워졌고, 이제 집 안은 거의 한밤중처럼 깜깜했다. 구스타프는 썩은 양배추 냄새 때문에 속이 울렁거렸다. 그는 선반 한쪽 구석에 있는 마지막으로 하나 남은 병을 보며 이제 대강 일을 마무리하자고 말했다.

구스타프가 병을 들어 보니 그 병 안에는 지폐가 가득 들어 있었다. 구스타프는 가만히 그 돈을 바라보았다. 그리고 달빛이 비치는 창가로 병을 들고 갔다. 두 사람은 뚜껑을 열고 마치 보물찾기 놀이를 하는 아이들처럼 병 속에 손을 집어넣었다. 손에 잡힌 건 고무줄로 묶어놓은 50프랑짜리 지폐 뭉치였다. 전부 얼마가 되는지 가늠하기는 어려웠지만 대강 봐도 꽤 많아 보이는 돈이었다.

나중에 모두 헤아려 보니 병 속에 든 돈은 모두 해서 1만4천 프랑이 넘었다. 에밀리에가 입을 열었다. "이야, 이 정도면 바젤에 근사한 찻집도 열 수 있겠네. 하지만 찻집은 관두겠어! 이 돈을 은행에 예금해야지. 그리고 그중 절반은 구스타프 네 거야."

구스타프는 뜻하지 않은 이 외할머니의 유산 덕분에 부르크도르프에 있는 요리 학교에 진학할 수 있었다. 나중에 구스타프는 외할머니가 병 속에 감춰놓은 그 50프랑짜리 지폐 다발이 없었다면, 그리고 그 다 무너져가는 그 낡은 집을 처분한 돈이 없었다면 펠러 호텔을 여는 등 자신이 원했던 삶을 절대로 누릴 수 없었을 거라고 자주 생각했다. 구스타프는 외할머니 이르마 알브레히트의 유품을 하나라도 간직했다면 어땠을까 하는 생각도 했다. 하지만 그에게 남은 것은 아무것도 없었다. 심지어 모자에 달린 그 금속 꽃 장식도 챙겨오지 못했다.

아름다운 죄
1992년 마츨링헨

"견뎌내야만 이룰 수 있는 꿈이 있다."

안톤 츠비벨이 피아노 전문 연주자가 되겠다는 자신의 꿈에 대해 이야기할 때 덧붙였던 '견뎌낸다'는 말은 얄궂게도 아주 적절한 표현이었다. 그 과정에서 엄청난 고통을 겪었기 때문이었다.

베른에서 있었던 첫 피아노 경연 대회에서 본선에 오른 다섯 명의 참가자들 중 가장 낮은 성적을 기록했던 안톤은 이후 여덟에서 아홉 차례 정도 경연에 참가했다. 역시 본선까지는 무난하게 진출했지만 많은 청중들 앞에서 펼쳐진 본선 무대에서는 제 실력을 발휘하지 못했다. 안톤은 단 한 번도 우승은 물론 2위에도 오르지 못했다.

아드리아나는 안톤을 의사에게 데리고 가서 그저 '불안증'이라고 생각했던 증세에 대한 치료 방법을 찾으려고 애를 썼다. 안톤은 각기 다른 치료약을 각기 다른 양으로 복용하는 처방을 받았지만 어떤 것도 연주회 무대에서 느끼는 공포를 극복하는 데 도움이 되지는 못했다. 안톤은 여전히 제대로 된 연주가 필요한 자리에만 서면 엉망으로 연주를 했다.

안톤은 종종 이런 식으로 '시험'을 받는 상황에 불같이 화를 내곤 했다. 그리고 그의 분노에 귀를 기울여줘야 하는 건 다름 아닌 구스타프였다. 안톤은 이렇게 말했다. "구스타프, 너라도 내 말을 좀 들어줘. 나는 우리 부모님이 내가 들개처럼 행동한다고 여기는 걸 내버려 둘 수 없어. 이미 충분히 실망을 시켜드렸으니까. 에델스타인 선생님에게 피아노를 배우느라 지금까지 엄청난 돈을 퍼부었고 거기에 경연 대회 참가비도 만만치 않게 들어갔지. 그래서 뭔가 좋은 결과를 기대하고 계시는데 너라면……"

"네 말이 맞아. 난 네가 그 경연 대회에서 우승을 하건 안하건 상관없어. 내가 신경 쓰는 건 그 결과 때문에 네 마음이 상하는 거야." 구스타프가 말했다.

어느 날 이제 열여덟 살이 된 구스타프와 안톤이 학교를 마친 후 스케이트장에 가고 있을 때였다. 안톤이 갑자기 오늘은 스케이트는 관두고 이야기를 좀 하고 싶다고 말했다. 그래서 두 사람은 스케이트장 카페에 앉아 맥주를 마시며 이야기를 나눴다. 스케이트장 안에서는 사람들이 얼음을 지치거나 혹은 제자리 뛰기나 돌기를 하다가 넘어지는 모습이 보였다. 안톤이 말했다. "이제 더 이상은 유명해지려는 꿈을 못 쫓아갈 것 같아. 정말 죽을 것 같아."

구스타프와 안톤은 맥주에 취해가며 오랜 시간 이야기를 나누었다. 안톤은 자기 인생에 있어 정말 중요한 부분이기 때문에 음악을 절대로 포기할 수는 없지만 남들과 경쟁하는 일만은 포기해야 할 것 같다고 말했다. "나는 그냥 피아노를 연주하고 싶어. 왜냐하면 피아노를 연주하는 건 참 아름다운 일이니까. 부모님이 저녁에 외식이라도 하러 나가시면 베토벤의 〈월광Moonlight〉 소나타를 쉬지 않고 연주하고 또 연주했어. 그리고 좀 감상적인 말인 건 나도 알지만 〈월광〉 소나타를 연주할 때마다 나는 점점 더 감동을 받고 점점 더 연주를 잘 하게 돼. 그러다 결국 울면서 연주를 하게 되지. 피아노 건반 위에 눈물이 뚝뚝 떨어지지만 상관 안 해. 내가 무언가 다른 모습으로 변하는 그런 느낌이었어. 그리고 생각했어. 아, 이게 바로 내가 원하는 모습이구나. 나 자신의 연주에 내가 감동을 받는 것. 무대에 올라갈 필요도 없고 수많은 다른 사람들을 감동시킬 필요도 없어. 너는 나의 이런 마음을 이해할 수 있을 거라 생각해."

구스타프는 안톤의 얼굴을 바라보았다. 스케이트장의 냉기 때문인지 아니면 몸속에서 끓어오르는 감정 때문인지 안톤의 얼굴은 붉게 달아올라 있었다. 구스타프는 손을 뻗어 자신의 손등을 안톤의 뺨에 가져다 대었다.

"물론 나는 이해해." 구스타프가 말했다. "네가 그런 결정을 내렸다니 기뻐. 요즘 너에 대해 걱정을 하고 있던 중이었으니까."

"그래? 그렇지만 한 가지 문제가 있어, 구스타프. 이걸 우리 부모님에게 어떻게 얘기해야 할까? 특히 어머니에게 말이야. 어머니가 나에게 걸었던 희망이 산산조각 나게 되었다는 걸 어떻게 얘기해야 할까?"

구스타프는 고개를 돌려 스케이트 타는 사람들을 보며 생각에 잠겼다. '여기 모이는 사람들은 언제나 즐겁고 행복하구나.' 그중에서도 구스타프가 기억하는 가장 행복한 웃음소리는 바로 아드리아나의 웃음소리였다.

"내가 대신 이야기할게." 구스타프가 말했다. "너만 괜찮으면 내가 설명드릴 수 있을 거야."

"그거 너무 너한테 부담되는 일 아닐까?" 안톤이 말했다.

"전혀."

"네가 이야기하면 어머니가 좀 더 쉽게 이해해주실지도 몰라. 어머니는 네가 늘 문제의 핵심을 잘 꿰뚫어 본다는 걸 잘 알고 계시니까."

"아마 그럴지도……"

"그래도 화를 내실지 몰라. 구스타프, 그렇게 되면 그냥 어머니를 좀 안아드려."

어느 초여름날 오후 구스타프는 프리부르 거리로 갔다. 아르민은 출근해서 집에 없었다. 햇살이 집 안을 가득 채우고 있었고 아드리아나는 제라늄꽃을 다듬고 있던 중이었다. 구스타프는 물 한 잔을 부탁했다.

구스타프가 아드리아나와 함께 화려한 소파 위에 앉자 아드리아나는 그의 손을 잡았다. "구스타프, 널 보는 건 언제나 즐거워." 아드리아나가 말했다. "하지만 오늘은 왠지 나쁜 소식을 가져왔을 것 같구나. 그렇지?"

"네, 그래요." 구스타프가 말했다. "이런 소식을 전하게 되어서 저도 많이 괴롭지만 안톤을 위해서……"

아드리아나는 구스타프의 손을 놓았다. "혹시 어떤 여자애라도 임신시킨 거니?" 아드리아나가 물었다. "그런 거야?"

"아니, 제가 알기론 그런 일은 없어요."

"아, 그러면 무슨 일인지 말해도 돼."

아드리아나는 아무런 말도 하지 않고 구스타프가 하는 이야기를 들었다. 구스타프는 마치 자기가 안톤이 된 것처럼 안톤이 어떤 기분인지 설명하려고 애썼다. 그리고 그 일이 별로 어렵지 않다는 걸 깨달았다. 왜냐하면 구스타프 자신도 그게 어떤 감정인지 잘 알고 있었기 때문이었다. 이야기를 하는 동안 구스타프는 자기 얼굴이 붉게 달아오르고 있는 것을 느꼈다. 감정이 북받쳐 울음이 터져 나올 것 같았다.

구스타프가 말을 끝마치자 아드리아나는 담배에 불을 붙였다. 그녀는 담배를 피우며 잠시 동안 아무런 말도 하지 않았다. 그러다가 몸을 앞으로 굽혀 팔꿈치를 무릎 위에 올렸다. "나에게는 아이가 하나 더 있었어. 로몰라라는 이름의 딸아이였지. 한 살에 세상을 떠났기 때문에 안톤은 아마 거의 기억하지 못할 거야. 그렇지만 아르민과 나…… 우리 두 사람 기억 속에 로몰라는 영원히 함께 하고 있지. 아마도 우리는 하나 남은 우리의 사랑하는 안톤이 두 사람 몫을 하길 기대했던 것 같아. 하지만 자녀들이 성공하길 바라고 또 그 성공을 위해 노력하는 건 부모로서의 자연스러운 본능이 아닐까? 그렇다면 안톤이 유명한 피아노 연주자가 되는 것보다 이 세상에서 더 멋진 일이 또 뭐가 있겠니? 음악이란 인간의 삶에서 아주 중요한 존재야. 음악은 무엇도 닿을 수 없는 우리 내면의 또 다른 세상을 만나게 해주니까."

구스타프는 뭐라고 대답을 해야 할지 알 수 없었다. 그는 로몰라에 대해, 그리고 안톤과 스케이트 날로 팔을 그어 피를 섞으며 했던 맹세에 대해 생각했다. 구스타프는 팔을 그을 때의 아픔과, 안톤과 자신의 피가 함께 섞일 때의 그 이상한 느낌을 지금도 생생하게 기억할 수 있었다.

아드리아나는 잠시 동안 말없이 담배를 더 피우다가 이윽고 담배를 끄고는 이렇게 말했다. "구스타프, 나는 정말이지 여러 번 안톤이 두려움을 극복하고 세계적인 무대에서 기량을 펼치는 모습을 상상해왔어. 그럴 만한 재능도 충분히 있고. 우리 모두 다 그 사실을 잘 알고 있지. 그런데 지금, 이제 그런 날이 절대로 오지 않을 거라고 말하는 거니?"

"네, 맞아요. 그런 날은 절대로 오지 않을 거예요."

"구스타프, 그럴 수는 없어!"

"힘드신 거 알아요. 그렇지만 지금까지 안톤이 어떤 기분이었는지 잘 알고 계시리라 생각했어요. 그렇다면 그리 놀랄 일은 아니지 않나요?"

"나는 전혀 몰랐어! 아르민이 걱정을 좀 하기는 했지. 하지만 나는 그런 남편을 보고 너무 비관적이라고 말했어. 그리고 때가 되면 안톤이 그런 두려움들을 다 극복할 수 있을 거라고도 했지. 하지만 내가 틀렸어. 진즉에 알아차렸어야 했어. 안톤을 치료해보려고 많은 돈을 썼지만 그 애의 엄마로서 내가 너무 무심했던 거야. 그리고 그 애를 지나치게 밀어붙이면서 고통을 겪게 했지. 이제 우리 모두의 꿈이 다 사라진 거야……"

아드리아나는 흐느끼기 시작했다. 구스타프는 안톤이 아드리아나를 안아주라고 했던 말이 떠올랐다. 구스타프는 가까이 다가가 그녀를 안았고 아드리아나는 구스타프의 가슴에 머리를 기대고 계속 울었다. 구스타프는 아드리아나의 머리를 토닥이며 이렇게 말했다. "안톤은 결코 어머니를 원망하지 않아요. 그러니 그런 생각은 절대 하지 마세요. 안톤은 저한테 그냥 우리 모두가 헛된 꿈에 빠져 있었던 거라고 했어요. 헛된 꿈이라고요. 그리고 안톤이 말하는 우리에는 나도 들어가 있어요. 안톤은…… 내가 얼마나 자기를 사랑하는지 잘 알고 있으니까요…… 아드리아나, 난 당신 가족 모두를 사랑해요. 내가 안톤과 한가족이었으면 하고 얼마나 바랐는데요."

구스타프는 자기가 사랑이라는 말을 입에 올린 것을 깨닫고는 갑자기 터져 나오는 눈물을 참을 수 없었다. 구스타프와 아드리아나는 서로를 부둥켜안고 몸을 흔들며 울었다. 그 순간이 너무 격렬해서 구스타프의 마음속에서는 저항할 수 없는 성적인 충동이 끓어오르기 시작했다. 구스타프는 아드리아나의 얼굴을 들어 올리며 자신의 얼굴을 가까이 가져갔다. 아드리아나가 그의 이름을 속삭였다. "구스타프……" 구스타프는 아드리아나의 입술에 입을 맞추었다. 순간 그녀가 자신을 뿌리칠 것이라 생각했지만 아드리아나는 그렇게 하지 않았다. 이번에는 그녀가 다시 입을 맞춰왔고 구스타프는 머리가 어지러웠다. 자신이 의식을 잃고 있다고 생각하는 순간 구스타프는 자신이 지금 순수하면서도 아름다운 죄를 저지르고 있다는 사실을 깨달았다.

구스타프는 간신히 몸을 일으켜 뒤로 물러섰다. 방에는 햇살이 밝게 비치고 있었고 열려 있는 창문가에는 하얀색 레이스 커튼이 하늘하늘 흩날렸다. 구스타프는 아드리아나에게서 물러나 그녀의 머리를 부드럽게 소파 방석 위에 눕혔다.

"미안해요." 구스타프가 속삭였다. "다 제 잘못이에요. 저를 용서

해주시겠어요? 부디 용서해주시고 미워하지 말아주세요. 그리고 안톤에게도 아무 말 안 해주시면……"

아드리아나는 구스타프를 부드럽게 바라보았다. 그녀는 눈물을 닦고는 벌겋게 달아오른 구스타프의 뺨을 토닥였다. "구스타프, 정말 아름다운 입맞춤이었어. 우리 가족도 널 얼마나 사랑하는지 잘 알아주었으면 해. 안톤도 아르민도 나도, 너를 정말 사랑해."

그해 가을 구스타프는 마츨링헨을 떠났다. 요리를 배우기 위해 부르크도르프로 향한 것이었다.

안톤 츠비벨은 피아노를 가르치는 선생님이 되었다.

요리 학교에서 맞은 첫 번째 방학 기간 동안 구스타프는 안톤이 일하는 학교의 학생 연주회를 보러 갔다. 거기서 구스타프는 어린 아이들이 정말로 열심히 음악 공부를 하고 있을 뿐만 아니라 그들이 안톤을 얼마나 사랑하고 존경하는지를 보았다. 연주를 다 끝마친 학생들은 모두 안톤의 품으로 달려가 서로를 얼싸안았다. 구스타프는 아이들이 따르는 안톤의 모습이 마치 동화책에 나오는 하멜른의 피리 부는 사나이 같다고 생각했다. 그리고 또 이렇게 생각했다. '나도 저 아이들과 같아. 나 역시 안톤에게 매혹되었지. 나는 그가 이끄는 곳이 어디든지 그를 따라갈 거야. 설사 그곳이 끝을 알 수 없는 어두운 동굴이라고 해도.'

이제 쉰 살이 된 안톤은 성 요한 개신교 전문학교의 음악학부를 책임지고 있었다. 성 요한 학교는 한때 구스타프와 안톤도 다니던 곳이었지만 이제는 그 규모와 교육과정이 훨씬 확장되었다. 안톤은 풍성한 고수머리에 관자놀이께가 희끗희끗한 멋진 중년의 사나이가 되어 있었고, 그의 살인적인 미소와 매혹적인 웃음소리는 아무리 보고 들어도 질리지가 않았다.

구스타프는 많은 여자들이 안톤에게 빠져들었으며 안톤 역시 여자들을 쥐었다 폈다 할 수 있는 자신의 매력을 어느 정도 즐기고 있다는 사실을 알고 있었다. 하지만 안톤은 구스타프에게 자신은 절대로 사랑에 빠지지 않을 거라고 말했다. 안톤의 말에 따르면 한 여자와 삶을 함께한다는 것이 자신에게는 '해로운' 일이라는 것이었다. 또한 피아노로 음악을 작곡하는 일이야말로 자신의 인생에 있어 언제나 가장 중요한 부분이 될 것이며, 그 인생에 '아내 혹은 낯선 사람'이 끼어들어 자신이 피아노 연습을 하는 걸 엿듣는다고 생각만 해도 두렵기 짝이 없다고도 말했다. 구스타프는 안톤에게 자신과 부모님 앞에서는 실수 같은 건 전혀 신경 쓰지 않고 연주할 수 있지 않느냐고 물었지만 안톤은 싱긋 웃으며 이렇게 말할 뿐이었다. "너는 낯선 사람이 아니니까."

"그러면 결혼한 아내는 낯선 사람이고?"

"어느 정도는 그렇다고 볼 수 있지. 아마 계속 그렇게 낯선 사람으로 남게 될 거야."

구스타프는 계속해서 그 어떤 여성도 자신과 깊이 연결되어 있다고 믿도록 내버려 두지 않는 안톤을 유심히 지켜보았다. 두 사람은 안톤의 집에서 하루나 이틀 정도 함께 밤을 보내기도 했다. 하지만 안톤은 프리부르 거리의 아드리아나와 아르민이 살고 있는 집이 가까이에 있는데도 부모님에 대한 이야기를 거의 하지 않았고, 또 두 사람이 학교를 찾아오지 못하게 하는 경우도 많았다. 때때로 안톤은 자기가 요즘 만나고 있는 여자의 이름조차 기억하지 못했다. "뭐 언젠가는 나도 달라지겠지. 지금 당장은 아니겠지만. 그런데 구스타프, 너는 어때?"

"나도 그래." 구스타프가 말했다. "나도 결혼 같은 건 신경 쓸 여유가 없어. 펠러 호텔에만 온 신경을 쓰고 있거든."

카드놀이

1993년 마츨링헨

펠러 호텔은 손님들이 장기간 머무는 곳이 아니었고, 대부분의 사람들이 다른 곳으로 가기 전에 하루나 이틀 밤 정도를 묵었다 가는 곳이었다. 애초에 마츨링헨에는 몇 군데의 고급 상점과 타일 공장, 그리고 성 요한 교회 정도를 제외하고는 특별히 볼만한 것이 많지 않았다. 예전에는 치즈 공장을 둘러보는 관광객들도 있었지만, 힘들게 일하는 자신의 모습을 멍하니 바라보는 사람들을 싫어했던 에밀리에 펠러는 공장이 관광지가 되는 일 자체에 크게 분노했다. 하지만 이제 그 치즈 공장은 사라졌고, 마츨링헨은 단지 베른으로 가는 길목에 있는 경유지에 불과할 뿐이었다.

하지만 이따금씩 장기 체류를 원하는 손님들도 있었다. 마츨링헨 주변을 둘러싸고 있는 계곡을 천천히 산책하거나 평온하고 특별할 것 없는 이 마을 자체에 매력을 느끼는 사람들이었다. 아직은 쌀쌀한 1993년 초봄에도 그런 손님 하나가 펠러 호텔에 찾아왔다.

그 손님은 영국인이었고, 이름은 애슐리 노튼 대령이었다. 육십

대 후반쯤으로 보이는 대령은 독일어가 능숙했는데, 그는 '처음에는 학교에서, 그리고 열아홉 살 때 전쟁에 참전하면서' 독일어를 배웠다고 구스타프에게 말했다. 대령의 첫인상은 전형적인 영국 신사의 모습이었다. 기름을 발라 단정하게 넘긴 백발에 불그스름한 얼굴, 그리고 윗입술에 아주 가까이 붙어 있는 보일 듯 말 듯하게 기른 우스꽝스러운 콧수염까지. 그 콧수염은 마치 다 닳아빠진 손톱솔처럼 보였다.

구스타프는 애슐리 노튼과 이야기를 시작하자마자 그 이면에 어떤 감성적인 인격이 감춰져 있음을 눈치챘다. 이 노신사는 조금 잠긴 목소리로 자기가 마츨링헨에 머물고 싶은 이유가 "어디에도 속하지 않은 한가운데에 그다지 볼 것도 많지 않은 곳이어서, 남아 있는 내 인생을 어떻게 살아갈지에 대한 수수께끼를 조용히 풀어나갈 수 있는 곳"이기 때문이라고 했다. 또 깨끗하고 공기 좋은 계곡도 근처에 있어 산책까지 할 수 있으니 더 바랄 것이 없다고도 했다. 스위스에 이런 곳이라면 신뢰할 수 있다는 것이 그의 설명이었다.

이야기는 계속 이어졌다. 애슐리 노튼 대령은 '비Bee'라고 부르는 어떤 여자와 40년이 넘게 결혼 생활을 유지했지만 그녀는 그를 실망시켰다. 대령은 가슴에 손을 얹고 이렇게 말했다. "그녀는 죽음으로써 나를 실망시켰소."

애슐리 노튼 대령은 또 이렇게 이야기했다. "비는 크리스마스에 세상을 떠났소. 크리스마스 푸딩을 먹고 막 거실로 가서 텔레비전으로 방영되는 여왕 폐하의 축하 인사를 보려던 참이었지. 비는 그저 의자에 앉아 있다가 눈을 감고 그렇게 세상을 떠난 거요. 비의 심장이 멈췄고, 나는 혼자가 되었지."

구스타프는 문득 이렇게 말하고 싶어졌다. 어머니가 세상을 떠날 때까지 오랫동안 고생하던 모습을 지켜본 자기 입장에서는 그저 눈을 감고 다시는 움직이지 않는 것이야말로 생을 마감하는 좋은 방법이 아닌가 하는 생각이 들었다고. 하지만 구스타프는 아무런 말도 하지 않았다. 가만히 보니 애슐리 노튼은 여전히 비의 죽음에 대해 이야기할 때 괴로움을 느끼는 것 같았다. 그의 아랫입술이 벌벌 떨리기 시작했다. 그는 안주머니에서 모직으로 만든 손수건을 꺼내 눈 주위를 문질렀다. 대령은 구스타프에게 위스키 한 잔을 부탁했다.

대령은 위스키를 들이키고는 이렇게 말했다. "펠러 씨, 이런 말을 들으면 바보 같다고 하겠지만, 여기서 하루하루를 보내는데 나를 가장 짜증나게 하는 건 진 러미gin rummy를 할 상대가 없다는 거요."

구스타프가 물었다. "대령님, 진 러미가 뭡니까?"

"아, 그거, 이렇게 가끔 그걸 누구나 알고 있을 거라는 바보 같은 생각을 하지. 나한테는 너무나 익숙하기 때문이오. 진 러미는 카드놀이요. 아주 간단하지만 기술이 조금 필요하고 또 그렇다고 해서 너무 신경을 바짝 곤두세울 필요는 없는, 뭐 브리지 게임 비슷한 거지. 비랑 나는 일주일에 서너 번 진 러미를 했소. 아주 오랜 세월 그렇게 했지. 진 러미를 하면 마음이 편안해지는데 내가 볼 때는 이 놀이를 통해서 사람들의 삶이 더 질서 정연해지고 견디기 힘든 일도 이겨낼 수 있는 도움을 얻을 수 있다고 생각하오. 그런데 여기 와보니 진 러미를 함께할 사람이 하나도 없구려."

"스위스에는 야스Jass라고 하는 좀 어려운 카드놀이가 있습니다." 구스타프가 말했다. "카드 자체부터 그림이 좀 화려하고 복잡하지요. 점수 계산하는 법도 까다롭고요. 어쩌면 여기 머무시는 동안 제가 그 진 러미라는 걸 배울 수 있을지도 모르겠군요. 저녁 식사 시간이 끝나고 나면 전 별로 할 일이 없습니다. 자기 전에 호텔 이곳저곳을 둘러보는 정도지요. 그러니 그때 시간을 내서 배울 수 있다면 좋겠는데요."

"정말이오?" 애슐리 노튼이 물었다. "참 친절하시구려. 영국에 있는 내 친구들은 아무도 내 상대가 되어주려고 하지 않아요. 다들 진 러미를 아무짝에 쓸모없는 시간 낭비라고 생각해서들 말이야. 그래서 내가 이렇게 말해주었지. '그게 바로 중요한 점이야. 시간 낭비야말로 시간의 본질을 바꾸는 일이니까. 그러면 마음도 차분하게 가라앉고 말이지.' 그런데 빌어먹게도 아무도 내 말에는 귀를 기울여주지 않더군."

두 사람은 저녁 식사를 마친 후 조용한 휴게실 한쪽 구석에서 카드놀이를 했다. 루나르디가 가끔 주방에서 나와 두 사람을 보고 고개를 절레절레 흔들었다. 분명 '아무짝에 쓸모없는 시간 낭비'라고 생각했겠지만, 그래도 구스타프가 카드놀이에 열중하고 있는 걸 알아차린 모양이었다. 그는 두 사람에게 커피와 코냑, 그리고 초콜릿 과자를 가져다주곤 했는데, 애슐리 노튼은 루나르디가 만든 초콜릿 과자를 보고 '완벽 그 이상'이라고 평가했다.

평소에는 그리 오랫동안 휴게실에 머무는 법이 없었던 구스타프는 이렇게 휴게실에서 시간을 보내는 게 좋았다. 휴게실은 펠러 호텔의 한가운데 위치하고 있었다. 편안한 의자에 앉아 있으면 호텔의 일상이 부드럽게 흘러가고 밤을 맞을 준비를 하는 소리에 조용히 귀를 기울일 수 있었다. 카드놀이를 배울 때만 아주 조금 방해를 받았을 뿐이었다. 애슐리 노튼은 참을성이 많은 선생이었다.

첫날 저녁에는 대령이 한 번도 지지 않았지만 그는 구스타프에게 이렇게 말했다. "곧 달라질 거요. 일단 어떤 카드 패를 언제 어떻게 내놓아야 하는지만 제대로 배우게 되면 그때부터는 이기기 시작하는 거지. 어떻게 해야 할지 감이 생긴다고나 할까. 그렇지만 이 진 러미가 정말로 좋은 점은 승부가 일방적이지 않다는 거야. 함께 카드 놀이를 하는 사람들이 적당히 고만고만하기만 하면 밀물과 썰물이 오가듯 다들 적당히 이기게 되거든. 그런 식으로 누구도 압도적으로 앞서 나가지 못하게 되지. 곧 알게 될 거요."

그리고 곧 대령의 말처럼 되었다. 애슐리 노튼은 호텔에 2주 정도 머물기로 했었지만 곧 그 일정을 '무기한'으로 연장했다. 대령이 원하는 건 자기가 좋아하는 방에서 계속 묵을 수 있을 것, 그리고 루나르디가 만든 초콜릿 과자를 계속 먹을 수 있을 것 정도였다. 서늘한 봄날, 그는 마을을 산책하고 등산용 지팡이를 짚고 계곡을 돌아다니며 야생 수선화를 찾는 일로 대부분의 시간을 보냈다. 혈색은 처음 이곳에 왔을 때보다 더 좋아졌으며 이제 막 꽃을 피우기 시작한 미텔란트의 벚나무에 대해서 입이 마르도록 칭찬을 했다.

어느 날 밤, 또다시 산책길에 만났던 벚나무에 대한 이야기를 마친 후 대령은 카드를 꺼내고 코냑을 한 모금 마시며 이렇게 말했다. "다른 건 다 괜찮은데 저 벚나무들만 보면 베르겐-벨젠Bergen-Belsen 수용소로 이어지는 길이 생각이 나거든."

구스타프는 잠시 카드를 섞던 손을 멈췄다.

애슐리 노튼은 또다시 항상 주머니 속에 넣고 다니는 예의 그 모직 손수건을 꺼내 요란하게 코를 풀고는 이렇게 말했다. "일단 그런 걸 보고 나면 그 장면이 머릿속에 무슨 영상처럼 박히게 되는 거요. 그 영상을 '재생'하는 단추 같은 건 절대 누르고 싶지 않겠지. 그렇지만 우연히 어떤 일이 일어나면 말이야…… 그러니까 여기 근처 계곡의 아름다운 벚나무를 보고 그 향기를 맡으면…… 그 '재생' 단추가 눌러진다니까. 그러면 잠을 못 이룰 정도로 고통이 밀려오지."

구스타프는 포로수용소에서 무엇을 보았는지 한 번 들어보고 싶다고 정중하게 말했다. 대령은 이렇게 대꾸했다. "이야기를 하고 나면 잠을 좀 수월하게 잘 수는 있겠지. 하지만 그리 길게는 하지 못할 거요."

대령의 말에 따르면 수용소로 이어지는 길은 온통 향기가 가득했다고 했다. 벚나무의 벚꽃이 만개해 무척 아름다웠는데, 영국군이 진군해 가면서 근처 마을에서 본 건 과수원에서 즐겁게 놀고 있는 아이들과 농장을 가득 채우고 있는 닭이며 오리, 거위 등이었다. 연못에는 맑은 물이 가득했고 부드러운 봄바람을 맞은 풍차도 빙글빙글 돌고 있었다. "그래서 그랬는지 우리는 그 이후에 본 것들을 도저히 믿을 수가 없었지."

구스타프는 대령의 유리잔에 다시 코냑을 채웠다. 루나르디가 다가와 안녕히들 주무시라는 인사를 하자 서둘러 인사를 하고 그를 보냈다.

루나르디가 가고 나자 애슐리 노튼은 이야기를 계속했다. "이 대목에 이르면 더는 이야기를 못하겠다니까. 펠러 씨, 그때 나는 고작해야 열아홉 살이었소. 그것도 불과 몇 개월 전에 징집이 된 거지. 부대의 다른 병사들은 나보다 더 잘 견뎌냈어. 왜냐하면 그동안 끔찍한 것들을 많이 봐왔으니까. 아주 끔찍하고 놀라운 모습들을 말이오. 그래도 그 벨젠 수용소야 말로 최악이었지. 펠러 씨, 다시 한 번 말해두지만 나로서는 이 세상에 거기보다 더 끔찍하고 잔혹한 곳이 있을 수 있다고는 생각하지 않소."

대령은 구스타프에게 당시 그가 맡은 임무가 사진을 찍는 일이었다고 말했다. 영국군도 베르겐-벨젠의 강제 수용소에 대한 소문을 듣고 있었기 때문에 전후 법정에 세울 만한 증거를 확보하는 작업이 필요했던 것이다. 대령은 당시 자기가 '예술적 감각'이 꽤 있다는 말을 들었기 때문에 지휘 장교가 자기에게 사진기를 맡겼다고 했다. 그리고 될 수 있으면 하나도 빠트리지 말고 모두 사진을 찍으라고 지시했다.

"처음에는 근처 마을부터 찍기 시작했소. 나무를 찍고 거위들을 찍고 아이들을 찍었지. 그러고 있으려니 뭔가 안 좋은 조짐이 처음 나타난 거요. 어디선가 지독한 냄새가 나기 시작하더군. 수용소가 가까워질수록 그 냄새는 점점 더 심해졌어. 사병들은 물론 장교들까지 슬슬 발걸음이 느려졌지. 솔직히 말해 다들 거기서 그만 돌아가고 싶었소. 미처 수용소 안에 들어가기도 전에 토악질을 하는 사람들도 있었으니까. 나는 손수건을 꺼내 코와 입을 단단히 감쌌지. 그래도 결국 가야 한다는 걸 잘 알고 있었어. 나는 부대에서 가장 친한 동료였던 랄프 톰슨이 언덕배기에 가서 토하는 사진도 찍었소." 대령이 말했다.

애슐리 노튼은 술을 더 마셨다. 그는 자신이 목격했던 그 끔찍한 광경을 더 이상은 설명하지 못할 것 같다고 말했다. 그야말로 말로 형언할 수조차 없는 끔찍한 모습들이었다는 것이다. 대령은 그저 사진기에 대해서만 이야기하고 싶어 하는 것 같았다. "그 망할 놈의 사진기가!" 안으로 들어갈수록 대령은 자기 목에 걸려 있는 사진기가, 그리고 그 사진기로 초점을 잡고 사진을 찍어야 하는 일에 대한 증오가 커져가기 시작했다고 했다. "그 산더미처럼 쌓인 시체들을, 그리고 벨젠 수용소의 참상을 마치 별 볼일 없는 해안가에 휴가를 온 사람처럼, 그리고 취미로 사진기나 들이대는 모자란 십 대 애들처럼 그렇게 사진을 찍어야 했으니까!" 대령의 말에 따르면 살아남은 수감자들은 사진기를 보며 웃음을 지어보이기도 했고 여자들 같은 경우는 머리를 매만지기도 했다고 했다. 하지만 그는 자신이 사진기로 찍고 있는 장면들을 제대로 바라보지 못했다고 했다. 그는 그 끔찍한 참상에 욕지기가 치밀어 올랐고 눈이 멀 것만 같았다고 말했다.

"펠러 씨, 중요한 건 말이오, 만일 그때 그 지긋지긋한 사진기랑 등에 잔뜩 짊어지고 있는 필름들만 없었다면 거기서 살아남은 사람들을 돕는 데 나도 힘을 보탤 수 있었을 거요. 그렇지만 내가 받은 명령은 그 '장비들'을 절대로 손에서 놓지 말라는 것이었지. 그리고 나는 그 명령을 따를 수밖에 없었어. 뭐가 그렇게 싫었냐고? 그때 기분은 마치 내 사진기랑 필름 꾸러미가 나를 땅 속으로 깊숙이 처박는 그런 느낌이었어. 다른 동료들은 모두 다 바빴어. 사람들에게 음식을 나눠주고 방역 작업도 하고 심지어 옷을 빨아주는 일도 했지. 그런데 난 아무 일도 돕지 못했단 말이야. 나야 위생병 훈련 같은 것도 받아본 일이 없으니 뭐 사람들을 살피고 그런 일이야 못했겠지. 그렇지만 적어도 다른 일을 할 수 있지 않았겠소? 그 빌어먹을 사진기를 들고 사진이나 찍으러 돌아다니는 대신에 말이지!"

대령은 눈가를 훔쳤다. 잠시 후 구스타프가 말했다. "어쩌면 다른 사람은 할 수 없는 가장 중요한 일을 하신 걸지도 모릅니다. 그렇게 증인이 되어 증거를 남기는 일은 누군가가 반드시 해야만 하는 일이었을 테니까요."

"나도 알고 있소. 누군가는 꼭 해야만 했겠지. 그렇지만 말이야, 사실은 그게 그렇지 않았거든. 얼마 있다가 미군이 영상 촬영 장비를 들고 도착했어. 그리고 그냥 사진이 아니라 영상을 찍기 시작했지. 모든 것이 그 안에 기록이 될 테니 내 사진 같은 건 필요가 없었던 거야. 그런데도 달라지는 건 없었지. 나는 잠을 잘 때도 그 사진기를 목에 걸고 자야 했으니까. 그래서 랄프 톰슨에게 이렇게 말했지. '이러다 사진기 끈에 목을 매고 죽을지도 모르겠어.'"

구스타프는 그날 밤이 깊도록 애슐리 노튼과 함께 앉아 있었다.

대령이 더 이상 베르겐-벨젠 수용소에 대해 이야기를 해줄 수 없다고 말하자, 구스타프는 방까지 데려다주겠다고 말했다. 대령이 코냑에 너무 취해 걸음도 제대로 걸을 수 없을 지경이었고, 그러다 펠러 호텔 안에서 넘어져 다치는 사고라도 나면 곤란했기 때문이었다. 그렇지만 대령은 '악몽을 꾸게 될까 두려워' 자러 가고 싶지 않다고 말했다.

구스타프와 대령은 잠시 동안 말없이 그렇게 휴게실에 앉아 있었다. 구스타프는 휴게실 벽난로의 불을 껐다. 그는 여름이 올 때까지 이렇게 매일 저녁 호텔 휴게실 난로에 불을 지피는 걸 좋아했다. 구스타프는 두 사람 모두 너무 피곤해 진 러미를 다시 시작할 수도, 아니 아까 하다 만 것도 제대로 마무리할 수 없다는 사실을 잘 알고 있었다. 하지만 구스타프는 마치 언제라도 다시 진 러미를 시작할 수 있는 것처럼 카드를 그대로 앞에 있는 탁자 위에 내버려두었다. 그리고 그는 잠시 생각에 잠겼다. 수용소에 끌려갔던 유대인 가족들 중에도 혹시 이렇게 했던 사람들이 있었을까. 살고 있던 집에서 끌려 나갈 때 아무것도 건드리지 않고 그대로 두고 나간 사람들이? 마치 해 질 무렵에는 다시 돌아와 집 안에 불을 켜고 아무 일도 없었다는 듯 저녁 준비를 할 수 있을 거라고 생각하면서?

애슐리 노튼은 담배에 불을 붙였다. 그는 잠시 진정이 된 듯 보였고 다시 새로운 대화를 시작할 수 있을 정도로 기운을 차린 것 같았다. 대령은 구스타프에게 그동안 어떻게 살았는지, 그리고 무슨 사연으로 호텔을 시작하게 되었는지 물었다.

구스타프도 기꺼이 대화에 응했다. 그는 자신의 목소리가 조금 떨리고 있는 것을 알았다. 그는 '재생' 단추를 누르고 요리 학교에서 보냈던 시간들을 이야기했다. 그리고 어릴 때부터 사람들을 돌보고 뭔가를 관리하는 일에 항상 흥미를 느껴왔다고 설명했다. 예를 들면 유치원을 다닐 때에는 누에를 기르는 일을 맡았다는 식이었다. 그 말을 들은 애슐리 노튼은 웃음을 머금었다. 아마도 어떻게 호텔의 주인이 되었으며 어째서 이 호텔이 그렇게 중요한지에 대해 훨씬 더 이야기할 것이 많다는 걸 알고 있었기 때문이리라.

그런데 갑자기 베르겐-벨젠의 끔찍한 이야기가 다시 떠올랐고, 구스타프는 자기의 과거가 아닌 다른 이야기를 하기 시작했다. "아버지는 경찰이셨습니다. 여기 메츨링헨 경찰서 본부의 부서장이라는 꽤 높은 지위까지 올라가셨지요. 아마도 자기 일을 굉장히 좋아하셨던 것 같은데, 전쟁 중에 유대인들이 스위스로 들어오는 걸 돕기 위해 서류를 위조하다가 그만 파면을 당하고 말았습니다. 그렇지만 왜 그런 대담한 일을 하셨는지 정확한 사정은 아무것도 모릅니다. 아니, 아버지가 정말 그런 일을 했었는지, 그리고 했다면 어쩌다 발각이 되었는지조차도 모르지요. 어머니께서는 종종 아버지가 배신 비슷한 걸 당했다는 식으로 말씀하셨고 언제나 아버지를 '영웅'이라고 부르셨습니다. 그런데 전 아버지가 정말 영웅이셨는지도 확신하지 못하겠습니다."

애슐리 노튼은 잠시 동안 조용히 있다가 이렇게 말했다. "그러니까 진짜로 모르겠다는 건가 아니면 그냥 그 문제에 대해 뭐라고 결정을 못 내리겠다는 건가?"

"말씀드린 것처럼 전 아무것도 모르겠습니다."

"그렇구먼. 흠, 펠러 씨, 이런 경우에는 말이지 꼭 답을 찾아야 해요. 반드시 그렇게 해야 한다고! 이런 문제에 대해 숨은 사정을 모르고 그대로 살아갈 수는 없는 법이지. 펠러 씨는 지금 몇 살쯤 되었나? 마흔여덟? 아니면 쉰? 그러면 관련된 사람들이 다 세상을 떠나기 전에 누군가로부터 진실을 알아내야 할 때가 아닐까?"

안톤의 열등감

1993년 마출링헨

애슐리 노튼 대령은 카드놀이를 하면 계속되는 긴장 상태를 벗어나 느긋하게 시간을 보낼 수 있을 거라고 말했지만 구스타프는 그런 그의 주장을 편안한 노년을 보내는 사람의 과장된 표현이라고 생각했다. 하지만 대령이 마츨링헨을 떠나고 나자 구스타프는 자신이 밤마다 했던 진 러미를 얼마나 그리워하고 있는지를 깨닫고 적지 않게 당황했다.

그러자 안톤을 설득해 진 러미를 함께하자는 생각이 떠올랐다. 안톤의 활동적인 성격이 가만히 앉아서 하는 카드놀이에 맞을까 하는 의문도 들었지만 구스타프는 안톤 역시 저녁마다 지루한 시간을 보낼 때가 많다는 사실을 잘 알고 있었다. 안톤은 구스타프에게 이렇게 말했다. "여자들을 데리고 식당에 가서 저녁을 먹고 여자들이 주문한 얼토당토않은 후식이 포함된 계산서나 처리해주는 일은 이제 너무 지겨워. 그래봐야 돌아오는 건 별로 만족스럽지도 않은 잠자리뿐인데 말이야."

하지만 구스타프가 안톤에게 카드놀이를 함께하자는 말을 꺼낼 결심을 하자마자 안톤이 어느 초저녁에 〈마츨링거차이퉁〉을 손에 움켜쥐고는 몹시 흥분한 표정으로 구스타프를 찾아왔다. 그리고 '자신을 지금 완전히 혼란스럽게 만드는 어떤 문제에 대해' 지금 당장 이야기를 해야겠다고 말했다.

그때 구스타프는 늘 그렇듯 식당에서 손님들에게 저녁 식사가 나가기 전에 이런저런 것들을 확인하고 있었다. 식기는 제대로 배치가 되어 있는지, 유리잔은 깨끗하게 닦여 있는지, 그리고 식탁보는 세탁이 되어 주름 하나 없이 잘 다림질되어 있는지 등등. 그렇게 구스타프는 안톤이 불안해하는 모습은 무시한 채 별로 서두르는 기색 없이 하던 일을 계속했다. 호텔의 엄격한 관리자로서 완벽함을 추구하는 구스타프로서는 무슨 이유에서든 그 역할을 제대로 해내지 못하는 게 그를 더 당황스럽고 초조하게 만드는 일이었다. 또한 구스타프는 그동안 안톤의 변덕과 욕심을 채워주는 충실한 친구 역할을 해오면서 때로는 이렇게 안톤을 그냥 기다리게 하는 일도 필요하다고 믿었다.

"구스타프, 서둘러." 안톤이 말했다. "신문에 실린 기사 때문에 너랑 이야기를 좀 해야겠어. 그러면 내가 먼저 네 방에 올라가 있을게."

구스타프가 방으로 돌아가 보니 안톤은 자신이 평소에 앉던 의자에 앉아 위스키를 마시고 있었다.

"구스타프, 이걸 좀 봐." 안톤은 이렇게 말하며 신문을 내밀었다.

구스타프는 신문을 받아들고 안톤의 맞은편에 가서 앉았다. 안톤이 가리키는 기사의 제목은 '마츨링헨 출신의 소년이 이룬 쾌거'였고 그 아래에 실린 짧은 기사는 다음과 같았다. '마흘링헨의 성 요한 학교 출신인 마티아스 짐멀리가 제네바에서 개최된 유서 깊은 차이코프스키 피아노 경연 대회에서 놀라운 성적을 거두었다. 짐멀리는 이 대회에서 1위의 영광을 안았으며 곧 세계 각지에서 연주회를 열 수 있는 기회를 얻게 될 것으로 보인다.'

"마지막 문장을 한 번 읽어봐." 안톤이 말했다. "조심해서 읽으라고. 잘못하면 정말로 내가 큰 충격을 받을 수 있으니까 말이야."

구스타프는 안경을 꺼내 썼다. 그리고 짐멀리가 아직 어린 연주자가 감당하기에는 너무나 어려운 라흐마니노프 피아노 콘체르토 4번곡을 얼마나 훌륭하게 연주했는지에 대한 찬사를 읽어내려 가다가 짐멀리의 1등 수상 소감을 보게 되었다. 우선 부모님께 감사의 말을 전한 짐멀리는 이렇게 말을 이었다. '성 요한 학교에서 제게 피아노를 가르쳐주신 안톤 츠비벨 선생님께도 감사의 말씀을 전하고 싶습니다. 츠비벨 선생님의 인내와 격려가 없었다면 이런 영광스러운 자리에는 설 수 없었을 것입니다.'

안톤은 손으로 얼굴을 가렸다. 그는 그렇게 가린 손 사이로 목이 멘 소리를 내며 이렇게 말했다. "구스타프, 그 아이가 해냈어! 내가 할 수 없었던 일을 짐멀리는 해냈다고. 그 애가 지금 몇 살이나 됐지? 스물? 아니면 스물하나? 하지만 내가 이렇게 평생을 마흘링헨에 처박혀 있는 동안 그 아이는 앞으로 계속해서 큰 명성을 얻게 될 거야."

구스타프는 친구의 모습을 가만히 바라보았다. 자신이 가르치던 학생의 성공에 이렇게 낙담할 수 있다는 사실은 구스타프를 깜짝 놀라게 했다. 하지만 안톤이 '마흘링헨에 처박혀 있다'라고 말한 것은 단순히 놀라는 것을 넘어 충격으로 다가왔다. 구스타프는 자신과 안톤이 이 마흘링헨에서 서로 아주 가깝게 지내며 인생을 꾸려나가는 일에 대해 단 한 번도 이상하게 생각하거나 의문을 가져본 일이 없었다. 두 사람은 바로 이곳 마흘링헨에서 자랐으니까. 그런데 이제 구스타프는 문득 안톤의 마음속에 들어 있는 마흘링헨은 그저 자신이 '처박혀 있는' 곳에 불과하며 언젠가 기회가 되면 떠날 곳이라는 사실을 깨닫게 된 것이었다. 구스타프는 가슴을 쓸어내리며 심장이 요동치는 걸 진정시키려고 애썼다.

"안톤, 넌 그동안 몇 번이나 내게 말했잖아. 네 장래에 대해 올바른 결정을 내린 거라고……"

"올바른 결정이라고는 말 안했어." 안톤이 대꾸했다. "그저 내가 할 수 있는 유일한 결정을 내린 것뿐이었지. 왜냐하면 나로서는 사람들 앞에서 제대로 연주를 해낼 엄두조차 낼 수 없었기 때문이야. 하지만 그렇다고 해서 내가 아무런 후회나 원망 없이 지난 세월을 보냈다고 생각하는 건 아니겠지, 그렇지 구스타프?"

"넌 한 번도 '후회'나 '원망'이라는 말을 입에 올려 본 적이 없었어."

"그냥 말을 안 한 것뿐이겠지. 그렇다고 해서 내가 전혀 그런 기분을 느끼지 않았다는 건 아니잖아. 너도 잘 알고 있잖아. 내게는 재능이 있었어. 그렇지만 나의 정신적, 그리고 육체적인 상태가 성공을 이루기엔 충분하지 못했을 뿐이야."

"안톤, 나는 네가 그렇게 그 문제에 대해 슬퍼하고 있는지 몰랐어. 정말로 몰랐다고. 어쩌면 내가 정말로 무신경해서 그랬는지도 모르지만."

"슬퍼하는 게 아니야. 그건 너무 감상적인 표현에 불과해. 그냥 부조리하게 느껴진다고. 내 것이 될 수 있었던 삶을 생각하면…… 나도 이 세상 위에 우뚝 설 수 있었는데 이제 그 자리에 서 있는 건 짐멀리잖아! 머지않아 짐멀리는 화려한 명성을 쌓아갈 거고 나는 작은 마을의 피아노 선생이라는 평범한 삶을 살아가겠지. 그렇지만 구스타프, 솔직하게 말해서, 그러니까 전혀 과장 없이 말해도 짐멀리에게는 내가 그 나이 때 가졌던 만큼의 재능이 없어. 내가 만일 그 두려움을 극복할 수만 있었어도……"

구스타프는 자리에서 일어나 안톤의 잔에 위스키를 다시 채워주고 자신의 잔에는 코냑을 조금 따랐다. 그는 지금 이 순간이 보통 때 같으면 아무렇지도 않을 평범한 인생의 길에 갑자기 갈림길이 나타나는 그런 순간들 중 하나라는 사실을 깨달았다. 만일 누군가 안톤의 마음 상태가 바로 지금까지 어떠했느냐고 물어본다면 아마 구스타프는 '불평 없이 만족하고 있는 상태'라고 대답했을 것이다. 하지만 지금은 안톤에게서 그 만족이 다 사라져버렸고 어쩌면 다시는 이전과 같은 모습을 되찾지 못할 것 같았다.

구스타프는 코냑이 든 잔을 들고 자리에 앉았다. "항상 생각해온 거지만 우리 힘으로 어쩔 수 없는 문제를 해결해보려고 노력하는 건 아무런 의미가 없는 일이야."

"나도 그건 알아."

"내 생각엔 주어진 상황에 우리 자신을 맞춰가는 노력을 해야 할 것 같아. 그러니까 안톤, 너 같은 경우라면 다른 사람은 흉내도 낼 수 없는 그런 방식으로 재능 있는 젊은이들을 도울 수 있다는 사실로 위안을 받을 수 있지 않을까?"

"아니야. 난 그렇게 생각할 만큼 마음이 너그러운 사람이 되지 못해." 안톤이 말했다.

안톤이 앓아누웠다.

안톤은 고열로 신음하며 아무것도 먹지 못했다. 아드리아나와 아르민은 안톤을 자기들이 살고 있는 집으로 데리고 와서 쉬지 않고 아들의 곁을 지켰다. 그리고 오랫동안 가족의 주치의 노릇을 해온 늙은 의사를 불렀다. 이제는 너무 늙어 환자 앞에 제대로 서 있지도 못해 비스듬히 몸을 기울인 이 의사에게 안톤은 진절머리를 냈다. 주치의는 결국 어떤 특별한 진단도 내리지 못한 채 그냥 돌아가고 말았다.

구스타프는 매일 루나르디가 만들어준 맑은 고깃국을 챙겨 안톤을 찾아갔다. 마침내 안톤의 몸이 조금 나아지기 시작하자, 그는 안톤에게 진 러미를 가르쳐보려고 했다. 두 사람은 침대 위에 놓는 탁자를 이용해 카드놀이를 했다. 구스타프는 그 탁자를 볼 때마다 운터 데 에크 거리의 셋집 부엌에 있던 경첩에 매달린 선반이 생각났다. 식탁 대용으로 쓰던 그 선반에 접시며 식기류를 제대로 놓은 공간이 부족했던 것처럼 이 탁자에도 역시 카드를 다 펼쳐놓을 만한 공간이 없었다. 그래서 두 사람은 자주 바닥에 카드를 흘리곤 했다.

딱히 할 일이 없었던 안톤은 잠시 동안이나마 진 러미에 관심을 보이는 듯했다. 구스타프는 안톤이 이기고 싶어 하는 눈치가 보일 때마다 가능한 자주 져주었다. 하지만 어느 날 저녁 안톤은 애슐리 노튼 대령이 '마음을 가라앉혀 준다'고 했던 진 러미가 오히려 자신을 짜증스럽게 만드는 것 같다고 말했다.

"나는 마음이 진정되거나 가라앉는 건 바라지 않아." 안톤은 이렇게 말했다. "나는 내 마음이 기쁨으로 가득 차기를 바랄 뿐이야."

안톤은 자기 집으로 돌아갔고 그는 그동안 알고 지내던 여자들 중 한 사람을 불러들였다. 그 여자의 이름은 한지라고 했다. 안톤은 이름이 좀 이상하긴 하지만 대신 그녀와의 잠자리만큼은 '다시 살아갈 의지를 불러일으켜줄 만하다'고 구스타프에게 말했다. 안톤은 한지가 '여성 상위 체위'를 좋아하며, 자신이 요즘 다른 체위를 시도하기엔 너무 게을러져서 지금은 이 여자가 자신에게 딱 맞는다는 말도 했다.

아드리아나와 아르민, 그리고 구스타프는 이제 안톤을 혼자 두어도 좋다는 말을 듣고 안톤의 간호를 끝냈다.

아드리아나가 구스타프의 손을 잡았다. 이제는 주름지고 뼈만 남은 손이었지만 그 선홍빛 손톱은 여전히 세상에 자신의 존재를 드러내고 있었다. "이번에 짐멀리 일은 참 운이 나빴어." 아드리아나가 말했다. "안톤 때문에 정말 마음이 아프구나. 그렇지만 우리가 그 아이를 위해 뭘 해줄 수 있겠니?"

"아무것도요." 구스타프가 말했다.

안톤은 그해 여름 학기에 학교에 나가지 않았다. 그는 한지와 함께 다보스로 가겠다고 선언했다.

안톤에게서 '다보스'라는 말을 듣는 순간 구스타프는 질투와 슬픔을 동시에 느꼈다. 그리고 그의 심장은 다시 한 번 무서우리만큼 빠르게 요동치기 시작했다. 안톤이 바람이 잘 통하는 방에 누워 있는 모습, 그리고 어느 외딴 요양원의 창백한 불빛 아래 한지가 안톤의 몸 위로 올라가 요동치는 모습, 그리고 안톤에게 '넘쳐흐르는 기쁨'을 돌려주려고 애쓰는 모습을 상상하자 구스타프는 두렵고 구역질이 났다.

구스타프는 안톤에게 이렇게 말했다. "안톤, 한지를 다보스에는 데려가지 마. 다보스 말고 다른 곳에 데리고 가."

"싫어." 안톤이 대답했다. "이유를 말해봐."

아버지의 연인

1993년 마츨링헨

펠러 호텔의 여름은 분주했다. 루나르디가 과로 때문에 건강을 망칠 것 같다고 불평하자 구스타프는 루나르디를 도울 조수를 한 명 채용했다.

빈첸초라는 이름의 조수는 나이가 스무 살이었고 이탈리아 토리노에서 온 자유분방한 청년이었다. 그래서 구스타프는 요리사로서의 재능을 기죽이지 않는 선에서 빈첸초의 기질을 길들이는 데 신경을 써야 했다. 구스타프가 자신을 절제하고 마치 '야자열매'처럼 자신의 외적인 부분을 더 단단하게 가꾸도록 노력하는 게 좋다고 말하자 빈첸초는 웃으며 이렇게 말했다. "사장님, 그건 참 바보 같은 생각이에요! 야자열매 거죽에 얼마나 털이 많은데요. 그렇지만 전 방금 이발을 마치고 나온 사람들처럼 매끈하다 이 말입니다."

빈첸초를 상대하는 일은 이렇게 만만하지가 않았지만 구스타프는 이런 자유분방함이 반가울 때도 있었다. 그게 어떤 모습이든 안톤이 다보스의 햇살 아래 앉아 있거나 아니면 저 멀리 숲 속으로 향하는 은밀한 오솔길을 걸어가는 모습을 상상하는 일을 잠시나마 그만둘 수 있게 해주었기 때문이었다. 구스타프는 그 요양원이 이미 오래전에 허물어졌을 것이며 다보스가 유명한 스키 관광지가 된 지금은 그 자리에 호텔이나 주택 단지가 들어섰을 거라고 생각했다. 하지만 그 모습은 지금도 여전히 구스타프의 마음속에 생생하게 살아 있어서 결코 지워질 것 같지가 않았다. 꿈속에서 구스타프는 안톤과 한지가 서로 손을 잡고 소나무 숲 아래로 난 험한 길을 따라 걸어가며 야생 딸기를 따먹는 모습을 보았다. 두 사람이 입에서 입으로 딸기를 옮겨주면서 그 입술은 붉게 물들어갔다.

구스타프는 애슐리 노튼 대령이 펠러 호텔로 돌아오지 않을까 하는 생각을 여러 번 했다. 대령이 돌아와만 준다면 베르겐-벨젠에 대한 이야기가 더 나와도 기꺼이 견딜 수 있을 것 같았다. 대신 마음 편한 친구와 진 러미를 계속할 수 있을 테니까. 하지만 애슐리 노튼 대령은 그 이후로 다시는 호텔에 모습을 드러내지 않았다.

그런 구스타프에게 다시 떠오른 것은 아버지의 인생에 대한 진실을 스스로 밝혀낼 필요가 있다던 애슐리 노튼 대령의 충고였다. 하지만 그 진실을 어디에 가서 밝혀낸단 말인가? 만일 그의 아버지가 정말로 영웅이었다면 왜 에밀리에는 구스타프의 '보물 상자'가 되어 주었던 그 텅 빈 잎담배 상자 말고는 아버지의 유품을 하나도 간직하고 있지 않았던 걸까. 아버지의 용감한 행동을 존경했다면 왜 외할머니와 아버지를 똑같이 대하는 것처럼 보였던 걸까. 어머니는 외할머니 이르마가 죽고 나서 남은 물건들을 모두 다 불태워버리거나 남에게 줘버린 것처럼 그렇게 아버지의 물건들도 모두 처분한 것 같았다.

이제 구스타프는 혹시 아버지의 말년에 어떤 비밀이 감춰져 있지는 않았나 하는 생각까지 하게 되었다. 어머니인 에밀리에 펠러가 그 누구에게도 발설하고 싶지 않았던 그런 비밀이. 구스타프는 밤이 되어 자신의 좁다란 침대 위에 누울 때면 자신이 소유하고 있는 소중한 호텔의 가치와 중량감이 주는 기분을 조용히 만끽하곤 했다. 그리고 아침이 되면 눈을 뜨고 다시 몸을 움직였다. 그런데 아버지에 대해 그렇게 중요한 비밀이 있다면 그 비밀도 그렇게 조용히 잠을 자고 있다가 어느 날 갑자기 깨어나 환한 빛 속에 그 모습을 드러내게 되는 것이 아닐까.

구스타프는 마츨링헨 경찰서 본부를 찾아가 자신의 이름과 직업을 대고 1938년에서 1942년에 해당되는 경찰서 기록을 열람할 수 있는지 물어보았다. 담당 경찰관은 의심스러운 눈초리로 구스타프를 훑어보며 이렇게 물었다. "왜 경찰서 기록을 열람하려고 하십니까?"

"그럴 만한 충분한 이유가 있어요. 말씀을 드리지요." 구스타프가 말했다. "내 아버지는 1938년에 이곳 부서장이셨는데 1939년 5월에 해임이 되었습니다. 나는 그 일이 왜, 그리고 어떻게 이루어졌는지를 알고 싶은 겁니다. 아버지는 내가 태어나자마자 돌아가셨어요. 그래서 더 늙기 전에 아버지에게 무슨 일이 일어났는지를 좀 알아야겠습니다."

담당 경찰관이 물었다. "아버님 성함이 어떻게 되십니까?"

"펠러입니다." 구스타프가 대답했다. "내가 운영하는 호텔 이름은 아버지의 이름을 딴 것이지요."

구스타프는 먼저 '대외비 기록 열람'에 대한 자신의 요청을 문서로 작성하고 요청서가 통과가 되면 연락을 받게 될 것이라는 안내를 받았다.

"나는 그분의 아들입니다." 구스타프가 말했다.

"잘 알고 있습니다. 처음부터 그렇게 말씀하셨으니까요."

"나에게는 그걸 알아야 할 권리가 있어요."

"글쎄요, 어쨌든 절차를 밟으셔야 합니다."

구스타프는 요청서를 작성하며 안내 창구 위에 액자로 만들어져 걸려 있는 경찰들의 흑백 사진들을 훑어보았다.

그중 한 사람은 어렴풋이 기억이 날 것도 같았다. 운터 데 에크 거리의 셋집으로 한두 번쯤 찾아왔던 사람이었다. 구스타프는 경찰관에게 사진 속의 사람이 누구냐고 물었다. "로거 에드만 서장님입니다. 다른 선배들 말이 전쟁 중에 서장 임무를 아주 잘 수행하셨다고 하더군요. 모두들 존경했던 서장님이라고 합니다."

"저분, 아직 생존해 계신가요?" 구스타프가 물었다.

"아마 그럴지도 모르겠습니다." 경찰관이 대답했다. "지금이 1993년이긴 하지만 전화번호부를 찾아보시면 연락처를 알 수 있을 것도 같습니다."

마츨링헨 전화번호부에는 에드만이라는 성을 가진 사람이 아홉 명 있었고 이름이 R로 표시된 사람은 하나도 없었다. 어느 날 저녁 구스타프는 자리를 잡고 앉아 순서대로 아홉 명의 에드만 전부에게 전화를 걸었다.

'L. 에드만'이라는 이름에 이르자 어떤 여자의 목소리가 들려왔다. 구스타프가 로거 에드만과 통화를 하고 싶다고 말하자 전화기

속 여자는 이렇게 물어왔다. "그런데 누구시지요?"

구스타프가 자신의 이름을 구스타프 펠러라고 밝히자 잠시 적막이 흘렀다. 그러더니 여자가 이렇게 말했다. "구스타프, 그러니까 에밀리에의 아들이군요. 난 당신을 아기 때 본 적이 있어요. 당신 아버지가 세상을 떠나기 전과 그 다음에."

"아, 저를 보셨다고요? 그러면 지금 전화를 받으시는 분이 로거 에드만 서장님의 부인되십니까?" 구스타프가 말했다.

"네, 로거는 오래전에 세상을 떠났어요. 전쟁 때 너무 고생을 했고 다시는 건강을 회복하지 못했지요. 그렇지만 한 가지는 분명히 말할 수 있어요. 당신 아버지는 참 멋진 사람이었어요."

"그건 우리 어머니도 늘 그렇게 말씀을……"

"그래요, 그런 사람이었어요. 아, 이런 구스타프, 당신 목소리를 들으니 정말 가슴이 두근거리는군요. 그런데 왜 내게 전화를 한 거지요?"

이번에는 구스타프가 잠시 할 말을 잃었다. 지금 자신이 아버지의 비밀을 파헤치려고 애쓰고 있다는 사실을 인정하기는 쉽지 않았다. 하지만 구스타프는 자신이 쉰 살이 넘었는데도 여전히 아버지가 살았던 삶에 대해서 그다지 아는 바가 없으며 누구든 아버지에 대해 기억하고 있는 사람이 있다면 이야기를 나눠보려고 전화한 것이라고 더듬거리며 설명했다.

"그렇군요." 에드만 부인이 말했다. "당신 아버지에 대해서라면 잘 기억하고 있어요. 그러면 일요일 오후에 와서 차라도 한잔하는 게 어떨까요. 난 지금 그뤼네발트 거리에 살고 있고, 알고 싶은 게 있다면 뭐든 기꺼이 다 알려주겠어요."

에드만 부인이 살고 있는 집은 넓었지만 어두웠다. 여름날 오후였음에도 불구하고 창문에는 묵직한 커튼이 드리워져 있었다. 먼저 그 커튼이 이상하다고 생각하던 구스타프는, 자리에 앉아 에드만 부인을 자세히 살펴보고 나서 그녀가 왜 그렇게 집 안을 어둡게 하고 사는지를 깨달았다. 에드만 부인은 젊었을 때 대단한 미인이었음이 분명했다. 언젠가 아드리아나 츠비벨은 구스타프에게 아름다운 여성들의 특징에 대해 이야기해준 적이 있었다. 그런 여성들은 나이를 먹을수록 '지나치게 환한 빛을 두려워하게' 된다는 것이었다. 그리고 구스타프는 에드만 부인도 분명 집 안을 어둡게 해놓고 사는 쪽을 더 좋아하는 것이라고 생각했다. 여름날의 눈부신 햇살 대신 부드러운 노란색 전등을 밝히면 예전의 그 아름다움의 자취가 여전히 그대로 남아 있는 것처럼 보일 터였다.

에드만 부인은 구스타프가 도착하자 뺨에 입을 맞추며 반가워했다. "구스타프! 이렇게 찾아와줘서 내가 얼마나 기쁜지 모를 거예요! 아버지를 많이 닮지는 않았지만 목소리는 정말 비슷하군요. 전화로 처음 목소리를 들었을 때 심장이 멎는 줄 알았어요. 잠시 동안이지만 에리히가 다시 살아온 게 아닌가 하는 생각이 들 정도였으니까." 그녀가 소리쳤다.

"그렇습니까, 저도 이렇게 찾아오게 돼서 대단히 기쁩니다, 에드만 부인……" 구스타프가 대답했다.

"그냥 로티라고 불러요. 그래도 괜찮겠지요? 당신에게 '에드만 부인'이라고 불리고 싶지 않으니까. 그러니 그냥 로티라고 불러줘요."

로티 에드만의 잿빛 머리카락은 둥글게 말아 올려져 거북이 등껍질 무늬의 빗으로 단단하게 고정되어 있었다. 적지 않은 나이에도 불구하고 그녀의 머리숱은 여전히 풍성했다. 구스타프는 그 머리카락이 한때 빛나는 긴 금발이었을 거라고 상상할 수 있었다. 어쩌면 그녀가 젊었을 때 유행했던 것처럼 길게 땋은 머리였을지도 몰랐다. 로티의 푸른색 눈동자 주변은 부어 있었지만 그 처진 살 안쪽은 여전히 환하게 빛나고 있었다. 젖가슴과 배에는 살이 꽤 붙어 있었고 움직임은 느렸다.

로티는 차와 함께 집 근처 프랑스 과자점에서 사온 과자를 곁들여 내어놓았다. 그녀는 향기로운 과자를 한 입 베어 물며 이렇게 말했다. "구스타프, 식탐이라는 게 대부분의 사람들이 마지막까지 포기하지 못하는 향락이 아닐까요? 내 생각에는 술에 취하는 것 보다 훨씬 나은 향락 같아요. 그렇게 생각하지 않나요?"

구스타프는 그녀의 웃음에 전염성이 있다고 생각했다. 마치 젊은 여자가 환하게 웃는 것 같았다. 두 사람은 자리에 앉아 함께 웃으며 차와 과자를 먹고 마셨다. 그러다 마침내 구스타프가 입을 열었다. "에드만 부인, 시간을 많이 뺏고 싶지는 않습니다만……"

"다시 한 번 강조를 해야겠군요. 난 당신이 나를 '로티'라고 부르는 걸 듣고 싶어요."

"로티, 전 당신 시간을 많이 뺏고 싶지도 않고 또 곤란한 질문을 하고 싶지도 않습니다만 최근에 들어서야 제가 아버지의 삶에 대해 거의 아는 바가 없다는 사실을 알게 되었고 그래서……"

"난 당신 어머니를 잘 알아요. 당신 어머니가 첫 아이를 유산하지 않았더라면…… 글쎄, 내 생각에는 당신 어머니와 아버지 사이가 완전히 달라졌을 것 같군요. 아마 그 일에 대해서 당신 어머니는 아버지를 절대로 용서할 수 없었을 테니까."

구스타프는 입을 딱 벌리고 로티를 바라보았다. 그는 반쯤 먹고 있던 과자를 접시 위에 다시 내려놓았다. 뭐라고 말을 하려 했지만 결국 아무런 말도 하지 못했다.

"다른 아이가 있었다는 사실을 몰랐나요? 에밀리에가 한 번도 이야기 안 해줬어요?"

"전혀요."

"그러면 정말 그 이야기를 하고 싶지 않았던 모양이군요. 아마 그 일을 마음속에서 지우려고 했었나 보지요. 하지만 그 프리부르 거리에 있던 셋집에서 안 좋은 일이 일어났어요. 에리히는 그 일에 대해 크게 죄책감을 느꼈고요. 어쩌다 보니 에리히가 에밀리에를 밀치게 되었는데…… 에리히는 에밀리에가 전쟁 중에 자신이 힘들게 일하고 있는 걸 제대로 이해하려 하지 않는다고 생각했어요."

"아버지가 어머니를 때렸나요?"

"그건 아니에요. 에리히는 단지…… 나도 정확하게는 모르지만…… 에밀리에는 급히 병원으로 옮겨졌지만 배 속의 아기를 구할 수는 없었어요. 가엾은 에밀리에. 에밀리에는 크게 충격을 받았고 모든 게 다 에리히 탓이라고 그를 원망했어요. 그래서 잠시 동안 이곳을 떠나 어디 산 근처에 있다던 친정어머니 집에 가서 지냈다던데……"

"바젤 근처에 있던 집 말인가요?"

"아마 그럴 거예요."

"그 집이라면 저도 알고 있습니다. 거기 한 번 갔었어요. 아주 끔찍한 곳이었지만요."

"아, 그래요? 에밀리에는 거기 꽤 오래 머물렀어요. 에리히는 아내가 다시는 돌아오지 않을 거라고 확신했지만 결국 돌아와서…… 아마도 바젤에 있다던 친정집이 정말 싫었을 수도 있겠지만 내 생각에는 에리히와 다시 잘 해볼 결심을 했던 것 같아요. 그러다가 구스타프 당신이 태어난 거고요."

"전혀 몰랐습니다. 아기를 유산했다는 말은 처음 들어요."

"정말이요? 음, 에밀리에가 원래 좀 그랬어요. 뭐든 혼자 간직하려고 했지요. 나하곤 달랐어요. 나는 뭐든 다 이야기하는 편이었는데. 구스타프 당신도 그런 편인가요?"

"그렇습니다. 어머니는 내가 뭘 느끼고 생각하는지 한 번도 진정으로 관심을 가져준 적이 없었어요. 그러다 보니 그게 습관처럼 되어서 뭐든 그냥 속으로 감추게 되었고요."

로티는 멋진 도자기 찻잔에 차를 좀 더 따랐다. 그러고는 담배에 불을 붙였다.

"유산한 아기는 사내아이였어요. 두 사람은 태어날 아이에게 구스타프라는 이름을 붙여줄 예정이었지요."

구스타프는 손을 들어 심장 부근을 문질렀다. 그리고 다시 말했다. "그것 참 이상한 이야기군요. 저는 종종…… 어머니가 살아 계실 때…… 이따금 제가 어머니랑 완전히 함께 있지 못한다는 그런 기분을 느끼곤 했습니다. 어머니는 누군가 다른 사람을 찾고 있는 것 같았고 그러다 저밖에 없는 걸 보고는 실망하는 것 같았습니다. 아마도 그 유산한 구스타프를 더 많이 사랑하셨던 모양입니다."

로티의 눈가에 물기가 어리기 시작했지만 그녀는 꾹 참는 것 같았다. 그녀는 손을 뻗어 구스타프의 손을 잡았다.

"구스타프, 당신 아버지는 당신을 사랑했어요. 나는 잘 알아요. 왜냐하면 에리히는 사랑이 넘치던 사람이었으니까. 그리고 그 사실을 나보다도 더 잘 아는 사람은 없어요. 나는 당신이 뭘 물어보기 위해 나를 찾아왔는지 잘 몰라요. 하지만 이걸 말하지 않을 수는 없네요. 당신에게 감출 수 없는 한 가지 사실은…… 당신 아버지와 내가 연인 사이였다는 거예요. 에밀리에가 떠나간 후 에리히는 그녀가 돌아오지 않을 거라고 생각했고 그러다 우리 관계가 시작되었어요. 그 일 때문에 상처를 받은 사람은 아무도 없었고 당신 어머니가 돌아오고 나서 나는 우리 관계를 끝내버렸어요. 에리히에게 한 번도 당신을 사랑한 적이 없다고 말해버린 거지요. 그렇지만 그건 거짓말이었어요. 나는 에리히를 숭배했고 그는 나에게 세상의 전부였어요. 내 일생의 유일한 사랑이었지요." 그녀가 말했다.

로티의 눈에서 눈물이 흐르기 시작했다. 그녀는 구스타프의 손을 놓고 작은 냅킨을 집어 들고 눈물을 닦았다.

구스타프는 그런 로티의 모습을 보고 감동했다. 로티는 물론 그 누구에게도 화 같은 건 나지 않았다. 구스타프는 오히려 아버지에 대한 이야기를 듣고 유쾌한 기분까지 들었다. 아버지가 한때나마 무척 아름다웠을 이런 여인의 연인이었다는 사실에 참을 수 없을 만큼 유쾌한 기분이 들었던 것이다. 그러다 문득 에밀리에가 했던 말이 생각났다. 에리히가 그뤼네발트 거리에서 사망했다는 것이었다. 그리고 자기가 지금 앉아 있는 곳은 그뤼네발트 거리에 있는 에드만 부부의 집 안이었다. 어쩌면 지금 이 소파에서 아버지가 로티를 그윽하게 바라보거나 품에 안았을지도 모를 일이었다.

"아버지가 돌아가셨던 날, 지금 이 집이 있는 건물의 계단에서 돌아가셨다고 들었습니다. 그러면 아버지는 당신을 보러 가던 중이었나요? 당신에게 다시 돌아가려고 했던 건가요?" 구스타프가 말했다.

로티는 구스타프를 바라보았다. 눈에는 눈물이 넘쳐흘렀고 손에는 여전히 냅킨을 꼭 쥐고 있었다.

"나는 전혀 모르겠어요." 로티가 말했다. "그렇지만 그랬을 거라고 생각할 수도 있겠어요. 왜냐하면 그가 죽기 바로 얼마 전에 그에게 편지를 썼으니까. 내가 에리히 없이는 살 수 없다는 걸 깨달았 거든요. 그가 세상을 떠나던 날, 그는 나에게 돌아오려고 했던 걸까요, 아니면 다시는 나를 보지 않을 거란 말을 하러 온 걸까요? 그걸 알 수 있으면 좋으련만. 하지만 절대로 알 수 없겠지요."

한밤중이 되어도 구스타프는 잠을 잘 수 없었다.

오늘 새롭게 알게 된 사실들 때문에 구스타프는 마음이 복잡했다. 하지만 그중에서도 뭔가 안심이 되는 듯한 기분이 가장 강하게 들었다. 로티 에드만의 고백 덕분에 어째서 에밀리에가 자신을 사랑할 수 없었는지를 이해할 수 있게 되었기 때문이었다. 에밀리에는 에리히의 영웅적인 모습을 그렇게나 강조했지만 결국 아들인 구스타프를 사랑할 수는 없었다.

새로운 시작
1994년 마출링헨

구스타프는 대부분의 사람들의 삶에 '위기'가 빠지지 않고 찾아오며, 보통은 오십 대에 접어들어서 그 위기를 맞이하게 된다는 사실을 깨달았다. 하지만 그와 안톤의 경우는 약간 늦어서, 두 사람이 쉰두 살이 된 1994년에 그 위기라는 것이 찾아오게 되었다.

생각해보면 '짐멀리 사건'이 그 전조가 아니었을까. 그 일 때문에 안톤은 오랫동안 바라왔으면서도 잊고 있었던 자신의 천재성이나 사람들의 찬사에 대해 다시 생각하게 되었다. 그날 이후부터 안톤은 마티아스 짐멀리에 대해 집착하게 되었다. 그는 〈마출링거차이퉁〉을 일부러 뒤적여 제네바며 암스테르담에서 연주회를 여는 짐멀리에 대한 기사를 읽었다. 그리고 구스타프에게 고백했던 것처럼 오직 짐멀리의 높아져만 가는 명성과 자신의 초라한 모습에 대해서만 생각하는 날들이 많아졌다.

그러다가 마침내 일이 벌어졌다.

크리스마스가 가까워지던 무렵, 성 요한 학교에서는 늘 그랬던 것처럼 안톤의 지도 아래 학생들의 연주회가 개최되었다. 그리고 이런 행사를 마무리할 때면 안톤은 늘 자신이 직접 짧은 피아노 연주를 선보이며 참석한 학부모들을 감탄케 했다. 해를 거듭할수록 안톤은 자신이 베토벤의 후기 소나타, 그중에서도 소나타 26번인 〈고별Les Adieux〉, 그리고 소나타 29번 〈해머클라비어Hammerklavier〉를 가장 열정적으로 연주할 수 있다는 사실을 알게 되었다. 따라서 매년 마지막 무대를 이 두 곡 중 하나로 장식하는 일이 잦아졌다.

안톤은 이 두 소나타를 연습하고 또 연습했다. 안톤은 종종 구스타프를 초대해 자신의 연주를 들려주고는 구스타프가 정확하게 이해하지 못하는 기술적인 측면이나 음색에 대한 질문에 대해서도 답해주었다. 구스타프는 음악을 잘 몰랐지만 안톤은 개의치 않았다. "나는 네가 청중이 되어주는 게 좋아. 항상 그랬어. 네가 있으면 마음이 침착하게 가라앉거든." 안톤이 말했다.

그래서 구스타프는 안톤이 소나타 〈고별〉을 연주하던 12월의 추운 밤에 그 자리에 참석했다. 그리고 이번 연주가 특별히 아주 훌륭하다는 걸 알아차릴 수 있었다. 마치 그 순간 특별한 무언가가 안톤에게 영감을 준 것 같았다.

연주회가 끝나면 학교에서는 항상 뷔페식의 저녁 식사를 손님들에게 대접했지만 구스타프는 참석할 수 없었다. 펠러 호텔의 중앙난방 장치에 문제가 생겨 빨리 돌아가야 했기 때문이었다. 어렵사리 찾아 불러들인 수리공이 난방 장치를 제대로 고치고 있는지를 확인해야 했다.

그날 밤은 굉장히 추웠다. 이런 계절에 호텔을 항상 따뜻하게 유지하는 일은 구스타프가 언제나 가장 신경 쓰는 업무 중 하나였다.

그의 기억 속에는 운터 데 에크 거리에 있던 얼어붙을 듯 추운 방과 양철로 만든 장난감 기차의 얼음처럼 차가운 감촉이 아직도 생생했다. 호텔에 묵고 있는 손님들이 갑자기 잠에서 깨어나 벌벌 떠는 모습은 상상도 하기 싫었다. 호텔로 돌아갔을 때 난방 장치가 제대로 작동하고 있는 것을 확인한 구스타프는 적잖이 안심할 수 있었다. 그는 수리공에게 사례하고 크리스마스와 새해 덕담을 건넸다. 그는 자기 방으로 올라가 루나르디에게 부탁해 그가 가져온 차갑게 식힌 고기와 치즈를 맛보았다.

그리고 밤 11시쯤 되었을 때, 안톤이 나타났다. 그의 손에는 샴페인 한 병이 들려 있었다. 그의 눈동자는 빛났고 두 뺨은 벌겋게 달아올라 있었다. 마치 얼음판 위에서 춤이라도 추다 온 것 같았다.

"놀랄 만한 소식이 있어!" 안톤은 외투를 의자 위에 던지며 이렇게 소리쳤다. "살아생전 이런 소식을 듣게 될 거라고는 상상도 못했지!"

구스타프는 잠자코 다음 말을 기다렸다. 호텔 난방 장치에 대한 걱정과 안톤의 피아노 연주를 들으며 느꼈던 감정이 합쳐져, 그는 지금 매우 피곤했다. 이런 한밤중에 샴페인 같은 건 마시고 싶지 않았고 그저 잠을 자고 싶었다. 하지만 안톤은 잔 두 개에 샴페인을 따르고 그중 한 잔을 구스타프에게 내밀었다. 안톤은 자신의 잔을 높이 치켜들고 이렇게 외쳤다. "명성을 위하여! 바로 그것 때문에 이렇게 마시는 거지. 명성을 위하여!"

두 사람이 잔을 맞부딪쳤고 구스타프는 이렇게 말했다. "명성을 위하여, 그 변덕스러운 매춘부 같으니."

"그래 맞아." 안톤이 대꾸했다. "나는 벌써 쉰하고도 두 살이지만 마침내 이제 그 매춘부를 길들일 수 있게 되었어. 넌 내 말을 믿지 않는구나. 네 얼굴을 보면 다 알 수 있지. 그렇지만 정말 놀라운 일이야. 이 놀란 가슴을 진정시키기 위해 우선 술부터 마셔야겠어. 그런 다음 무슨 일인지 이야기해주지……"

한스 히르슈라는 이름의 한 남자가 성 요한 학교의 연주회에 참석했다. 한스 히르슈는 안톤이 가르쳤던 학생들 중 한 명의 삼촌이라고 했다. 구스타프는 전혀 모르는 사람이었지만 그의 이름은 음악계에 꽤 널리 알려져 있었다. 안톤은 히르슈를 제네바에서 활동하는 '터무니없이 잘생긴 연주회 기획자'라고 소개했고, 그가 '카발리사운드'라는 고전 음악 전문 음반 회사를 소유하고 있다고 말했다.

학교에서 제공하는 저녁 식사 시간 동안 한스 히르슈는 안톤에게 먼저 다가와 악수를 청하며 소나타 26번 연주를 잘 감상했다는 인사를 전했다. 그런 다음에 자신이 누구인지 설명했다.

"처음에는 왜 그 사람이 나를 찾아와서 그런 이야기를 늘어놓는지 잘 몰랐어." 안톤이 말했다. "그런데 그 사람이 갑자기 자기가 하는 일 중에 가장 흥분되는 건 새로운 음악가를 발굴해내는 일이라더군…… 그러니까 무명의 신인 음악가를 찾아내 유명하게 만들어주는 일이라나. 히르슈는 나를 뚫어지게 바라보더니 이렇게 말했어. '나는 말을 빙빙 돌려서 하는 사람이 아닙니다. 나는 내가 그동안 다른 사람들은 몰라봤던 당신의 재능을 발견했다고 믿습니다. 당신만 괜찮다면 제네바로 초대해서 연주하시는 걸 좀 듣고 싶군요. 그래서 베토벤 소나타 연주를 녹음할 수 있을지 보고 싶어요. 우선 한두 개 정도로 시작을 했다가 내가 생각하는 것만큼 당신이 제 실력을 발휘할 수 있다면 그때는 정말로 베토벤의 소나타 서른두 곡 전곡을 다 녹음해 음반으로 발표할 수 있을 겁니다.' 구스타프, 나는 내가 들은 말을 믿을 수가 없었어. 그래서 바보처럼 그 사람한테 들었던 말을 그대로 다시 물어봐야만 했지. 마치 꿈을 꾸고 있는 것 같았고 당장이라도 그 꿈에서 깨어날 것만 같았어. 너도 내가 무슨 말을 하는지 이해할 수 있지?"

구스타프는 안톤을 가만히 바라보았다. 두 뺨의 환한 혈색 덕분에 그는 다시 젊어진 것 같았다.

구스타프가 뭐라고 말을 하기도 전에 안톤은 계속해서 이야기를 이어갔다. "구스타프, 그건 꿈이 아니었어! 한스 히르슈는 나에 대한 확신이 있는 거야. 그는 내가 정말로 베토벤의 소나타 서른두 곡 전곡을 다 연주할 수 있다고 생각하고 있어. 그야말로 내 일생에 있어서 가장 놀라운 일이 일어난 것 아니겠어?"

구스타프는 벌렸던 입을 다물었다. 자기도 모르게 오랫동안 감춰져 있던 두려움을 마주한 노인처럼 입을 떡 벌리고 있었던 것이다. 구스타프는 샴페인을 들이키고는 마침내 이렇게 말했다. "안톤, 그것 참 놀라운 일이네. 좋은 일은 그렇게 뜻하지 않게 벌어지는 법인가 봐. 정말 대단해……"

"정말 마음에 드는 건 말이야, 그건 말이지, 그 히르슈라는 사람과 작업을 하게 되면 나는 그냥 작은 녹음실에서 연주만 하면 돼. 넓은 무대 위에 혼자 버려질 필요가 없다고…… 그러면 내 신경증을 극복하는 일도 아주 쉬워지겠지. 연주회 무대에 서는 것과는 완전히 다른 일이야. 게다가 일단 녹음만 끝마치고 나면 수많은 사람들이 내 연주를 들을 수 있게 된다고. 상상해봐, 구스타프! 수백만 명의 사람들이 들을 수 있는 연주를 하는 내 모습을!"

"정말 대단해……" 구스타프는 달리 할 말을 찾지 못한 것처럼 같은 말을 반복했다.

"게다가 일의 진행도 일사천리야." 안톤이 말했다. "나보고 다음 주에 제네바에 와주었으면 하더군. 크리스마스 휴가가 시작될 때 말이야. 그러면서 히르슈란 사람이 내 나이를 가지고 농담을 하는 거야. '상황을 보니 더 이상 지체할 수가 없겠소. 네-스 빠?n'est-ce pas?, '그렇지 않나요?'라는 뜻의 프랑스어 너무 늦기 전에 당신을 세상에 알리고 싶거든.' 이렇게 말이야.

"다음 주라고?" 구스타프가 중얼거렸다.

"그래, 다음 주!"

"그렇지만 다음 주라면 크리스마스인데. 그때 넌 네 부모님과 함께 우리 호텔에 와서 식사를 함께하기로……"

"크리스마스는 개뿔, 그리고 무슨 빌어먹을 식사야? 이거 봐 구스타프, 나는 네가 나처럼 기뻐할 줄 알았는데. 넌 이 상황이 기쁘지 않아?"

"나도 물론 기쁘지. 그런데 다만……"

"그런데 다만 뭐? 별로 안 기쁜 얼굴인데? 우리가 함께 스케이트장에서 나눴던 이야기 기억나? 내가 이제 더 이상 사람들 앞에서 연주를 못하겠다고 하니까 그때 네가 나를 위로해줬잖아. 자, 이제 상황은 바뀌었고 나는 다시 너의 도움과 위로가 필요해. 마침내 내게 다시 기회가 찾아왔는데 말이야, 너밖에는 믿을 사람이 없어."

"그야 얼마든지 날 믿어도 되지. 그리고 아주 멋진 일이기도 하고. 안톤, 나는 그냥 좀 놀랐을 뿐이야."

"놀랐다니 기쁘네. 이런 일은 그리 흔하게 일어나지 않으니까."

"물론 다 좋은 일이지. 그리고 아마 네 인생에 있어 새로운 시작이 될 수 있을 것 같아."

"바로 그 말이야." 안톤이 말했다. "새로운 시작이라고. 친구야, 나는 정말로 그 새로운 시작이 필요해. 네가 이 마츨링헨에서 행복하게 지내는 건 나도 잘 알고 있어. 호텔이며 모든 것들이 다. 그렇지만 나는…… 나는 내가 이곳에서 천천히 죽어가고 있다는 사실을 이미 오래전부터 잘 알고 있었어. 이번 일만 잘 되면 나는 성 요한 학교 일을 그만두고 이 마츨링헨에 다시는 돌아오지 않을 수도 있다고."

어느새 샴페인 맛이 씁쓸하다고 느낀 구스타프는 술잔을 내려놓았다. 구스타프는 심장에서 견딜 수 없는 통증을 느꼈다. 그는 무슨 수를 써서라도 이 통증을 진정시키지 않으면 큰일이 날 수도 있다는 사실을 알고 있었다. 구스타프는 자리에서 일어나 창가로 가서 한 번도 떠나본 적이 없는 마을의 지붕 너머로 구름에 덮인 달을 올려다보았다. 구스타프는 안톤을 돌아보지 않은 채 이렇게 말했다. "그때 스케이트장에서 있었던 일 너도 기억나? 그때 나는 더 이상 피아노 경연 대회에 나가지 않겠다는 네 결정을 네 대신 아드리아나에게 전해주겠다고 했지. 그리고 너도 알다시피 정말 그렇게 했고. 내 말을 들은 아드리아나는 울기 시작했어. 그래서 나는 그녀에게 입을 맞추었지. 이 이야기는 네게 한 번도 한 적이 없었지만 그때 나는 네 어머니에게 정말로 격정적인 입맞춤을 했던 거야."

방 안에는 오랫동안 침묵이 맴돌았다. 그러다 구스타프가 몸을 돌려 자신을 바라보고 있던 안톤을 마주보았다. 구스타프는 안톤이 충격을 받거나 자신에게 증오심을 느끼기를 바랐다. 그가 한스 히르슈의 이야기를 듣고 충격을 받은 것만큼. 하지만 안톤의 얼굴에는 어떤 증오의 감정도 보이지 않았다. 그리고 잠시 후 안톤은 샴페인을 한 모금 더 마시고 이렇게 말했다. "그런 일이야 언제든 일어날 수 있지. 너만 특별한 경우였다고 생각하지는 마. 우리 어머니는 아주 매력적인 여자니까."

베토벤 소나타 26번

1995년 마츨링헨

새해가 시작되었다.

다보스를 포함한 스위스의 여러 스키장과 대형 휴양지에는 사람들이 넘쳐났지만 펠러 호텔에는 손님이 거의 없었다. 마츨링헨의 1월은 구슬펐다. 얼음 위에 눈이 내리고 다시 그 눈이 얼어붙고 또 눈이 내리는 일이 반복되면서 도로 사정은 나빴다. 시내를 오가는 전차도 철로가 얼어붙는 바람에 이따금 운행이 중단될 정도였다.

구스타프는 아버지에 대해 생각했다. 전차 차고지의 얼어붙을 것 같은 추위 속에서 긴 밤을 보내며, 로티 에드만을 간절히 그리워하다가, 달리고 달려서 그뤼네발트 거리에 있는 그녀의 집 문 앞에서 죽어간 아버지를. 아버지는 로티를 미처 품에 안아보기도 전에 심장마비로 세상을 떠났다. 구스타프는 계단 앞에 쓰러져 있는 아버지를 둘러싸고 있던 행인들의 모습을 상상해보았다. 사람들은 공포에 질려 뒤로 물러서며 이렇게 소리를 질렀겠지. "여기 사람이 죽었어요"라고.

안톤은 제네바로 떠났다. 안톤이 보낸 편지에 따르면 한스 히르슈가 그랜드 피아노가 갖춰진 집을 제공해주었다고 했다. 매일 아침 히르슈의 동료인 매우 재능이 뛰어난 또 다른 피아노 연주자가 찾아오면 안톤은 그 사람과 함께 베토벤 소나타 26번과 29번을 연습한다고 했다. 다음 주 월요일이면 안톤은 소나타 26번 〈고별〉의 첫 녹음을 시작하게 될 터였다. 안톤은 구스타프에게 비록 두렵고 부끄러운 말이지만 예전의 그 불안이 다시 돌아오는 것 같은 그런 느낌이 든다고 편지에 적었다.

구스타프는 이제 그 소나타에 대해 아주 잘 알고 있었다. 베토벤의 26번 소나타는 모두 3악장으로 구성이 되어 있었다. 1악장은 전체 제목과 비슷한 〈이별Das Lebewohl〉, 2악장은 〈부재Abwesenheit〉, 그리고 3악장은 〈재회Das Wiedersehen〉였다. 구스타프는 느리게 진행되는 두 번째 악장 〈부재〉를 들으면 항상 마음이 동하는 것을 느꼈다. 하지만 우울하고 거의 죽음의 기운까지 느껴지는 〈부재〉와는 달리 마지막 악장 〈재회〉는 지나치게 과도한 활기를 내뿜었고 구스타프에게는 그것이 어딘지 어색하게 느껴졌다. 마치 완전히 다른 종류의 음악처럼 생각되기까지 하는 것이었다.

구스타프는 자신이 이렇게 느끼는 것은 아마도 열 살 무렵 에밀리에가 병원에 입원하고 자신이 혼자 셋집에 남겨질 때 겪었던 고통과 같은 그런 '부재'가 대부분 생기 넘치는 기쁨으로 마무리되지 않았기 때문일 거라고 생각했다. 그가 겪었던 부재는 모두 비난이나 질책으로 끝났으며, 용서를 받아야만 하는 것이었다.

안톤의 부재는 구스타프에게는 마치 언젠가는 그가 영원히 겪을 수밖에 없는 부재의 예행연습처럼 느껴졌다. 그리고 그런 부재를 견뎌내는 방법은 그저 기다림뿐이라는 걸 구스타프는 알고 있었다. 그는 호텔 입구의 눈과 얼음을 치우는 일을 감독했고 몇 사람 되지 않는 손님들을 위해 휴게실 난로의 불이 꺼지지 않도록 신경을 썼다. 물론 이런 일들은 다른 종업원들도 충분히 할 수 있는 대수롭지 않은 일들이었지만, 펠러 호텔에 대한 그의 이상하리만큼 높은 자존심 때문에 모두 다 그의 몫이 되어 있었다. 그의 본분은 다른 사람들의 편안함과 필요한 부분을 채워주는 노예나 마찬가지였다. 하지만 그건 구스타프 자신이 선택한 인생이었다.

일요일 저녁이 되었고 이제 내일 아침 10시면 안톤은 카발리사운드 녹음실에서 〈고별〉의 녹음 작업을 시작하게 될 터였다. 구스타프는 자신의 친구가 밤새도록 잠을 이루지 못할 거라고 확신했다. 따라서 구스타프는 자신도 역시 밤을 새우며 비록 멀리 있지만 마치 안톤과 함께 있는 것처럼 그를 지켜주리라 결심했다. 물론 이런 결심 뒤에는 차마 말하기 부끄러운 양가적 감정이 자리하고 있다는 사실을 그는 잘 알고 있었다. 자신이 이렇게 안톤을 위해 밤을 지새워서 안톤의 근심이 사라지고 좀 쉴 수 있게 되었으면 하는 감정이 있다면, 또 한편으로는 잠도 자지 않고 계속해서 악의를 뿜어내며 안톤이 실패하기를 바라는 감정도 있었던 것이다.

칠흑같이 어두운 밤을 잠을 자지 않고 버티기 위해 구스타프는 그동안 거의 되새기지 않았던 일을 다시 떠올려보기로 결심했다. 바로 어머니의 고통스러웠던 죽음이었다. 이 생각을 떠올릴 때마다 구스타프는 언제나 참을 수 없는 울음이 치밀어 올랐지만 그러면서도 종종 정화되고 자유롭게 되는 기분을 느끼며 그러한 상태에서 벗어나기도 했다.

구스타프가 마흔세 살이 되던 해 에밀리에가 심하게 앓기 시작했다.

그전에 한 1년 가까이 에밀리에에게는 애인이 한 사람 있었다. 마츨링헨 치즈 공장의 지배인이었던 그 사람은 자신의 '사랑스러운 엠Em'에게 항상 로맨틱한 감정을 품고 있었던 것 같았다.

에밀리에는 두 사람 사이의 그런 관계를 굳이 감추려고도 하지 않았지만 특히 구스타프에게는 대놓고 자랑했다. 에밀리에는 이렇게 말했다. "넌 아마 분명 그렇게 생각했을 거야. 내 나이가 예순이 되었으니 어떤 남자도 나 같은 건 거들떠보지도 않을 거라고 말이야. 그렇지 않니?"

구스타프는 어떤 식으로도 그런 생각은 해본 적이 없다고 대답했다. 그리고 만일 그 남자가 어머니를 행복하게 해줄 수만 있다면 자기도 기쁠 거라고 말했다.

그의 이름은 마르틴 스투더였다. 에밀리에는 스투더를 이따금 호텔로 데리고 와 일요일 점심을 함께하기 시작했다. 그러면 구스타프도 두 사람과 같이 밥을 먹었다. 스투더는 일흔 살쯤 되어 보였고 그의 머리와 목은 마치 대머리 독수리처럼 어깨 앞쪽으로 튀어나와 있었다. 또 때로는 그 반대로 머리와 목을 뒤로 젖혀, 입고 있는 셔츠 깃 안쪽으로 감춰버릴 때도 있었는데 그러면 구스타프는 머리와 목이 다시 앞으로 튀어나올 때까지 잠시 기다렸다. 구스타프는 그런 모습이 재미있기도 했고 혐오스럽기도 했다. 스투더는 눈이 크고 번들거렸으며 손은 갈퀴처럼 길고 가늘었다. 그는 그 손으로 가끔 에밀리에의 뺨을 토닥였다.

그래도 한 가지 구스타프가 스투더에 대해 마음에 들어 하는 것이 있었는데, 스투더는 호텔에 대해 칭찬을 아끼지 않았다. 그는 에밀리에 앞에서 잘 다림질된 하얀색 식탁보며 식탁 위에 올라와 있는 싱싱한 꽃들, 그리고 종업원들의 친절한 접대와 루나르디의 요리 솜씨를 자주 언급했다. 처음에 스투더가 이런 이야기들을 늘어놓자 에밀리에는 이렇게 대꾸했다. "아, 당신이 말하는 것들은 전부 구스타프하고는 별로 관계가 없어요."

이 말을 들은 구스타프는 별다른 대꾸를 하지 않았지만 스투더는 어떤 호텔이든 그 최종적인 관리의 책임은 바로 지배인이나 주인에게 있다고 다시 한 번 에밀리에에게 일깨워주었다.

그리고 루나르디가 차려내온 일요일 특선 요리들을 게걸스럽게 먹어치운 에밀리에는 결국 이렇게 말하게 되었다. "그래, 최소한 이 호텔 수준은 꽤 높게 유지하고 있는 모양이구나. 네가 학교 다닐 때 모습하고는 많이 다르네, 안 그러니 구스타프?"

그러던 어느 일요일, 에밀리에는 아무것도 먹지 못했다. 에밀리에는 식탁 앞에 앉아 아무 말 없이 고개만 앞뒤로 까딱까딱했다. 마치 에밀리에보다 훨씬 나이가 많은 사람들이 세상을 떠나기 전 자신들이 지금껏 살아오면서 보고 들은 모든 것들을 이제는 다 이해하겠다는 듯 고개를 움직이는 것과 같은 모습이었다.

구스타프는 스투더에게 에밀리에를 데리고 집으로 돌아가는 게 어떻겠냐고 말했다. 구스타프는 스투더가 어떻게 그 갈퀴 같은 손을 내밀어 에밀리에의 머리카락을 쓰다듬기 시작했는지 항상 기억했다. 스투더는 운이 없게도 이제 막 구운 닭요리를 먹어치웠을 뿐이었다. 당연히 그는 루나르디의 초콜릿 과자나 복숭아 파르페를 입맛을 다시며 기다리고 있었지만 남아 있던 적포도주를 마저 들이키고는 얌전히 자리에서 일어나 에밀리에를 부축했다.

"자, 엠. 아주 피곤한 모양이구려. 자, 이제 그만 방으로 데려다주리다." 스투더가 부드럽게 말했다.

구스타프도 두 사람과 함께 호텔 정문까지 나갔다. 그러다 갑자기 구스타프의 눈에 에밀리에가 스투더와 떨어져 몇 걸음 걷더니 화단에 토하는 모습이 들어왔다. 구스타프는 즉시 어머니에게 달려가려고 했지만 스투더가 그런 그를 만류했다. "내가 알아서 하겠네." 스투더가 말했다. "화단에 토하게 해서 미안해. 저 정도면 물로 씻어낼 수 있을 것 같은데…… 자네 어머니도 곧 좋아지겠지."

하지만 에밀리에는 다시는 회복하지 못했다.

에밀리에는 위장과 허파에서 종양이 발견되어 병원에 입원했다. 구스타프가 어린 시절 폐렴으로 거의 죽을 뻔했을 때 입원했던 그 병원이었다. 암세포를 억제할 수 있다는 새로운 화학 치료법을 시도했지만 대신 그 약은 너무 독했다. 에밀리에의 온몸 구석구석이 크게 쇠약해졌고 또 고통스러워했기 때문에 구스타프로서는 차라리 그런 치료법은 개발도 되지 말고 환자에게 시도도 되지 말았으면 하고 바랄 때가 있을 정도였다.

어쨌든 에밀리에는 잠시 동안 병세가 호전된 듯 보였고 운터 데에크 거리에 있는 셋집에서 통원치료를 받을 수 있게 되었다. 구스타프는 에밀리에가 퇴원하기 전날 호텔의 여종업원 두어 명을 보내

집안 구석구석을 청소하게 하고 거실 화병에는 향기 좋은 장미꽃을 꽂아두었다. 그런 다음 구스타프는 병원으로 에밀리에를 데리러 갔다. 에밀리에는 오래전, 정말 아주 오래전부터 갖고 있던 작은 여행 가방을 움켜쥐고 있었다. 그런데 이 낡고 닳아빠진 여행 가방을 보는 순간 구스타프는 갑자기 숨이 막혀왔다. 심지어 병원 주차장에서 차를 몰고 나올 수도 없어서 잠시 머리를 운전대에 파묻은 구스타프는 이내 울음을 터트렸다. 옆자리에 앉은 에밀리에는 아무런 말도 하지 않은 채 아주 태연한 표정으로 아들에게 눈길조차 주지 않았다. 이윽고 구스타프는 눈물을 닦고 어머니에게 죄송하다고 말한 다음 차를 몰고 나왔다.

운터 데 에크 거리에 있는 셋집으로 돌아와 보니 마르틴 스투더가 기다리고 있었다. 침실로 들어가고 싶지 않았던 에밀리에는 거실에 있는 자기 의자에 앉아 장미꽃을 바라보았다. "왜 이 꽃들이 여기 있는 거지?" 에밀리에가 물었다.

"호텔 직원에게 부탁해 가져다 놓은 거예요." 구스타프가 대답했다.

"아, 물론 그렇겠지." 에밀리에가 말했다. "까맣게 잊고 있었네. 넌 이제 더 이상 네 손으로 하는 일이 없지, 그렇지? '직원들'을 시키면 되니까. 그렇지만 내 아들아, 그렇게 살면 안 돼. 그러면 인생은 끝장이야."

언제나 푸석푸석하고 가늘었던 머리카락이 이미 많이 빠져버린 에밀리에는 가발을 쓰고 있었다. 그녀의 가발은 갈색에 숱이 풍성했고 약간 곱슬거리기도 했지만 에밀리에의 본래 머리카락과는 전혀 닮지 않았다. 구스타프는 자신과 스투더가 마치 낯선 사람과 함께 앉아 있는 것 같은 기분이 들었다. 그것도 약간 정신이 나간 것처럼 보이는 낯선 사람이었다. 스투더의 대머리 독수리를 닮은 목은 에밀리에를 바라보면서 계속 셔츠 안팎으로 들락날락했는데 사랑하는 엠을 바라보는 그의 눈가에는 슬픔과 당혹스러운 감정이 어려 있었다. 구스타프는 주변을 둘러보며 이곳에서는 좋은 일이라고는 한 번도 일어난 적이 없었다고 생각했다. 심지어 에밀리에가 안톤을 불러 차를 마시고 자주색 립스틱을 발랐던 날도 마찬가지였다. 어쩌면 이런 셋집 건물 따위는 완전히 허물어져버리는 게 가장 좋은 일인지도 몰랐다.

구스타프는 차를 끓여 내왔고 에밀리에는 차를 조금 마시더니 자리에서 일어나 거실 밖으로 나갔다. 구스타프와 스투더는 에밀리에가 화장실에서 방귀 뀌는 소리를 들었다. 두 사람은 서로를 돌아보지 않았다. 방귀 소리는 계속해서 크게 울려퍼졌다. 잠시 후 스투더가 말했다. "나는 자네 어머니가 에멘탈 치즈 공장에 일자리를 구하러 왔던 아주 젊었던 시절부터 마음속에 두고 있었어. 그렇지만 물론 그때는 그런 마음을 절대로 내색할 수는 없었지. 지금 와서 생각해보니 나라는 존재 자체를 그냥 낭비해버린 듯한 생각이 드네."

구스타프는 종종 에밀리에가 무엇으로 그동안의 삶을 버텨온 걸까 하는 궁금증이 들었다. 에밀리에는 오랫동안 분노와 슬픔으로 가득 찬 시간을 보내왔기 때문에 누군가를 사랑하거나 심지어 기쁘게 만들어주는 일조차 하기가 불가능했을 터였다. 그래서 이렇게 생의 마지막을 맞이한 에밀리에가 어쩌면 죽음으로 인해 편히 쉬게 된 것을 자신이 기뻐하고 있는지도 모른다고 생각했다.

하지만 에밀리에는 자신만의 완고한 고집으로 죽음과 싸워 이겨냈다. 어쩌면 그건 스투더 덕분이 아니었을까? 생긴 건 비록 사막의 흉측한 대머리 독수리처럼 생겼지만 스투더는 친절하고 자상한 사람이었다. 언젠가 구스타프가 운터 데 에크 거리의 셋집을 찾아가보니 극심한 통증으로 괴로워하는 에밀리에를 스투더가 품에 안고 아기를 다루듯 어르고 있었다. 에밀리에의 훌렁 벗겨진 가발 같은 건 전혀 개의치 않는 것처럼, 스투더는 민머리가 된 에밀리에의 이마에 입을 맞추고 곡조도 맞지 않는 노래를 불러주고 있었던 것이다.

에밀리에는 다시 병원에 입원했다. 구스타프가 마지막으로 찾아갔을 때 에밀리에는 작은 독실에 누워 있었다. 입원실을 밝히고 있는 푸른색의 전등은 폐렴으로 입원했던 병실과 완전히 똑같았다. 그리고 그때 구스타프는 루드비히 크람스를 두려워하며 집의 문을 틀어막았다.

에밀리에는 잠이 들었다. 그 모습은 편안해 보였다. 간호사가 들어오자 구스타프가 물었다. "얼마나 남았을까요?" 그러자 간호사가 슬쩍 웃으며 이렇게 대답했다. "아마 준비되셨을 거예요."

간호사가 병실을 나가자 구스타프는 에밀리에에게 말을 걸었다. 구스타프는 에밀리에를 여전히 '엄마'라고 불렀지만 자신이 하는 말을 제대로 듣고 있는지는 알 수 없었다. "엄마, 엄마는 준비가 됐는지 몰라도 나는 아니에요. 난 늘 엄마에게 뭔가 가르칠 수 있다고 생각했었어요. 바로 나를 사랑하는 법이요. 하지만 결국 그렇게 하지는 못했어요. 그렇지요?"

구스타프는 잠시 말을 멈추고 기다렸다. 그리고 혹시나 하는 희망을 품었다. 에밀리에가 뭔가를 말해주지 않을까? 하지만 그녀는 잠에서 깨어나지 않았고 움직이지도 않았다. 구스타프는 하고 싶은 말이 많았다. 그것도 아주 많았다. 하지만 그는 그럴 기회가 이미 오래전에 사라져버렸다는 사실을 깨달았다.

구스타프는 에밀리에의 손을 잡았다. 손이 아주 차가웠다. 구스타프는 엄마의 이마에 입을 맞춰드리자고, 그리고 울지 말자고 속으로 생각했다. 하지만 그렇게 자신의 감정을 억누르고 다시는 엄마의 모습을 보지 못할 것을 알면서도 그냥 병실을 걸어 나가면 남는 건 영원한 '부재'일 뿐이리라. '나중에 또 봐요' 같은 순간은 다시는 오지 않는 것이다. 그렇게 아무 말 없이 병실을 나가는 일은 구스타프가 엄마에게 거둘 수 있는 유일한 승리일까? 적어도 엄마가 자신의 삶을 끝내고 구스타프를 혼자 내버려두기 전에 구스타프가 먼저 엄마를 내버려두고 나갈 수 있을 테니까.

구스타프는 병실에서 나와 문을 닫았다. 문을 닫을 때 나는 철컥하는 소리는 오래된 영화가 끝날 때 영사기에서 나는 소리를 떠올리게 했다. 구스타프는 복도에서 스투더를 만났다. 그는 손에 아네모네 꽃다발을 들고 있었다. 두 남자는 잠시 가던 걸음을 멈추고 이야기를 나누었다. 이윽고 스투더는 에밀리에에게로 향했다. 구스타프는 에밀리에가 세상을 떠나 입관할 때까지 두 번 다시 그녀의 모습을 보지 않았다. 입술에 곱게 립스틱까지 바르고 관 속에 누워 있는 에밀리에의 모습을 보니 순간 세상을 떠난 그녀가 웃음을 머금고 있는 걸 본 듯한 착각이 들었다.

시간은 흘러 거의 새벽녘이 되었다. 구스타프는 울음이 치밀어 올라 눈물이 자신을 정화해주기를 바랐다. 하지만 그의 두 눈은 여전히 말라 있었다.

결코 알 수 없는 일

1995년 마츨링헨

월요일 밤 늦게 안톤은 히르슈의 고급 주택에서 구스타프에게 전화를 걸었다. 안톤과 히르슈는 샴페인을 마시고 있는 중이었다. 안톤은 마치 전쟁터에서 야전용 무전기로 이야기하듯 그렇게 전화기에 대고 소리를 질러댔다.

"어떻게 되었을 것 같아?" 안톤이 소리를 질러댔다. "어떻게 되었을 것 같냐고!"

"듣고 있어." 구스타프가 말했다. "그래, 어떻게 되었어?"

"멋지게 해냈지. 멋지게 해냈다고! 모두들 어마어마하게 흥분했다니까."

구스타프는 아무런 말도 하지 않았다. 그는 평범하고 진부함이 가득한 삶 속에서 지나치게 억지로 남발되는 그런 인간의 흥분된 모습이 얼마나 지겹고 피곤한 일인가 생각했다.

안톤의 이야기는 계속되었다. "구스타프, 중요한 건 말이야, 난 전혀 긴장하지 않았어. 연주를 녹음하는데 말이지 아주 편안하고 행복하더라니까. 흥분은 했지만 긴장하거나 걱정 같은 건 전혀 하지 않았지. 문제가 되는 건 하나도 없었다고. 분명 수호천사라도 내려와 내 옆에 있어준 게 틀림없어!"

"그래, 아주 잘했어, 안톤." 구스타프가 억지로 이렇게 말했다. "전부 다 내가 바라던 대로 된 것 같아."

"지금은 말이야, 한스와 함께 계획을 세우고 있는 중이야…… 이렇게 고급스러운 돔 페리뇽 샴페인을 마시면서 말이지! 녹음은 한 번으로 끝나는 게 아니야. 한스는 1초라도 낭비하는 걸 싫어하지. 나는 같이 연주하는 연주자와 함께 여기 머물면서 베토벤 소나타를 세 곡 정도 더 녹음할 계획이야. 그런 다음 카발리사운드 이름으로 카세트테이프와 CD로 발매하는 거지." 안톤이 말했다.

구스타프는 순간 "한스가 누구지?"라고 물어볼 뻔했다. 구스타프의 생각은 오래전 다보스와 그곳의 버려진 요양원에서 했던 놀이, 그리고 탬버린을 들고 있는 남자아이에 대한 기억으로 가득 차 있었다. 하지만 그 순간 구스타프는 한스 히르슈라는 이름을 기억해냈다.

"성 요한 학교에서는 사정을 이해해주겠지. 그렇지, 구스타프?" 안톤이 물었다.

"사정이라니 어떤 사정?"

"학교로 돌아가지 못하는 거 말이야. 그 정도는 이해해주겠지? 학교측에서도 나에게 이번이 큰 기회라는 걸 잘 알고 있어. 그러니 1월 학기를 위해서 나 대신 새로운 음악 교사를 채용해야 할 거야."

"그러니까 아예 여기로 돌아오지 않겠다는 거야?"

"어쨌든 당장은 못 돌아가지. 정말 아예 못 갈 수도 있고. 일단 음반이 발매되면 무슨 일이 어떻게 벌어질지 누가 알겠어? 또 다른 제의가 들어올 수도 있고 말이야. 그렇지만 일단 지금은 제네바에서 머물면서 하던 일을 끝마쳐야 해. 그러니까 나 대신 학교로 가서 일이 어떻게 진행되는지 좀 봐 줄 수 있을까? 할 수 있지, 구스타프?"

"그걸 왜 내가?" 구스타프가 물었다.

"너야 사람들을 다루는 재주가 탁월하잖아. 호텔을 오가는 사람들이 널 얼마나 좋아하고 따르는지 한번 보라고. 너한테는 사람들을 움직일 수 있는 힘이 있어. 우리 유치원에서 처음 만났던 날 기억나? 나한테 울음을 그치라고 그랬잖아."

"물론 기억나지. 그래도 이번 경우는 다르잖아."

"뭐가 다른데?"

"이건 공적인 일이고 난 거기에 끼어들고 싶지 않아."

"그래 좋아. 하지만 어쨌든 그렇게 해줘야 해. 넌 언제나 다른 사람들을 잘 돕잖아. 그래서 나도 너를 의지하는 거고."

통화가 끝나고 나자 구스타프는 침대 위에 드러누웠다. 창밖에 드리워진 고요는 자신이 지금 미텔란트에 있다는 사실을 일깨워 주었다. 스위스 중부 지방의 산으로 가로막혀 있는 작고 조용한 도시, 그리고 별다른 특별한 일도 일어나지 않았던 이곳에서, 구스타프는 지금 미텔란트에서 보낸 자신의 삶과 모든 것들이 지금까지 생각해오던 방식을 바꾸라고 윽박을 지르고 있다고 생각했다. 그리고 이러다가 곧 죽을 것 같은 생각도 들었다.

겨우 몇 시간가량 잠을 청한 구스타프는 다음 날이 되자 성 요한 학교를 찾아가 교장 선생에게 안톤에 대해 이야기하려고 했다. 하지만 정작 학교가 가까워지자 그는 자신이 이 일을 제대로 해낼 수 없다는 것을 깨달았다. 구스타프는 심지어 안톤에 대해서 생각조차 하고 싶지 않았고 지난 15년 동안 해왔던 일을 그만두는 것에 대해 당사자인 안톤을 대신해 부탁을 하러 가는 일에 대해선 말할 것도 없었다.

구스타프는 가던 방향을 바꾸어 그뤼네발트 거리로 향했다. 그는 로티와 에리히에 대해 이야기를 나누면 위안이 되지 않을까 생각했다. 그러다 보면 머릿속을 울리던 외침도 잠잠해질 것 같았다.

로티는 전기난로 옆 소파에 반쯤 드러누워 독일어로 번역된 기드 모파상의 단편집을 읽고 있었다. 로티가 말했다. "원문은 어떤지 잘 모르겠지만 이 독일어 번역만 보면 이 책은 그냥 쓰레기네요."

이 말을 들은 구스타프는 절로 웃음이 나왔다. 그는 로티 맞은편에 앉았다. 그는 로티가 터무니없이 부드럽고 달콤해서 그저 먹는 것만으로도 위안을 받을 수 있는 그런 프랑스 과자라도 권해 주기를 바랐다.

로티는 안경 너머로 근심 어린 구스타프의 얼굴을 올려다보고는 이렇게 말했다. "구스타프, 무슨 일이에요? 오늘은 아주 슬프고 우울한 당나귀 같은 얼굴이네요."

"네, 바로 그렇습니다. 슬프고 우울한 당나귀라……"

"당나귀 씨, 무슨 일이 있었나요?"

구스타프는 한숨을 내쉬었다. 그는 이야기를 하고 싶었다. 자신이 세상에서 제일 사랑하는 사람이 자기를 영원히 떠나려고 한다. 하지만 이런 이야기를 입 밖에 내기는 불가능하다고 생각했다. 그래서 구스타프는 이렇게 말했다. "이번 주에 마츨링헨 경찰서 본부에서 편지 한 통을 받았습니다. 아버지가 파면당한 일과 관련해 뭔가 알아낼 수 있을까 해서 경찰서를 찾아갔다는 이야기는 했었지요. 그렇지만 경찰 당국은 그 문제에 대해서는 이야기해줄 수 없다고 그러더군요."

"왜요? 모든 기록과 정보가 거기 경찰서 안에 보관이 되어 있을 텐데."

"그 안에 있을 수도 있겠지요. 그렇지만 전부 '대외비'라고 합니다."

"'대외비'라고요? 공무원들이 쓰는 말은 정말 어렵고 짜증이 나네요. 내 생각에는 그냥 자기들이 부끄러워서 당신에게 에리히에 대한 이야기를 해주지 않는 것 같은데."

"부끄럽다고요?"

"경찰서 사람들은 모두 에리히가 범죄 행위와는 관련이 없는 도덕적이고 용감한 일을 해냈다는 걸 잘 알고 있어요. 에리히를 그런 전차 차고지를 지키는 일이나 하게 내버려 두는 게 아니라 다시 경찰로 복직시켜줬어야만 했어요. 그런데 그렇게 해주지 않았고요. 모두들 독일 나치의 최고 사령부나 히틀러가 스위스에 장차 무슨 짓을 저지를지 몰라 두려웠던 거예요. 그래서 에리히가 그렇게 죽어가도록 내버려둔 거고요."

"로티, 내가 아직 이해가 안 가는 건 말입니다. 마츨링헨에 살고 있는 누군가가 분명 베른에 있는 법무부에 아버지가 한 일을 알리지 않았나 하는 겁니다. 그렇지 않다면 도대체 베른에서는 어떻게 아버지가 한 일을 알 수 있었겠어요? 그리고 정말 그런 사람이 있었다면 그게 누구지요?"

로티는 두 눈을 감았다. 그리고 잠시 뒤 이렇게 말했다. "아마도 베른에 있는 누군가가 유대 난민 기구를 서류 위조 혐의로 고발을 했겠지요. 그때 그 난민 기구에서 서류를 위조한 건 자신들이 아니라 펠러 부서장이었다고 말한 게 아닐까요. 그렇지만 구스타프, 그 일은 그냥 내버려두는 게 더 좋겠어요. 세상에는 결코 알 수 없는 일도 있는 법이니까."

"아니요, 로티. 모든 일은 결국에는 다 밝혀집니다."

"대부분의 경우는 그렇지요. 그렇지만 이 일은 그렇게 되지 않을 거예요. 그러니 그냥 내버려둬요."

구스타프는 의심스러운 눈초리로 로티를 바라보았다. 그의 시선을 피한 로티는 아까 읽고 있던 모파상의 단편집을 다시 집어 들고 이리저리 넘겨보기 시작했다. 마치 책 속으로 도망갈 자리를 찾는 것 같았다.

구스타프가 불쑥 이렇게 물었다. "당신 남편이 그런 겁니까?"

로티는 한숨을 내쉬었다. 그녀는 책을 다시 옆으로 치우더니 이렇게 말했다. "구스타프, 로거는 명예를 아는 사람이었어요. 그런 로거를 배신한 건 바로 오히려 당신 아버지와 나였지."

"그렇지만 로거는 당신 둘이 연인 사이였다는 걸 알고 있지 않았나요?"

"1939년에 에리히는 나와 그런 관계가 아니었어요. 관계가 시작된 건 당신 어머니가 마츨링헨을 떠난 이후의 일이고요."

"혹시 로거도 경찰서에서 위험에 몰리거나 그러지 않았나요?"

"당시는 모든 게 다 위험투성이였어요. 스위스로서는 참 암담하던 시절이었지. 당신네 세대는 아마 전혀 상상도 못할……"

"우리도 대강은 알고 있습니다. 그렇지만 독일은 결국 스위스를 침략해오지 않았고 그 배후에는 아마 엄청난 거래가 있었겠지요. 스위스를 지킬 수 있는 건 뭐든지요."

"거래가 있었을 수도 있고 배신도 있었겠지요. 그렇지만 구스타프, 도대체 그 배신이라는 게 뭔가요? 그게 뭔지 확실히 알고 있나요?"

"아니요, 잘 모릅니다."

"그러면 더 할 이야기가 있나요?"

구스타프는 자리에서 일어섰다. 그는 에리히와 관련된 이야기는 적어도 지금은 끝이 났다는 것을 깨달았다. 로티는 더 이상 아무런 말도 하지 않을 것이다. 구스타프는 창가로 걸어갔다. 그리고 반쯤 내려져 있는 묵직한 커튼을 젖히고 추운 바깥 거리를 내려다보았다. 하늘하늘 눈발이 흩날리고 있었다. 구스타프는 다시 로티를 향해 이렇게 말했다. "적어도 지금 나는 친구인 안톤에게 배신을 당했다는 기분이 듭니다. 하지만 어쩌면 내가 진짜 배신자일지도 모르지요. 사실 안톤은 결코 내가 배신당한 기분이 들 만한 일을 하지는 않았으니까요."

로티가 구스타프를 바라보았다. "잠깐만요." 로티가 말했다. "마음 좀 가라앉혀요. 뭔가를 좀 마셔야겠군요. 포도주나 위스키? 아니면 진이라도?"

"뭐든 상관없습니다."

"자, 구스타프, 그래도 뭐든 마음속에 하나쯤은 생각하고 있는 법이에요. 뭘 마시겠어요?"

"그렇다면 백포도주를 좀 부탁합니다. 혹시 괜찮으시면 독일산으로요."

구스타프는 로티가 자리에서 일어나 느린 걸음으로 주방으로 향하는 모습을 바라보았다. 그는 움직일 때마다 로티의 거대한 허벅지가 서로 맞부딪히는 모습을 보았다. 또 그녀가 오른쪽 다리에 몸무게를 싣고 있다는 사실도 알 수 있었다. 그리고 구스타프는 현실이 지금과 달랐으면 하고 바랐다. 그는 로티 에드만이 자기 아버지를 만날 때의 그 모습이면 좋겠다고 생각했다. 멋진 금발과 푸른 도자기 같은 눈을 가진 그런 여인의 모습으로 말이다.

로티는 백포도주를 들고 돌아와 다시 자리에 앉아 구스타프가 안톤에 대한 이야기를 시작하기를 기다렸다. 구스타프는 포도주를 한 모금 마시고 사과나 약초를 연상시키는 달콤한 맛을 음미했다. 그리고 지금 이 모습이 자신이 살아가는 방식이라고 생각했다. 작은 즐거움에 만족하며 더 완벽한 행복을 위해 그 이상을 욕심내지 않는 것.

잠시 뒤 로티가 입을 열었다. "그러니까 아까 어디까지 이야기를……"

그렇지만 구스타프는 지금은 안톤에 대해서 더 이상 이야기하고 싶지 않았다. 그는 안톤의 이름을 꺼내지 말 걸 하는 후회가 들었다.

구스타프는 시계를 보았다. "그만 가봐야겠습니다." 그가 말했다. "성 요한 학교의 교장 선생님이랑 약속이 있어서요."

그날 밤 늦게 구스타프는 안톤에게 전화를 걸었다. 그는 아무것도 알리지 않고 마츨링헨을 떠난 음악 선생의 소식을 전해준 것에 대해 성 요한 학교의 교장이 얼마나 예의 바르게 고맙다고 인사를 했는지 말해주고 싶었다. 그리고 이 나라 사람들이 어느 정도는 다들 조심스럽게 행동한다는 사실도 말해주고 싶었다. 스위스 사람들은 뭔가에 정말 화가 나면 오히려 예의 바르게 행동했다. 정확히 어떤 일이 왜 그렇게 진행되는지 이해하지 못할 수도 있지만 어쨌든 스위스 사람들은 일단 받아들이고 봤다. 그렇게 스스로를 자제하는 것이 보통이지만 안톤은 한 번도 제대로 그렇게 해본 적이 없었다.

안톤은 전화를 받지 않았다. 구스타프는 안톤이 제네바 어딘가를 쏘다니고 있을 거라 상상했다. 한스 히르슈가 제공하는 향락에 흠뻑 빠져 있겠지. 그는 안톤을 매료시킨 그 도시의 아름다움이 도대체 어느 정도일까 생각해보았다. 그 매혹적인 곳에서 안톤은 새롭게 정착을 해 자신의 경력을 쌓아가고 돈과 명성을 얻겠지. 구스타프는 안톤이 널찍한 대로를 걸어가며 화려한 상점들의 진열창들을 바라보는 모습을 상상했다. 조용히 갸릉갸릉하는 거대한 자동차들의 노란색 불빛 아래 비쳐 보이는 그의 그림자도.

그러다 문득 구스타프는 자신의 모습은 어떨까 생각했다. 1년 중 손님을 찾아보기 힘든 이맘때 덜컹거리는 전차 소리와 그 자신이 내는 소리를 제외한 완벽한 침묵 속에서 호텔에 홀로 앉아 있는 모습을. 들리지는 않지만 어쩌면 그는 고통 속에 몸부림치는 늙은 회색 당나귀처럼 그렇게 의미도 없이 푸푸거리는 소리를 쉬지 않고 내고 있는지도 몰랐다.

여행 계획
1997년 마츨링헨

안톤 츠비벨은 1996년 봄 마침내 마츨링헨을 완전히 떠났다.

구스타프는 펠러 호텔의 식당에서 안톤을 위한 송별 식사 자리를 마련했다. 아르민과 아드리아나도 함께였다. 루나르디는 회향풀을 곁들인 바다 농어 요리를 준비했다. 거기에 살구 소스를 끼얹은 프랑스식 바닐라 크림 커스터드를 후식으로 차려냈다. 아드리아나가 말했다. "오래전 우리 모두가 아직 젊을 때 이런 날을 맞이했어야 하는데."

그 순간 안톤의 표정이 복잡해지는 것을 구스타프는 놓치지 않았다. 안톤은 제네바로 돌아가고 싶어 좀이 쑤시는 것 같았다. 마치 그동안 마츨링헨에서 보낸 그 긴 세월은 아무런 의미도 없다는 듯, 그는 이런 식사 자리에는 별로 신경을 쓰고 싶어 하는 것 같지 않았다. 안톤이 바라는 건 한스 히르슈와 카발리사운드 녹음실의 '환상적인 녹음 기술자들'에 대한 이야기를 하는 것이었다. 안톤은 이렇게 말했다. "제네바에서 보내는 매 순간마다 나는 내가 뭐든 잘해내리라는 사실을 확신할 수 있었어요. 마치 고향에 돌아온 것 같더군요."

'고향이라.'

안톤이 고향이란 말을 내뱉자 아드리아나와 아르민은 당황스러운 표정으로 아들을 바라보았지만 결국 아무런 말도 하지 않았다. 구스타프는 시선을 돌렸다. 커튼을 치지 않은 창밖으로 보이는 여전히 추위가 가시지 않은 하늘은 완전히 어두워지기 전의 회색과 녹색이 섞인 빛으로 물들어 있었다.

안톤은 일찌감치 식사 자리를 떠났다. 짐을 꾸려야 한다는 말만 남긴 채였다. 구스타프는 안톤을 호텔 정문까지 바래다주고 포옹하며 이렇게 말했다. "안톤, 나를 잊지 마. 나도 매일 네 생각을 할 테니까."

"그렇지 않을걸." 안톤이 말했다. "넌 호텔을 경영하고 나는 계속해서 경력을 쌓아가야 하지. 그저 한 달에 한 번 정도만 내 생각을 해줘. 그거면 충분하니까."

안톤은 이 말을 남기고 에밀리에가 볼썽사나운 모습을 보였던 화단을 지나 밤의 어둠 속으로 사라져갔다. 구스타프는 안톤이 걸어가는 모습을 지켜보다가 아르민과 아드리아나 곁으로 돌아왔다. 두 사람은 마치 폭풍 속에 휘말린 배 위에 올라타 있는 사람들처럼 서로를 꼭 끌어안고 있었다.

구스타프는 커피와 브랜디를 주문했다. 아르민은 이렇게 말했다. "구스타프, 아주 맛있는 저녁 식사였어. 그런데 안톤은 분명 고맙다는 말은 하지 않았을 것 같구나."

남편과 떨어진 아드리아나는 구스타프를 바라보며 이렇게 말했다. "그런 일이 일어날 것 같니?"

"안톤이 바라는 거 말인가요? 명예와 성공?"

"나는 왠지 선뜻 믿어지지가 않는구나. 안톤은 전에도 우리를 실망시켰지."

"때로 느지막이 이루어지는 일도 있지요. 그리고 안톤은 녹음 작업을 무사히 마쳤다고 했어요. 안톤이 두려워하는 건 무대에서의 연주뿐이니까……"

"그래. 그렇지만 제대로 음악을 하려면 결국 언젠가는 청중들 앞에 나서야만 해. 그렇지 않니? 음악가의 경력이란 실제 연주가 뒤따르지 않으면 안 되지…… 녹음만으로는 얻어질 수 없는 거야."

"안톤은 그렇게 생각하지 않는 것 같던데." 아르민이 말했다. "구스타프, 안톤이 혹시 그런 이야기를 한 적이 있었니?"

"아니요. 하지만 그렇게 걱정부터 하지 않았으면 좋겠어요. 어쨌든 안톤은 지금 행복하니까요. 그러니 그냥 지금 벌어지는 일들을 안톤이 즐기도록 내버려두는 게 좋을 것 같습니다."

안톤은 구스타프에게 자신의 첫 연주인 베토벤 피아노 소나타 24번과 25번, 그리고 26번 〈고별〉과 27번이 담긴 CD를 보냈다. 그리고 같이 부친 편지에는 이렇게 적었다. '제네바는 아마 세계에서 가장 놀라운 도시일 거야. 밤이 되면 나는 때때로 호숫가로 나가 너무 늦기 전에 누리게 된 이 모든 행운들에 대해 생각해보곤 해.'

구스타프는 자신의 방에 앉아 CD로 음악을 들었다. 그는 안톤의 연주가 그저 그런지 아니면 정말로 뛰어난지 전혀 알 수 없었다. 잠시 후 구스타프는 CD는 그대로 반복해서 재생이 되도록 내버려두고 장부를 꺼내 호텔 업무를 보기 시작했다. 그리고 얼마 후 전축에서 CD를 꺼내 옆에 올려 두었다. 이윽고 찾아온 침묵 속에서 구스타프는 호텔의 장부 정리 업무에 완전히 빠져들기 시작했다. 하지만 얼마 지나지 않아 크게 동요할 수밖에 없었다. 장부의 모든 숫자들은 지난해부터 호텔 수익이 계속해서 줄어들고 있음을 분명하게 보여주고 있었다. 펠러 호텔이 무너져가고 있었던 것이다.

구스타프는 그 이유를 잘 알고 있었다. 그는 자신이 한동안 그런 사실을 애써 부정해왔지만 이제는 어쩔 수 없이 현실을 직시해야 한다는 사실을 깨달았다. 펠러 호텔은 낡고 더러운 곳이 되어가고 있었다. 식당의 벽은 때가 탔고 음식 냄새가 배어들었다. 휴게실 바닥에 깔린 양탄자에는 얼룩이 졌고 숙박객들은 화장실과 욕실이 객실과 따로 떨어져 있는 건 "90년대 중반인 지금은 완전히 구식"이라고 불평하기 시작했다. 그 정도는 기본적으로 객실 안에 딸려 있어야 한다는 것이었다.

호텔 내부를 새로 치장하는 비용 정도는 어느 정도 쉽게 조달할 수 있었지만 객실 구조를 바꾸는 공사라면 어마어마한 비용이 들터였다. 게다가 욕실 등을 설치하는 일이 아예 불가능하게끔 되어 있는 객실도 있었다. 적어도 세 개의 객실은 바로 옆 객실을 터서 공간을 확보해야만 그런 편의 시설의 '설치'가 가능했던 것이다. 그렇게 되면 호텔의 객실 수는 열두 개에서 아홉 개로 줄어들고 수익 역시 거의 30퍼센트 가량이 줄어든다. 게다가 이런 일들을 모두 처리하려면 어쩔 수 없이 한동안 호텔 문을 닫아야 했다. 구스타프로서는 숙박객들이 머물고 있는 상태에서 적지 않은 소음을 내는 이런 공사를 진행할 수가 없었다.

구스타프는 늦게까지 장부와 씨름을 했다. 때는 여름으로 호텔은 숙박객들로 만원이었다. 그는 건축업자와 먼저 이 문제를 상의해보기로 결정했다. 그렇게 해서 호텔의 개보수 작업에 들어가는 비용이 적절하다고 판단이 되면 그때는 겨울에 호텔 문을 잠시 닫는 걸 고려해보기로 했다. 공사를 시작하게 되면 루나르디를 계속 붙들어두기 위해 일이 없어도 월급은 계속 지불해야 할 것이다. 그러면 아마 다른 직원들, 예컨대 빈첸초 같은 직원들도 비슷한 대우를 해주기를 기대할지도 몰랐다. 구스타프는 장기간 재정상의 손실을 감수할 수밖에 없겠다고 생각했다.

그날 밤 구스타프는 잠을 이룰 수 없었다. 그다음 날 밖이 환하게 밝아지자 그는 차를 몰고 마츨링헨을 빠져나와 에메 강을 따라 굽이쳐 이어지는 긴 계곡을 향해 달리기 시작했다. 계곡 안쪽에 도착한 구스타프는 차를 멈추고 숲이 우거진 언덕을 걸어 올라가 마을을 내려다보았다.

구스타프는 따뜻하게 데워진 풀밭 위에 앉았다. 숲 끄트머리에는 야생 딸기나무 덤불과 거기에 매달린 이파리며 반짝반짝 빛나는 열매들이 보였다. 구스타프는 시선을 돌려 마츨링헨의 무질서하게 흩어져 있는 주택가며 사무실, 그리고 상가 건물들을 바라보았다. 이 평범한 마을에서 평생을 보냈다는 사실에 대해 구스타프는 갑자기 자기라는 사람에 대한 연민이 치밀어 올랐다. 마츨링헨이 아닌 다른 곳에서는 도무지 어찌해야 될지를 몰랐던 그는 자신의 또 다른 모습을 찾는 모험을 펼치기가 너무나 두려워 아예 그런 시도조차 하지 못했다. 그렇게 해서 늘 익숙한 저 거리며 광장 너머의 다른 세상을 구스타프는 단 한 번도 넘보지도, 아니 넘볼 생각도 하지 않았던 것이다.

베른과 부르크도르프, 그리고 바젤과 다보스를 제외하면 구스타프는 마출링헨이 아닌 다른 곳을 가본 적이 없었고 아예 스위스라는 나라를 떠나본 적도 없었다. 이따금 접할 수 있는 여행사 광고지를 통해 구스타프는 로마며 바르셀로나, 그리고 에게 해의 섬들을 담은 아름다운 사진들을 볼 수 있었다. 하지만 구스타프 펠러는 비행기를 타고 그런 곳으로 떠나보고 싶다는 생각을 전혀 해본 적이 없는 것은 물론, 시도조차 한 적이 없었다. 말도 제대로 통하지 않는 그런 곳에 가는 일은 구스타프에게는 그야말로 공포 그 자체였다. 대부분의 스위스 사람들처럼 구스타프 역시 스위스야말로 이 지구상에서 가장 안전하고 살기 좋은 나라라고 믿었다. 그는 여행이 어떤 식으로든 자신을 고통스럽게 만들 뿐이라는 일종의 자기 확신을 가지고 있었다. 그게 어떤 고통인지는 사실 그도 잘 몰랐지만 어쨌든 그런 두려운 마음이 그의 내면에 깔려 있었던 것이다.

하지만 이제 녹색의 계곡 안에 편안하게 앉아 이렇게 마출링헨을 내려다보고 있으려니 이런 곳에 쉰네 살이 되도록 붙들려 있었다는 사실이 왠지 부끄럽게 여겨지기 시작했다. 마출링헨은 관광객이라고는 거의 찾아오지 않는 별 볼 일 없는 곳이었고 젊은 피아노 연주자인 마티아스 짐멀리를 제외하면 지금까지 어떤 유명인사도 이곳에서 태어난 적이 없었다. 마을 자체에서 즐길 만한 것이라곤 오래전부터 이어져 내려오는 씨름 대회밖에 없었는데, 그래봐야 남자들이 맥주에 취해 서로 뒤엉킬 뿐이었고 여자들은 바라보며 즐거워할 뿐이었다. 다시 말해 마출링헨이 지도에서 사라진다 해도 그걸 애석하게 생각할 사람은 아무도 없다는 뜻이었다.

갑자기 목이 타기 시작한 구스타프는 자리에서 일어나 야생 딸기가 자라고 있는 곳으로 걸어가 딸기를 잔뜩 따서 입 안에 구겨 넣었다. 작고 맛있는 과일로 목마름이 가시기 시작하자 구스타프는 결심했다. 자신이 이런 결정을 내릴 것이라고는 예상치 못했지만 어쨌든 최소한 두려운 마음은 전혀 들지 않았다. 10월에 건축업자와 일정 조율이 끝나고 나면 구스타프는 두어 달 마츨링헨을 떠나 있기로 했다. 크리스마스 무렵이나 되어야 돌아올 계획이었다. 그때쯤이면 안톤도 아르민과 아드리이나를 보기 위해 마츨링헨으로 돌아올 터였다. 구스타프는 파리로 떠나기로 결심했다.

구스타프는 혼자서 여행을 떠나고 싶지 않았다. 그는 로티 에드만과 함께 가고 싶었다. 구스타프는 파리 여행이 로티에게 어떤 의미가 있는지 잘 알고 있었다. 파리 여행은 분명 남아 있는 삶을 통해 그녀가 상상할 수 있는 그 어떤 일보다도 더 놀라운 사건이 되리라. 그리고 자신의 아버지 에리히에게 베풀었던 사랑에 대한 답례를 대신 해주어야겠다는 생각도 그럴듯한 구실로 여겨졌다.

생각이 거기까지 미치자 또 다른 생각이 떠올랐다. 파리가 음습하고 번잡한 도시라는 것을 알게 되고 자신의 취향과 어울리지 않는다는 사실을 깨닫게 되는 건 참으로 두려운 일이었다. 그래서 구스타프는 로티의 눈을 통해서도 파리를 경험하고 싶었다. 그렇게 해서 최소한 자신이 놓칠 수도 있는 그런 놀라움이나 장점을 찾고 싶었던 것이다. 구스타프는 에펠탑의 거대함이나 루브르 박물관에 있는 팔이 없는 밀로의 비너스상, 혹은 튈르리 궁전의 정원이 보여주는 웅장함 등에는 별로 마음이 동할 것 같지 않았다. 하지만 로티라면 감동을 받지 않을까. 구스타프가 로티를 파리로 데리고 가면 그녀는 그 도자기 같은 눈동자로 모든 것들을 자세히 살펴보다가 감동의 눈물을 흘리며 눈을 반짝반짝 빛낼 것 같았다. 로티는 자신의 팔이나 손을 꼭 잡아 주리라. 그리고 이렇게 말하겠지. "구스타프, 파리에 왔다는 게 내게 어떤 의미인지 당신은 상상도 못할 거예요. 정말이지 절대로 알 수 없을 거예요."

파리로 떠나기 전에 구스타프는 호텔 객실에 욕실이며 화장실을 설치하는 문제를 마무리지어야만 했다. 그는 건축업자에게 이렇게 말했다. "새로 설치하는 욕실이나 화장실은 아주 세련되고 현대적이며 부드러운 느낌을 줘야 합니다. 바닥에는 대리석 타일을 깔고 여러 설비들은 크기가 넉넉하면서도 다루기가 쉬우면 좋겠어요. 펠러 호텔이 이런 새 설비들을 통해 고급 호텔로 널리 알려졌으면 합니다."

물론 비용은 만만치 않았다. 지난 몇 년 동안 구스타프가 돈을 저축하려고 애를 써오긴 했지만 그중에서 꽤 많은 액수를 이 일에 쏟아 부어야 한다는 건 분명했다. 그리고 구스타프의 마음속에서는 이런 생각까지 떠올랐다. 지난 세월 동안 남들 눈에 이상하게 비칠 정도로 그렇게 자랑스러워했던, 하지만 또 아주 평범한 마을에 아주 평범한 거리에 있는 것이 분명한 이 호텔은 정말로 그렇게 막대한 돈을 들일 만한 가치가 있는 것일까? 과연 그렇게 투자한 금액을 제대로 회수할 수나 있을까?

구스타프는 이런 질문들에 대한 대답을 확실히 알 수 없었다. 그가 아는 것이라곤 안톤이 함께하지 않는 것을 애석해하며 주저 않는 것이 아니라 자신의 인생을 계속해서 밀고 나가야 한다는 것뿐이었다. 그리고 그렇게 전진하려면 때로 이렇게 돈이 들게 마련이었다. 구스타프는 종종 외할머니 집의 부엌 찬장을 생각했다. 에밀리에와 구스타프는 그 안에서 돈이 든 단지를 발견했다. 이르마 알브레히트가 단 한 번도 자신의 인생을 제대로 살지 못하고 그저 바젤 근처 황량한 언덕 위에 있는 다 쓰러져 가는 집에서 살다가 세상을 떠났다는 사실은 구스타프에게는 충격이자 슬픔이었다. 외할머니는 돈을 악착같이 모아서 그렇게 집 한쪽 구석에 꽁꽁 감춰두었지만 그 돈을 제대로 써보지도 못했고 그저 근처 작은 찻집에서 외상으로 먹고 마시는 즐거움만 누렸을 뿐이었다.

구스타프가 파리로 떠나기 전날 저녁, 펠러 호텔은 총 지배인인 레오나르드를 제외하고는 직원들까지 이미 다 떠나 있는 상태였다. 레오나르드는 관리인 자격으로 남아 있어 주기로 했다. 그런데 갑자기 누군가 초인종을 눌렀다. 호텔 정문에는 이미 실내 보수 문제로 잠시 영업을 중단한다는 안내문이 붙어 있었기 때문에 초인종 소리를 들은 구스타프는 누가 찾아왔는지 몰라 깜짝 놀랐다.

10월 초순의 밤은 이미 꽤 쌀쌀해서 구스타프는 누가 밖에서 기다리고 있는지 확인하기 위해 재빨리 아래층으로 내려갔다. 그리고 그가 문틈을 통해 한눈에 알아본 정다운 얼굴은 바로 애슐리 노튼 대령이었다.

구스타프는 대령을 알아보고 손을 흔들었다. 손이 시릴 정도로 날씨는 추웠다. 기름을 발라서 넘긴 백발의 머리 위에 낡은 방수 모자를 뒤집어 쓴 대령의 코에는 차가운 물방울이 맺혀 있었다. 그 물방울은 예의 그 손톱솔을 닮은 빈약한 콧수염 위에 금방이라도 떨어질 것 같았다. 구스타프는 아래층에 난방이 되어 있는 곳이 한 곳도 없다는 사실에 부끄럽고 미안한 기분이 들었다.

"대령님, 죄송합니다. 보수 작업 때문에 당분간 호텔 문을 닫을 거라서요. 그리고 전 내일 파리로 떠날……"

"알고 있소." 애슐리 노튼 대령이 대꾸했다. "문 앞에 써 붙여 둔 걸 봤소. 내가 때를 잘못 맞췄군. 사실은 여름에 다시 이 호텔로 와서 내가 좋아하는 계곡이나 산책하려고 그랬더니 그만 병에 걸렸지 뭐요. 정말 아쉽고 안타까운 일이었지. 지금은 병이 다 나았고 그래서 다시 진 러미나 할 수 있을까 하고 이렇게 가을에 찾아온 거요."

구스타프는 대령을 자신의 방으로 데리고 갔다. 호텔에서 아직 난방이 되고 있는 유일한 곳이었다. 대령이 아직 식사를 하지 않았다고 했으므로, 구스타프는 자기 방에 있는 작은 냉장고에서 직접 편육을 차려내고 브랜디도 큰 잔에 따라주었다.

"근사하군." 대령이 말했다. "최고급 식사야."

"죄송하게 되었습니다." 구스타프가 다시 사과했다. "사실은 대령님이 돌아와서 함께 카드놀이를 다시 즐길 수 있게 되기를 얼마나 고대했는지 모릅니다. 진 러미를 하면서 해주셨던 모든 말씀이 제게는 '마음을 진정시키는' 위안이 되어주더군요. 정말 말 그대로였습니다. 내 친구 안톤에게도…… 안톤 츠비벨 기억하시지요? 그 친구에게도 카드놀이를 가르쳐 주었었는데 지금은 여기 없습니다."

"아, 어디 먼 곳에라도 간 건가?"

"안톤은 지금 제네바에 살고 있습니다."

"제네바? 흠, 멋진 곳이지. 모든 것이 다 특별하고 우아한 곳이기도 하고. 그렇지만 마츨링헨은…… 어쨌거나 나는 이곳 마츨링헨과 아주 잘 맞아. 지나치게 번잡하지도 않고, 그저 딱 나 같은 사람이 머물기 좋은 곳이지."

구스타프는 애슐리 노튼 대령을 위해 잠자리를 마련해주었다. 그리고 뜨거운 물은 쓸 수 있으니 필요하다면 자기 전에 몸을 씻는 데는 문제가 없을 거라고 말해주었다. 그런 다음 구스타프는 마츨링헨에 있는 프리드리히 호텔이라는 곳에 전화를 걸어 다음 날부터 대령이 묵을 수 있도록 객실을 예약해주었다.

"프리드리히 호텔에만 가면 다 해결될 수 있는 건가?" 대령이 백발의 머리를 흔들며 이렇게 물었다.

"그러기를 바랍니다. 어쨌든 지금 제가 해드릴 수 있는 최선이니까요."

"당연히 거기 요리사는 여기처럼 맛있는 초콜릿 과자는 내오지 못하겠지?"

"아마 좀 다르겠지요."

"내가 지금까지 맛본 것들 중 제일 맛있는 게 바로 여기 초콜릿 과자였거든. 그리고 여기 펠러 호텔에는 또 한 가지 특별한 게 있소." 그가 말했다. "여기만 오면 항상 잠을 편히 잘 수 있어. 마치 아무 근심 걱정 없는 사람처럼…… 그러니까 부끄러워할 그런 과거 따윈 전혀 없는 그런 사람처럼 말이지. 왜일까 궁금하지 않소? 물론 잠자리가 편안하기도 하고 전차가 덜컹거리는 소리가 자장가처럼 들리기도 하지. 그런데 가장 중요한 건 말이오. 펠러 씨 당신이 나를 그렇게 보고 있으면 어린애가 보는 것 같은 그런 아주 편안한 기분이 들거든."

정지된 시간

1996년 파리

구스타프와 로티 에드만이 파리에 도착하기 아주 오래전부터 로티는 새롭게 보고 듣는 놀라운 일들에 대해 이야기하기 시작했다.

멋진 하얀색 모직 외투를 입고 발목까지 올라오는 스웨이드 구두를 신은 로티는 베른 공항의 대기실을 따라 걸으면서 새로운 상점들이 나타날 때마다 연신 발걸음을 멈추었다. 베른의 상징인 곰을 기념해 만든 곰 모양 초콜릿이며 에멘탈 치즈, 그리고 스위스 소시지와 스위스 국기가 새겨진 앞치마 등등, 다양한 기념품들을 파는 상점들이 줄을 지어 늘어서 있었다. 이윽고 비행기에 오르자 구스타프는 마실 것을 부탁했다. 로티는 아주 작은 병에 담아놓은 위스키를 보고 재미있다는 듯 큰 소리로 웃었다. 그녀는 창밖으로 비행기가 구름 위로 날아오르는 모습을 보면서 "구스타프, 저걸 좀 봐요! 꼭 우리가 천사의 등 위에 타고 있는 것 같아!"라고 소리치기도 했다.

구스타프는 비행기 창을 통해 들어오는 햇살이 비치는 로티의 옆

모습을 힐끗 바라보았다. 로티는 연보라색이 간간히 섞여 있는 잿빛 머리를 뒤로 묶어 땋아 내리고 금귀고리를 하고 있었는데, 어쩐지 아주 부유한 여성 같은 인상을 주었다. 구스타프는 문득 이런 로티와 함께하고 있다는 게 자랑스러웠다. 그는 아버지 에리히가 이렇게 사랑하는 여인 로티와 함께 파리로 갈 수 있었다면 얼마나 기쁘고 만족스러워했을까 상상해보았다. 아마도 로티에게 새 옷과 멋진 프랑스제 속옷을 사주지 않았을까. 그리고 카페에서 손을 잡고 나란히 앉아 시간도 보냈겠지.

파리에 도착한 지 얼마 지나지 않아 구스타프는 잘 모르는 도시를 찾아올 때는 가을에 오는 것이 제일 좋다는 사실을 분명히 알게 되었다. 그는 영원히 함께할 수 없다고 느껴지는 회색 건물들이며 낯선 이방인들이 무심히 걷고 있는 포장된 인도 등, 이 외국의 대도시가 겉으로 전하는 모든 적대감이 바람에 따라 춤을 추며 떨어지는 낙엽들 사이에서 조금씩 옅어져 인간적으로 느껴지는 것을 느꼈다. 10월의 비는 달콤하면서도 감상적이었다. 맑은 날 청명한 공기 속에 아이들이 공원의 이곳저곳을 뛰어다니며 도토리나 밤을 찾아 요란하게 떠드는 소리는 청초하면서도 사랑스러웠다.

구스타프는 파리에 도착하면 당혹스러운 기분이 들 거라고 예상했다. 자신이 이해하지 못하는 낯선 세상 속에서 어찌할 바를 모르는 사람의 부끄러움이나 바보 같은 기분을 느끼게 되지나 않을까 염려했던 것이다. 하지만 로티와 파리 시내를 함께 걸으며 두 사람은 이 거대한 도시의 전경이 갑자기 보여주는 모든 모습마다 놀라고 또 감탄했다. 마치 아이들처럼 개선문을 깜짝 놀란 눈으로 올려다보고 회색과 녹색이 뒤엉킨 강의 기슭을 따라 한가롭게 거닐며 서서히 기분이 밝아지는 것 같았다. 오랫동안 작은 공간 안에 갇혀 있던 사람이 갑자기 풀려난 그런 기분이었다.

구스타프가 빌린 집은 사람들로 붐비는 샹젤리제 거리에서 한참 떨어져 있는 워싱턴 거리에 위치한 건물의 2층이었다. 2층으로 이어지는 널찍한 계단 앞에 이르자 구스타프는 제일 먼저 에밀리에와 함께 살던 운터 데 에크 거리의 낡은 셋집이 생각났다. 다만 계단에 양탄자가 깔려 있어 오르락내리락할 때 옛 시절을 떠올리게 하는 그런 우울한 소리는 전혀 들리지 않았다.

워싱턴 거리 자체는 특별할 것이 없었다. 술집이 하나, 약국이 하나, 그리고 작은 안경점이 하나 있을 뿐이었다. 하지만 집 뒤쪽으로는 자갈이 깔린 마당 너머로 오후의 햇살이 가득 펼쳐져 있었고 파리에서의 첫 일주일 동안 로티와 구스타프는 이런 광경을 놀라움에 가득차서 넋을 잃고 바라보며 오래도록 시간을 보냈다. 뒷마당에는 월계수 나무들과 상자나 화분에 심어진 제라늄꽃들이 자라고 있었다. 제라늄꽃은 10월의 강한 바람과 햇살에 그 빛이 갈색으로 바래가고 있었다. 그 뒷마당이 비록 두 사람의 것은 아니었지만 구경하는 것을 막는 사람은 아무도 없었다. 이 건물에 사는 사람이라면 누구라도 그 광경을 마음껏 즐길 수 있었다.

어느 날 저녁 두 사람이 뒷마당 가득히 그림자가 드리우고 하늘빛이 강청색鋼青色으로 변해가는 것을 바라보고 있을 때, 로티가 이렇게 말했다. "구스타프, 마치 시간이 멈춘 것만 같아요. 우리의 삶이 잠시 막간에 있는 거죠. 흘러가는 시간이나 날을 세지 않는 그런 막간이요. 그러다 이곳을 떠나게 되면 정확히 우리가 여기 도착했을 때의 그 나이로 돌아가게 되는 거예요."

구스타프는 로티의 이 말을 오랫동안 곱씹어보았다. 그는 마츨링헨에서의 자신의 삶이, 안톤이 제네바로 떠날 때까지는 행복했다고 말할 수 있을 것 같던 그 삶이, 비록 자신은 인정하려 하지 않았지만 얼마나 지루하고 힘든 삶이었는지 깨달았다. 그래서 구스타프는 몇 가지 습관들을 적극적으로 바꿔보기로 했다. 그는 파리에 머물면서 집이 엉망이 되도록 내버려두었고 로티가 옷을 이곳저곳에 아무렇게나 내팽개치더라도 모른 척하려고 애썼다. 그리고 돈을 쓰는 일에도 빠르게 무심해져 갔다. 구스타프는 자신이 지금 얼마나 이상한 짓을 하고 있는지, 또 얼마나 아이처럼 철없는 짓을 하고 있는지 잘 알고 있었다. 하지만 아버지 에리히에게 그럴 만한 기회와 방법이 있었더라면 로티에게 사주었을 만한 물건들은 모두 다 사주고 싶었다.

구스타프와 로티는 생 제르망 데 프레 거리에 있는 작지만 아름다운 여성용 양품점들을 찾아갔다. 구스타프가 구두며 속옷들 사이에 앉아 있는 동안 로티는 커튼 뒤로 잠깐 사라졌다가 마치 오페라의 여가수처럼 우단으로 만든 치마며 목이 깊게 파인 반짝이는 블라우스를 입고 등장했다. 로티의 풍만한 젖가슴을 떠받치는 동시에 허리를 감싸고 있는 것은 그녀가 뷔스티에bustier라고 부르는 브래지어가 합쳐진 여성용 상의였다. 로티의 연보라색 머리와 푸른색 눈동자는 기쁨으로 환하게 달아올랐고 그녀는 구스타프가 처음 만났을 때보다 훨씬 더 젊어 보였다. 그녀의 풍만하고 굴곡진 몸매는 옷 고르는 것을 도와주고 있는 비쩍 마른 여자 종업원들 사이에서 마치 경탄의 대상이 되는 것 같았다.

“정말 멋지시네요, 마담!” 종업원들이 합창이라도 하듯 외쳤다. 로티를 아이처럼 춤추게 만들 또 다른 멋진 물건들은 아직도 많이 있었다. “마담은 정말 특별한 분위기가 있는 분이세요!”

로티가 이따금 구스타프를 돌아보며 이렇게 말했다. “구스타프, 물건 값이 정말 비싸요. 이런 건 필요 없을 것 같아.” 그러면 구스타프는 또 이렇게 대꾸했다. “아니, 필요할 것 같은데요.” 그러면 종업원들은 깔깔 터져 나오는 웃음을 참지 못해 몸을 앞으로 꺾으며 자기들끼리 이렇게 속삭이는 것이었다. “저 마담은 원하는 건 뭐든 들어줄 노예 같은 애인이 있어.”

그런데 ‘마담’ 로티 에드만은 이런 값비싸고 화려한 옷을 입고 어디를 가려는 것일까?

로티는 살 플레옐 극장에서 연주회가 열린다는 광고를 보고 구스타프에게 같이 가자고 부탁했다. 연주회는 라흐마니노프 피아노 협주곡 4번과 말러의 교향곡 5번으로 구성되어 있었으며 예루살렘에서 온 교향악단이 연주를 한다고 했다.

로티의 이런 부탁을 들은 구스타프는 잠시 망설였다. 파리에 온 뒤로는 로티가 원하는 건 웬만하면 뭐든 다 들어주는 게 버릇이 되었지만 연주회장에 들어간다는 생각만 해도 구스타프는 갑자기 두려움이 엄습했다. 그는 살아 있는 한 연주회장은 다시는 근처에도 가지 않기로 다짐했던 터였다. 말러의 아름다운 교향곡이라면 어쩌면 견뎌낼 수 있지 않을까 싶기도 했다. 하지만 라흐마니노프의 피아노 협주곡은 안톤이 피아노를 연주하던 시절에 겪었던 공포와 그의 학생이었던 마티아스 짐멀리로 인해 겪었던 갈등 등을 다시 떠올리게 만들어 정신적 고통은 물론 육체적인 고통까지 줄 것이라는 생각이 들었다.

"로티, 연주회 표는 구해줄게요. 나중에 저녁 먹을 때 다시 만나요. 테르느 광장에서 봐두었던 멋진 식당에 가서 저녁을 먹어요." 구스타프가 말했다.

"그러면 연주회에는 나 혼자 가라는 말인가요, 구스타프?"

"네, 그럴 수 있지요?"

"글쎄요…… 당신에게 별로 안 좋은 일일 것 같은데요."

"난 음악회나 연주회 같은 걸 별로 좋아하지 않아요." 구스타프가 말했다. "참고 견디기가 좀 힘들더군요. 미안해요."

로티는 다시 그 이야기를 꺼내지 않았다. 하지만 그날 밤 구스타프를 짓누르는 우울함의 무게를 느낀 로티는 자신도 왠지 풀이 죽은 채 새로 산 블라우스와 치마를 입고는 혼자서 외출을 하겠다고 구스타프에게 말했다.

구스타프는 로티를 바라보았다. 립스틱을 바른 입술은 활활 타오르는 듯한 붉은색이었으며 그녀의 연보라색 머리는 어깨 위로 폭포수처럼 늘어트려져 있었다.

"어디로 가려고요?" 구스타프가 물었다.

"시내 중심가에 있는 유명한 술집에 가보려고요." 로티가 대답했다. "뭐 재미있는 일이 있나 한번 가보고 싶어요."

구스타프는 그게 무슨 뜻인지 잘 알고 있었다. 로티는 남자를 만날 수 있을까 해서 가보려는 것이었다. 로티는 그동안에도 종종 남자와의 관계가 필요하다는 식의 이야기를 계속해왔었는데, 그때마다 '욕망'이 아닌 '필요'라는 말을 썼다. 어쩌면 로티는 구스타프를 자신의 침대로 끌고 가 자신의 옛사랑인 에리히에 대한 기억을 다시 떠올릴 수 있기를 바라고 있는지도 몰랐다. 어느 날 저녁 로티는 구스타프에게 입을 맞추려고 했지만 구스타프가 몸을 피하자 부드럽게 말했다. "아, 알겠어요. 나하고는 생각이 다르군요. 우리가 이렇게 함께 파리까지 온 걸 생각하면 그것 참 안타까운 일이에요. 하지만 이해는 해요."

그리고 이제 로티는 파리의 밤을 만끽하러 나선 것이었다.

구스타프는 방에 홀로 앉아 로티에게 일어날지도 모를 온갖 위험한 일들에 대해 상상했다. 그리고 로티의 애인이 되어주지 못한 것에 대해 미안한 마음이 들었다. 구스타프는 그 술집에 가서 로티를 안전하게 다시 데려오고 싶었다. 하지만 자기가 뭐라고 위험한지 그렇지 않은지를 판단할 수 있단 말인가? 자기에게 로티가 모처럼 기분을 내려는 걸 망칠 자격이 있을까?

몇 시간이 흘렀지만 구스타프는 그대로 앉아 있었다. 하지만 그는 불안한 마음으로 아름다움과 욕망이 흘러넘치는 파리의 화려한 소리에 귀를 기울이고 있었다. 그는 안락의자 위에 앉아 깜빡 잠이 들었다가 한 남자아이에 대한 꿈을 꾸었다. 안톤이 다보스의 환한 햇살 아래 자기에게 몸을 숙여 입술에 입을 맞추는 꿈이었다. 구스타프가 잠에서 깨어보니 아침이었고 로티가 옆방에서 코를 골며 자고 있는 소리가 들려왔다.

로티는 지난밤에 무슨 일이 있었는지에 대해 한마디도 하지 않았고, 또다시 그 술집에 가지도 않았다. 구스타프가 말을 하라고 졸랐지만 그에게는 그런 질문을 할 권리가 없다며 거절했다. 결국 구스타프는 로티가 술집에서 굶주린 낯선 남자를 만났었는지, 아니면 그냥 자리를 잡고 앉아서 술집이 문을 닫을 때까지 새롭게 입맛을 들인 소다수를 섞은 캄파리Campari를 혼자 마시다 돌아왔는지 그냥 궁금해하는 수밖에 없게 되었다. 반짝이는 새 옷을 차려입고 연보라색 머리를 늘어트린 로티가 누구의 눈길도 받지 못한 채 기다리고 또 기다리는 모습을 상상하자 구스타프는 그만 울고 싶어졌다.

그날 밤의 일을 마음속에서 지워버리고 다시 제대로 파리에서 로티를 돌봐주는 역할을 하기 위해 구스타프는 결국 살 플레옐 극장에서 열리는 연주회 표를 두 장 구입하고 말았다.

로티는 연주회에 가는 날 저녁 아주 오랜 시간 동안 준비를 했다. 그녀는 마침내 어깨가 드러난 검은색 드레스에 하얀색 인조 모피를 걸치고 모습을 드러냈다. 연주회에 구경을 온 사람들은 파리 사람 특유의 노골적인 의심의 눈초리로 그녀를 바라보았다. 대부분의 사람들은 칙칙한 색깔의 겨울용 외투나 방한용 점퍼, 그리고 목도리로 무장하고 있었다. 계절은 이제 막 11월로 접어들었고 얇은 옷을 입고 온 구스타프는 추운 연주회장에서 벌벌 떨어야 했다.

이스라엘에서 왔다는 젊은 피아노 연주자는 예전에 안톤이 늘 그랬던 것과 똑같은 모습으로 피아노와 거리를 유지하며 자리를 잡았다. 구스타프는 그런 연주자를 똑바로 바라볼 수 없었다. 그는 로티의 손을 찾아 아프게 꽉 쥐었다. 로티가 손을 뿌리치자 비로소 자기가 그녀의 손을 너무 아프게 쥐고 있었다는 사실을 깨달았다. 로티는 어두운 얼굴로 구스타프를 바라보았다. 한기를 느낀 구스타프는 몸을 벌벌 떨고 있었다.

라흐마니노프 연주가 시작되었다. 객석의 구스타프는 피아노 연주자가 실력이 있음을 가늠할 수 있었고 겨우 고개를 들어 그를 바라볼 수 있었다. 하지만 그는 그 이스라엘 출신의 연주자를 똑바로 보지 않으려고 노력했기 때문에 피아노 건반 위에서 춤을 추는 그의 두 손과 반짝이는 검은색 구두를 신고 정교하게 피아노 페달을 밟고 있는 모습만 볼 수 있을 뿐이었다. 로티는 모피 웃옷을 벗어 구스타프에게 건네주었고 구스타프는 온기를 느끼기 위해 그 웃옷으로 자신의 손을 둘둘 말아 꼭 끌어안았다.

추위에 대한 기억들이 다시 그의 마음속을 헤집어놓기 시작했다. 추운 겨울날 해가 뜨기도 전에 성 요한 교회로 가 무릎을 꿇고 바닥을 청소하던 기억, 운터 데 에크 거리의 셋집 건물 지하에 있던 핵전쟁 대피소로 내려가 바닥부터 천장까지 층층이 붙어 있던 간이침대들을 봤던 기억, 에밀리에가 폐렴에 걸려 입원한 병실을 찾아 어둠 속에서 병원을 헤매던 기억, 그리고 양철 기차를 들고 자기 방 창가에 서 있던 기억 등등.

그리고 구스타프는 생각했다. '그게 바로 스위스에서 내가 살았던 모습이다. 미텔란트의 얼어붙을 것 같은 추위 속에 몸을 떨면서 살았지. 호텔 주인이 되면서 제일 먼저 한 일은 그 호텔을 집처럼 밝고 따뜻한 나만의 피난처로 만드는 일이었어. 그 호텔이 없었다면 나는 지금까지 살아있지 못했을 거야.'

연주와 연주 사이의 막간에, 구스타프는 위스키를 마셨다. 몸이 조금 따뜻해졌다. 로티가 그만 돌아가고 싶은지를 물어왔다. 그는 말러 교향곡까지 참고 들을 수 있을지 알 수 없었다. 심장을 움켜쥐는 듯한 4악장을 들으면 구스타프는 분명 토마스 만이 쓴《베니스에서의 죽음Death in Venice》을 원작으로 한 루치노 비스콘티의 동명 영화를 떠올릴 것이다. 주인공인 늙은 작곡가 아셴바흐가 영화 속에서 겪는 고통은 자신이 직접 겪었던 고통을 더 극단적으로 표현한 것처럼 항상 구스타프를 괴롭게 했다. 토마스 만은 비밀스러운 열정과 이루지 못한 꿈은 결국 필연적으로 육신의 파멸로 이어질 수밖에 없다는 사실을 완벽하게 이해하고 있는 것 같았다. 그렇다면 죽음을 맞이하는 것도 시간문제일 뿐일 것이다. 구스타프는 그저 언제, 그리고 어디에서 죽음이 자신을 찾아올지 전전긍긍할 뿐이었다.

구스타프는 로티가 말러 교향곡을 듣고 싶어 한다는 사실을 잘 알고 있었다. 그는 로티를 바라보았다. 그녀의 젖가슴은 새로 산 검은색 드레스 위로 난초의 구근처럼 봉긋 솟아올라 있었고 연주회를 찾은 다른 남성들의 눈은 그런 그녀를 주목하고 있었다. 구스타프는 그런 로티를 두고 떠나지 못할 것을 직감했고 두 사람은 다시 연주회장 안으로 들어갔다. 말로 교향곡이 느리게 전개되기 시작하자 비스콘티 영화의 장면들이 구스타프의 머릿속에 마구 떠오르기 시작했다. 그는 아셴바흐 역을 맡았던 영국 배우의 이름을 기억하지는 못했지만 그의 육감적인 얼굴과 자신이 느끼는 고통을 몇 마디 말로 전달하는 놀라운 능력은 지금 눈앞에서 보고 있는 것처럼 또렷하게 기억이 났다. 영화 속에서 구스타프에게 가장 인상 깊었던 장면은 아셴바흐가 이발소를 찾아가 머리를 검은색으로 염색하는 장면이었다. 이발사는 염색뿐만 아니라 아셴바흐의 얼굴 전체에 화장까지 해주었다. 하지만 자신이 사랑하는 소년 타지오에게 더 젊게 보여 가까이 다가가려는 그런 노력도 헛수고에 그쳐, 아셴바흐는 그저 여장을 한 광대 같은 우스꽝스러운 꼴이 되고 말았다. 나중에 비가 내리자 검은색 염색 물감이 그의 얼굴 위로 흘러내리는 장면이 나오기도 했는데, 구스타프는 눈물을 흘리지 않고 이 영화를 끝까지 본 적이 한 번도 없었다.

구스타프는 지금도 울고 싶었지만 어린 시절 그랬던 것처럼 그런 감정을 억눌렀다. 그는 로티 쪽으로 조금 몸을 기울였다. 그러자 그녀의 온기와 향기를 동시에 느낄 수 있었다. 로티는 음악에 흠뻑 빠져 있는 것 같았다. 구스타프는 스스로에 대한 연민은 잊어버리고 오직 로티만 생각하기로 했다. 파리에서의 시간은 쏜살처럼 빠르게 지나가고 있었다. 그 시작은 확고한 결심과 즐거움으로 그리 나쁘지 않았지만 지금 구스타프는 자신의 비참한 기분으로 인해 모든 것을 망치고 있었다. 그는 어떻게든 그 벌충을 하도록 노력해야 한다는 사실을 알고 있었다.

두 사람이 머물고 있는 워싱턴 거리에서 가장 가까운 공원은 몽소 공원Parc Monceau이었다. 날씨만 좋으면 로티와 구스타프는 늦은 아침 서로 팔짱을 끼고 느긋하게 산책을 즐기며 점심으로 뭘 먹을까 궁리하곤 했다. 이 몽소 공원은 달리기를 하는 사람들이 아주 좋아하는 곳으로 로티는 그 사람들을 보며 아주 즐거워했다. 모래가 깔려 있는 길에 멈춰 서서 준비 운동을 하며 늘씬한 몸매를 뽐내고 또 달리는 동안에는 아주 만족스러운 모습을 보이는 것이 재밌는 모양이었다.

연주회를 다녀온 다음 날 아침에도 두 사람은 몽소 공원으로 산책을 나갔다. 로티는 아주 기분이 좋아보였고 달리기를 하는 사람들을 보며 깔깔 웃기도 했다. 그러다 로티는 파리에 도착한 이후로 자신의 체취가 약간 바뀌었다는 사실에 대해 이야기하기 시작했다. "아마 산책을 해서일까요, 아니면 새로 산 옷들을 입기 위해 해온 이런저런 체조나 운동들 덕분일까요!" 로티는 구스타프에게 몸무게가 약간 줄었으며 왼쪽 다리의 통증도 나아졌다고 말했다. 마츨링헨에 있을 때 이따금 몹시 아팠던 것이 줄어들었다는 것이었다. "그뤼네발트 거리의 집에 있을 때는 하루 종일 소파에 드러누워 소설책이나 읽고 포도주를 마시다가 가끔 자위행위를 하며 욕구를 충족시키는 일이 전부였거든요. 그래서 그동안은 뼈가 굳어 있었나 봐요."

"아픈 게 좀 덜해졌다니 다행이군요." 구스타프가 말했다. "계속 그 상태를 유지했으면 좋겠는데요."

"그럴까요?" 로티가 말했다. "파리에서 살 수 있다면 그럴 수 있을지도요. 그럴 수 있을까요, 구스타프? 서로 친구가 되어 다른 사람들이 그렇게 하듯 서로를 돌보며 파리에서 살 수 있을까요?"

구스타프는 로티를 돌아보았다. 바짝 다가온 그녀의 얼굴은 무엇인가를 열렬히, 그리고 간절하게 바라는 그런 표정이었다.

"호텔 때문에 돌아가 봐야 합니다." 구스타프가 대답했다.

"왜요? 그냥 내버려둘 수 없나요?"

"그럴 순 없어요."

"지배인을 하나 두세요. 몇 개월에 한 번씩만 가서 잘 되어 가고 있는지 확인을 하면 되잖아요."

"로티, 그렇게는 할 수 없어요. 그런 식으로는 행복해질 수 없으니까."

"정 그렇다면 호텔을 팔아요. 그러면 돈도 아주 많이 생기겠지요.

그 돈으로 파리에 집을 살 수 있을 테니 우리 둘 다 행복해질 수 있을 거예요."

구스타프는 로티로부터 시선을 돌려 어느새 겨울이 성큼 다가온 공원을 둘러보았다. 플라타너스 나무에는 잎이 거의 남아 있지 않았다. 화단에는 축축하게 젖어 있는 낙엽들 사이에 밝은 색 달리아꽃만 몇 송이 보일 뿐이었다. 이런 분위기 속에서 구스타프는 이제 떠날 시간이 다가온다는 사실을 알아차릴 수 있었다.

구스타프가 입을 열었다. "지금 이 순간을 인생의 '막간'이라고 표현했던 사람이 당신이었던가요. 그렇군요. 하지만 그 막간이 영원히 지속될 거라고 생각하는 건 잘못 생각하는 게 아닐까요?"

"왜 그런지 잘 모르겠어요."

"호텔은 나에게는 피난처와 같아요, 로티. 나는 그 피난처를 포기할 준비가 아직 되어 있지 않고요. 나는 인생의 절반을 호텔에서 일했고 내가 가진 건 그게 전부입니다."

"구스타프, 그건 그냥 건물이나 장소일 뿐이잖아요. 여기도 또 다른 장소고요. 그냥 피난처를 이곳으로 바꾸는 거예요."

"파리에서 내가 뭘 할 수 있겠어요?"

"왜 꼭 뭘 해야만 하나요? 그냥 아무것도 하지 않고 그대로 있으면 안 되나요?"

구스타프는 로티에게 뭐라고 말해야 할지 알 수 없었다. 지금 무슨 말을 하거나 무슨 행동을 하든지 상관없이 로티는 구스타프가 자신을 포기했다고 생각할 것임에 틀림없었다. 구스타프는 로티를 포기했다. 왜냐하면 아버지 에리히가 그녀를 사랑했던 것과 같은 방식으로 그녀를 사랑하지는 않았기 때문이었다.

구스타프는 로티의 팔을 부드럽게 감싸 안았고 두 사람은 작은 회전 놀이기구가 있는 곳으로 갔다. 이런 11월에도 아이들 몇 명이 작게 줄여놓은 자동차며 소방차, 그리고 비행기를 타고 음악에 맞춰 빙빙 돌고 있었다.

구스타프와 로티는 의자에 앉았고 로티는 아이들을 쓸쓸한 눈으로 바라보았다. 잠시 후 로티가 말했다. "구스타프, 당신에게 한 가지 솔직하게 말하지 않은 게 있어요. 당신 아버지에게 편지를 썼을 때 나는 에리히에게 돌아와 달라고 했어요. 그리고 그 사람 아이를 갖고 싶다고 했지요. 로거와 나는 애를 썼지만 임신을 할 수 없었어요. 그리고 나는 당신 아버지랑 피임을 하지 않고 관계를 가진다면 아마 아무 문제없이 아이를 임신할 수 있을 거라 생각했어요. 우리의 사랑은 그만큼 깊고 뜨거웠으니까. 당신에게 배다른 남동생이나 여동생이 있었다면 어땠을까요. 충격을 받았을까요?"

구스타프는 부드러운 스웨이드 장갑을 끼고 있는 로티의 손을 잡았다. 샤넬 상점에서 구스타프가 사준 장갑이었다. 구스타프는 인간의 사랑에 관한 문제라면 자신은 아무것도 충격받을 일도 없고 앞으로도 그럴 것이라고 대답했다.

놀이기구의 음악이 다시 시작되었다. 오래된 아코디언 소리에 구스타프는 오래전 씨름 대회에서 듣던 음악 소리가 기억이 났다. 아이들은 계속해서 빙빙 돌며 바라보고 있는 부모들에게 손을 내밀었다. 대부분의 아이들은 즐거워 보였지만 무서워하는 아이들도 있어서, 그 아이들의 손짓은 마치 그만 멈춰달라는 것처럼 보였다.

아버지와 아들

1997년 마흘링헨

구스타프가 안톤의 소식을 듣지 못한 지 아주 오랜 시간이 흘렀다.

아드리아나를 찾아가보니 그녀 역시 안톤에 대한 걱정을 감추지 않았다. 안톤은 아드리아나에게 자신이 "히르슈가 바라는 대로 잘하고 있다"고 분명히 말했지만 그가 처음 녹음한 4개의 베토벤 소나타에 대한 평가는 '한스가 원하는 수준'은 아니었던 것 같았다. 그래서 두 사람은 안톤이 자신의 기교를 더 정교하게 다듬을 때까지 다른 녹음을 연기했다는 것이었다.

"가엾은 내 아들." 아드리아나가 말했다. "나는 안톤이 또다시 실망하게 되는 걸 견딜 수 없을 거야."

"제네바로 직접 가서 상황이 어떤지 한 번 살펴봐야 하지 않을까요?" 구스타프가 이렇게 권해보았다.

"아르민은 이제 더 이상 여행을 할 수 있는 상황이 아니란다." 아드리아나가 말했다. "전립선암에 걸렸어."

"아, 이런…… 어쩌다가……" 구스타프가 말했다.

구스타프는 아르민 츠비벨이 그런 병에 걸렸다는 사실을 믿을 수가 없었다. 아르민은 나이에 상관없이 사내다운 사내였고 언제나 강건해 보였다. 그의 덩치며 목소리, 그리고 식욕 등은 전혀 변한 게 없었다. 아르민의 혈색은 항상 좋았고 여름 햇살에 그을린 피부는 그를 더욱 건강하게 보이도록 해주었다. 아르민은 다른 노인들처럼 늙고 핼쑥한 모습을 한 번도 보여준 적이 없었다. 그리고 나이든 사람들이 흔히 세상에 드러내는 그런 이상한 불평이나 반감도 아르민 츠비벨과는 전혀 상관없는 이야기였다. 아르민은 낯선 사람들에게조차 늘 점잖게 행동했으며 구스타프에게 보여준 호의와 아드리아나에게 보여준 사랑 등 모든 감정이 진실했다.

하지만 아드리아나는 구스타프에게 아르민이 최근 들어 굉장히 의기소침해 있었다고 말해주었다. 제2차 세계대전 기간 동안 독일 나치로부터 금괴와 보석들을 받아 보관해준 몇몇 스위스 은행들에 대해 국제적인 고발과 고소가 이어졌기 때문이었다. 그런 귀금속들은 주로 수용소로 끌려가 학살당한 유대인들에게서 약탈한 것들이었으며, 은행들은 이 막대한 유산을 정당한 상속인들에게 돌려주려는 노력을 '제대로 하고 있지 않다'는 비난을 받고 있었다.

아드리아나의 설명이 이어졌다. "아르민이 일했던 은행은 그런 일과는 관련이 없었는데, 이번 일로 인해 스위스 금융업에 대한 신뢰도가 크게 떨어졌고 스위스 자체에도 안 좋은 영향을 미치게 된 것 같아. 우리는 스위스 은행들이 고객의 비밀을 엄격히 지켜주는 대신 또 그만큼 절대적으로 성실하게 일해왔다고 늘 생각해왔지. 우리 유대인들도 그런 스위스 은행을 신뢰해왔고, 그동안 문제가 되는 재산들을 모두 다 정당한 소유주들에게 되돌려주었다고 믿었어. 그들이 어디에 있든 최소한 그 후손들에게라도 말이야. 그런데 실제로는 그렇지 않았던 모양이구나. 스위스 은행들은 자신들의 것이 아닌 금이며 보석들을 가지고 자산을 불려온 거야. 아르민은 그걸 굉장히 수치스럽게 생각했지. 은행업에 종사해온 것도 부끄럽고 스위스에 살고 있는 것도 부끄럽고 말이야. 정말 끔찍하고 비애국적인 일이라고 생각한 거지. 그리고 나는 아르민이 암에 걸린 것도 이런 일 때문이 아닌가 생각해."

구스타프는 아드리아나가 하는 이야기를 모두 주의 깊게 들었다. 펠러 호텔에서도 여러 숙박객들이 이 문제에 대해 많이들 이야기하곤 했다. 흡사 모든 스위스 사람들이 다 불쾌하고 부끄러운 감정을 느끼고 있는 것 같았다. 엎친 데 덮친 격으로, 전염병이 휩쓸고 지나간 자리에 또 다른 전염병이 몰려오는 형국이었다.

구스타프는 아드리아나에게 자신은 정신적인 슬픔이 병마와 싸우려는 육신의 의지를 약화시킨다고 믿고 있다고 말한 뒤, 자신의 아버지 역시 경찰에서 파면당하고 자존감을 잃는 등의 고통스러운 일이 없었다면 그렇게 세상을 떠나지는 않았을 거라고 덧붙였다.

"누가 알겠어요? 로티 에드만과 결혼했었더라면 지금까지 잘 살고 계셨을지?"

"로티 에드만 말이구나." 아드리아나가 말했다. "그 여자와 함께 파리로 갔었다지. 그런데 왜 그런 일을 한 거지?"

"왜냐하면 같이 갈 친구가 필요했으니까요. 그리고 로티 에드만에게 많은 빚을 지고 있다고 생각했어요. 그 여자는 우리 어머니보다 훨씬 더 많이 아버지를 사랑해주었으니까."

"너도 그 여자가 이곳 마츨링헨에서 평판이 좋지 않다는 걸 잘 알고 있겠지. 그 나이를 먹어서도 꼬리나 치고 다닌다고……"

구스타프는 '꼬리를 친다'라는 예스러운 표현을 듣고 웃음을 머금었다. "그건 몰랐네요. 알았더라도 별로 상관하지 않았을 거예요. 저로서는 특별히 달라질 게 없으니까요."

어느 날 오후 구스타프는 차를 한잔하러 프리부르 거리로 향했다. 아르민이 벽난로 앞에 앉아 있었다. 예전에 비해 절반도 안 되게 덩치가 줄어든 것 같은 모습이었다. 아르민은 구스타프의 놀란 모습을 보고 이렇게 말했다. "그렇게 놀랄 것 없다, 구스타프. 사람은 다 죽게 마련이니까. 이렇게 몸이 줄어들었으니 관에도 더 잘 들어갈 수 있겠지."

아드리아나는 주방으로 가 차를 준비했다. 구스타프는 아르민과 마주 앉아 이렇게 말했다. "아마 돌아가시지 않을 겁니다. 그건 제 계획에 없거든요."

아르민은 웃으며 이렇게 대꾸했다. "내 계획에도 그런 건 없었어. 세상을 떠난 사람들을 보면 삶을 너무 빨리 포기하는 거라고 생각할 때가 있었지. 그렇지만 구스타프, 너도 잘 알겠지만 솔직히 나는 만족스러운 삶을 살았어. 가난하게 태어났지만 많은 것들을 누릴 수 있었지. 요즘은 스위스 은행이 부패의 상징처럼 알려져 있지만 내가 일할 때는 절대로 그렇지 않았어. 그리고 나는 은행에서 일을 하며 큰 보람을 느꼈지. 더 이상 내가 뭘 바랄 수 있을까? 결혼도 하고 평생 그 사람만 사랑해왔고…… 그러니 지금 당장 눈을 감아도 여한은 없다."

"그렇지만 뒤에 남는 사람들은 그렇지 못해요."

"나도 알고 있어. 하지만 그렇다고 내가 뭘 할 수 있겠니? 아, 그건 그렇고, 구스타프, 내가 좀 부탁할 것이 있다. 내가 세상을 떠나고 나면 아드리아나를 좀 돌봐주겠니? 호텔에서 가끔 제대로 된 식사도 대접하고…… 시간이 날 때마다 좀 찾아도 오고. 그리고 남은 재산을 잘 관리할 수 있도록…… 그렇게 해 줄 수 있겠지?"

"물론이지요." 구스타프가 말했다. "당연히 그렇게 하겠습니다. 그런데 안톤은 어떤가요? 여기 소식을 들었으니 당연히 돌아오겠지요?"

아르민은 다시 불 쪽을 바라보았다. 그리고 잠시 후 무겁게 입을 열었다. "안톤은 어디 다른 곳으로 갔다. 그 뜻을 존중해줘야겠지."

"어디 다른 곳으로 갔다고요?"

"안톤은 우리와 그리 자주 연락을 하지는 않아. 그러니 내가 지금 아픈 것도 잘 모르고 있을 거야. 아드리아나는 여기 소식을 제대로 알리고 다시 불러들이자고 하지. 하기야 그렇게만 하면 안톤은 곧 돌아올 거야. 하지만 내가 반대했어. 나는 안톤이 더 불안한 상태에 있다고 생각한다. 정신적으로 어떤 상황인지 확신할 수가 없어. 그러니 거기에 더 큰 짐을 지워주고 싶지는 않아."

그때 아드리아나가 차를 끓여 내왔다. 쟁반에는 작게 구운 머랭도 있었다. 그녀는 그중 하나를 아르민에게 건네주었다. "내가 유일하게 먹을 수 있는 거지." 아르민이 웃으며 말했다. "달걀흰자와 설탕으로 구운 머랭 과자라…… 구운 양고기랑 술에 적신 케이크를 먹던 시절은 다 어디로 간 거지?"

세 사람은 말없이 앉아 차와 머랭을 먹고 마셨다. 갑자기 아드리아나가 이렇게 말했다. "안톤은 요즘 작곡을 하고 있어요. 아르민, 그건 내가 이야기하지 않았지요. 마지막으로 연락했을 때 그렇게 말하더군요. 히르슈 씨가 작곡을 해보라고 권했대요."

"작곡을 한다고?" 아르민이 물었다. "그건 그냥 피아노 연주보다 몇 십 배나 더 어려운 일이 아닌가? 왜 그런 일을 하려는 거지?"

"그건 나도 잘 모르겠어요." 아드리아나가 말했다. "안톤은 요즘 있는 일은 절반 정도밖에는 이야기해주지 않으니까. 어쩌면 작곡에 더 잘 맞을지도 모르고요."

"뭔가 말하지 않는 문제가 있으면, 그게 사람을 망칠 수도 있는 거야." 아르민이 대답했다.

"그건 당신도 확실히 모르잖아요."

"나는 안톤을 잘 알아. 거기서 뭔가 잘못된 길을 선택한 거라고. 구스타프도 분명 그렇게 생각할 거야."

구스타프는 뭐라고 해야 할지를 몰라 아르민과 아드리아나를 번갈아 바라보았다. 안톤이 악보를 채우고 있는 모습을 상상하자 마음이 아파왔다. 8분 음표와 16분 음표 사이를 오가며 정체를 알 수 없는 새로운 음악의 형식과 내용을 찾기 위해, 베토벤과 같은 천재성이 마치 잠복해 있는 질병처럼 자신에게 있다고 믿으며 그것을 밖으로 끄집어내기 위해 애를 쓰는 것이었다.

"저는 뭐라 할 말이 없습니다." 구스타프가 말했다. "안톤이 어떤 능력을 가지고 있는지 제대로 생각하거나 평가하는 재주 같은 게 제게는 없어서요."

"아니야, 나는 알 수 있어." 아르민이 대답했다. "그리고 너도 내가 옳았다는 걸 곧 알게 되겠지. 안톤은 그저 아주 뛰어난 음악 선생이 될 수 있는 정도의 역량은 갖고 있지만 그게 녀석이 가진 재능의 전부야. 아주 오래전에 그런 사실을 이야기했어야 하는데. 그런데 한 번은 내가 말하지 않았던가? 아마 너는 그걸 다 잊어버렸겠지만 말이야."

아르민 츠비벨은 12월에 세상을 떠났다. 이상한 일이었지만 구스타프는 자기가 기다리고 있는 죽음이 이런 것인가 하는 생각을 했다.

안톤은 장례식 전날 마츨링헨으로 돌아왔다. 그리고 유대교의 전통에 따라 아드리아나, 그리고 동생인 데이비드와 함께 아버지의 곁을 이레 동안 지켰다. 데이비드는 아내인 마그다와 딸 레아와 함께 베른에 살고 있었다. 이 기간 동안, 역시 유대교의 전통에 따라 유족은 집 안에 머물며 거울은 천 같은 것으로 덮고 촛불을 계속 밝히며 카디시Kaddish라고 부르는 유대교의 기도를 하루에도 몇 번씩 읊조렸다. 남자들의 경우는 이레 동안 면도를 할 수 없었다.

장례 절차가 모두 마무리되던 마지막 날 아드리아나는 구스타프에게 전화를 했다. 하지만 거의 속삭이듯 이야기를 했기 때문에 구스타프는 아드리아나가 뭐라고 말을 하는지 제대로 알아듣기가 힘들었다. "구스타프, 정말 가슴이 찢어지는 것 같아. 안톤이 내일 다시 제네바로 돌아간대. 그래서 내가 이렇게 말했지. 구스타프에게 인사라도 하고 가라고. 그런데 히르슈가 불러서 가야 한대. 그 사람이 안톤을 왜 부르겠어? 물론 일 때문이겠지만 안톤은 일에 대해서는 말을 잘 안 해. 그냥 작곡 이야기만 하더라고. 그래서 내가 뭘 어떻게 해야 할지 몰라서 이렇게 전화를 하는 거야. 오늘 저녁에라도 여기 와줄 수 있을까? 응?"

구스타프는 잠시 망설였다. 안톤이 프리부르 거리에 와 있다는 사실만으로도 괴로웠지만, 안톤이 아버지의 장례식 절차에 전념해야 한다는 사실을 이해해야만 했다. 아드리아나는 종종 구스타프를 보고 "우리 가족"이라고 농담처럼 말해왔지만, 막상 죽음이라는 중대한 마지막 문제에 맞닥뜨리고 보니 거기에 자신이 끼어들 자리는 전혀 남아 있지 않았다.

잠시 후 구스타프는 이렇게 말했다. "안톤이 괜찮다면 그때는 가겠습니다."

아드리아나는 말이 없었다. 그러다가 갑자기 울기 시작했다. "안톤이 괜찮다고 할지 나는 잘 모르겠어." 아드리아나는 이렇게 흐느꼈다. "안톤은 나랑 정말 서먹서먹해. 마치 관계가 끊어진 것처럼…… 구스타프, 제발 여기로 좀 와줘. 안톤에게 무슨 일이 있는 거야. 나는 알 수 있어. 하지만 말을 하려고 하지 않으니…… 어쩌면 너한테는 말을 할지도 모르니까."

"안톤이 원하지 않으면 저는 갈 수 없어요. 그렇게 불쑥 끼어들 수는 없어요."

"내가 말했잖아. 안톤이 뭐라고 할지 나는 잘 모르겠다고. 아마 너 보고 오라는 말은 안 할 거 같아. 그렇지만 나를 위해서 와줘. 장례식 절차는 다 끝났으니까 와서 커피라도 함께 마시러 나가면…… 제발, 제발, 구스타프……"

구스타프가 프리부르 거리에 도착해보니 안톤이 문을 열어 주었다.

안톤의 눈은 피로로 인해 멍이 든 것처럼 보였다. 일주일 동안 깎지 않은 수염에는 드문드문 흰털이 섞여 있어서 마치 광야를 헤매는 이스라엘의 옛 선지자 같았다. 몸도 야위어서 마지막 가는 길까지 달걀흰자만 먹으며 연명했던 아버지의 고통을 함께 느끼기라도 한 것 같았다.

구스타프는 안톤을 껴안았지만 안톤은 재빨리 몸을 밀어내며 이렇게 말했다. "어머니가 널 불렀다는 말을 들었어."

두 사람은 여전히 문 앞에 선 채로 대화를 나누고 있었다. 구스타프가 안톤을 바라볼 때는 주변 빛이 차분하게 가라앉아서, 자신의 모습을 보이고 싶지 않은 안톤이 그림자 속으로 계속해서 몸을 움츠리는 것 같았다. 하지만 안톤은 한 걸음 앞으로 나오며 재빨리 이렇게 말했다. "여기 있을 수는 없어. 거실에는 온통 츠비벨 가족으로 가득 차 있으니까. 전부 네가 모르는 사람들이야. 다른 곳으로 가자고."

구스타프는 아드리아나와 이야기를 하고 싶었지만, 안톤은 그의 팔을 붙잡고 서둘러 계단을 뛰어 내려갔다.

12월의 밤은 차가웠고 안톤은 외투도 입고 있지 않았다. 구스타프는 모직으로 된 목도리를 끌러 안톤의 가느다란 목에 감아주었다. 안톤은 아무 말 없이 매우 빠른 걸음으로 마린팔츠라는 이름의 맥주집으로 향했다. 두 사람이 젊은 시절에 자주 찾던 곳이었다.

구스타프와 안톤은 익숙한 계단을 따라 내려갔다. 언제나 어둡고 축축하며 오줌 냄새가 배어 있는 곳이었다. 구스타프는 지하에 있는 술집이 거의 바뀐 것이 없다는 사실을 알아차렸다. 벽돌을 쌓아 올려 만든 벽은 얼룩이 져 있었고 조명은 흐릿했다. 탁자는 검은색으로 칠해져 있었으며 장식용의 작은 양초의 불이 깜빡이고 있었다. 안톤은 도수가 센 벨기에 맥주를 주문하며 제네바에서 맛보던 술이라고 말했다. 맥주를 한 모금 마신 안톤은 주머니에서 알약을 한 움큼 끄집어냈다. “아무 말 하지 마.” 안톤이 내뱉었다.

안톤은 공허한 눈초리로 구스타프를 바라보며 잠자코 앉아 있었다. 마치 지금 삼킨 알약들이 효과를 나타내기를 기다리며 그때까지는 아무런 말도 하지 않으려는 것 같았다. 이윽고 안톤이 입을 열었다. “살이 쪘네. 그런 모습을 보게 될 거라고는 상상도 못했었는데. 항상 비쩍 말라 있었잖아.”

구스타프는 애매하게 변명 아닌 변명을 했다. “살이 찐 게 아니야. 그건 아니지. 그렇게 말하면 좀 불공평하고, 약간 몸이 불은 거라고나 할까. 내가 파리에 가 있었다고 했잖아. 거기서 엽서를 보냈고. 물론 답장은 한 번도 없었지만.”

“아, 엽서. 그래, 답장은 한 번도 안 했지. 별로 중요한 일이 아니니까.”

“그렇게 뭐가 중요한지 중요하지 않은지 딱 잘라 정하는 사람은 없어.”

“나는 그렇게 해. 그리고 나는 지금 아주 중요한 순간에 서 있다고. 모든 것이 딱딱 맞아떨어져야지 그런 게 아니면 무시할 거야.”

“뭐가 ‘중요한 순간’이라는 거야?”

“구스타프, 그걸 지금부터 말해줄게. 그런데 먼저 내가 말하는 걸 우리 어머니에게 절대로 전하지 않겠다고 맹세를 해줘야겠어. 알겠지?”

“그래, 알겠어.”

"어머니랑 네가 가까운 사이인 건 잘 알고 있어. 그렇다 하더라도 이번에는 나를 절대로 배신해서는 안 돼."

"내가 그럴 사람이 아니라는 거 너도 잘 알고 있잖아. 너는 내가 이 세상에서 정말 유일하게……"

"나는 지금 한스랑 함께 지내고 있어. 함께 음악도 만들고 사랑도 나누고 있어. 일도 사랑도 지금 아주 중요한 문제라고."

구스타프는 들고 있던 커다란 맥주잔을 내려놓았다. 그는 탁자 위에 올려져 있는 촛불이 잔에 비치는 모습을 보고 문득 성 요한 교회의 스테인드글라스 속 성모 마리아와 예수 그리스도의 모습이 떠올랐다. 구스타프는 더듬더듬 담배 한 개비를 꺼내 불을 붙이면서 떨리고 있는 손을 안톤이 보지 않기를 바랐다.

"그래, 충격을 받았겠지. 예상치 못한 일이니까. 사람들은 모두 다……"

"충격받지 않았어."

"그런데 왜 손을 떨고 있지?"

"놀란 거하고 충격받은 거하고는 달라. 나는 네가 여자 쪽이 취향인 줄 알았는데."

"아니, 그렇지 않았어. 나도 여자들을 좋아해보려고 노력했어, 한지나 뭐 그렇고 그런 여자들 말이지. 그렇지만 한스를 만나게 되자 모든 게 달라졌어."

"한스를 사랑하는 거야?"

"네가 그런 말을 할 줄 알았어. 그렇지만 구스타프, 그 사랑이라는 말은 이제는 나에게 더 이상 아무런 의미가 없어. 나는 그저 한스 히르슈에게 흠뻑 빠져 있을 뿐이야. 그거면 충분하지. 왜냐하면 그는 정말 아름답고 나를 압도하는 힘이 있거든. 아버지가 돌아가셔서 얼마나 다행인지! 아버지는 언제나 나를 속속들이 꿰뚫어 보셨으니까. 아버지라면 내가 지금 겪고 있는 감정이 노예나 다름없다는 사실을 알아차리셨을 거야."

"그런데 어떻게 행복할 수 있어?"

"난 행복하다고는 안 했어. 아니, 주인에게 매여 있는 노예는 주인의 자애로운 손길 말고는 애초에 행복이 뭔지 아무것도 모르는 게 아닐까. 적어도 열에 한 번 정도는 나도 행복을 느껴. 한스가 경탄해 마지않는 음악을 만들 때, 그리고 밤새도록 그 짓을 할 때 느끼는 행복에 나는 압도당하곤 하지. 하지만 한스는 나만 바라보는 게 아니야. 제네바 곳곳에 애인들이 널려 있지. 한스의 매력을 거부할 수 있는 사람은 아무도 없으니까. 하지만 어쨌든 우리는 이제 성인이잖아, 구스타프? 성인 정도가 아니라 솔직히 말해 늙어가고 있지. 그러니 너무 늦기 전에 우리의 욕망을 따라갈 필요가 있는 거라고. 넌 그렇게 생각하지 않아?"

구스타프는 안톤을 바라보았다. 이리저리 흔들리는 어두운 불빛 속에서 안톤의 모습은 마치 고야Goya의 그림에서 막 걸어 나온 유령처럼 보였다. 안톤은 이글거리는 눈동자를 크게 부릅뜨고 구스타프 쪽으로 몸을 숙이며 이렇게 말했다. "구스타프, 나를 실망시키지 마. 나는 너라면 이해해줄 거라고 믿고 있으니까."

구스타프는 담배를 다시 한 모금 빨다가 문득 욕지기가 치밀어 오르는 것을 깨닫고 두려움에 떨며 담배를 재떨이에 집어던졌다. 그리고 비틀거리며 자리에서 일어나 서둘러 예전에 화장실이 있었다고 기억하는 곳을 향해 달려갔다. 칸막이 두 개에 모두 사람이 있어서 구스타프는 소변기에 토할 수밖에 없었다. 하얀색 소변기를 움켜쥐고 있으려니 나이가 지긋한 어떤 남자가 들어왔다가 구역질이 난다는 표정으로 그를 바라보았다.

구스타프는 고개를 들어 더러운 거울에 비친 자신의 얼굴을 바라보았다. 안색이 누렇게 뜬 것이 보였다. 소 다리뼈 같은 곳에 붙어 있는 기름 덩어리와 똑같은 색이었다. 구스타프는 휴지를 뜯어 입을 닦았다. 그리고 소변기의 물을 내리려고 해봤지만 막혀서 잘 되지 않았다. 이런 끔찍한 광경들 앞에서 구스타프는 모든 것이 혼란스럽고 어지럽게 느껴졌다. 그러다 갑자기 사방이 구름 속에 가린 듯 어두워지기 시작했다.

두 여자

1999년 마촐링헨

안톤이 한스 히르슈와 연인 사이임을 밝히고 난 뒤, 구스타프는 의지력과 어린 시절 배웠던 필사적인 자기 절제를 통해 안톤에 대한 생각을 마음속에서 몰아내려고 애썼다. 구스타프는 안톤에게 절대 연락하지 않았고 그건 안톤도 마찬가지였다. 때로 그저 꿈속에서만 구스타프는 그리운 친구의 얼굴을 보고 사랑에 대한 오랜 갈망이 다시 솟아오르는 것을 느낄 뿐이었다.

그러는 한편으로 구스타프의 삶은 늘 한결같이 고요하게 흘러갔다. 그는 자신이 불행한지 스스로에게 물어보았고, 그는 결국 자기 자신보다는 다른 사람에게서 더 깊은 불행을 느끼고 있다는 사실을 깨닫게 되었다. 구스타프는 스스로를 아셴바흐와 동일시하고 싶지 않았고 쉰일곱이라는 나이에 죽고 싶은 생각도 별로 없었다. 그렇지만 두 여인, 즉 아드리아나와 로티를 생각할 때면, 그러니까 자신에 대한 두 사람의 애정과 갈망을 생각할 때면, 구스타프는 자신이 그 두 사람 덕분에 존재하고 있는 듯한 생각이 들었다.

구스타프는 아드리아나에게 진 러미를 가르쳐보기로 결심했다. 아드리아나는 일주일에 두 번쯤 구스타프를 찾아왔다. 그녀는 호텔에서 함께 저녁 식사를 마친 후 배우기 시작한 진 러미에 금방 익숙해져 이 카드놀이가 가져다주는 마법 같은 위안에 흠뻑 빠져들게 되었다.

두 사람은 고급품이지만 손때가 묻은 카드 한 벌을 사용했는데 바로 영국으로부터 구스타프에게로 전해진 선물이었다. 카드와 함께 온 편지에는 '몬태규 앤 루이스'라는 법률 회사의 주소가 적혀 있었고 그 내용은 다음과 같았다.

구스타프 펠러 씨에게,

레지널드 르웰린 애슐리 노튼 대령이 세상을 떠났다는 소식을 이렇게 알려드리게 되어 대단히 유감스럽게 생각합니다. 애슐리 노튼 대령은 지난 1999년 1월 13일 영국 시드머스에 있는 자택에서 유명을 달리하셨습니다.

애슐리 노튼 대령은 세상을 떠나기 직전 이 카드 한 벌을 건네주시며 자신이 세상을 떠나면 카드를 스위스에 있는 구스타프 펠러 씨에게 전달해주었으면 한다는 뜻을 밝히셨습니다. 그리고 이미 고인이 되신 대령의 부인과 함께 진 러미를 즐겼던 바로 그 카드라는 점도 함께 알려주기를 바라셨습니다.

하여, 이렇게 카드와 편지를 구스타프 펠러 씨에게 전달해드립니다.

제레미 몬태규 올림.

아드리아나는 애슐리 노튼에 대한 이야기에 흥미를 느꼈다. 구스타프는 대령에 대해 자신이 알고 있던 것들, 영국 남부에서 아내인 '비'와 함께 살았던 이야기 등을 아드리아나에게 해주는 것이 진 러미를 하는 것과 거의 비슷한 느낌을 준다는 사실을 알게 되었다. 마치 진 러미를 하는 것처럼 마음이 차분하게 가라앉았던 것이다.

구스타프는 애슐리 노튼이 열아홉 살에 제2차 세계대전에 참전해 베르겐-벨젠 수용소에서 사진을 찍었다는 이야기는 아드리아나에게 하지 않았다. 그는 아드리아나는 물론 아르민 역시 언제나 지난 전쟁에 대한 이야기를 꺼내기 싫어했다는 사실을 알고 있었다. 츠비벨 가족처럼 스위스에서 안전하게 지냈던 유대인들은 학살당한 수백만 명의 동포들에 대해 죄책감을 느끼고 있는 것 같았다. 아르민은 언젠가 구스타프에게 수용소에 대한 꿈을 반복해서 꾼다고 말한 적이 있었다. "끔찍한 일이야. 꿈속에서 나는 유대인이 아니라 독일군이었어. 동족들을 발가벗겨 가스실로 밀어 넣는 일을 했지." 아르민의 말이었다.

구스타프와 아드리아나는 틈만 나면 아르민에 대한 이야기를 했다. 아드리아나는 별로 개의치 않는 것 같았다. "왜냐하면 나는 행복한 결혼생활을 했으니까. 우리 두 사람은 우리가 얼마나 운이 좋았는지 잘 알고 있었어. 남녀가 그렇게 오래도록 함께 지내기가 쉬운 시절은 아니었지만 우리는 한 번도 어려움을 겪지 않았지. 게다가 항상 서로 이해하고 의지했고. 아르민에 대해 생각할 때면 마음속 깊은 곳에서 자장가 같은 편안한 음악이 흘러나오는 것 같아."

또한 아드리아나와 구스타프 사이에는 안톤에 대해서는 말을 아끼기로 무언의 합의가 되어 있었다. 아드리아나는 안톤과 한스 히르슈와의 관계에 대해 아무것도 몰랐고 히르슈는 그저 '오만방자한 음반 기획자'로, 카발리사운드의 이름으로 안톤이 연주한 베토벤 소나타 음반을 두 장 발매했지만 '적극적으로 홍보 해주지는 않는' 그런 사람이라고만 생각했다. 어쨌든 이 음반은 그리 많이 팔리지 않은 것 같았고 여러 주요 연주회장에서 연주되는 일도 드물었다. 아드리아나와 구스타프가 나누는 대화의 내용은 이 정도까지였다. 구스타프는 어차피 안톤은 실제로 연주하는 일을 내켜하지 않으니 그것도 크게 나쁘지 않은 일이라고 애써 위로했다. 하지만 아드리아나는 안타까운 듯 이렇게 말한 적이 있었다. "십 대 시절에 제네바에 있는 그랜드 오페라 하우스에 간 적이 있었지. 그런 곳에서 안톤이 독주회를 열 수 있다면 나는 더 바랄 게 없을 텐데."

구스타프는 그런 일은 결코 일어나지 않을 거라고 말해주고 싶었지만 너무 잔인한 일이 될 것 같아 그냥 입을 다물고 있었다. 구스타프는 또한 안톤이 그 '노예 생활' 때문에 자신의 신경증을 극복하거나 그가 '이빨을 드러낸 호랑이'라고 부르는 청중들 앞에서 연주할 수 있는 능력을 찾아내지 못하고 있는 것은 아닌지 의심하기도 했다. 하지만 이 일에 대해 계속 생각하는 건 견뎌내기에는 너무 고통스러운 일이었다.

두 사람은 구스타프에 대해서도 이야기를 나눴고 아드리아나는 종종 새롭게 호텔을 개장한 일에 대해 치하하는 말을 건네기도 했다. 보수가 끝난 펠러 호텔은 아주 분위기가 좋았고 따뜻하고 아름다웠다. 하지만 호텔 이야기를 빼면 현재의 구스타프 펠러의 상황에 대해서는 이야기할 거리가 거의 없었고 그래서 두 사람은 종종 과거의 기억만 더듬는 경우도 많았다. 어느 날 저녁 아드리아나가 이렇게 말했다. "안톤이 유치원에 간 첫날 너를 만나게 되어서 얼마나 다행이었는지. 구스타프, 넌 안톤에게 진짜 우정이 뭔지 보여주었어. 안톤이 거기에 대해 정말 제대로 보답이나 한 적이 있는지 잘 모르겠구나."

"보답을 한다고요?" 구스타프가 말했다. "그런 건 한 번도 생각을 해본 적이 없는데요. 전 안톤을 사랑하고 늘 그래왔어요. 그거면 됐습니다."

루나르디는 구스타프가 이제 그저 '나이든 여자들'하고만 식사를 한다고 놀렸다. 그도 그럴 것이, 정기적으로 구스타프를 찾아와 식사를 하는 또 다른 손님은 바로 로티 에드만이었기 때문이다. 로티는 이제 막 여든세 살 생일을 보낸 참이었다.

아드리아나는 대단히 조심스럽게 음식을 조금씩만 먹었지만, 로티는 항상 허기가 져 있었고 음식도 마구 먹어치웠다. 게다가 옛날보다 술도 더 많이 마시곤 해서, 때로는 술에 취해 막말을 하며 구스타프를 화나게도 하고 가슴 아프게도 했다. 어느 날 밤 로티는 만일 자신과 구스타프가 그때 그대로 파리에 머물렀더라면 자신은 '새롭게' 태어날 수 있었을 거라고 소리를 질렀다. 로티는 에리히라면 '놀라울 정도로 완벽한 잠자리 기술'을 지닌 자신을 잘 이해해주었을 거라고 말하고 거기에 덧붙여 또 이런 말도 했다. "누가 알겠어? 내 마법과도 같은 잠자리 기술을 구스타프 당신에게 발휘할 수 있었을지. 그러면 우리는 둘 다 행복해질 수 있었을 텐데. 그렇지만 당신은 나에게 그럴 기회조차 주지 않았지. 그러다 보니 이제 이 세상 어느 누구도 나랑 더 이상 그 짓을 하고 싶어 하지 않아. 그러니 어떻게 해? 이제 자살이라도 할까?"

구스타프는 하얀색 식탁보를 붙잡고 있는 로티의 손을 잡고 후식이 나올 때까지 조바심을 내며 기다리다가 겨우 후식을 맛보았다. 구스타프는 정말 수많은 사람들이 살아오면서 그렇게 자살이라는 유혹에 흔들리고 있다는 사실을 자신도 잘 알고 있다고 말했다. 그런 생각은 떠났다가 돌아오기를 반복하는 삶의 동반자 같은 존재라는 것이었다. 또 구스타프는 로티에게 아무리 동반자라고 하더라도 그 말을 그대로 따랐다가는 슬프게도 초콜릿 무스나 크림을 듬뿍 얹은 럼 과자 같은 이런 달콤한 후식을 맛볼 수 있다는 희망도 완전히 사라져버릴 거라고 말하기도 했다.

로티는 구스타프의 어깨를 후려쳤다. 그리고 구스타프의 그런 농담 아닌 농담이 지겹다고 말했다. 인생은 진지한 문제이며 그걸 잊어서는 안 된다는 것이었다.

"그 사실을 잊어본 적은 없어요." 구스타프가 대꾸했다. "나는 그저 그걸 계속 되새기는 게 지겨울 뿐입니다."

어느 가을날 저녁, 로티와 구스타프는 저녁 식사를 함께하기로 했다. 하지만 6시가 다 되어 전화를 걸어온 로티는 몸이 좀 좋지 않아 침대에서 일어날 수 없다고 말했다. 최근 들어 너무 많이 먹고 마시는 일이 잦았기 때문에 로티는 체중이 무척 불어나 있었고 두 다리는 그 거대한 몸집을 제대로 감당하지 못해 접질리기 일쑤였다. 로티는 이제 지팡이의 도움이 없으면 걷지를 못했고 구스타프와 함께 있을 때면 언제나 그의 팔에 의지해 호텔 식당의 의자까지 안전하게 이끌려 가 앉곤 했다.

구스타프는 차를 몰고 그뤼네발트 거리로 향했다. 로티 집의 초인종을 눌렀지만 인기척이 없었다. 구스타프는 잠시 그렇게 기다리다가 건물 관리인인 리히터 부인을 찾았다. 리히터 부인이 건물 안 셋집의 모든 열쇠들을 보관하고 있었기 때문이었다. 두 사람은 다시 로티의 집으로 향했다. 구스타프는 문을 두드리며 이름을 불러보았지만 역시 온통 침묵뿐이었다.

"펠러 씨, 문을 열어 볼까요?" 리히터 부인이 물었다. "하지만 안전용 쇠사슬이 걸려 있으면 어쩔 수 없어요. 그래도 문을 열어 볼까요?"

구스타프는 다시 로티의 이름을 불러보았다. 구스타프는 파리에서 로티가 잘 때 귀마개를 하고 잔다는 사실을 알게 되었기 때문에 리히터 부인에게 문을 열어 달라고 말했다. 사슬은 걸려 있지 않았다. 집 안으로 들어간 구스타프는 리히터 부인에게 "혹시 무슨 일이 있어 도움이 필요할지 모르니 잠시 기다려 달라"고 부탁했다.

가을 저녁의 날씨는 쌀쌀했지만 로티의 집은 굉장히 따뜻했다. 마치 한동안 아무도 살지 않은 것처럼 퀴퀴한 냄새가 났다.

구스타프는 로티의 침실로 가서 낯선 사람이 침입한 것이 아니라는 걸 알리기 위해 큰 소리로 이렇게 외쳤다. "로티, 구스타프에요. 무슨 일이 있는 건가요?"

구식 전기난로를 켜놓은 데다가 다른 난방기들까지 있는 대로 켜놓은 로티의 침실은 아주 더웠다. 구스타프는 침대로 가까이 갔다. 로티는 잿빛 머리를 베개 위에 헝클어트린 채 누워 있었다. 그가 깃털로 속을 채운 이불 아래 있는 로티의 손을 건드리자 로티가 눈을 떴다. 구스타프는 로티의 살찐 얼굴의 구겨진 주름 사이에서 두 눈동자가 여전히 물기를 머금고 푸른빛으로 빛나고 있는 모습을 언제나 경이롭게 여겼다.

"구스타프, 무슨 일이에요?" 로티가 입을 열었다.

"이렇게 불쑥 찾아와서 미안해요. 그냥 무슨 일이 있나 해서 한번 찾아와 봤어요."

"자리에 좀 앉아요. 나랑 함께 있어요." 로티가 말했다.

"의사를 부를까요?"

"아니, 당신이 내 의사니까. 호텔에 저녁 먹으러 가고 싶었는데 움직일 수가 없었어요. 그냥 그렇게 된 거지."

"몸을 좀 움직이려고 해봤어요?"

"네, 욕실까지 가려고 했는데 그만 바닥에 쓰러져버렸어. 손이랑 무릎으로 기어서 욕실에 갔다가 다시 침실까지 왔으니 광대놀음이 따로 없었지요."

"어디 아픈 곳은요?"

"안 아픈 곳이 없어요, 구스타프. 우리가 파리를 다녀온 후로 안 아픈 곳이 없어."

구스타프는 이 말에 대해서는 아무런 대꾸도 하지 않았다. 그는 리히터 부인을 불러 그만 돌아가도 좋다고 말해주고 자신은 로티의 곁에 앉아 그녀의 손을 토닥여주었다. 구스타프는 로티가 곧 다시 잠들 거라고 생각했지만 그녀는 갑자기 머리를 구스타프 쪽으로 기울이고 눈을 크게 뜨고는 이렇게 말했다. "구스타프, 이 이야기는 하는 게 좋겠지. 사실 아주 오래전에 해줬어야 하는데 그때는 그러고 싶지 않았어. 하지만 이제는 이야기하든 안 하든 상관없다고 생각해요. 당신 아버지 에리히에 대한 이야기야."

구스타프는 기다렸다. 그는 로티가 하려는 이야기의 내용을 과연 자신이 듣고 싶은지 속으로 생각해보았다. 감춰져 있던 어떤 사실을 밝히지 않는 것이 더 나은 일이 아닐까? 그렇게 되면 아마 감춰진 과거의 사실과는 무관하게 다른 이야기를 만들어낼 수 있을지도 모른다. 적당히 이해하고 견뎌낼 수 있는 이야기. 또 때로는 나름대로 진짜처럼 여겨질 만한 그런 이야기를 만들어내 사실로 그럴듯하게 포장할 수 있을지도 모를 일이었다.

"내 이야기 듣고 있어요?" 로티가 물었다.

"네."

"그래요. 그렇다면 먼저 1939년에는 모든 사람들이 다 두려움에 떨고 있었다는 사실을 이해해야만 해요. 우리는 독일군이 언제고 쳐들어와 우리가 살고 있는 세계를 끝장낼 거라고 믿고 있었어요."

"그 이야기는 잘 알고 있습니다."

"아니, 당신은 몰라. 우리가 당시에 어떻게 생각하고 있었는지 알 수 없지. 장차 닥쳐올 일들에 대한 공포, 그 무시무시한 공포가 사람들의 행동에 모두 영향을 미친 거예요."

"잘 알고 있어요."

"아까부터 계속 알고 있다고 말하지만 그렇지 않을걸요. 구스타프, 그때를 살아본 사람이 아니라면 그렇게 함부로 '안다'라고 말할 수는 없는 거지."

"알겠습니다."

"언젠가 나보고 누가 에리히를 '배신'했느냐고 물었었지요. 그렇지만 나는 그 '배신'이라는 게 도대체 뭐냐고 되물었고요. 왜냐하면 말뜻 자체에 대한 이해가 서로 달랐으니까. 그건 그저 언젠가 때가 되면 밝혀질 사건들에 불과한 거예요. 그럴 수밖에 없는 일이니까."

"그렇군요……."

"베른에 있는 법무부에서 1938년 8월 18일 이후 모든 유대인들의 스위스 입국을 금지하겠다는 법령을 발표했을 때는 경찰과 유대 난민 기구에서 이 문제를 확실히 준수해줄 것으로 예상하고 있었어요. 그렇지만 막상 8월 18일이 지났는데도 유대인들은 점점 더 많이 스위스로 들어오고 있었던 거야. 그래서 법무부 직원들이 스위스 전역에 있는 난민 기구의 여러 지부에 파견이 되었지. 이런 상황에 대해 확인을 해보려고. 아마도 그런 와중에 특히 마흘링헨에 유대인들이 많이 몰리고 있다는 정보를 접했는지도 몰라요. 하지만 어쨌든 베른에서 파견된 직원들은 마흘링헨에 있는 난민 기구를 찾아와 입국 날짜를 위조했느냐고 물었어요. 그게 사실로 밝혀진다면 자금 몰수 및 지부 폐쇄로 이어질 거라는 위협을 받았던 것이 분명해요. 그런데 위조를 한 건 난민 기구가 아니었어. 사실은 감히 그런 일을 할 깜냥도 못되었던 거지! 그래서 난민 기구 사람들은 자신들은 결백하다고 주장하며 이렇게 말했어요. '누군가 입국 날짜를 위조할 수 있었다면 그건 분명 경찰 측에서 한 일일 것이다.' 이렇게요."

"그게 언제 있었던 일인가요, 로티? 로거가 업무에 복귀하기 전입니까 아니면 후입니까?"

로티는 구스타프의 손을 잡고 자신의 입술에 갖다 대었다. "내 이야기를 잘 들어요. 그리고 누구든 지나치게 엄격한 잣대로 판단하려 하지 말아요. 내 말 알겠지요? 섣부른 판단은 내리지 않겠다고 약속해주겠어요?"

"그렇게 하겠습니다."

"그 일은 로거가 병원에서 퇴원한 후 있었던 일이에요. 로거는 당신 아버지가 날짜를 위조했다는 사실을 잘 알고 있었고 위조된 날짜가 적힌 서류들이 어디에 보관되어 있는지도 알고 있었지. 그리고 바로 그때 그렇게도 염려하고 있던 법무부 사람들이 찾아온 거야. 그 사람들은 서류에 최종적으로 서명한 사람이 로거라고 생각했고 만일 정말로 그가 입국 날짜를 위조했다면 그 자리에서 서장 지위를 박탈할 수도 있다고 말했어요. 로거는 아마 서류를 감추거나 못 찾겠다고 말하려고 했을지도 몰라요. 그렇지만 그는 두려움에 빠진 거지. 구스타프, 당신은 로거가 얼마나 겁에 질려 있었는지 상상할 수 있나요? 로거는 자신의 무죄를 주장하든지 아니면 에리히에 대해 뭔가 변명을 했어야만 했지만 그건 처음부터 선택의 문제 자체가 되지 못했어요. 왜냐하면 모든 서류에 에리히의 서명이 들어가 있었고 이제 모든 게 다 밝혀져버렸으니까. 그러니 우리는 이 일에 대해 '배신'이라는 말을 쓸 수는 없는 거예요."

구스타프는 미동도 하지 않고 자리에 앉아 있었다. 그는 방이 참을 수 없을 만큼 덥다고 느꼈다. 그런 구스타프를 바라보는 로티의 눈동자에서 갑자기 눈물이 넘쳐흐르기 시작했다. 잠시후 로티가 이렇게 말했다. "구스타프, 당신에게 알려줘야 했어요. 로거는 에리히를 배신하지 않았어요. 에리히와 내가 로거를 배신한 거지. 진짜 배신은 우리의 열정에서 비롯된 거고, 이제 당신은 그 사실을 분명히 알 수 있을 거예요."

구스타프와 로티는 위스키를 마시기 시작했다.

로티의 집에 도착했을 때는 배가 고팠지만 지금은 별로 입맛이 없었다. 위스키는 맛이 좋았고 취기가 돌자 기분이 좋아졌다. 구스타프는 오랜 세월을 절제하며 살아온 끝에 마침내 왜 사람들이 술에 취하는지 그 이유를 이해할 수 있게 되었다고 생각했다. 술에 취하고 나니 지식이나 진실 같은 건 무언가 다른 것들 앞에서 그 의미를 잃어버리는 듯한 그런 느낌이 들었다. 그렇게 예상치 못했던 은총과 아름다움을 통해 스스로 새롭게 변해가는 것들 앞에 과거의 지식이나 진실이 무슨 의미가 있겠으며 또 그런 모습을 보고 싶어하지 않을 사람이 누가 있겠는가.

지금 구스타프를 신경 쓰이게 하는 건 단 하나, 등을 배기게 하는 딱딱한 의자였다. 로티는 불편한 듯 꼼지락거리는 구스타프를 보더니 손을 뻗으며 이렇게 말했다. "그냥 이리 올라와서 나랑 함께 누워요. 이젠 별로 상관없으니까."

'이젠 별로 상관없으니까.'

구스타프는 웃음이 나왔다.

구스타프는 옷과 신발을 벗고 침대 위로 올라가 로티 옆에 누웠다. 그녀의 몸이 내뿜는 열기가 하도 뜨거워서 가까이 다가가기가 두려울 정도였다. 그렇지만 로티는 그런 구스타프를 끌어안으며 얼굴에 입을 맞추었다.

"구스타프, 구스타프 펠러." 로티가 말했다.

두 사람은 잠시 동안 잠이 들었고 이윽고 계속해서 마셨던 위스키 때문에 화장실이 급했던 구스타프가 먼저 잠에서 깼다. 그는 온몸에서 식은땀을 흘렸다. 혹시 로티에게서 무슨 병이라도 옮았는지 걱정이 될 정도였다.

방은 어두웠다. 구스타프는 손으로 더듬으며 화장실로 갔고 몸에 열을 식히기 위해 꽤 오랫동안 화장실에 그대로 머물렀다. 서리로 덮인 창문 밖으로 비가 떨어지는 소리가 들려왔다. 구스타프는 차를 몰고 다시 호텔로 되돌아가 로티에게 들은 말들을 혼자서 곰곰이 생각해보고 싶었다. 하지만 이런 한밤중에 로티만 그대로 두고 떠나는 건 아무래도 마음이 내키지 않았다.

구스타프는 다시 더운 침실로 돌아왔다. 그는 조심스럽게 창가로 다가가 창문을 조금 열고 차갑고 축축한 공기를 들이마셨다. 밖에서 희미하게 빛이 새어 들어오자 그제야 구스타프는 바닥에 뭔가가 있다는 걸 알아차렸다. 사각형으로 뭉쳐 있는 그 거대한 덩어리는 무슨 솜뭉치 같기도 했는데, 구스타프는 그 덩어리의 정체가 로티라는 사실을 깨달았다.

구스타프는 침대 옆에 둔 전등들 가운데 하나를 켰다. 로티는 무릎을 꿇은 채 등을 굽히고 머리는 바닥에 처박은 모습이었다. 구스타프는 로티 옆에 무릎을 꿇고 부드럽게 말을 걸며 로티를 일으켜 세우려고 했다. 그렇지만 로티의 몸에 손을 대자마자 그는 그녀가 이 세상 사람이 아니라는 사실을 알아차렸다. 로티의 거대한 몸뚱이를 통해 전해지는 건 틀림없는 냉기였다.

구스타프는 로티를 일으켜 세우려던 걸 멈추고 그대로 무릎을 꿇은 채 옆에 앉아 있었다. 그리고 팔로 로티를 꼭 감싸 안고 아침이 올 때까지 그대로 있었다. 그러고 있으려니 지금 자신의 모습이 성요한 교회 바닥을 청소하던 때의 모습과 비슷하다는 생각이 문득 떠올랐다. 차이점이라면 그때는 무릎 아래에 교회에서 쓰던 방석을 받쳤지만 지금은 그런 방석이 없고 침대 옆에 깔려 있는 얄팍한 깔개뿐이라는 것이었다. 구스타프는 이제 더 이상은 지금까지의 삶 속에서 자신을 지켜주던 무엇도, 어떤 사람도 남지 않았다는 사실을 실감했다.

구원의 손길

2000년 제네바

아드리아나가 제네바에서 구스타프에게 전화를 걸어왔다. 아드리아나는 안톤이 '중증 신경 쇠약'이라는 진단을 받고 정신병원에 입원하게 되었다는 말을 전했다.

"나는 지금 안톤이랑 함께 있어." 아드리아나가 말했다. "그렇지만 병원에서는 보호자를 그리 자주 드나들게 해주지 않는구나. 약물 치료가 진행되는 동안에는 완전하게 휴식을 취하는 게 더 낫다고 생각하나 봐."

말을 마친 아드리아나는 울기 시작했다. "구스타프, 네가 와서 안톤을 본다면…… 안톤은 얼마나 야위었는지 몰라. 그리고 머리카락도 뭉텅이로 빠졌고 칼로 자해도 해. 팔에는 온통 상처 자국투성이고 알아들을 수 없는 말을 하고……"

제일 먼저 구스타프에게 든 생각은 제네바에 갈 수 없다는 것이었다. '나는 그 모습을 내 눈으로 볼 수 없어. 안톤은 그냥 내가 생각하는 그 모습 그대로 내 마음속에 남아 있어야만 해.'

하지만 아드리아나의 말은 계속해서 이어졌다. "그래도 안톤이 네 이야기를 할 때만큼은 나도 희망이 생겨……"

"내 이야기를 한다고요?"

"그래, 안톤 말이 너라면 자기가 어울리지 않는 자리에 있다는 사실을 이해해줄 거라는 거야."

"어울리지 않는 자리라니요?"

"무슨 말을 하는 건지는 나도 잘 모르겠어. 안톤은 더 이상은 말을 해주지 않아. 구스타프, 여기 올 수 있겠니? 내가 있는 호텔에 방을 예약할 수 있어."

구스타프는 잠시 동안 아무런 말도 하지 않았다. 그는 제네바로 가는 게 너무 싫었다. 격렬한 고통 속으로 뛰어들고 싶지 않았을 뿐더러 안톤이 스스로를 망쳐버린 모습을 자신의 눈으로 확인하고 싶지도 않았다. 결국 일이 이렇게 되어버렸다는 사실에 그는 분노했다. 안톤은 분명 이렇게 될 것을 예상했을 것이었다.

아드리아나가 코를 푸는 소리가 들렸다. 그러고 나서 그녀는 이렇게 말했다. "이 일이 얼마나 네게 곤란할지 나도 이해는 해. 그렇지만 나도 힘들단다. 그래도 이 모든 일이 그 '어울리지 않는 자리'라는 말하고 관련이 있는 것 같은데, 내 생각에는 오직 너만 그게 무슨 뜻인지 알 수 있을 것 같아. 구스타프, 안톤을 이대로 죽게 내버려둘 수는 없잖니! 제네바로 오겠다고 약속해줘, 그럴 수 있지? 제발 부탁이야!"

구스타프는 레오나르드에게 호텔을 맡기고 기차를 타고 베른으로 향했다. 그리고 베른에서 다시 제네바로 가는 기차로 갈아탔다.

기차를 타고 가는 동안 구스타프는 잠을 청했다. 그는 기차에서 내린 이후에 어떻게 이 일을 해쳐나가야 할지 생각하고 싶지 않았다.

계절은 가을이었다. 까마귀들이 모여 있는 마르부르크 병원의 잔디밭에는 밝은 색깔의 낙엽들이 깔려 있었고 하늘은 청명했다. 까마귀 무리 중에는 캐나다 기러기 한 마리가 섞여 있었고, 나이가 들어 보이는 입원 환자 한 사람이 모이를 주다가 그 기러기만 멀리 쫓아 보내곤 했다. "저리로 꺼져, 이 기러기야!" 그녀가 투덜거렸다. "까마귀들은 이리로 오너라! 내 말 안 들리니 이 기러기야? 넌 저리로 꺼지라니까!" 그 모습을 본 구스타프는 생각했다. '그래, 인생은 늘 이런 식이지. 누군가는 꼭 차별 대우를 받고 저렇게 굶주림과 고독에 시달리며 멀리 쫓겨날 뿐이야.'

아드리아나와 안톤이 철제로 된 긴 의자 위에 앉아 있었다. 아드리아나는 안톤에게 제네바에서 발행되는 신문인 〈르 텅Le Temps〉을 읽어주는 중이었다. 그녀는 늘 그렇듯 멋지고 세련된 차림새였지만 안톤은 빛이 바랜 환자복 차림이었다. 그는 어깨에 아드리아나의 어깨걸이를 두르고 있었고 발에는 아무것도 신고 있지 않았다.

구스타프가 두 사람 쪽을 향해 걸어가자 안톤이 고개를 돌려 그를 보았다. 안톤은 즉시 자리에서 일어나 팔을 활짝 펼쳤고 구스타프가 다가오자 힘껏 그를 끌어안았다. "도와줘." 안톤이 속삭였다. "구스타프, 나를 좀 도와줘. 너만이 그 일을 할 수 있어."

구스타프는 의자 위에 안톤과 아드리아나와 함께 나란히 앉았다. 세 사람 중 누구도 입을 열지 않았다. 구스타프는 잠시 까마귀들과 나이 든 여자 환자 쪽으로 시선을 돌렸다. 기러기는 이제 저 멀리 멀

찌감치 떨어져 서 있었다.

잠시 후 아드리아나가 자리에서 일어섰다. 그녀는 안톤에게 구스타프와 함께 있으라고 말하고 자신은 내일 다시 오겠다고 했다. 안톤은 내일 병원을 나갈 수 있었으면 좋겠다고 대답했다. 아드리아나는 그런 안톤을 측은한 듯 바라보다가 머리숱이 얼마 남지 않은 이마에 입을 맞춰주고 병원을 나섰다.

안톤은 아드리아나가 남겨두고 간 어깨걸이로 더 꽁꽁 몸을 싸맸다. 구스타프는 그런 안톤에게 몸이 춥냐고 물어보았다.

"아니야." 안톤이 대답했다. "겨울이 오는 건 알겠는데 날씨가 추워서 그런 건 아니고 내 몸 안에서 폭풍우가 치밀어 오르는 것 같아서."

구스타프가 안톤의 팔을 내려다보았다. 자해를 한 자리에 붉은 흉터가 남아 있었다. 구스타프는 그 모든 흉터를 혹시 스케이트 날로 만든 것은 아닐지 잠시 끔찍한 상상을 했다.

"그런 식으로 보지 마." 안톤이 말했다. "나도 내가 괴물처럼 보인다는 사실을 잘 알고 있어. 그렇지만 너는 나를 도와줘야지. 네가 도와주지 않으면 나는 끝장이야."

구스타프는 기다렸다. 그는 안톤의 손을 쥐고 토닥였다. 마치 자살에 대해 이야기하던 로티의 손을 토닥여주었던 것처럼.

안톤은 잠시 편안해진 듯 두 눈을 감았다. 이윽고 그는 이렇게 말했다. "구스타프, 내 말을 좀 들어봐. 지금 듣고 있는 거지? 나는 다보스에 가야만 해. 그리고 네가 나를 거기에 데려다줘야 하고. 나는 제네바에도 있을 수 없고 그렇다고 마츨링헨으로도 돌아갈 수 없어. 나를 숲 속에 있던 그 요양원으로 데려다줘. 거기 이름이 뭐였지?"

"성 알반."

"그래, 성 알반 요양원. 거기 침대 위에 탬버린을 놓아두고 왔지. 나는 그곳에 다시 가야 해."

구스타프 기다렸다. 이번에는 안톤이 더 많은 말을 하도록 하기 위해서였다. 이윽고 구스타프가 대답했다. "물론 넌 다보스에 갈 수 있어. 거기서 네가 입원할 수 있는 적당한 병원을 찾을 수만 있다면……"

"아니, 아니야." 안톤이 말했다. "병원이 아니야. 나는 성 알반 요양원으로 돌아가고 싶은 거야. 가서 탬버린을 찾아야 한다고."

"안톤, 요양원이고 탬버린이고 그런 게 거기 아직 남아 있는지 잘 모르겠어."

"왜? 우리가 거기서 죽어가는 사람들을 치료했잖아. 기억 안 나? 뜰 앞에 침대들을 늘어놓고 말이야. 거기 햇살은 밝고도 강렬했지. 아무것도 변한 것은 없을 거야."

"안톤, 그곳은 이미 버려진 곳이었어. 빈 껍데기뿐이었다고. 그때 우리가 가서 잠시 진짜 요양원인 것처럼 놀았을 뿐이야."

"그러면 또다시 그렇게 하면 되지. 나는 지나간 시간들을 다 지우고 싶어. 내가 모든 걸 새롭게 다시 시작할 수 있는 그런 장소로 돌아가야만 한다고. 처음에는 어디로 가야 할지 알 수 없었어. 내가 사는 세상은 형편없이 쪼그라들었거든. 내가 갈 곳은 어디에도 없는 것 같았어. 그러다 다보스와 그 성 알반 요양원을 기억해낸 거야. 그러니 구스타프, 네가 날 도와줘야 해, 알겠지? 그리고 나랑 함께 그곳으로 가야 하고. 내가 탬버린을 흔들면 네가 꼭 답해줘야 한다니까."

구스타프는 잠시 기다리다 이렇게 말했다. "안톤, 너를 위해서는 최선을 다할 거야. 그렇지만 뭘 먼저 해줘야 할지 알아야 해. 그러니까 그동안 무슨 일이 있었는지 먼저 나에게 이야기를 해야 한다고."

안톤은 고개를 저었다. "사람들이 모두 다 그렇게 묻더군. 무슨 일이 있었어? 도대체 뭐가 어떻게 된 거야? 하지만 나는 별로 이야기하고 싶지 않아. 그런 질문에 대답하는 걸 거부하겠다고. 나는 그저 성 알반 요양원에 가서 모든 걸 새롭게 시작하고 싶을 뿐이야. 구스타프, 나는 너밖에 의지할 사람이 없어. 이 세상 누구도 아닌 너밖에! 네가 나를 도울 수 없으면 당장 그렇다고 말하고 여기서 꺼져버려. 그리고 나를 다시는 찾아오지 마!"

"여기는 병원이야, 안톤." 구스타프가 편안하게 말했다. "아주 좋은 병원이지. 네가 여기 계속 있으면 꼭 좋아질 거야."

"아니, 그렇지 않아. 난 자살하고 말거야. 구스타프, 나는 네가 내 친구라고 생각했어. 내 편이라고 생각했었다고!"

"안톤, 나는 물론 네 편이야. 50년이 넘는 세월 동안 언제나 네 편이었지! 그런데 이제 와서 그게 아니라고?"

"50년이라고? 우리가 그렇게 나이가 들었나?"

"그래, 맞아."

"그럼 이제 늙은 거야?"

"거의 그렇다고 볼 수 있지. 우리는 늙어가고 있어."

"그래서 한스가 나를 배신한 거로군. 내가 너무 늙어서."

"한스 히르슈가 널 배신했다고?"

"사람들은 약속을 해. 그렇지만 절대로 지키지는 않아. 세상 모든 사람들이 다 우리를 배신하지. 그리고 우리는 스스로를 배신하고.

스스로 살을 베어내는 거라고나 할까…… 그렇지만 내가 만일 다보스에 갈 수 있다면, 너랑 함께 갈 수 있다면 모든 것이 평범하고 안전하던 때로 나를 되돌릴 수 있다면, 그때는 인생에 있어 다시 희망을 품을 수 있을 것 같아."

인생의 희망이라는 말을 듣자 구스타프는 그 말이 마치 하늘 저편 아주 먼 곳에서 들려오는 말 같다고 생각했다. 그리고 또 안톤 츠비벨을 알지 못했다면 자신이라는 존재가 더 행복해질 수 있었을지에 대해서도 생각해보았다. 지금 이 순간만큼은 그랬을지도 모른다는 느낌이 들었다.

에밀리에 펠러는 얄궂게도 보답이 없어도 사랑을 줄 수 있는 방법에 대해 구스타프에게 가르친 셈이었다. 하지만 구스타프는 이제 그런 대가를 바라지 않는 사랑 덕분에 겉으로 보이는 질서와 절제에 과도하게 집착하게 되었다는 사실을 깨닫게 되었다. 그는 마침내 까마귀들로부터 기러기를 쫓아내는 데 성공한 여자를 바라보았다. 그리고 결국 자신도 그와 비슷하지 않은가 하는 생각을 했다. 그저 모든 것을 틀에 짜 맞추며 일정한 기준에 따라 분류하고 진짜로 무엇을 바라고 있는지는 무시한 채 절대로 정해진 선을 넘지 않도록 그렇게 살아온 것이 아닐까? 구스타프는 콘크리트로 포장된 인도 위에 기러기가 혼자 자신의 깃털을 부리로 쪼며 앉아 있는 모습을 보았다.

구스타프는 해가 질 때까지 안톤과 함께 있었다. 마침내 간호사 한 명이 다가와 안톤에게 안으로 들어가자고 했다. 간호사는 안톤을 일으켜 세웠고 안톤은 고분고분 그 말을 따랐다. 그는 구스타프에게 작별의 말을 하지도 않았고 시야에서 멀어지는 동안 뒤를 돌아보거나 하는 일도 없었다.

다음 날이 되자 아드리아나와 구스타프는 병원장을 만나러 갔다. 구스타프가 안톤이 다보스에 가보고 싶어 한다고 말하자 병원장은 이렇게 대답했다. "글쎄요, 그건 그냥 본인의 착각일 겁니다. 여기에 있는 것이 훨씬 더 본인에게 좋을 겁니다."

아드리아나가 말했다. "원장 선생님, 죄송합니다만 안톤이 그렇게 원한다는데 다보스로 데려갈 수 있지 않을까요?"

병원장은 점잖은 척하는 웃음을 지으며 아드리아나를 바라보았다. 구스타프는 특히 의사들 중에서도 높은 지위에 있는 사람들이 이렇게 다 이해하는 척하는 표정을 짓는 것을 종종 보아왔다. "알고 계시겠지만 다보스는 한때 폐결핵 치료를 잘할 수 있는 곳으로 유명했었습니다. 하지만 지금은 겨울철 휴양지가 되었죠. 그런 곳에 질병과 관계된 기관이 있는 건 관광지로서는 자살행위나 마찬가지고요. 그러니 제가 알고 있기론 다보스에는 츠비벨 씨 같은 사람을 돌봐줄 만한 적당한 시설이 없습니다. 물론 찾아볼 수는 있겠습니다만 별로 기대하시지 않는 편이 더 좋겠지요. 여기 이 병원에서 츠비벨 씨를 도울 수 있습니다. 다만 아직 갈 길이 멀다는 것만은 이해해 주셔야겠습니다. 회복되기를 바라고 있습니다만 어쨌든 시간이 걸린다는 것이지요."

"회복되기를 바라고 있다고요?" 아드리아나가 말했다. "그러면 완전히 회복될지는 확신하지 못하신다는 건가요?"

"그런 셈이지요. 이런 경우는 절대로 확신 같은 건 할 수가 없습니다. 그냥 최선만 다할 뿐이지요. 다만 츠비벨 씨가 저렇게 의욕이 없고 비협조적일 때는 우리도 도움이 되어드리기 힘듭니다. 츠비벨 씨는 지금 모든 집단 치료 요법 등을 다 거부하고, 억지로 참여시키려고 하면 심하게 저항하고 있어요. 특별히 하고 싶어 하는 일이 있느냐고 물어봤지만 츠비벨 씨는……"

"음악이요." 그 말을 들은 아드리아나가 즉시 이렇게 대답했다. "안톤은 유명한 음악가예요. 그 이름을 아직 들어보지 못했다니 놀랍네요."

"아, 죄송합니다, 그건…… 실례지만 어떤 악기를 다루시는지?" 원장이 말했다.

"피아노요. 카발리사운드 이름으로 베토벤 소나타 연주 음반을 냈어요."

"아, 그래요? 그것 참 대단하군요. 그렇지만 물론 이곳에서는 피아노 연주를 허락할 수는 없습니다. 다른 환자들에게 지장을 줄 수도 있으니까요."

다음 날이 되자 구스타프는 안톤이 머물고 있는 작은 입원실을 찾아갔다. 안톤은 침대 위에 누워 머리카락을 잡아당기고 있었다. "구스타프, 이제 짐을 좀 꾸려도 될까?" 안톤은 구스타프를 보자마자 이렇게 물었다. "다보스로 갈 준비는 끝냈어?"

"아니." 구스타프가 말했다. "다보스는 예전에 우리가 알던 그곳이 아니야. 이제는 스키를 타는 휴양지가 되었다고. 다보스에는 너를 돌봐줄 시설 같은 건 없어."

"나는 병원이나 시설 같은 곳에는 들어가고 싶지 않아." 안톤은 이렇게 대답하면서 손을 뻗어 구스타프의 팔을 움켜잡았다. "내가 말했잖아. 나는 성 알반 요양원에 가고 싶다고. 정신과 의사니 그런 쓰레기들 따위는 필요 없어. 네가 나를 돌봐주면 되잖아? 내가 필요한 건 산자락에 있는 뜰 앞의 침대 하나, 그리고 장차 벌어질 일뿐이라고."

"안톤, 장차 무슨 일이 벌어진다는 거야?"

"구스타프, 길이 하나 있어. 너도 그 길을 잘 알지. 우리는 그저 그 길만을 따라가야 해. 지금까지 늘 그래왔던 것처럼 다시 그런 사람들이 되어야 한다고."

구스타프는 안톤을 내려다보았다. 그의 비쩍 마른 얼굴과 열에 들떠 반짝반짝 빛나는 두 눈동자를.

"나는 네가 지금 무슨 말을 하고 있는지 잘 모르겠어." 구스타프가 말했다.

"아니, 넌 잘 알고 있어. 우리가 예전에 어떻게 지냈었는지 알지? 하지만 나는 늘 네 말을 잘 안 들었지. 그런데 딱 한 번, 그 성 알반 요양원에서 말이야. 나는 죽어가는 아이가 되고 너는 그런 나를 입맞춤으로 구해주었잖아. 그러니 이제 다시 나를 구해줘야 해, 구스타프."

미완성 소나타
2002년 다보스

구스타프가 펠러 호텔을 매각하면서 받은 금액은 예상했던 액수를 훨씬 뛰어넘을 정도로 꽤 컸다. 호텔을 사들인 건 스위스의 어느 기업형 대형 호텔로, '다양한 규모의 중소 호텔들을' 거느려 수익을 올리기 위해 인수를 결정했고 기존의 직원들도 모두 받아 주었다. 다만 루나르디는 새로운 경영진의 영입 제안을 그 자리에서 딱 잘라 거절했다.

"어림도 없는 소리입니다, 사장님. 나는 그런 빌어먹을 놈들 밑에서는 일 안합니다. 다양한 규모의 중소 호텔이 뭐? 거 무슨 말 뼈다귀 같은 소리야! 차라리 베른이나 취리히 같은 큰물에 가서 한 번 도전해보겠어요. 뭐, 한번 그럴싸하게 돈도 벌어보고요, 어때요?" 루나르디는 구스타프에게 이렇게 말했다.

하지만 막상 작별 인사를 하게 되자 두 사람 모두 울음을 터트리고 말았다.

어느새 나이가 훌쩍 들어버린 루나르디는 행주로 눈가를 훔치며 이렇게 말했다. "나는 이탈리아 사람이니까 이렇게 눈물이 납니다. 오늘은 슬픈 날이에요. 오랜 세월을 함께 보냈지만 이제는 작별이군요. 그런데 사장님은 왜 우세요? 스위스 사람답지 않네요? 늘 말씀하시던 그 자기 절제는 다 어디로 가고!"

안톤과 구스타프는 이제 예순 살이 되었다.

두 사람은 구스타프가 구입한 다보스 근처 언덕배기의 어느 산장에서 지내고 있었다. 꽤 널찍하고 인적이 드문 곳에 있는 산장은 튼튼하고 지내기에도 편안했으며 땅도 조금 붙어 있었다. 구스타프는 비로소 자신이 이런 삶을 이따금씩 꿈꾸고 있었다는 것을 알 수 있었다. 산장으로 이어지는 숲이 우거진 오솔길에는 산딸기나무를 심었고, 이 길을 통해서 두 사람은 시간을 알리는 다보스의 종소리를 들을 수 있었다.

구스타프와 안톤이 함께 쓰는 침실 앞에는 남쪽을 향해 있는 나무로 만든 널찍하게 트인 공간이 있었다. 여름날 아침이면 두 사람은 창문을 열고 바깥에서 아침을 먹었다. 주위에는 새빨간 제라늄꽃들이 가득했다. 겨울이 오면 스키를 타고 한가롭게 숲 속 길을 거닐었고 때로는 난롯가에서 옛날 영화를 보기도 했다. 텃밭에는 직접 푸성귀를 길렀고 염소며 암탉도 몇 마리 키웠다. 안톤은 암탉들이 우는 소리가 마음을 진정시켜주고 텃밭 일은 자신을 단련시켜준다고 말했다.

이제 어느 정도 건강이 회복된 안톤은 잠들기 전 어둠 속에서 마침내 제네바에서 있었던 일들에 대해 구스타프에게 띄엄띄엄 이야기하기 시작했다. 한스 히르슈와 함께 있으면 언제나 누군가에게 조사나 감시를 당하는 듯한 그런 기분을 느꼈다는 것이었다. “마치 피아노 경연 대회 무대에서 사람들에게 세세하게 평가를 받는 그런 기분이었어.” 안톤은 구스타프의 어깨를 힘껏 움켜쥐며 또 이렇게 말했다. “그런 일이 또다시 일어난다면 나는 이번에는 제대로 살아남을 수 없을 거야. 그러니, 구스타프, 내 사랑하는 친구야, 이렇게 부탁하는데 나를 절대로 그런 곳에 다시 돌려보내지 말아줘.”

“그럴 리가 있겠어?” 구스타프는 이렇게 말하며 안톤을 서둘러 자기 쪽으로 끌어당겼다. “이제 앞으로는 절대로 네 곁을 떠나는 일은 없을 거야.”

아드리아나도 구스타프 그리고 안톤과 함께 살았다. 아드리아나는 집 뒤편에 언덕배기를 마주보고 있는 자기 혼자 쓰는 널찍한 방과 욕실을 갖고 있었다. 구스타프는 그 방이 너무 어둡지 않을까 걱정했지만 아드리아나는 이렇게 말했다. “뭐 가끔 그럴 때도 있지. 그렇지만 상관없단다. 구스타프, 나는 전혀 상관없어. 밝은 빛이 필요한 건 너랑 안톤이지. 두 사람 모두 환한 빛이 필요해. 그렇지만 나는 창밖에 자라는 풀이며 야생화를 바라보는 것만으로도 충분하단다. 나이가 들면 어둠이 오히려 편하고 고마운 법이지.”

그들은 프리부르 거리에 있는 집에서 아드리아나의 짐 대부분을 이곳으로 실어왔다. 그중에는 아주 오래전 안톤이 구스타프 앞에서 처음 〈엘리제를 위하여〉를 연주했었던 그랜드 피아노도 있었다. 처음 세 사람이 함께 살게 되었을 때, 안톤은 피아노에 가까이 가고 싶어 하지 않았다. 피아노를 연주하면 자신의 인생에서 끔찍했던 순간들이 떠오를까 봐 다시는 연주를 할 수 없을 것 같다는 게 안톤의 설명이었다.

그랜드 피아노는 이제 음도 제대로 맞지 않았다. 구스타프는 아드리아나에게 그만 치워버리는 게 어떻겠느냐고 물었다. 하지만 아드리아나는 이렇게 말했다. "아니, 아직은 아니야. 하지만 그렇게 하면 갑자기 집이 휑해 보이겠지. 그러면 언젠가 안톤도 그걸 보고 그 자리에 한때 무척이나 아름다운 무언가가 있었다는 사실을 기억하게 되지 않을까."

어느 여름날 아침, 구스타프가 자리에서 일어나 보니 안톤이 보이지 않았다. 그리고 음악 소리가 들려왔다. 안톤이 피아노를 연주하고 있었던 것이다.

구스타프는 문 쪽으로 살금살금 다가가 가만히 귀를 기울였다. 그러다 아드리아나 역시 반대편에서 자신과 똑같이 피아노 소리를 듣고 있는 것을 보았다.

안톤이 연주하고 있는 음악은 시작은 화려하고 우렁찼으며 이제는 새로운 국면으로 접어들어 매우 빠르고 생기 넘치게 흘러가고 있었다. 그리고 구스타프는 음악 소리를 듣자마자 빠르게 흘러가는 시냇물의 모습을 떠올렸다. 바윗돌 사이사이를 힘차게 헤치고 나아가다 굽이굽이 갈라지고, 그러면서 아주 천천히 속도가 줄어드는. 하지만 그 힘과 관성은 여전히 남아, 마치 더 편하고 안전한 길을 찾은 것처럼 이제 거리낄 것 없이 바다를 향해 힘차게 흘러가는 시냇물을.

안톤은 구스타프나 아드리아나가 자신을 바라보고 있는 것을 전혀 알아차리지 못한 것 같았다. 안톤은 아주 익숙한 자세로 피아노 건반을 향해 몸을 숙이고 있었으며 얼굴에는 즐거운 표정이 넘쳐났다.

나중에 세 사람이 아침 식사를 하는 자리에서 아드리아나가 이렇게 말했다. "안톤, 피아노 조율을 다시 해야겠어. 그건 그렇고, 오늘 아침에 연주한 건 무슨 곡이었지? 아주 좋던데."

"아, 그냥 제네바에서 작곡했던 곡 중 일부였는데요, 아주 끔찍했던 날 밤에 만든 곡이에요. 그날 밤 내 인생의 모든 잘못된 선택과 내가 진정으로 원했던 것들에 대해 깨달았어요. 아직 미완성곡이지만 아마 다시 시작해서 마무리 지을 수 있지 않을까요. 제목은…… '구스타프 소나타'라고 하려고요." 안톤이 말했다.

감사의 말 |

이 책을 쓰면서 나는 미차 뉴의 《스위스의 비밀: 밝혀진 신화 Switzerland Unwrapped: Exposing the Myths》(I. B. 타우리스, 런던, 1997)라는 책을 통해 많은 도움을 받았다. 이 책에는 딸인 루스 로드너를 통해 전해지는 1938년 생 갈렌의 경찰 서장 파울 그루닝거의 이야기가 실려 있었고 덕분에 《구스타프 소나타》의 주인공이라 할 수 있는 가공의 경찰 에리히 펠러에 대한 대략의 이야기들을 구성해낼 수가 있었다.

또한 그 규모는 작지만 큰 도움을 준 이른바 '1차 독자들' 모임에도 이 자리를 빌어 깊은 감사의 말을 전한다. 이 책을 처음 구상할 때부터 최종 원고를 완성할 때까지 이들의 의견과 제안을 통해 많은 부분을 더 정교하게 다듬을 수 있었다. 비비안 그린, 페니 호어, 클라라 파머, 가이아 뱅크스, 질 비알로스키, 로거 카잘렛, 닐 무케르지, 리처드 홈즈, 그리고 무엇보다도 특히 빌 크렉에게 깊은 감사의 마음을 전한다. 빌의 통찰력 있는 조언을 통해 평범한 글이 이토록 찬란한 작품으로 탄생할 수 있었다.

세 겹의 선율로 울리는 사랑과 우정의 소나타

안서현(문학평론가)

스위스를 배경으로 한 우정과 사랑의 변주곡

이 책을 접한 독자는 먼저 “제2차 세계대전 당시 스위스를 배경으로 한 소설이라니 생소한데……” 하고 생각했을지도 모르겠다. 소설 속의 막스 호들러 목소리를 빌려서 이야기해보면, “사람들에게 스위스란 그저 뻐꾸기시계와 푸른 목초지, 그리고 은행이며 알프스 산이 있는 나라일 뿐”이다. 그만큼 우리는 스위스에 대해서 몇 개의 상투적 이미지밖에 떠올리지 못하며, 그 가운데 문학과 관련된 것은 많지 않다.

그러나 이 소설을 읽어내려 가다가 ‘다보스의 풍경 사진’을 지나 ‘마법의 산’이라는 제목의 장까지 이르게 되면, 우리의 머릿속에는 ‘스위스’와 ‘문학’을 연결할 수 있는 실마리가 하나 떠오르게 된다. 그것은 바로 세계문학의 고전으로 우리에게 잘 알려져 있는 토마스 만의《마의 산》이다.《마의 산》의 주인공 한스 카스토르프가 머물렀던 베르크호프 요양원이 바로 스위스의 국제적인 휴양지 다보스에 있기 때문이다.《마의 산》을 읽은 독자에게는 잊을 수 없는 곳이다.

이 책의 작가 로즈 트레마인은 이《마의 산》을 변주함으로써 친숙한 진입로를 만들어놓고 있는 셈이다.

이 소설의 중심에 놓여 있는 것은 제2차 세계대전 당시 스위스의 마츨링헨이라는 작은 마을을 배경으로 한 구스타프와 안톤의 영원한 우정 이야기이다. 그 가운데 두 사람의 어린 시절의 일을 다룬 제1부의 정점에 해당하는 것이 바로 '마법의 산'이라는 장이다. 이 장에서는 주요 배경인 마츨링헨이 아닌 토마스 만의 소설《마의 산》의 무대인 다보스를 배경으로 삼는다.

두 사람은 다보스 산장에서 휴가를 보내며 잊지 못할 우정의 사건을 경험한다. 그들은 텅 빈 결핵 환자 요양원을 발견하고 그곳에서 역할 놀이에 열중한다. 이를 통해 아직 어린 나이에 자신들이 겪어야만 했던 혹독한 성장의 고통에 대한 위로를 얻는다. 어머니의 심한 병치레로 어린 나이에 혼자 힘으로 삶을 꾸려야 했으며 그 와중에 이웃의 루드비히로부터 성적인 괴롭힘을 당하기도 했던 구스타프. 피아노 연주자를 꿈꾸지만 큰 무대에서는 연주를 잘 할 수 없는 신경 쇠약의 기질을 타고나 경연 대회에서 좌절을 겪어야 했던 안톤. 두 사람은 요양원 놀이를 통해 삶 속에 이미 항상 개입되어 있는 죽음과 그 공포를 스스로 다스리는 경험을 하게 된다. 특히 처음에는 안톤을 돕는 간호사의 역할을 맡았던 구스타프는 놀이가 점차 진행됨에 따라 스스로 의사가 되어 한스라는 소년 환자 역을 맡은 안톤을 위급 상황에서 구해내기에 이른다. 그때의 인공호흡은 그들의 우정을 서로에게 각인시키는 하나의 증표가 된다. 둘은 루드비히라는 환자를 상징적으로 죽이는 의식을 치르는 한편, 소년 환자인 한스는 살려내기로 한다. 그리고 휴가가 끝나 마츨링헨으로 돌아오면서, 죽음이 가까이 왔을 때 울릴 수 있는 한스의 탬버린을 요양원 빈터에 남겨두고 온다. 이 장면은 이후 두 사람의 관계를 예시豫示하고 있다.

이와 같이 이 소설은《마의 산》의 죽음의 장소—시간이 멈춘 요양원—에서의 경험과 죽음의 극복이라는 주제를 살리고 있으면서도 한편으로는 두 사람의 우정의 드라마로 새롭게 거듭나고 있다.

이 소설에는 또 한 편의 토마스 만의 소설이 겹쳐져 있는데, 그것이 바로《베니스에서의 죽음》이다. (오늘날에는《베네치아에서의 죽음》으로 번역한다. 그러나 일단 이 책의 번역에서와 같이《베니스에서의 죽음》으로 표기한다.) 이 소설 속 주인공의 이름이자 이 소설의 제목이기도 한 '구스타프'라는 이름 역시《베니스에서의 죽음》에서 따온 것이다. (토마스 만은 당대를 풍미한 작곡가 구스타프 말러의 인상에 기초하여 이 소설을 썼다고 전해지고 있다.)

이 소설의 제3부에서는 중년이 된 구스타프가 아버지 에리히의 연인이었던 로티와 함께 파리로 향하는 장면이 나온다. 그곳에서 그는 그녀의 요청에 의해 음악회에 가는데, 그 자리에서 연주된 곡이 바로 말러의 교향곡 5번 제4악장이다. 이 곡은《베니스에서의 죽음》을 영화화한 루치노 비스콘티 감독의 동명 영화의 삽입곡이기도 하므로, 작중 구스타프 역시 이 영화가 자신에게 주었던 커다란 슬픔을 다시 떠올리지 않을 수 없다. 그는 마치 영화 속 아셴바흐와도 같이 대상에 대한 결코 채워지지 않을 갈증을 지니고 있는 자신을 느낀다. 그가 연주회장에서 추위를 느끼고 떠는 것도, 안톤이 떠난 후 자기 삶을 지배하는 한기를 느끼고 있기 때문이다.

서로를 구원하는 사랑

이 소설은《베니스에서의 죽음》의 원래 주제, 즉 예술가의 존재론적 문제를 다루기보다는 두 사람의 우정, 혹은 사랑의 이야기로 그것을 바꾸어내고 있다. 이 소설의 중심인물 구스타프는 예술가가 아니다. 그는 사랑의 결핍—어머니로부터, 그리고 친구 안톤으로부터 받지 못하는 사랑—을 극복하기 위하여, 즉 삶의 추위를 극복하기 위하여 일종의 안식처로서 호텔을 경영한다. 따라서 이 소설은《베니스에서의 죽음》에서의 아셴바흐와 타지오, 즉 예술가와 그가 추구하는 미의 화신 사이의 관계를, 구스타프와 안톤, 즉 어려서부터 사랑의 결핍을 느낀 한 인간과 그의 결코 보답 받지 못하는 사랑의 대상 사이의 관계로 바꾸어내고 있다. 다시 말해 구스타프의 사랑은 무엇보다도 결핍을 이겨내는 사랑이다. 그의 사랑의 원형은 아버지의 부재, 그리고 그 속에서 힘겹게 버티며 살아온 모자母子의 허약한 유대에서 찾을 수 있다. 그 어머니의 사랑을 보충해줄 수 있을 만한 새로운 사랑의 대상이 바로 친구 안톤이었던 것이다.

그러나 구스타프와 안톤의 사랑은 결핍의 사랑만은 아니다. 그것은 서로를 구원하는 사랑이다. 구스타프는 새로운 유치원에 와서 울고 있는 안톤을, 안톤은 비참한 가난 속에 빠진 구스타프를, 구스타프는 다시 연이은 실패 이후 공허감에 시달리는 안톤을, 끊임없이 서로를 구해낸다. 이들의 관계는 상호 구원의 연쇄 속에서 자라난 우정이요 사랑이다.

또한 독자는 소설의 제2부를 통하여 이러한 복잡한 관계가 이들의 부모 대에서부터 그 고리를 이어 왔다는 사실을 알게 된다. 다시 말해 구스타프의 아버지 에리히는 유대인 난민들을 구했다가 경찰에서 면직되어 곤란에 빠지게 되고, 안톤의 부모는 당시 스위스에 살고 있던 유대인들이었다. 이와 같이 전쟁의 소용돌이 속에서 서로의 운명은 뒤얽혀 있었던 것이다. (제2부에서 우리는 제2차 세계대전의 포진이 그 전쟁을 직접 겪지 않은 지난 세기 스위스인들의 삶 역시 규정하고 있었음을 알 수 있게 된다. 그것은 치명적인 삶과 사랑의 왜곡을 가져온 것이다. 구스타프는 그러한 과거 이해의 실마리를 하나씩 풀어나감으로써 서서히 자신의 인생에 대한 이해에 도달한다.)

세 겹의 선율로 울리는 〈구스타프 소나타〉

이러한 상호 구원의 드라마는 소설의 마지막 장에서 절정을 이룬다. 바로 쇠약해진 안톤이 마지막으로 구스타프에게 함께 다보스에 가달라고 간청하는 대목이다. 안톤은 자신의 연인이자 예술의 길에서의 인도자였던 한스 히르슈와의 사랑에 실패한 후 구스타프에게로 돌아온 것이다. (안톤이 한스를 연상시키는 '한지'나 음악가 '한스 히르슈'와 연인 관계를 맺는다는 것은 의미심장하다. 그는 곧 한스인 것이다. 그는 《마의 산》에서의 한스와도 같이, 혹은 두 사람이 재연한 성 알반 요양원에서의 어린 환자 한스와도 같이 점차 죽음을 향해 달려간다. 그리고 구스타프에게 죽음 직전의 마지막 탬버린을 울린 것이다.)

구스타프는 호텔을 매각하고 안톤과 함께 다보스로 간다. 이 소설 속에 언급된 베토벤 소나타 26번—이별, 부재, 재회의 3악장으로 이루어져 있다—을 참조한다면 이야기는 이별과 부재의 악장에서 재회의 악장으로 나아가는 셈이다.

두 사람이 되돌아간 다보스는 사랑의 장소이다. 다보스는 구스타프의 부모, 즉 에리히와 에밀리에가 꺼져 가던 사랑의 불씨를 다시 회생시켰던 곳이기도 하다. 또한 그곳은 사랑을 통해 삶의 공허, 그리고 삶으로부터의 소외를 위로받을 수 있는 화해와 치유의 장소이다. 구스타프에게는 어린 시절 안톤과의 긴밀한 유대를 다시 회복할 수 있는 곳이며, 안톤에게는 성聖 알반 요양원 놀이를 떠올리면서 죽음에 맞서 자신의 병을 이겨낼 수 있는 곳이다. 요컨대 그곳은 상처 입은 관계와 삶이 위로받을 수 있는 재회와 재생의 장소인 것이다. 구스타프에게는 호텔을 대신할 수 있는 생의 추위로부터의 피난처이며, 안톤에게는 다시 피아노를 칠 수 있고 〈구스타프 소나타〉를 작곡할 수 있는 삶의 마지막 연주회장과도 같은 곳이다.

안톤의 〈구스타프 소나타〉는 이곳에서 세 겹의 선율로 울린다. 먼저 그것은 사랑의 선율로 울린다. 위태롭기 그지없는 불안한 영혼의 소유자인 안톤과, 늘 일정한 자리를 지키며 한결 같은 애정을 보여주는 구스타프 사이의 우정과 사랑 이야기의 선율이다. 안톤은 자신이 평생 동경한 예술로부터의 소외를 위로받을 수 있는 길을 사랑 같은 우정에서 찾으며, 구스타프는 어머니로부터의 사랑의 결핍을 보상받을 수 있는 길을 우정 같은 사랑에서 발견하는 것이다.

또 두 번째로는 죽음 혹은 허무를 대면하고 극복하는 생의 선율로 울린다. 다보스는 한스라는 이름으로 표상되는 '죽음 앞의 인간'으로 되돌아가는 자리, 다시 말해 죽음을 거듭 마주하는 '마의 산'이다. 구스타프는 안톤의 부재를 통해, 안톤은 한지와 한스와의 이별을 통해 그들은 인생의 허무를 맞닥뜨린다. 또한 그들은 에밀리에와 로티, 그리고 아르민(안톤의 아버지)과의 고별을 통해 죽음을 경험한다. 스스로 적지 않은 나이에 이르게 된 그들은 다시 다보스로 돌아가 죽음과의 화해를 맞이하게 된다.

마지막으로 이 선율은 스위스의 역사와 함께 울린다. 다소 폐쇄적이었던 스위스의 마음이 열리고 타자他子를 끌어안는 이야기의 선율이다. 구스타프의 자기 절제는 바로 스위스적인 것으로 표현된다. 그것은 안톤이 절제보다는 오히려 예술가다운 충동을 지니고 있는 것과는 대조적이다. 이러한 구스타프의 마음은 자기 보호를 위하여 야자열매 껍질 속에 스스로를 가두고 표면상으로는 중립주의를 내세웠으면서도 한편으로는 유대인들에 대한 뼈아픈 죄의식을 지니고 있는 스위스 사람들의 마음을 대변하고 있다고도 할 수 있다.

어떤 음악가이든 한 번은 자기 생의 의미를 밝히는 작품을 남기고 싶어 하기 마련이다. 안톤의 〈구스타프 소나타〉는 이 긴 시간에 걸친 이야기를 감싸 안듯이 의미심장하게 울리고 있다. 그것은 피아노 독주이지만, 어느새 두 사람의 사랑의 합주, 그리고 여러 인물들의 이야기가 어우러진 역사적 교향交響의 곡으로 바뀌어 여러 겹의 울림으로 독자에게 들려오고 있다.

옮긴이의 말 |

한 소년의 성장기를 통해 본 전쟁의 상흔과 인간 내면의 숨어 있는 상처

평화로운 중립국으로만 알았던 스위스와 무시무시한 전쟁의 공포

제2차 세계대전이 막 끝났을 무렵, 스위스는 비록 중립국으로 전쟁의 참화는 면했지만 유럽의 다른 여러 나라들과 마찬가지로 많은 사람들이 여전히 어렵고 곤궁한 삶을 이어가고 있었다.

이런 스위스의 한 작은 마을에서 태어난 소년 구스타프는 정확한 이유가 밝혀지지 않은 채 세상을 떠난 것으로만 알고 있는 아버지를 기억하며 어머니 에밀리에와 함께 살고 있다. 이상할 정도로 아들에게 냉담하고 또 무관심한 어머니와 힘겨운 삶을 이어가던 구스타프는 안톤이라는 부유한 유대인 친구를 만나 깊은 우정을 쌓아가게 된다.

과연 세상을 떠난 구스타프의 아버지에게는 어떤 비밀스러운 사연이 숨겨져 있었으며, 그런 과거의 인연은 앞으로 구스타프와 어떻게 얽혀가게 되는 것일까?

제2차 세계대전 당시의 스위스에 대해서는 개인적으로 별반 아는 것이 없다. 전쟁에 휘말렸던 여러 나라들이 겪은 참화며 사람들이 당했던 고통, 그리고 특히 유대인들의 비극에 대해서는 어쩌면 필요 이상으로 알고 있으면서도 정작 그 전쟁의 한복판에서 외롭게 중립을 지켰던 스위스의 사정에 대해서는 특별히 아는 바가 없는 것이다. 아마도 그때의 일을 알려주는 책이나 영화, 혹은 다른 매체를 거의 접한 적이 없는 까닭이리라.

그런 이유로 그저 영화 속에서 높이 솟아 있으면서도 사람이 어렵지 않게 걸어서 넘어갈 수 있는 알프스 봉우리 너머의 자유로운 중립국가로만 종종 묘사되던 스위스를 배경으로 한 이 소설,《구스타프 소나타》를 접하게 된 건 번역자로서 매우 흥미로운 기회였고 작업이었다.

유럽 각국의 역사와 문화를 소개했던 어느 유명한 교양 만화 덕분인지는 몰라도, 그동안은 무시무시할 정도로 똘똘 뭉쳐 있는 예비군과 알프스 산맥이라는 천혜의 요새를 통해 스위스가 히틀러와 나치의 마수를 벗어날 수 있었다는 정도로만 짐작하고 있었다. 하지만 실상은 그렇지 않았던 모양이다.

이 책에 등장하는 스위스 사람들은 이미 전쟁에 휘말렸던 다른 나라 사람들 못지않게, 아니 어쩌면 그보다 훨씬 더 큰 공포에 몸서리를 치며 전전긍긍했던 것으로 묘사되어 있다. 그런 시대적 배경 속에서 어느 개인과 가족이 겪을 수밖에 없었던 사건과 비극을 바탕으로 한 소년의 성장기를 노년까지 그려나간 소설이 바로 이《구스타프 소나타》다.

사람 마음을 처연하게 만드는 작가의 섬세한 글 솜씨

뭔가 거창하게 소개를 시작했지만 이 소설의 내용 자체는 실제로 그리 큰 비밀을 감추고 있지 않으며 대단히 극적인 것도 아니다. 소설의 전반부는 전쟁 전후를 배경으로 하고 있지만 지금까지 숱하게 보아온 비슷한 배경의 다른 작품들에 비해 또 그렇게 처절하거나 어마어마한 비극을 보여주지는 않는다. 그럼에도 불구하고 이 작품을 읽는 사람의 마음을 처연하면서도 저릿저릿할 정도로 아프게 만드는 건, 아마도 인간의 깊은 내면을 들여다보며 그 안에 숨어 있는 상처를 독자들에게 적나라하게 보여주는 작가의 섬세한 글 솜씨 때문이 아닐까.

이 소설의 주인공 구스타프 펠러는 전쟁 중에 태어났지만 그의 기억은 전쟁 직후부터 시작된다. 구스타프의 눈앞에 처음 펼쳐진 풍경은 아버지 없이 어머니와 단둘이 살고 있는 가난한 셋집이었다. 그런 가난과 고통의 기억은 성년이 될 무렵, '우연한 행운'이 찾아올 때까지 계속된다. 그리고 도무지 이해할 수 없었던 어머니의 냉정한 모습과 아버지의 죽음에 얽힌 비밀은 그의 노년에 이르러서야 겨우 그 전모를 확인할 수 있게 된다.

구스타프는 어린 시절 평생의 친구이자 연인이고, 혹은 어머니와 함께 어쩌면 평생 짊어져야만 했던 짐이었을지도 모를 친구 안톤을 만난다. 유치원에서 처음 만난 안톤과의 인연은 평생에 걸쳐, 그리고 소설의 말미에서 짐작할 수 있듯 어쩌면 죽을 때까지 이어진다. 이것이 과연 행복이었는지 아니면 불행이었는지는 아마도 구스타프 본인이 아니라면 누구도 판단할 수 없을 것이다.

쉽게 공감하며
물아일체가 되어 작업했던 작품

긴 세월 진행되는 이야기 속에서는 온갖 사건들이 일어난다. 그야말로 아사餓死 직전까지 가는 가난과 굶주림이 있고, 아직 어린 나이의 소년이 도저히 감당하기 힘들었던 성적인 학대와 육체적인 공포가 있다. 자신보다 부유한 친구로부터 느끼는 질투와 절망감, 그리고 인정받지 못할 것 같은 사랑이 있으며, 많은 어려움들을 극복하며 원하는 것을 이루어냈다는 뿌듯함 속에는 여전히 채워지지 않는 갈증과 갈망이 있다. 그리고 아무리 세월이 흘러도 도무지 해결될 기미조차 보이지 않는 갈등과 절망도 있다.

작가는 이런 모든 사건과 이야기들을 매우 담담하면서도 정제된 문체로 그려나간다. 특별히 극적인 수사修辭나 급박하거나 급작스러운 사건의 진행이 없기 때문일까. 우리는 주인공 구스타프를 포함한 각각의 등장인물들이 느끼는 감정의 깊이를 어렵지 않게 따라가면서 쉽게 공감할 수 있다. 독자의 입장이 아닌 번역자로서 자신이 번역하고 있는 작품에 대해 어느 정도의 공감이나 감정이입이 있어야 좋은 번역이 나올 수 있다고 믿고 있다.

그런 점에서 번역하는 내내 공감하며 맞장구를 칠 수 있어서 번역하는 내내 행복했다.

예컨대 '에밀리에는 구스타프에게 이렇게 말했다. "어쩌면 너도 나를 도울 수 있을지 모르겠구나." 그래서 두 모자는 아침 일찍, 마을의 다른 사람들이 잠에서 깨기도 전에, 그리고 동도 터오기 전에 길을 나섰다. 두 개의 희미한 손전등 불빛에 의지해 눈길을 걸어가다 보면 모직으로 만든 목도리 안쪽으로 차가운 입김이 엉겨 붙기 일쑤였다'라는 대목에 이르러서는 아직 다섯 살밖에 되지 않은 아들 구스타프와 같이 일을 하러 가는 에밀리에의 모습을 생각하며 눈물을 흘렸다.

이것이 중년에 접어든 번역자의 싸구려 감상이나 연민인지, 아니면 진정한 물아일체物我一體의 경지인지는 아직은 잘 알 수가 없다. 하지만 번역의 즐거움을 작품을 통해 느낄 수 있었다는 건 번역자로서는 분명한 행운이었다.

인생의 불완전성을 묘사한 완벽한 소설

영국의 일간지 〈가디언〉은 이 《구스타프 소나타》를 두고 "인생의 불완전성을 묘사한 완벽한 소설"이라고 평했고, 작가가 작품 속에서 어떠한 개인적 판단도 내리지 않고 있으므로 판단은 독자의 몫이라고도 했다. 그러므로 어쩌면 각각의 등장인물들의 행동이나 그 주변에서 일어나는 모든 사건들에 대해 그럴 수도 있다고 생각하는 사람이 있는가 하면, 도저히 그럴 수는 없다고 판단하는 사람이 있을 것이다.

하지만 이 소설의 저자인 로즈 트레마인이 정말로 그려내고 싶었던 건 아마도 인생을 살아감에 있어 우리가 마주하게 되는 모든 선택의 순간과, 하나가 채워지면 하나가 빌 수밖에 없다는 균형에 대한 교훈이 아닐까.

에밀리에는 비천하고 곤궁한 삶을 벗어나기 위해 그야말로 몸을 던져 경찰서 부서장이라는 남편을 얻지만 애초에 삶을 바라보는 시선 자체가 달랐던 두 사람에게 비극은 예정되어 있었는지도 모른다. 에밀리에의 남편 에리히는 조직의 명령이 아닌 인간의 양심을 선택했지만 그에게 돌아온 건 '하나님의 축복'이 아닌 가족과 자신의 파멸이었다. 안톤은 누가 봐도 인정할 만한 뛰어난 음악적 재능을 타고났지만 신은 그에게 무대에 대한 공포증을 함께 내려주고 말았다. 구스타프는 또 어떤가. 어린 시절 받은 상처에 괴로워하던 그는 드디어 자신을 단단히 감싸줄 수 있는 '껍질'을 스스로 만들어내지만 덕분에 정상적인 인간관계는 대부분 단절되었다. 그리고 안톤에 대한 집착으로 오랜 세월을 고통 속에서 보낸다.

혹자는 이 소설을 존 윌리엄스John Williams의 《스토너Stoner》에 비교하기도 하는 모양이다. 하지만 지독한 쓸쓸함밖에 남겨주지 않았던 《스토너》에 비한다면 이 《구스타프 소나타》는 천만다행히도 그 정도로 가슴을 텅 비게 만들지는 않는다. 어쩌면 그것이 저자의 작은 배려이며, 그런 배려가 구스타프의 외할머니를 통해 조금은 익살스럽게 나타났는지도 모르겠다.

이 책을 읽는 모든 사람들에게 적절한 때에 그런 배려와 행운이 나타나 그저 텅 비어버리는 인생이 되지 않기를 바랄 뿐이다.

옮긴이 _ **우진하**

성균관대학교 번역 테솔 대학원에서 번역학 석사 학위를 취득하였다. 한성 디지털대학교 실용외국어학과 외래 교수를 역임하였으며, 현재는 출판 번역 에이전시 베네트랜스에서 전속 번역가로 활동 중이다. 옮긴 책으로는《노동, 성, 권력》《빌리지 이펙트》《5년 후에도 이 일을 계속할 것인가》《성난 군중으로부터 멀리》《동물농장—내 인생을 위한 세계문학 5》《고대 그리스의 영웅들》《내가 너의 친구가 되어줄게》《크리에이티브란 무엇인가》《탁월함은 어떻게 만들어지는가》《18세기 오스만제국의 수도 이스탄불을 가다》《아들은 원래 그렇게 태어났다》《디지털 다이어트》《똑똑한 경제학》《해결사가 필요해》《세상은 왜 존재하는가》《성의 죽음》 등이 있다.

구스타프 소나타

1판 1쇄 인쇄 2017년 10월 12일
1판 1쇄 발행 2017년 10월 19일

지은이 로즈 트레마인
옮긴이 우진하

펴낸이 임지현
펴낸곳 (주)문학사상
주　소 서울특별시 송파구 중대로 38길 17(05720)
등　록 1973년 3월 21일 제1-137호
전　화 02)3401-8540
팩　스 02)3401-8741
홈페이지 www.munsa.co.kr
이 메 일 munsa@munsa.co.kr

ISBN 978-89-7012-970-9 03840

이 도서의 국립중앙도서관 출판예정도서목록(CIP)은 서지정보유통지원시스템 홈페이지(http://seoji.nl.go.kr)와 국가자료공동목록시스템(http://www.nl.go.kr/kolisnet)에서 이용하실 수 있습니다. (CIP제어번호 : CIP2017017010)

"트레마인의 절정의 감각이 드러난 책. 상실에 대한 감동적인 이야기이면서 동시에 우정과 불균형, 그리고 이해에 대한 감동적인 이야기를 담고 있다."

—〈선데이 익스프레스〉

"우정과 배신, 그리고 서글픔에 대한 매혹적인 이야기…… 절묘하면서도 세련된 소설이다."

—〈아이리시 인디펜던트〉

"트레마인의 책들은 모두 다 경이롭다. 그녀는 남녀를 가리지 않고 그들이 품고 있는 열정과 호기심을 똑같이 그려낸다. 그렇지만 그중에서도 《구스타프 소나타》는 그녀의 최고 걸작이라고 할 수 있지 않을까…… 나로서는 이렇게 대단한 로즈 트레마인이 지니고 있는 능란한 솜씨나 감정적 지성에 견줄 만한 작가가 그리 흔하지 않다는 사실을 다시 한 번 깨닫게 되었다."

—〈아이리시 타임스〉

"우아하면서도 세련된 이 소설은 우정과 열정, 배신과 실망 사이의 미묘한 차이점을 추적하고 있다…… 트레마인은 아무리 좋은 의도라 할지라도 고통으로 이어질 수 있으며 또 동시에 기쁨과 부드러움도 만들어낼 수 있다는 사실을 보여주고 있다."

—〈데일리 메일〉

"놀랍고도 감동적인 소설"

—〈옵서버〉

“《구스타프 소나타》를 통해 로즈 트레마인은 다시 한 번 자신이 탁월한 재능을 지닌 작가임을 스스로 증명해냈다……《집으로 가는 길》 같은 이전 소설들에서 이미 엄청난 감수성과 감정이입의 능력을 보여주었다. 이번 작품에서도 그런 모습을 다시 한 번 보여주고 있다. 그것도 전혀 변하지 않은 수준으로 말이다. 트레마인은 인간의 모든 감성을 이해하는 작가이며…… 결국 이런 이해를 통해 또 다른 정교하고 세련된 소설 한 편이 탄생하게 되었다.”

— 〈인디펜던트 인터넷 판〉

“놀랍도록 아름답게 다듬어진 책…… 가장 아름다운 우정인 사랑에 대한 이야기”

— 〈스타일리스트〉

“찬연하게 빛나는 보석 같은 이야기”

— 〈타임스〉

“근래 보기 드문 흠잡을 수 없는 완벽한 소설”

— 〈옵서버〉

“훌륭하다는 말밖에 할 수 없는 훌륭한 소설”

— 〈메일 온 선데이〉